SARINA BOWEN

Was ich dir bedeute

Burlington University

SARINA BOWEN

WAS ICH DIR BEDEUTE

BURLINGTON UNIVERSITY

Roman

Ins Deutsche übertragen
von Wanda Martin

LYX

LYX in der Bastei Lübbe AG
Dieser Titel ist auch als E-Book erschienen.

Die Bastei Lübbe AG verfolgt eine nachhaltige Buchproduktion. Wir verwenden Papiere aus nachhaltiger Forstwirtschaft und verzichten darauf, Bücher einzeln in Folie zu verpacken. Wir stellen unsere Bücher in Deutschland und Europa (EU) her und arbeiten mit den Druckereien kontinuierlich an einer positiven Ökobilanz.

MIX
Papier aus verantwortungsvollen Quellen
FSC® C014496

Die Originalausgabe erschien 2021 unter dem Titel »Waylaid«
bei Tuxbury Publishing LLC.

Textredaktion: Nicola Härms
Umschlaggestaltung: © Andrea Janas unter Verwendung
eines Motivs von Shutterstock (© ArtisticPhoto)
Satz: Greiner & Reichel, Köln
Gesetzt aus der Adobe Caslon
Druck und Verarbeitung: GGP Media GmbH, Pößneck
Printed in Germany
ISBN 978-3-7363-1587-7

1 3 5 7 6 4 2

Sie finden uns im Internet unter lyx-verlag.de
Bitte beachten Sie auch: luebbe.de und lesejury.de

Liebe Leser:innen,

dieses Buch enthält potenziell triggernde Inhalte.
Deshalb findet ihr auf der letzten Seite eine Triggerwarnung.

Achtung: Diese enthält Spoiler für das gesamte Buch!

Wir wünschen uns für euch alle
das bestmögliche Leseerlebnis.

Euer LYX-Verlag

1

Rickie

Die Mittagszeit auf der Shipley-Farm ist vorbei, und jetzt stehen wir wieder draußen in der heißen Sommersonne. Ich arbeite schon seit ein paar Wochen auf der Farm, deshalb kenne ich die Abläufe. Frühmorgens helfe ich zuerst meinem Freund Dylan dabei, die Kühe und Ziegen zu melken. Dann frühstücken wir, bevor wir den restlichen Vormittag lang schuften.

Meine Beine und mein Rücken sind schon müde davon, Löcher für Zaunpfosten auszuheben. Im Grunde meines Herzens bin ich ein Stadtkind, deshalb waren die letzten paar Wochen für mich eine Herausforderung.

»Du hast das doch schon mal gemacht, oder?« Dylan gibt mir einen Drahtkorb mit Holzgriff. »Leg die Eier da rein.«

»Na klar.« Dabei habe ich noch nie Eier eingesammelt. Immerhin hört es sich einfacher an, als Fünfundzwanzig-Kilo-Säcke Futter zu schleppen.

Er gibt mir außerdem noch einen Milchkanister aus Plastik, der oben abgeschnitten ist und ein geflochtenes Seil durch den Henkel gefädelt hat. »Der ist fürs Blaubeerpflücken. Du hängst ihn dir um den Hals, sodass du beide Hände zum Pflücken frei hast.«

»Mega. Ich bin nämlich echt geschickt mit den Händen.« Ich hebe den Blick zu Dylans Zwillingsschwester Daphne. Und klar doch, ich stelle fest, dass sie mich mit neugierigen braunen Augen ansieht, in die sofort ein harter Ausdruck tritt, als ich sie beim Glotzen erwische. Mal wieder.

Mit Daphne zu flirten, ist das Zweitbeste an der Arbeit auf der Farm. Das Allerbeste ist das Essen. Ehrlich, ich würde die Reihenfolge dieser Vorteile ja mit Vergnügen tauschen, nur hat mich das Flirten nicht dahin gebracht, wo ich hinwill. Noch nicht.

Aber das ist nur eine Frage der Zeit. Daphne weiß, was sie will. Ich habe keine Ahnung, warum sie so scheu ist, aber ich lasse ihr Zeit und Raum, ihre Zurückhaltung zu überwinden. Trotzdem bleibt sie bisher weiter auf Distanz und wirft mir jedes Mal heimliche Blicke zu, wenn sie denkt, dass ich es nicht merke.

Spoileralarm: Ich merke es immer.

»Okay, Kinder«, sagt Dylan mit einem leisen Lachen. »Ich werde rechtzeitig wieder da sein, um die Hühner reinzutreiben und um das zweite Mal zu melken. Sei nachsichtig mit ihm, Daph«, bittet er seine Schwester.

»Wieso?«, fragt sie. »Jeder hat seinen Teil der Aufgaben zu erledigen. Sogar der Neue.«

»Ja, ich weiß. Aber das hab ich nicht gemeint.« Er zwinkert. »Sei nett.«

»Hey, das passt schon«, versichere ich. »Ich mag deine Schwester.«

Sie presst die Lippen zusammen.

Dylan lächelt. Dann winkt er uns zum Abschied und läuft mit großen Sätzen zu seinem Pick-up, in dem seine Freundin schon wartet, um mit ihm in die Stadt zu fahren und Besorgungen zu machen.

Sobald er weg ist, drehe ich mich zu Daphne um. »Das passt gut. Denn wir müssen mal reden.« Seit meiner Ankunft hier ist dies so ziemlich das erste Mal, dass wir unter uns sind. Daphne beobachtet mich immer mit sehnsüchtigem Blick. Aber sie redet nicht mit mir. Wenn ich einen Raum betrete, geht sie hinaus.

Sie hat Angst, sich mir gegenüber zu öffnen. Ich muss bloß herausfinden, warum.

»Wir sind nicht zum Reden hier«, sagt sie. »Die Beeren pflücken sich nicht von allein.«

»Na gut, sollen wir dann zuerst Beeren pflücken? Oder die Eier einsammeln?«

»Arbeitsteilung: Ich übernehme die Beeren.« Sie nimmt mir einfach den Milchkanister weg. »Du holst die Eier.«

»Aber …« Diese Aufteilung passt mir gar nicht. »Wieso denn nicht zusammen? Wir könnten währenddessen eine nette kleine Unterhaltung darüber führen, warum du mir ständig aus dem Weg gehst. Außerdem mögen die Hühner mich nicht. Schick mich da nicht allein rein.«

Sie bleibt ruckartig stehen. »Wart mal, hast du etwa Angst vor den Hühnern?« In ihre braunen Augen tritt ein Leuchten, so als hätte ich ihr gerade ein wertvolles Geschenk gemacht.

»Überhaupt nicht. Hab ich das etwa behauptet?« Ich habe nicht wirklich Angst vor Hühnern. Wir essen ein paarmal die Woche Huhn, ich bin mir also ziemlich sicher, wer hier vor wem Angst haben sollte.

Die Augen von denen sind ein bisschen gruselig – die Art, wie sie einen erst von einer Seite ihres spitzen Kopfs her ansehen, bevor sie zur anderen wechseln.

Aber egal. Daphne hängt sich den Kanister für die Beeren schon um ihren schlanken Hals. Daphne Shipley besteht aus nichts als langen Gliedern und goldbrauner Sommerhaut. Sie hat weich aussehendes braunes Haar und ausdrucksstarke braune Augen, deren Ausdruck in schwindelerregendem Tempo von böse zu fröhlich wechseln kann.

Und ich bin unheimlich verknallt in sie.

»Hol die Eier. Lass bloß keins liegen«, ruft sie über ihre Schulter hinweg. »Heute müssten es dreizehn oder vierzehn Stück sein.« Mehr hat sie nicht zu sagen, ehe sie in dem Blaubeerhain aus ungefähr einem Dutzend Büschen in drei Reihen verschwindet.

Die Büsche sind zwar nicht so groß wie ich, aber als sich Daphne vorbeugt, verschwindet sie darin und lässt mich mit dem Drahtkorb, allzu vielen Fragen und meiner sexuellen Frustration allein auf dem Rasen stehen.

Bloß ein weiterer Tag in meinem verkorksten Leben. Ich bin irgendwie schon dran gewöhnt.

Ich drehe mich zum Hühnergehege um und überlege mir eine Strategie. Je schneller ich fertig bin, desto schneller kann ich mit Daphne Beeren pflücken.

Zwei, drei Hennen beobachten mich schon misstrauisch. Wenigstens brauche ich nicht mit dem Elektrozaun zu hantieren, den hat Dylan schon abgebaut. Die Hennen laufen also in ihrem Auslauf umher, scharren im Gras nach Würmern und warten darauf, mir mit ihren scharfen Schnäbeln und den krallenbesetzten roten Füßen die Kehle aufzuschlitzen.

»Okay, Ladys«, sage ich, während ich mich sachte auf den Auslauf zu bewege. »Keine Panik, das ist ein Überfall!«

Ich höre ein Schnauben aus dem Blaubeerhain. Vielleicht ist Daphne kein Fan von *Pulp Fiction.* Aber ein guter Spruch ist eben ein guter Spruch – auch wenn die Hühner sich jede Mühe geben, mich zu ignorieren. Der Stall hat solche kleinen, nach außen aufgehenden Türchen, hinter denen die Legenester zum Vorschein kommen. Das ist ein ziemlich gutes System, und hinter der ersten, die ich aufklappe, liegt ein Ei einfach so zum Wegnehmen.

Es ist noch warm. Ich lege es vorsichtig in den Drahtkorb und öffne dann die nächste Klappe.

Dahinter starrt mich eine Henne mit rotem Auge böse an.

»Hoch mit deinem Federpopo, Mädchen. Ich hab nicht den ganzen Tag Zeit.«

Als sie sich nicht rührt, stoße ich einen Seufzer aus. Dann schiebe ich sie leicht beiseite und entdecke die beiden Eier, auf denen sie hockt.

»Ich leide hier viel mehr als du«, versichere ich ihr. Dann klaue ich ihr erst ein Ei, dann das andere. Und sie lässt mich machen.

Drei geschafft, bleiben noch zehn oder elf.

Als ich die nächste Klappe öffne, spüre ich einen Blick im Rücken. Aber noch drehe ich mich nicht um. Daphne beobachtet mich. Wahrscheinlich denkt sie, ich kriege es nicht hin. Ich wurde zwar in Vermont geboren, bin aber ein Soldatenkind. Als Kind habe ich an verschiedenen Orten der Welt gelebt. Und meine Vorstellung von einem tollen Tag an der frischen Luft ist es, mit einem Getränk in einem deutschen Biergarten zu sitzen oder in einem australischen Café Flat Whites zu trinken und Gedichte zu lesen.

Allerdings lässt sich nicht abstreiten, dass mir das Landleben gut zu Gesicht steht. Es sind erst ein paar Wochen vergangen, und ich bin schon so braun und muskulös wie seit Jahren nicht mehr. Und das gefällt Daphne viel mehr, als sie zugeben will.

Na schön. Wenn sie mich schon beobachtet, werde ich ihr was zu gucken bieten. Ich stelle den Drahtkorb im Gras ab und ziehe mein T-Shirt aus. Dann mache ich eine Vierteldrehung mit dem Oberkörper und spanne beim Öffnen der nächsten Klappe die Muskeln. Ich sammele ein weiteres Ei ein und schiele dann schnell nach rechts, um sie möglichst beim Glotzen zu erwischen.

Bingo. Zwischen den Zweigen eines Blaubeerbuschs sehe ich etwas Silbernes blitzen.

»Shipley?«, rufe ich. »Brauchst du irgendwas? Was machst du denn da mit deinem Handy?«

»Auf die Uhr gucken! Ich kriege in einer Stunde einen Anruf. Morgen fängt mein neuer Job in Burlington an.«

Aha. Ich hatte auch vor, morgen nach Burlington zu fahren. So ein Zufall.

»Wenn du mit den Eiern fertig bist, kannst du hier drüben Unkraut jäten«, wechselt sie das Thema. »Hier sieht's übel aus.«

»Ja, Ma'am. Das können wir doch aber zusammen machen, oder?«

»Auf gar keinen Fall«, sagt sie entschieden.

Mist. Ich widme mich wieder den Eiern.

Eine Stunde später brennt die Sonne auf mich herab, während ich noch einen Löwenzahn aus der Erde ziehe. Von der gebückten Haltung tut mir der Rücken weh, aber meine Knie werden durch das grüne Kissen geschont, auf dem ich knie. Es nennt sich Das Gartenkissen. Als Ruth Shipley – Dylans und Daphnes Mom – es mir vor einer Viertelstunde gegeben hat, sagte ihr Lächeln: *Hier, du armer müder Kerl. Nicht dass du mir noch auf meinem Grundstück stirbst.*

Die Wahrscheinlichkeit ist zwar gering, liegt aber nicht komplett bei null. Außerdem bin ich gerade echt übelst durstig. Mir tut alles weh von den Arbeiten auf der Weide heute Vormittag, als ich ein Zaunpfostenloch nach dem anderen ausgehoben habe, um mit Dylan und seinem älteren Bruder Griffin mitzuhalten. Ich war zu stolz dazu, langsam zu machen. Und jetzt braucht mein armer müder Körper ein Nickerchen hier auf dem Rasenstreifen.

Ich hätte auch gern ein kaltes Bier und eine Zigarette. Aber ich habe Mrs Shipley versprochen, mit dem Rauchen aufzuhören, somit kann ich mir so dicht am Farmhaus keine anstecken.

Außerdem bin ich ein sturer Esel. Ich werde diesen verdammten Hain vom Unkraut befreien, und wenn es das Letzte ist, was ich tue.

Den Sommer hier zu verbringen war schließlich meine Idee. Dylan Shipley ist mein Freund und während der Vorlesungszeit auch mein Mitbewohner. Ich wusste, dass die Shipleys immer Helfer suchen, also habe ich Dylan einen Deal vorgeschlagen: Wenn sie mich den Sommer über bei sich wohnen lassen, kann ich mein Haus in Burlington in der Zeit vermieten und Dylans Miete fürs nächste Jahr dann fast auf null senken.

»Verdammt noch mal, ja«, hat er gesagt. »Wir würden uns freuen, wenn du zu uns kommst – vorausgesetzt, du weißt, worauf du dich da einlässt. Es gibt jede Menge zu tun.«

Ich habe mich nie für eine Lusche gehalten. Ich bin den El Capitan hochgeklettert. Ich bin durch den thailändischen Dschungel gewandert. Wobei das schon eine Weile her ist. Vor ein paar Jahren hatte ich einen Unfall, der seinen Tribut von meinem Körper und auch meinem Leben gefordert hat.

Trotzdem – bis jetzt war mir nicht klar, was für ein Weichei ich geworden bin. Außerdem dauert es länger, als ich gedacht hatte, mich an die viele Arbeit auf der Farm zu gewöhnen.

Ich stoße den Unkrautstecher in die Erde und drehe ihn. Doch als ich am Unkraut ziehe, reißt es prompt in meiner Hand ab.

»Fuck.«

Das Zeug weiß, dass ich nicht hierfür geschaffen bin. Es merkt, dass ich einer von der Sorte bin, der denkt, *Kraut* ist zum Rauchen da. Jedenfalls nicht zum Jäten, verdammt noch mal.

Einige lange Minuten des Grabens und Fluchens später gelingt es mir endlich, die verdammte Wurzel aus ihrem Loch zu ziehen. Ich schleudere sie auf den versprengten Haufen, den ich schon erschaffen habe. Dann werfe ich das Werkzeug hin und lasse mich wie der müde Mann, der ich nun mal bin, ins Gras sinken.

Der Himmel über mir ist so blau, dass es fast schon wehtut hinaufzusehen. Die gelbe Sonne brennt auf meinen nackten Oberkörper nieder. Drei Wochen auf dieser Hügelkuppe in Vermont haben meiner Haut unter den Tattoos schon einen goldbraunen Schimmer verliehen. Mein Rücken pocht und meine Glieder liegen schmerzend im Gras.

Und jetzt krabbelt etwas über meinen Knöchel. Ich bin zu müde, um nachzugucken, was es ist. Wer hätte gedacht, dass es so anstrengend ist, gesund zu leben?

Langsam richte ich mich wieder auf und schnippe eine Spinne von meinem Fuß. Durch die Blaubeerbüsche hindurch habe ich einen indirekten Blick auf Daphne. Sie spült mit dem Schlauch einige Holzfässer ab, in denen die Shipleys ihren Cider reifen lassen. Nach dem Beerenpflücken ist sie schnell rübergeflitzt, um wieder Abstand zu mir zu gewinnen.

Sie ist eine harte Nuss. Aber ich bin ein geduldiger Mann. Der muss ich auch sein. Die letzten beiden Jahre haben mich auf jede erdenkliche Weise auf die Probe gestellt. Daphne hält mich für großspurig, und früher hätte sie damit richtiggelegen. Aber heute kommt mein großspuriges Gehabe eher aus dem Gedächtnis meines Körpers als durch Selbstvertrauen. Es ist heftig, mit zweiundzwanzig nur noch die Hülle seines früheren Selbst zu sein.

Wenn ich allerdings mit Daphne flirte, ist das nicht gespielt. Ich finde sie sehr interessant, und zwar nicht nur, weil sie wahnsinnig schön ist. Was mich richtig anmacht, ist ihr Charakter. Sie hat eine schroffe Effizienz an sich, die ich sexy finde – so eine nüchterne Art. Für deinen Quatsch hat sie keine Zeit und für Dummköpfe nichts übrig.

Sie ist nicht sonderlich warmherzig oder nett. Das stört mich nicht, ich bin es nämlich auch nicht. Sie ist die wütende Shipley. Und mir gefällt das.

Ich möchte zu gern wissen, wieso sie mir aus dem Weg geht. Wir sind uns schon ein paarmal begegnet, bevor ich hierherkam, und es kann gut sein, dass ich sie mal verärgert habe und mich nicht daran erinnere.

Ich hoffe definitiv, dass es nicht so ist. Ich wünschte, sie würde mir gegenüber zugänglicher werden, sonst wird der Sommer lang. Zum einen teilen wir uns das Bad. Ich bin im Obergeschoss des Farmhauses untergebracht, wo auch sie und ihre Mutter ihre Zimmer haben.

Derweil wohnt Dylan schön mit seiner Freundin in der Schlafbaracke, einem separaten Gebäude. Sie brauchen ihre Privatsphäre, schätze ich, denn die zwei haben öfter Sex, als Kriegsheimkehrer ihn haben. Letzte Woche habe ich die beiden erwischt, wie sie es mitten auf der Wiese auf einer Decke getrieben haben. Allein um außer Hörweite des Gestöhnes zu kommen, musste ich einen Riesenumweg gehen.

Drüben richtet Daphne sich wieder auf. Ihr Tanktop ist ein klein wenig nass gespritzt vom Wasserschlauch, und ich ertappe mich dabei, dass ich zu überlegen anfange, wie sie wohl pitschnass aussehen würde.

Ich mache neuerdings eine komische Phase durch. One-Night-Stands standen zuletzt nicht besonders weit oben auf meiner Liste. Aber verdammt, Daphne Shipley hat den Staub von meiner Libido gewischt. Irgendwas an diesen langen Gliedern macht mich an. Ihr dichtes braunes Haar will sich immer aus dem lockeren Dutt an ihrem Oberkopf lösen. Ich würde gern die Klemme wegziehen, damit ihr die Haare über die nackten Schultern fallen.

Inmitten dieses gemeinen, aber unterhaltsamen Gedankens

höre ich ein leises Rascheln aus der anderen Richtung. Das Geräusch ist so weit weg, dass ich nicht feststellen kann, ob es von einem Menschen kommt oder von einem der gruseläugigen Hühner.

Jedenfalls richte ich mich auf. Es wäre peinlich, während der Arbeit beim Rumliegen erwischt zu werden. Also mache ich mich wieder ans Werk und ziehe weiter Unkraut aus dem Boden, als jemand beim Hühnerstall um die Ecke biegt. Ich schaue hoch und will grüßen. Aber es ist gar keiner von den Shipleys.

Es ist ein Schwarzbär. Ein *echter* Bär ... ein ausgewachsener verdammter Bär, und er hält einen weißen Eimer im Maul.

Jetzt begreife ich den Ausdruck *starr vor Angst*. Ich brauche einige dumpfe Herzschläge lang, um zu reagieren, weil ich vor lauter Unentschlossenheit paralysiert bin. Soll ich aufstehen und wegrennen? Schreien? Mich tot stellen? Das Ungeheuer ist bloß wenige Schritte entfernt. Ich kann die Schnurrhaare an seiner Schnauze erkennen.

Er macht noch einen Schritt nach vorn, und das bringt mich dazu, mich in Bewegung zu setzen. Ich stehe auf, mein Schrei bleibt mir jedoch im Hals stecken. Ich schnappe mir den im Gras liegenden Unkrautstecher – er ist meine einzige Waffe. Doch als ich einen Schritt nach hinten mache, stolpere ich über das gottverdammte Gartenkissen und falle auf den Hintern.

Der Bär beobachtet mich dabei, wie ich auf dem Boden herumkrabbele wie eine verletzte Kakerlake. Mit einem erstickten Laut springe ich wieder hoch und drehe mich so weit ich es mich traue weg, um Daphne zu warnen.

»BÄR!«, schreie ich mit einer für einen erwachsenen Mann viel zu hohen Stimme.

Aber es genügt. Sie dreht den Kopf in meine Richtung. Der Bär lässt sofort den Eimer fallen, der daraufhin mit einem lauten Knall zu Boden fällt. Selbst wenn er mich jetzt gleich zum Mittagessen verspeist, kann wenigstens Daphne fliehen. Ich sehe, wie sie auf den Traktorschuppen zurennt. Zumindest kann sich einer von uns in Sicherheit bringen.

Das Gartenwerkzeug umklammernd, gehe ich einen Schritt zurück. »Verpiss dich, Bär. Geh wieder in den Hundert-Morgen-Wald oder wohin auch immer.«

Er nimmt den Henkel wieder ins Maul und zieht den Eimer ein paar Meter von mir weg. Daraufhin schleiche ich rückwärts und überlege, ob es sicher ist loszurennen.

Doch dann höre ich hinter mir ein Geräusch. Und ich gehe auf volles Risiko, indem ich einen Blick über die Schulter wage.

Daphne kommt aus dem Traktorschuppen gestürmt. Und in den Händen hat sie … ist das etwa eine Schusswaffe? Ehe ich auch nur blinzeln kann, hebt sie die Waffe und schießt in die Luft, wobei sie den Rückstoß gekonnt abfedert.

Mein Kopf fährt herum, als der Bär den Eimer mit einem lauten Knall fallen lässt und dann mit seinem dicken Hintern von mir wegtrottet. Er läuft immer weiter, überquert die Wiese und verschwindet schließlich zwischen den ersten Bäumen.

»Verdammt noch mal!«, rufe ich aus und drehe mich dabei zu Daphne um, die beobachtet, wie er wegläuft. Sie hält die Waffe vorsichtig, aber gelassen, die Mündung zum Boden gerichtet, steht mit einer voll toughen Haltung in ihren winzigen Shorts da. »Hast du das gesehen? Das war ein verdammter *Bär.*« Ich bin immer noch geschockt.

Sie reagiert mit einem Schulterzucken. *Einem Schulterzucken!* »Die mögen Sonnenblumenkerne. Diese Pissnelken. Ich hoffe, er hat den Eimer nicht kaputt gemacht.« Sie geht an mir vorbei, um den Eimer aufzuheben, und schüttelt ihn. Der Deckel ist immer noch fest angeschraubt, und ich kann die Sonnenblumenkerne darin klappern hören.

Dann geht sie wieder an mir vorbei, um die Waffe wegzuschließen. Als ich zusehe, wie sie mit ihren braun gebrannten langen Beinen an mir vorbeimarschiert, macht mich das an und schüchtert mich gleichzeitig ein wenig ein.

Ich stehe auf resolute Frauen. Auf diese hier ganz besonders. Und so langsam fange ich an zu glauben, dass dieser Sommer richtig spaßig werden könnte.

2

Daphne

Beim Abendessen erzählt Rickie die Bärengeschichte einem hingerissenen Publikum.

Während er die Geschichte spinnt, schmiere ich Butter auf mein Maisbrot und verdrehe die Augen. Ein Bär auf unserem Grundstück ist keine große Sache. Bloß ein ganz normaler Dienstag.

»Und der Bär ist *riesig*, ich sehe also förmlich mein ganzes Leben vor meinem inneren Auge vorbeiziehen.« Rickie gestikuliert wild. Bei der Bewegung spannt sein Designer-T-Shirt über seinen sehnigen Brustmuskeln. Seine Tattoos gucken unter dem V-Ausschnitt hervor.

Ich hasse mich ein bisschen dafür, dass ich ständig diese Tattoos anstarre. Bevor Rickie mit seiner scharfzüngigen Art und diesen durchdringenden graublauen Augen in meinem Leben aufgetaucht ist, fand ich Tattoos nie attraktiv.

Er ist nicht mal mein Typ. Das sage ich mir selbst andauernd. Aber er ertappt mich ständig beim Glotzen. Heute hätte er mich beinahe dabei erwischt, wie ich ein Foto von ihm machte. Zum Glück hat er nicht geschnallt, was ich da mit meinem Handy anstellte.

Zu meiner Verteidigung: Das Foto war nicht für mich, sondern für meine Freundin Violet Trevi. Sie fragt mich die ganze Zeit über den mysteriösen Rickie aus – den Typen, der mich in meinem ersten Studienjahr versetzt hat. Schon damals musste sie sich anhören, wie ich darüber geschimpft habe.

Zu meiner weiteren Verteidigung: Das Geglotze passiert nicht bloß aus sexuellem Interesse, sondern auch aus Neugier. Ich hatte mich immer gefragt, was wohl aus Rickie geworden ist. Vor fast drei Jahren ist er mit einem großen Auftritt in meinem Leben erschienen. Und dann verschwand er genauso schnell wieder daraus.

Und heute – das ist das wirklich Verrückte daran – scheint er sich gar nicht daran zu erinnern, wie wir uns kennengelernt haben und was er alles Unverschämtes zu mir gesagt hat. Wahrscheinlich tut er nur so. Vielleicht hat er nicht damit gerechnet, mich jemals wiederzusehen, und will jetzt nicht zugeben, dass er mich versetzt hat. Oder aber ich bin schlichtweg so leicht zu vergessen.

Autsch.

Rickie kann man dagegen nicht so leicht ignorieren. Er ist anziehend. Meine Leute sind ganz gefesselt von seiner blöden Bärengeschichte, obwohl sie schon Dutzende Male selbst welche gesehen haben.

»Wisst ihr, ich hatte nicht vor zu sterben, ehe ich den Inka Trail gewandert bin. Als er also auf mich zugeschlichen kam, hat mich das ziemlich deprimiert …«

Meine Familie lacht los, als wären sie zahlende Gäste in einem Comedy-Club.

»Und ich winke Daphne zu nach dem Motto: *Reeeeeeette dich!*«

Noch mehr schallendes Gelächter.

Mir reicht's jetzt. »Kann mir jemand mal das Apfelgelee geben?«, frage ich.

Aber keiner reagiert, weil sie alle immer noch Rickie lauschen.

»Daphne rennt in den Traktorschuppen, zumindest weiß ich also zu meiner Freude, dass einer von uns lange genug leben wird, um den Kuchen zu essen, den Ruth gerade gebacken hat.« Erneut ausgelassenes Gelächter. Als wäre Rickie das Beste, was ihnen je passiert ist. »Und dann taucht Daphne wieder auf – wie ein Racheengel in abgeschnittenen Jeans – und feuert einen Schuss in die Luft. Da wird der Bär lammfromm. Er lässt den Eimer fallen und watschelt mit seinem fetten Hintern Richtung Wald. Das Lustigste, was ich je gesehen habe.«

Alle am Tisch haben einen Ausdruck reinster Freude im Gesicht, vom Jüngsten – meinem einjährigen Neffen Gus, der bei meinem Bruder auf dem Schoß sitzt – bis hin zu Grandpa, der sich mit seiner Serviette über die Augen wischt.

Ich bin genervt. Aber ich verstehe es. Rickie ist sowohl unterhaltsam als auch anziehend. Er hat das gewisse Etwas, das die Menschen für ihn einnimmt.

Habe ich alles schon durch. Auf seinen Charme falle ich nicht noch mal rein.

»Das Apfelgelee?«, wiederhole ich.

Nur Rickie scheint die Bitte mitzubekommen. Er greift nach dem Glas und reicht es auf meiner Seite des Tischs weiter. Und Mist, ich kann nicht anders, als das Spiel seiner Unterarmmuskeln zu bemerken.

Es ist schlicht unfair, wie wahnsinnig attraktiv manche Menschen sind. Er hat das Aussehen eines europäischen Models zwischen zwei Shows. Die einen Tick zu langen Haare. Die betörende Schönheit seines Körpers. Die teuren Klamotten. Die Farmarbeit scheint ihm auch gut zu bekommen. Sein Teint sieht besser aus als bei seiner Ankunft vor ein paar Wochen.

Nicht dass ich darauf geachtet hätte.

»Also, wegen morgen«, sagt mein Bruder Griffin und wechselt damit endlich das Thema. Sein Blick wandert von Rickie zu mir. »Kannst du früh um zehn losfahren? Ich belade bis dahin schon mal den Wagen.«

Ich will gerade antworten, als Rickie mir zuvorkommt. »Kein Problem.«

Der Blick meines Bruders huscht zurück zu unserem Sommergast. »Es ist ungefähr eine Stunde Fahrt bis rein nach Burlington. Hinter der Weinhandlung verläuft eine Gasse, in der es manchmal eng werden kann.«

»Hey, wart mal«, werfe ich ein. »*Ich* werde den Cider in der Stadt ausliefern. Wir hatten eine Abmachung.« Griffin hat mir die Restaurant-Lieferungen zugeteilt, damit ich für ein paar Stunden im Sozialwissenschaftlichen Institut an der Burlington University arbeiten kann, zu der ich im Herbst wechseln werde.

»Oh, ihr fahrt beide«, sagt mein Bruder.

»Wieso?«, frage ich. »Ich schaffe das allein.«

»Ich habe eine Sommervorlesung belegt, die jeden Mittwoch stattfindet«, sagt Rickie.

»Eine Vorlesung? Kannst du dich da nicht einfach über Zoom dazuschalten?«

Rickie zuckt mit den Schultern. »Ist besser, wenn man persönlich teilnimmt. Außerdem kann ich dir somit bei der Auslieferung helfen.«

»Das ist nett von dir«, sagt mein Zwillingsbruder Dylan, ohne die Augen von seiner Freundin Chastity zu lassen. Unter dem Tisch halten sie wahrscheinlich Händchen. Oder befummeln sich vielleicht. Die zwei sind wie wandelnde Hormone. Es überrascht mich, dass Dylan überhaupt imstande ist, der Unterhaltung zu folgen.

»Kein Ding«, sagt Rickie schulterzuckend. »Ich habe eh noch

was in Burlington zu erledigen. Außerdem kann ich mal nach meinem Haus sehen, ein bisschen shoppen gehen, so was eben.«

Ich beiße von meinem Maisbrot ab, damit ich nicht etwas Fieses sage. Glücklich bin ich allerdings nicht über diese Entwicklung. Überhaupt nicht.

Erstens sollte der Mittwoch in Burlington ein Tag sein, an dem ich mal rauskomme. Wenn man eine große Familie hat, ist man selten für sich.

Und jetzt soll ich auf der Hin- und Rückfahrt jeweils eine Stunde mit Rickie und seinem Flirtblick verbringen?

Gott, er ist zwar hübsch anzusehen, aber ich will nicht noch mehr Zeit mit ihm verbringen. Es ist schon schlimm genug, sich den ganzen Sommer über ein Bad mit ihm teilen zu müssen. Und es ist schon anstrengend, ihm hier in meinem eigenen Zuhause aus dem Weg zu gehen.

Worüber zum Geier sollen wir uns im Auto unterhalten?

Ich schätze, ich werde es rausfinden. Als ich am nächsten Morgen um zehn mit meinem Rucksack aus dem Haus komme, ist Dylans Pick-up bereits mit Schnapskisten beladen und Rickie sitzt hinterm Steuer.

»Hier ist die Lieferliste«, sagt Griffin und gibt mir ein zusammengefaltetes Blatt Papier. »Sollte easy werden. Hab einen schönen Tag.«

»Danke«, brumme ich, während ich zur Beifahrertür gehe. Schätze, ich werde doch nicht das Hörbuch hören, das ich mir für die Mittwochsfahrten vorgenommen hatte.

Ich steige auf den Sitz neben Rickie und schließe die Tür. Mist, er riecht gut. Nach irgendeinem würzigen, exotischen Eau de Cologne. *Wundervoll. Eine Stunde allein mit einem Mann, der mich mal versetzt hat und anschließend vergessen hat, dass ich existiere.* Genau danach sehnt sich eine Frau doch.

»Wenn du jetzt fährst«, sage ich zur Begrüßung, »dann fahre ich auf dem Rückweg.«

»Nee«, sagt er und legt den ersten Gang ein. »Das mach ich schon. Beide Strecken.«

Mein Blutdruck schnellt in die Höhe. »Das war keine *Bitte*. Frauen können Auto fahren, Rick.«

»Ich bin sicher, du fährst super, Kleines. Allerdings habe ich Dylan versprochen, dass ich dich und den Alk sicher nach Burlington transportiere, also mach ich das.« Er stellt das Radio an und lenkt den Pick-up unsere lange Einfahrt hinunter. »Also, was hast du heute in Burlington vor?«, fragt er, ohne zu checken, dass ich im Stillen gerade seinen Mord plane.

»Arbeiten. Ein Job. Einmal die Woche.« Meine Antwort ist etwa so freundlich wie Schüsse. Die meisten Leute wollen sowieso nichts über Gesundheitsforschung hören. Das ist nerdig.

Während wir weiterrollen, ist es im Fahrerhaus so still, dass ich jedes einzelne Kieselsteinchen, das die Reifen aufwirbeln, klacken hören kann. Ich weiß, dass ich jetzt eigentlich an der Reihe bin, höfliche Fragen zu stellen, aber ich bringe es einfach nicht über mich. Ich habe ganz genau einen Sommer Zeit, um sämtliche Verstrickungen in meinem Leben zu lösen. Darum ist es nicht besonders gut bestellt. Und vor lauter Stress hab ich die Fähigkeit eingebüßt, Small Talk zu machen.

»Hey, kannst du mal anhalten, damit ich nach der Post gucken kann?«, frage ich, als Rickie am Ende der Einfahrt abbremst, um auf die Straße abzubiegen.

»Sicher doch, Schöne.« Während er den Wagen anhält, versuche ich, nicht die Augen zu verdrehen. Wahrscheinlich nennt er mich bloß so, weil er meinen richtigen Namen vergessen hat.

Ich steige aus und öffne unseren Briefkasten. Es liegt ein Katalog des Milchbauernverbandes für meinen Zwillingsbruder darin, den ich also drinlasse. Dylan hat zwei Interessen:

Ziegenhaltung und seiner Freundin an die Wäsche gehen. Allerdings nicht beides gleichzeitig.

Schnell gehe ich einen Stapel Briefumschläge durch und halte nach meinem Namen Ausschau. Ich warte auf Nachricht, ob ich ein Stipendium bekomme, mit dem ich das nächste Studienjahr finanzieren kann. Es war nicht gerade hilfreich, dass ich mich urplötzlich entschieden habe, vom Harkness College an die Burlington University zu wechseln, und mich in allerletzter Minute um finanzielle Unterstützung bewarb.

So was passiert, wenn man sich das Leben vermasselt.

Im Briefkasten liegt zwar ein Umschlag mit meinem Namen, doch der hat das falsche Format und kommt von der falschen Uni. Als ich also wieder zu Rickie in den Pick-up steige, starre ich auf einen großen quadratischen Umschlag von der Fakultät für Gesundheitswesen in Harkness. Was wollen *die* denn jetzt? Trotz meiner Abmeldung von der Uni scheine ich wohl immer noch in deren Adressverteiler zu stehen.

Während Rickie die Landstraße entlang in Richtung Highway fährt, tippe ich mir mit dem Brief aufs Knie. Schließlich gewinnt meine Neugier, und ich schlitze den Umschlag mit dem Daumen auf. Darin finde ich eine auf teures Papier gedruckte Einladung zu einer Feier im September. *Betreten Sie mit uns die Zukunft*, steht da, und ich werde eingeladen zur Einweihung des neuen Anbaus des Gesundheitswesen-Gebäudes, in dem ich das letzte Jahr geforscht habe.

Unten auf der edlen cremefarbenen Karte steht eine kleine Liste der Sponsoren, denen bei dem Empfang gedankt werden wird. Genau in der Mitte prangt der Name, den ich hassen und fürchten gelernt habe: *Senator Mitchell Halsey.* Die Halseys sind in Connecticut eine große Nummer. Eine riesengroße.

Und ich bin die Idiotin, die glänzende Augen bekam, als der Sohn des Senators anfing, mich mit seinen blauen Augen anzublitzen. Das vergangene Jahr war wie ein in Zeitlupe ablaufendes Katastrophenszenario. Es fing mit diesen blauen Augen an und endete mit der Erkenntnis, dass ich Harkness verlassen muss, wenn ich überhaupt je einen Abschluss machen will.

Reardon Halsey war genau wie ich Studierender im höheren Semester mit einem Job in einem Forschungsprojekt im Gesundheitswesen. Ich dachte, wir hätten so vieles gemeinsam. Ich glaubte ihm, als er mir sagte, wir seien dazu bestimmt, ein Paar zu werden.

Er hat mich belogen. Genau genommen hat er eine Menge Menschen belogen. Doch ich bin die Einzige, die es gemerkt hat. Und als ich ihn zur Rede stellen wollte, holte er nicht mal erst groß Luft, bevor er meine gesamte akademische Zukunft bedrohte.

Ganz unten hat Dekanin Rebecca Reynolds, meine bisherige wissenschaftliche Betreuerin, handschriftlich etwas ergänzt.

Daphne, wir vermissen Sie jetzt schon! Meine Tür wird Ihnen immer offen stehen.
– RR

Tja, das schmerzt. Bis vor einigen Wochen war ich in einem anspruchsvollen Programm am Harkness College. Ich war auf dem Weg, innerhalb von nur fünf Jahren sowohl meinen Bachelor als auch meinen Master in Gesundheitswesen zu machen. Ich hätte es auch geschafft. Hätte ich nur nicht dem falschen Mann vertraut.

Selbst jetzt bin ich nicht wirklich in Sicherheit. Reardon Halsey könnte mit einem einzigen Anruf mein Leben sprengen. Aus dem Grund schlafe ich nicht mehr gut.

Ich bin versucht, die Einladung direkt aus dem Fenster zu

werfen. Aber eine Shipley wirft keinen Müll in die Natur. Also öffne ich Dylans Handschuhfach, stopfe die Einladung hinein und klappe es wieder zu.

»Nicht der Brief, auf den du gewartet hast?«, fragt Rickie fröhlich.

»Nope«, grummele ich.

»Schade. Ich wüsste da vielleicht was, um dich nachher ein bisschen aufzumuntern.« Als ich aufstöhne, lacht er. »Ich meinte Eis. Sollen wir auf dem Rückweg anhalten, um uns ein Eis zu holen?«

»Klar doch, Kumpel«, murmele ich.

»Super.« Kurz herrscht Stille. »Oder wir essen zusammen zu Abend.«

»Wir essen jeden Tag zusammen zu Abend«, stelle ich klar.

»Das habe ich *nicht* gemeint. Du wirkst wie eine Frau, die mal einen lustigen Ausgehabend vertragen könnte. Und dafür bin ich genau der Richtige.«

Jede Wette. Ich zweifele nicht im Geringsten daran, dass Rickie weiß, woher das *Play* in Playboy kommt. Ich hatte das schon. Er hat mich schon einmal eingeladen, um mich dann zu ghosten.

Männern, die mit mir flirten, traue ich nicht. Und werde ich auch nie wieder trauen.

»Hör zu, ich fühle mich ja geschmeichelt, aber wir wissen doch beide, dass du echt nicht mein Typ bist«, lüge ich. »Und ich bin nicht deiner.«

»Tatsächlich? Was ist denn dein Typ? Lass mich raten – du stehst auf anständig und ehrgeizig.«

Das stimmt so halb. Oder zumindest stimmte es früher. Der erste Mann, in den ich mich je verliebt habe, war anständig. Und der zweite *wirkte* anständig und war definitiv ehrgeizig. Aber im Moment bin ich einfach nur verwirrt. »Ich weiß es ehrlich gesagt schlicht nicht mehr. Aber ich werde bestimmt nicht deine Vergnügungsnummer, weil sich's so schön praktisch anbietet, okay? Das läuft nicht.«

Er lacht doch tatsächlich. »Du glaubst, du wüsstest, wie ich ticke. Ich bin ein voll unanständiger Typ, hm?«

Ja. »Das habe ich nicht gesagt.«

»Schon okay, Daphne. Es gab Zeiten, da hättest du damit richtiggelegen. Ich hatte definitiv eine unanständige Phase. Aber dann bin ich erwachsen geworden.«

»Gut zu wissen«, murmele ich. Ich hatte nie eine unanständige Phase, aber dafür eine naive – was mit Sicherheit schlimmer ist.

»Lass mich ehrlich sein«, sagt er, als wäre hier eine Unterhaltung im Gange. »Du verwirrst mich. Dein Mund sagt, du hast kein Interesse. Deine umherwandernden Blicke sagen jedoch das Gegenteil.«

»Hey! Das stimmt nicht«, lüge ich. Ich fühle mich definitiv zu Rickie hingezogen und bin alles andere als bereit, das zuzugeben.

»Und was sollte das gestern mit dem Handy? Hast du ein Foto von mir gemacht?«

»Nein!«, jaule ich. »Wieso sollte ich?«

»Für den Sperrbildschirm?«, schlägt er vor. »Ich bin eine schöne Deko.«

»Halt die Klappe. Ich habe ein Selfie gemacht.«

Seinem Schnauben nach glaubt er mir nicht. Kann ich bitte einfach sofort tot umfallen? Bis zur ersten Schnaps-Auslieferung dauert es immer noch mindestens eine Dreiviertelstunde. Das wird die längste Fahrt nach Burlington überhaupt.

Mein Handy brummt, als eine Reihe von Nachrichten eingeht, also hole ich es heraus, um nachzusehen. Sie stammen alle von Violet.

Hallloooooo! Wie läuft's mit dem Hottie?

Hat er einen guten Musikgeschmack?

Hast du ihn gefragt, warum er dich damals bei eurem Date versetzt hat?

Kriege ich noch ein Foto? Auf dem hier erkennt man sein Gesicht nicht so gut.

Ich antworte mit der Geschwindigkeit von jemandem, der sich schuldig fühlt. Keine Fotos mehr. Basta. Ich höre nie wieder auf dich. Er hat es mitgekriegt, und jetzt werde ich mir das ewig anhören können.

Ach, keine Sorge! Ich werde diese Anekdote eines Tages auf eurer Hochzeit zum Besten geben.

Ich stöhne. Du bist eine hoffnungslose Romantikerin. Mit Betonung auf hoffnungslos.

Sie antwortet mit einem Herz-Emoji. Ich habe Violet echt gern, aber ihren Optimismus verstehe ich nicht. Sie hat nicht mehr Glück mit Männern als ich.

Ich stecke das Handy ein und starre wieder aus dem Fenster. Rickie fasst das jedoch als Zeichen auf, dass ich bereit bin, mich zu unterhalten. »Pass auf, wir müssen einiges klären. Ich hab da ein paar Fragen.«

Während ich die Landschaft vorüberziehen sehe, frage ich mich, ob ich wohl den Sprung aus einem fahrenden Auto überleben würde.

»Ich frage mich, wieso dich meine Gegenwart so nervös macht. Mir ist klar, dass wir uns schon mal begegnet sind …«

Ich erstarre innerlich, und mir stockt der Atem.

»… aber wo und wie genau, ist mir schleierhaft. Also hier eine wilde Vermutung: Haben wir uns schon mal *nackt* gesehen? Liegt da das Problem?«

Ehe ich mich versehe, entweicht mir ein Keuchen. »Nein! Auf keinen Fall.« Es sei denn, der eine Morgen letzte Woche zählt, als ich einen flüchtigen Blick darauf erhaschte, wie er sich unter die Dusche stellte. Dieser Mann hat einen Hintern wie ein Kunstwerk …

»Na, ein Glück.« Er lacht in sich hinein. »Wär eine Schande, wenn ich *das* vergessen hätte.«

Ich stoße leise ein empörtes Zischen aus. »Im Ernst?«, kiekse ich. »Das muss ja eine *verdammt* unanständige Phase gewesen sein, wenn du glaubst, dass du so was vergessen haben könntest.«

»Oh, du wärst überrascht, was ein Kerl so alles vergessen kann.« Der Motor des Pick-ups röhrt, als er beschleunigt, um einen Holzlaster zu überholen. »Hör zu, mir ist sehr wohl klar, dass ich mich gerade wie ein Arschloch anhöre. Aber könntest du mir bitte einfach verraten, wo wir uns schon mal begegnet sind? Hilf mir auf die Sprünge.«

Unwillkürlich drehe ich den Kopf und starre ihn für einen langen Moment bloß an. Meint er das überhaupt ernst? Ich hatte angenommen, er wüsste ganz genau, wie wir uns kennengelernt haben, wolle aber einfach nicht darüber reden. Aber jetzt soll ich ihm auf die Sprünge helfen?

»Ja, ich mein's ernst«, sagt er, als hätte er meine Gedanken mitgehört. »Mein Gedächtnis ist scheiße.«

»Mein Gott, das kann man wohl sagen. Vielleicht solltest du das Kiffen sein lassen.«

»Das hör ich oft.«

Das hier ist die merkwürdigste Unterhaltung, die ich je geführt habe. Und ich bin mir immer noch nicht sicher, ob er mich nicht nur verarscht. Er und ich haben sechs *Stunden* miteinander verbracht. Komplett angezogen. Aber trotzdem. »In meinem ersten Studienjahr sind wir einmal als Fahrgemeinschaft übers Wochenende von Connecticut nach Vermont und zurück gefahren. Du hattest das Auto. Ich habe fürs Benzin bezahlt.«

»*Oh*«, sagt er und wirft mir einen kurzen Blick zu. »Von Harkness aus.«

»Ja, natürlich.«

»Stimmt«, sagt er, die Augen auf die Straße gerichtet. »Ergibt Sinn.«

Ich mache mich auf weitere Fragen gefasst. Wahrscheinlich fällt ihm jetzt alles wieder ein. Unser seltsam vertrautes Gespräch. Die komische Art, wie es geendet hat.

Doch die Fragen kommen nicht. Stattdessen dreht er das Radio lauter.

3

Vor fast drei Jahren

Es ist ein nieseliger Herbsttag in Harkness, Connecticut. In dieser Stadt am Wasser regnet es oft.

Daphne, eine Erstsemesterin, wartet unter einem wunderschönen Bogengang am Rand des Campus. Sie hat jahrelang davon geträumt, auf diese Uni zu gehen – seit ihr ehrgeiziges kleines Herz das Harkness College in einem Studienratgeber entdeckt hat, den sie in der Stadtbibliothek von Tuxbury ausgeliehen hatte.

Und hier ist sie nun, vor sechs Wochen hat ihr erstes Semester begonnen. Ihr ehrfürchtiges Staunen hat nicht nachgelassen, wenngleich sie sich hier nicht so ganz wohlfühlt. Es ist noch nicht ihr Zuhause.

Das irritiert sie sehr. Um ehrlich zu sein, hatte sie geglaubt, in dem Moment, wenn sie nach Harkness führe und ihr Zimmer im Wohnheim bezöge, würde ihr Leben erst so richtig anfangen. So wie es sein sollte.

Stattdessen wurde sie mit einer Mitbewohnerin zusammengesteckt, die doch tatsächlich einen Pelzmantel fürs College eingepackt hat. Wer macht denn so was?

Daphne sieht auf ihrem Handy nach der Uhrzeit. Sie hat es dermaßen eilig, übers Wochenende nach Hause zu kommen, dass sie zu früh hier steht. Sie hat Heimweh. Das ist ein bisschen peinlich. Also redet sie sich ein, dass die Überpünktlichkeit einfach nur höflich ist. Sie hat jenen Freund einer Freundin, der bereit war, sie heute Morgen nach Vermont mitzunehmen, noch nie getroffen.

Wenigstens ist er pünktlich. Um Punkt acht Uhr hält ein kastiger alter Volvo am Straßenrand an. Nach nur einem flüchtigen Blick zu dem Mann hinterm Lenkrad flitzt Daphne durch den kalten Regen und öffnet die Beifahrertür. Mit einer einzigen hastigen Bewegung rutscht sie auf den Sitz und stellt ihre kleine Reisetasche zwischen ihre Füße.

Dann dreht sie sich zur Seite, um einen genaueren Blick auf ihren Begleiter zu werfen. Und – heiliger Strohsack! – er ist *ein Traum*. Er hat ganz kurz rasierte Haare. So ein Bürstenhaarschnitt steht nicht jedem, diesem Kerl aber schon. Seine modelmäßig schönen Gesichtszüge kommen so richtig gut zur Geltung.

Und – *wow* – aus überraschten graublauen Augen checkt er sie von oben bis unten ab. »Hallo, du. Ich hoffe mal inständig, du bist Daphne Shipley und keine Autoräuberin.«

»Die bin ich«, sagt sie etwas atemlos. Gut aussehende Männer machen sie immer leicht nervös. »Und du bist Richard Ralls?«

»Das ist mein Vater. Ich bin Rickie.«

»Gibt's erwachsene Männer, die sich Rickie nennen?« Sie wollte frech klingen, aber es kommt ein bisschen zickig heraus. So ist das bei ihr. Daphne hat nie den Dreh rausgekriegt, wie das mit dem Flirten geht.

»Wer sagt, dass ich ein erwachsener Mann bin?« Daraufhin lächelt er, wodurch er nur noch umwerfender wird, und ihr Bauch macht einen komischen Hüpfer.

»Wie ich merke, hast du es eilig, nach Vermont zu kommen«, sagt er. »Vielleicht solltest du aber nicht so schnell zu einem Fremden ins Auto springen? Du hast nicht mal überprüft, ob ich es bin. Ich hatte schon meinen Ausweis bereitgelegt, siehst du?« Er hält einen Ausweis von der US Tactical Services Academy hoch.

Auf dem Ausweisfoto sieht er sogar noch besser aus, wenn das überhaupt möglich ist. Denn er trägt eine Paradeuniform.

Daphne ist allerdings keine, die sich vor anderen gern ihre Gefühle anmerken lässt. Und sie ist *bestimmt* keine, die sich von einem Mann sagen lässt, dass sie etwas Dummes getan habe. »Mal überlegen«, sagt sie. »Dein Vermonter Nummernschild und dieser Haarschnitt machen es echt unwahrscheinlich, dass ich ins falsche Auto eingestiegen bin.«

Wieder so ein blendendes Lächeln. »Schätze, da hast du recht, Daphne. Und du bist die Freundin von Carla?«

»Sozusagen.« *Freundin* wäre zu viel gesagt. Carla war auf der Highschool eine Klassenkameradin von Daphne – eins von den selbstbewussten Mädchen, im Vergleich zu denen sich Daphne immer nerdig und seltsam vorgekommen ist. »Die Colebury Highschool ist so klein, dass jeder jeden kennt.«

Carla hatte vergangenen Sommer mal erwähnt, dass sie einen Collegetypen kenne, der auch oft zwischen Connecticut und ihrem Teil von Vermont pendele. Also hatte sich Daphne Rickies E-Mail-Adresse aufgeschrieben, denn sie denkt praktisch.

»Carla war für ungefähr zehn Minuten mit meinem Zwillingsbruder zusammen«, sagt sie. »Wie alle.«

Als Rickie leise lacht, hüpft der Laut in Daphnes Brust umher. »Ich glaube, deinen Zwillingsbruder würde ich mögen.«

Wie alle. Sie holt einen Zwanzigdollarschein heraus und steckt ihn in den Becherhalter. »Die sind fürs Benzin. Danke für die Mitfahrgelegenheit.«

»Ist mir ein Vergnügen.« Er legt den ersten Gang ein, und sie beginnen ihre dreistündige Heimfahrt. Aus dem Radio wummert irgendeine leise Musik, und im Wagen ist es warm und trocken, während sie die verregnete Straße entlangrollen.

Das College verschwindet hinter ihnen, und Daphne ist froh, es hinter sich zu lassen.

»Also, wie gefällt dir Harkness?«, fragt Rickie. »Und was studierst du dort?«

»Ich mache einen Bachelor in Biologie und einen Master in Gesundheitswesen, in einem Schnellspur-Programm.«

»Ah, ehrgeizig. Lustig, dass du nicht auf meine erste Frage geantwortet hast. Wie gefällt's dir?«

»Ich bin erst sechs Wochen dort.«

»Doch so gut?« Er lacht in sich hinein.

Sie kennt ihn nicht gut genug, um ihm die ganze Wahrheit zu erzählen. Dass das Harkness College einschüchternd ist. Dass sie sich immer für intelligent gehalten hat, sich jetzt aber fragt, ob sie mithalten kann. Und ganz bestimmt erzählt sie ihm nicht, dass sie sich unter den ganzen geschniegelten reichen Kindern, die auf Privatschulen überall im ganzen Land waren, wie ein Landei vorkommt.

»Es soll versnobt sein«, sagt Rickie und bietet ihr damit einen Einstieg.

»Na ja, in der ersten Woche hat mich jemand gefragt, woher ich komme, und als ich Vermont sagte, meinte derjenige: ›Ach, da übersommert immer ein Kumpel von mir.‹«

»Ja, *übersommern* als Begriff. Ein passender Look gehört auch dazu. Ziemlich *Tribute-von-Panem*-mäßig.«

Daphne lächelt über die Anspielung, obwohl sie den ersten Teil gehasst und die Reihe nicht mal zu Ende gelesen hat. »Okay, und was ist mit dir? Gefällt's dir an der Tactical Services Academy? Und was studierst du?«

»Philosophie und Psychologie – zwei Hauptfächer.«

»Wie mir auffällt, hast du meine erste Frage nicht beantwortet.«

»Du bist eine Blitzmerkerin. Aber das Ding mit der USTSA

ist, dass es einem dort gar nicht gefallen soll. Man soll sie *überstehen*. Das ist auch sehr *Tribute-von-Panem*-mäßig, aber eher wie in den späteren Büchern.«

»Und du hast dir das freiwillig ausgesucht?«

Er lacht trocken. »So ziemlich. Sie ist kostenlos, weißt du? Mir hat also das Preisschild gefallen. Außerdem bin ich das Arschgekrieche und den Tonfall beim Militär gewöhnt. Mein Vater war bis zu seiner Pensionierung Colonel in der Air Force.«

»Ach, auf dem Militärstützpunkt außerhalb von Burlington?«

»Früher. Ich wurde in Vermont geboren, bin aber nicht dort aufgewachsen.«

»Wo bist du denn aufgewachsen?«

»Überall. Japan. Deutschland.«

»Wo bist du zur Highschool gegangen?«

»In Choate. Wo sie auch *übersommern* sagen.«

»Ah.« Das verunsichert Daphne ein bisschen, denn sie hat ihn eher für einen Gleichgesinnten gehalten – einen Vermonter, der übers Wochenende aufs Land abhaut, wo die Welt noch Sinn ergibt. »Und woher kennst du Carla?«

»Ich war letzten Sommer für ungefähr zehn Minuten mit ihr zusammen.«

Das hätte Daphne echt kommen sehen müssen. Die Carlas und Dylans und Rickies dieser Welt fühlen sich naturgemäß zueinander hingezogen. Sie wissen alle, wie man lockerlässt und Spaß hat. Daphne hat den Bogen nie so recht rausgekriegt. Sie hat gedacht, wenn sie erst unter ihresgleichen ist – den Nerds dieser Welt –, würde es leichter werden, Freunde zu finden.

Vielleicht dauert es mehr als sechs Wochen.

»Große Pläne fürs Wochenende?«, fragt Rickie, als sie auf den Highway 91 auffahren.

»Nicht wirklich. Auf unserer Farm ist gerade Hauptsaison.

Wahrscheinlich werde ich das ganze Wochenende lang mit einer Ponykutsche herumfahren, damit die Familien, die zum Apfelpflücken kommen, nicht so weit zu laufen brauchen, um ihre Lieblingssorte zu finden.«

»Könnte doch lustig werden?«

»Klar – wenn man auf quengelnde Kinder und Pferdemist steht. Die Ponykutsche ist bei uns die unbeliebteste Aufgabe, aber sie kommt bei den Besuchern an.«

»Was ist denn dann die beste Aufgabe?«

»Die Cider-Verkostung. Oder Kassieren. Ich kann gut mit Zahlen umgehen. Wechselgeld rausgeben macht mir nichts aus.«

Er schweigt einen Augenblick. »Und welchen Grund hast du noch?«

»Wofür?«

»An einem x-beliebigen Novemberwochenende nach Hause zu fahren.«

»Veteran's Day – wegen des Feiertags haben wir Montag frei. Das ist alles.«

»Okay, klar. Aber wenn ein Mädchen an einem verregneten Samstagmorgen Make-up trägt, heißt das meistens, dass es da einen Typen gibt.«

Daphne steigt Hitze ins Gesicht. »Wow, sechs Wochen Psychologieseminare, und du packst alle direkt schon auf die Couch, was?«

»Sag mir, dass ich falschliege.« Er lehnt sich gegen die Kopfstütze und grinst.

»Sorry, Sigmund. Es gibt keinen Kerl.«

»Was? *Unmöglich.* Warte – dann ein Mädchen? Sorry, ich hätte aufgeschlossener sein sollen.«

Daphne lacht. »Nö. Vielleicht schmink ich mich einfach nur gern.« Tut sie nicht. Aber das weiß Rickie nicht.

»Nee. Es muss jemanden geben. Nach sechs Wochen im ersten Semester …« Er überlegt kurz. »Du fährst nach Hause, weil du einen Typen nicht verlieren oder ihn dir schnappen willst. Eins von beidem muss es sein.«

Daphne schaut hinaus auf den nassen Highway, als ihr Herz höherschlägt. Der Kerl auf dem Fahrersitz ist echt nicht ihr Typ. Er hat so ein Bad-Boy-Funkeln in den Augen, dem sie normalerweise aus dem Weg gehen würde. Aber seine schnelle Auffassungsgabe macht unheimlich viel Spaß. Es ist lustig, sich Wortgefechte mit ihm zu liefern. »Hör zu, ich glaube, deiner Analyse fehlt es an Feinsinn.«

»Sag mir, womit ich falschliege«, bleibt er beharrlich.

»Es gibt da einen Typen …«

Er johlt.

»Hey! Ich war noch nicht fertig. Es gibt einen Typen, der auf unserer Farm arbeitet. Und ich dachte meine ganze Highschool-Zeit, ich wäre verliebt in ihn.«

»Ein älterer Mann«, sagt Rickie zwinkernd.

»Genau. Er hat mich nie mehr als eines Blickes gewürdigt. Aber ich konnte meine Schwärmerei nicht besonders gut verbergen. Vor ein paar Wochen habe ich rausgefunden, dass er mit jemandem zusammen ist. Und da habe ich, äh, schlecht reagiert.«

»Autsch.« Er besitzt den Anstand zusammenzuzucken.

»Ja. War nicht gerade eine Sternstunde von mir. Es kommt sogar noch schlimmer, in meinem Wutanfall war ich auch noch schrecklich zu meiner Schwester. Sie redet wahrscheinlich nie wieder mit mir.« Aus gutem Grund. Daphne schämt sich zutiefst für das, was sie gesagt und getan hat. Wenn sie die Zeit zurückdrehen und den Schaden ungeschehen machen könnte, würde sie das tun.

»Dann ist das Make-up also wie eine Rüstung«, sagt er. »Du

musst dich dem Mist stellen, den du angerichtet hast, und möchtest dabei selbstbewusst wirken.«

»So ungefähr.«

»Ich verstehe. Bei der nächsten Abfahrt mache ich einen Tankstopp. Ich werde mir was zu trinken holen, möchtest du auch was? Limo? Üblen Tankstellenkaffee?«

»Nein, danke.«

Ein paar Minuten später biegt er auf die Tankstelle ein. Daphne ist sich seiner Unterarmmuskeln überaus bewusst, als er die Handbremse anzieht. Unter dem Ärmel seines Uniformhemds guckt der Rand eines Tattoos hervor.

Ich mag gar keine Tattoos, sagt Daphne zu sich selbst, auch wenn das jetzt weniger wahr ist als noch vor einer Stunde.

Rickie hängt den Tankstutzen ein und geht dann in den Shop. Sein Gang ist großspurig, und in der Uniformhose sieht sein Hintern muskulös aus.

Daphne reißt den Blick von seinem Po los, sinkt wieder zurück in den Sitz und wartet. Doch jetzt zweifelt sie an ihrer Entscheidung, heute Morgen Make-up aufzulegen. Ist es wirklich so offensichtlich? Wenn es Rickie aufgefallen ist, dann wird ihre Familie es vielleicht auch bemerken.

Sie beugt sich vor, um ihre Reisetasche aufzumachen, nimmt ihre Kulturtasche heraus und stellt sie auf ihren Schoß. Darin befindet sich eine Packung Reinigungstücher. Sie benutzt eins davon, um an ihrer Wimperntusche herumzutupfen.

»Hey«, sagt Rickie einige Minuten später und stellt einen Pappbecher in den Becherhalter. »Mach das nicht. Tut mir leid, dass ich es angesprochen habe.«

»Es ist nicht nett, neue Freunde gleich zu psychoanalysieren«, grummelt sie, während die Wimperntusche abgeht.

»Ich fand, das sah heiß aus«, sagt er. »Dabei hätte ich es belassen sollen.«

»Ist egal«, erwidert sie. »Es passt sowieso nicht zu mir.«

»Du sagst das, als wäre Make-up was Schlechtes.« Rickie greift in ihre Kulturtasche und nimmt ihren Kajalstift heraus.

»Was machst du da?«

Er zieht die Kappe ab. Dann langt er zum Rückspiegel und kippt ihn in Richtung seines Gesichts. »Es ist nichts verkehrt daran, alle im Ungewissen zu lassen.«

Mit offenem Mund schaut Daphne zu, wie Rickie anfängt, sich überraschend geschickt das rechte Auge zu umranden.

»Gib ihnen nicht solche Macht«, sagt er und wechselt zu seinem linken Auge. »Wenn du jemand bist, der heute Make-up trägt, dann ist es eben so.« Er schiebt die Kappe auf den Stift, bringt den Spiegel wieder in seine vorherige Position und dreht sich, um Daphne anzusehen.

Ihr Herz gerät ins Stottern, als sie geradewegs in diese heftigen graublauen Strahleaugen schaut, die von einem Hauch schwarzen Kajals betont und optisch vergrößert werden. Er sieht jetzt doppelt so gefährlich aus wie vorher. »Du bist anders, als ich erwartet habe«, stammelt sie.

»Gut«, flüstert er. Dann gibt er ihr den Kajal und steigt aus, um den Tankdeckel wieder zuzumachen.

Einen Augenblick später sind sie wieder auf dem Highway. Daphne hatte damit gerechnet, dass er sich den Kajal abwischen würde. Aber er schert sich nicht darum. Während sie die 91 entlangfahren, schiebt er doch tatsächlich eine Kassette in das Radio im Armaturenbrett und singt dann Joan Jetts *I Hate Myself for Loving You* mit.

Der Song scheint eigentlich ganz passend, also stimmt Daphne mit ein.

4

Rickie

Der erste Laden auf unserer Liste ist ein Steakrestaurant außerhalb von Burlington. Und als ich hinter dem Gebäude halte, weigert sich Daphne, mich die Kiste mit dem Alkohol hineintragen zu lassen. Sie besteht darauf, es selbst zu machen.

Sie hat heute vielleicht eine *Laune*. Ich glaube, sie hatte erwartet, den Tag allein zu verbringen. Außerdem traut sie mir nicht. Sie kann nicht fassen, dass ich mich nicht an unser erstes Zusammentreffen erinnere.

Geht mir genauso, Mädchen, denke ich, während ich zusehe, wie sie durch die Hintertür des Restaurants verschwindet. Seit meiner Zeit in Connecticut ist mein Leben eine einzige wilde Fahrt. Ich erzähle den Menschen in meinem Leben nie die ganze Geschichte, weil ich es satthabe, der Typ zu sein, der sechs Monate aus seinem Gedächtnis verloren hat.

Ehrlich gesagt ist es leichter, ein primitives Arschloch zu sein als der Freak.

Etwas sagt mir, dass ich gar nicht der eigentliche Grund für Daphnes Missmut bin. Irgendetwas beschäftigt sie, und es hat rein gar nichts mit mir zu tun.

Ich hätte ein paar Ideen, wie ich sie aufmuntern könnte, wenn sie sich nur darauf einlassen würde.

Gerade als ich das denke, taucht Daphne wieder auf. Sie hat ein ernstes Stirnrunzeln aufgesetzt, das nicht zum Nachfragen einlädt. Und weil ich Stimmungen einschätzen kann, halte ich mich an das, was zu erledigen ist. Sobald sie wieder eingestiegen ist, lenke ich den Pick-up ins Stadtzentrum.

Unsere zweite und letzte Lieferung geht an eine Weinbar. Das *Vino und Veritas* liegt in der Church Street, in der Autos verboten sind. Aber dahinter gibt es eine Gasse, die die Anlieferung erleichtert. Daphne verschwindet durch die Hintertür des Ladens und taucht eine Minute später wieder auf.

»Wieso liefern wir das Zeug eigentlich persönlich aus?«, frage ich, während ich vorsichtig rückwärts aus der Gasse setze. »Griffin hat doch einen Lieferanten für seinen Cider, oder nicht?«

»Der Apfelschnaps ist noch in der Entwicklung«, sagt sie. »Er stellt nicht genug davon her, um auf die Mindestabnahmemenge des Lieferanten zu kommen.«

»Oh. Dein Bruder ist ein witziger Typ. Er ist ein Tüftler, stimmt's? Experimentiert immer an der Zusammensetzung diverser alkoholischer Getränke herum. Gibt's was Cooleres als das?«

»Echt cool«, murmelt sie. »Kannst du mich beim Gebäudekomplex für die Sozialwissenschaften absetzen? Ich möchte an meinem ersten Tag nicht zu spät kommen.«

»Sicher doch, Schöne. Kein Problem.«

Ich mache es sogar noch besser. Ein paar Minuten später fahre ich direkt vor der Fakultät für Gesundheitswesen vor. »Ich parke da drüben«, sage ich und zeige auf das Parkhaus eine Ecke weiter. »Wann soll ich wieder hier sein?«

»Ähm, ist siebzehn Uhr zu spät?« Sie schaut nervös zum Gebäude.

»Nein, das passt. Ich hab noch Erledigungen zu machen. Außerdem werde ich im Café ein bisschen Zeit totschlagen.«

»Äh, danke.« Als sie schwer schluckt, wird mir klar, dass

selbst Daphne Shipley Bammel vor dem ersten Tag befällt. Wer hätte das gedacht? Sie schultert ihren Rucksack und steigt aus dem Wagen aus.

Ich lasse das Fenster herunter. »Hey, Daphne?«

Mit einem leicht genervten Runzeln auf der Stirn dreht sie sich wieder um. »Was?«

»Du bist der Hammer.«

»Was?« Sie blinzelt.

»Du rockst das. Jetzt geh schon. Komm zeitig. Beeindrucke die Welt des Gesundheitswesens. Das willst du doch, gib's zu.«

»Danke.« Sie schenkt mir ein so zartes Lächeln, dass man fast ein Elektronenmikroskop bräuchte, um es zu entdecken. Und dann schreitet sie davon, die langen Beine wie Honig im Sonnenschein, und verschwindet durch die Glastür des Gebäudes.

Und ich sitze bloß da wie ein Holzkopf und wünsche mir, ich hätte einen Abschiedskuss bekommen.

Diesen Sommer besuche ich eine Vorlesung in Philosophie der Antike, und die erste Stunde macht richtig Spaß.

Nach meiner Verletzung habe ich zwei Semester verloren. Ich brauchte ein Jahr, um mein Leben neu zu sortieren, mich an der Burlington University einzuschreiben und nach Burlington zu ziehen. Obwohl ich also bereits zweiundzwanzig bin, liegt mein Abschluss noch in weiter Ferne.

Aber Uni gefiel mir schon immer. Und neunzig Minuten lang im Vorlesungssaal einem Professor zuzuhören, der Sophokles erläutert, ist kurzweilig.

Hinterher verbringe ich etwas Zeit in der Buchhandlung, bevor ich wie angekündigt ins Café gehe. Aber nur kurz. Ich habe noch einen Termin in Burlington, den ich Daphne gegenüber nicht erwähnt habe.

Es ist an der Zeit für einen Besuch bei meiner Seelenklempnerin.

Lenore ist eine junge, frisch promovierte klinische Psychologin – ganz genau, was ich in einigen Jahren auch zu sein hoffe. Sitzungen bei ihr sind auf mehr als eine Art nützlich für mich. Lenore hilft mir nicht nur bei meinen Problemen – und davon gibt es so einige –, ich lerne auch von ihr. Sie ist klug und redet mit mir als zukünftigem Kollegen sowie als Patient.

»Mein Gott, Sie sind aber braun geworden!«, kreischt sie, als ich ihr Sprechzimmer betrete. »Und so durchtrainiert, dass ich Sie kaum wiedererkenne.«

»Wollen Sie damit etwa sagen, dass ich vorher blass und geisterhaft wirkte?« Ich lasse mich auf meinen Sessel plumpsen.

»Ach, bitte. Sie sind heute ja überpünktlich, Rickie. Ich glaube, Sie haben mich vermisst.«

»Aber sicher doch. Mir hat schon einen ganzen *Monat* niemand mehr neugierige Fragen gestellt.«

»Na, dann beheben wir das doch mal. Wie ist es Ihnen ergangen? Erzählen Sie mir alles. Melken Sie Kühe?«

»Hauptsächlich schaufele ich deren Fladen auf. Aber es ist trotzdem schön.« Ich erzähle ihr von der Shipley-Farm und meinem Muskelkater und dem Auftauchen des Bären gestern.

»Etwas sagt mir, dass dieser Bär jedes Mal, wenn Sie diese Geschichte erzählen, noch wilder wird«, sagt sie und spielt dabei mit dem Anhänger ihrer Halskette.

»Nennen Sie mich etwa einen Lügner? Ist das eine gute Arzt-Patienten-Interaktion?«

»Nicht einen Lügner«, sagt sie mit einem Augenrollen. »Einen Ausschmücker.«

»Schön. Na klar. Ich bin dem Tod von der Schippe gesprungen, aber Sie glauben, ich schmücke bloß aus. Ich verstehe.«

Sie schenkt mir ein nachsichtiges Lächeln. »Sie wirken zufrieden, Rick. Und das steht Ihnen.«

»Danke«, sage ich leise. Und ich schätze, sie hat recht. Die letzten drei Jahre waren die Hölle. Zufriedenheit ist etwas, von dem ich dachte, ich würde es womöglich nie finden.

»Haben Sie Ihre Eltern besucht?«, fragte Lenore mit einem Mal.

»Nope.« Dabei verspüre ich ein stechendes Schuldgefühl. Sie leben vielleicht vierzig Minuten entfernt von meinem Wohnort. Aber unser Verhältnis zueinander ist so angespannt, dass ein Besuch bei ihnen für mich nicht gerade oberste Priorität hat.

»Hätten Sie den Sommer über auch zu Hause wohnen können?«, fragt sie und hält damit an diesem unangenehmen Thema fest.

»Ich denke schon. Ja. Dann hätte ich mir allerdings einen Sommerjob suchen müssen. Bei den Shipleys ist der Job gleich inbegriffen. Außerdem sind die Shipleys nicht enttäuscht von mir, weil ich an der Academy gescheitert bin und dann einen Vergleich angenommen habe.«

Sie schaltet sich noch nicht ein. Sie wartet ab, wie es ein kluger Therapeut eben macht.

»Ich nehme an, ich sollte sie mal besuchen, damit dieser Mist nicht vor sich hin gärt, oder?«

»Kommt drauf an«, sagt sie ruhig. »Es gibt Eltern, die es gar nicht anders verdient haben, als dass man sie aus seinem Leben verbannt. Es gibt toxische Menschen auf dieser Welt, und denen schuldet man gar nichts. Aber wenn Sie denken, dass Ihnen ein gutes Verhältnis für die Zukunft wichtig ist, dann ist es vielleicht an der Zeit, einen gemeinsamen Nenner zu finden.«

Nach außen hin bin ich so gelassen wie eh und je. Dabei

befinde ich mich erst seit drei Minuten in Lenores Praxis, und sie hat bereits einen wunden Punkt gefunden und draufgedrückt. Früher hatte ich ein tolles Verhältnis zu meinen Eltern. Ich bin ihr einziges Kind, und während meiner Kindheit haben wir zusammen die Welt bereist. Wir standen uns nah.

Dann ging ich an die Alma Mater meines Vaters, die US Tactical Services Academy. Ich war nicht sonderlich begeistert davon, sie Middlebury vorzuziehen, wo ich ebenfalls angenommen worden war. Anders als mein Vater bin ich nicht so der Typ fürs Militär. Aber es sprach einiges dafür. Zuerst mal die Kosten. Die Academy ist kostenlos. Ich hätte nach meinem Abschluss keinerlei Schulden gehabt.

Zweitens war mein Vater stolz, als ich angenommen wurde. Mächtig stolz. Das fand ich megacool.

Und schließlich interessierte ich mich auch für eine berufliche Laufbahn beim militärischen Geheimdienst. Obwohl ich in Reih und Glied marschieren sterbenslangweilig fand, gefiel mir der Gedanke, dass ich eines Tages Spion werden könnte.

Doch gegen Ende des ersten Semesters ging ich auf eine Party außerhalb des Campus und wurde verletzt. Ich lag zwei Wochen im Krankenhaus. Und seitdem bin ich nicht mehr derselbe.

Damit war für mich an der USTSA Schluss. Ich brach ab. Und als das College sich Zeit damit ließ, mir meine Leistungen aus dem ersten Semester zu bescheinigen, halfen mir meine Eltern widerwillig, die Leute dort zum Handeln zu zwingen.

»Es ist mir zuwider, rechtliche Schritte gegen mein eigenes College zu unternehmen«, sagte mein Vater. »Aber wahrscheinlich wird ein ernstes Schreiben schon ausreichen.«

Der Anwalt hatte Größeres vor. »Sie sollten nicht nur Ihre Leistungen bescheinigt kriegen. Ihr Arzt kann nicht mal sagen, wann Sie wieder in der Lage sein werden, weiterzustudieren. Ich denke, man schuldet Ihnen noch ein bisschen mehr.«

»Und das wäre?«, fragte ich.

»Das wäre Geld.« Mit meinem Einverständnis verlangte er eine Million Dollar. »Die werden uns runterhandeln«, fügte er hinzu.

Aber das geschah nicht. Zwei Wochen später stellten sie mir einen Scheck über eine siebenstellige Summe aus.

Mein Vater hat das bis heute nicht verwunden. Ich habe das College verklagt, das ihm eine kostenlose Ausbildung ermöglicht hat. »Ich kann mich nie wieder dort blicken lassen«, schrie er mich an. »Das College war nicht mal *schuld* daran, dass du auf die verdammte Party gegangen bist!«

Da mag er recht haben. Nur hat mir das College eigentlich nie gesagt, was in jener Nacht passiert ist. Als ich mir den Kopf aufschlug, verlor ich jegliche Erinnerung an diesen Abend. Aus dem Krankenbericht weiß ich nur, dass mich drei Kadetten in die Notaufnahme gebracht haben.

Wir haben versucht, mehr herauszufinden, aber die Academy tischte uns immer wieder unbefriedigende Antworten auf. »Wir untersuchen den Fall noch.« »Es gibt einige Unklarheiten.« »Es passierte außerhalb des Campus.«

Nach dem Vergleich hörten sie auf, unsere Anrufe überhaupt anzunehmen. Und mein Vater verlor den Gefallen daran, ihnen Druck zu machen. »Ich schätze, als Millionär brauchst du jetzt keine Antworten mehr.«

Bis zu dem Zeitpunkt war es ab und zu schwer für mich gewesen, es meinem Vater recht zu machen. Er konnte nichts mit meinen geistigen Interessen anfangen. Und er konnte erst recht nichts damit anfangen, dass ich pansexuell bin. Aber im Großen und Ganzen kam er damit klar. Er war ein guter Dad.

Doch nun war ich eine echte Schande für ihn geworden. Das ist nicht leicht. Das Geld aus dem Vergleich hat mir geholfen, wieder auf die Beine zu kommen. Ich kaufte mir ein Haus in Burlington und fing wieder an zu studieren, diesmal an der Burlington University. Es ist nicht so, als hätte ich mir eine Yacht gekauft oder First-Class-Tickets nach Las Vegas.

Das ist egal. Er wird nie darüber hinwegkommen.

Das übrige Geld – nach dem Hauskauf und dem fetten Honorar für den Anwalt – ist in Bankanleihen angelegt, die immer genau vor Semesterbeginn zinsfällig werden. Für meine Studiengebühren bis zu meinem Abschluss ist also vorgesorgt, und ich verfüge nicht etwa über haufenweise Bargeld, das ich für Gras und Alk verballere.

Ich bekomme gute Noten. Ich habe neue Freunde gefunden. Mein Leben ist wieder in der Spur, auch wenn mein Verhältnis zu meinen Eltern es nicht ist.

Und ich verpasse nie eine Sitzung bei Lenore. Sie versteht mich.

»Erzählen Sie mir etwas Schönes über die Farm«, sagt sie. »Abgesehen von dem Bären.«

Ich mache den Mund auf, um ihr vom Essen zu erzählen, doch dann höre ich mich sagen: »Es gibt da ein Mädchen. Daphne Shipley. Ich steh total auf sie.«

»Echt?« Lenore lehnt sich mit einem klatschlüsternen Lächeln zurück. »Los, erzählen Sie.«

»Na ja …« Ich lache trocken, weil ich mich wie ein Siebtklässler anhöre, der gesteht, dass er verknallt ist. »Die Anziehung zwischen uns macht mich ein bisschen kirre. Ich bin mega abgelenkt. Und ich glaube, das beruht auf Gegenseitigkeit, sie ermutigt mich jedoch kein bisschen.«

Lenore lacht laut los.

»Moment mal – sollte eine Therapeutin so was machen? Den Patienten auslachen?«

»Ich lache *mit* Ihnen«, sagt sie mit einem breiten Lächeln. »Das ist super, wissen Sie? Sie sollten die Erkenntnis feiern, dass Sie endlich die Probleme eines durchschnittlichen Collegestudenten haben. Junge mag Mädchen. Mädchen ist unentschlossen.«

Ich nehme an, da hat sie recht. »Ja, bestimmt. Aber es ist schon so lange her, dass ich auf jemanden stand. Ich bin vielleicht aus der Übung? Die Schlampe in mir hat ihre ganzen guten Moves vergessen.«

»Nee«, sagt sie und tut das Problem mit einem Handwedeln ab. »Damit ist es wie mit dem Fahrradfahren. Lassen Sie uns über Daphne sprechen. Ist das Dylans Zwillingsschwester?«

»Genau.«

»Hatten Sie mir nicht erzählt, Dylans Schwester würde im Herbst nach Burlington ziehen? Und würde vielleicht mit in Ihr Haus einziehen?«

»Ja, da geht's um dieselbe Schwester. Die Miete ist so günstig, dass sie Ja sagen muss.« Ich verlange kaum Geld von meinen Freunden. Hauptsächlich aus Schuldgefühlen. Als wäre ich mir nicht so ganz sicher, ob ich befugt bin, ein Haus im Zentrum von Burlington zu besitzen, für das die US Tactical Services Academy bezahlt hat. Ich versuche, den Reichtum mit anderen Collegestudenten zu teilen, die gerade so über die Runden kommen.

»Das verkompliziert es möglicherweise«, sagt Lenore. »Vielleicht möchte sich Daphne nicht mit ihrem künftigen Vermieter einlassen.«

»Vielleicht«, gebe ich zu.

»Lassen Sie einfach weiter Ihren Rickie-Charme spielen.

Sie wären nicht der erste Kerl, der sich zu einer Frau hingezogen fühlt, die die Unnahbare gibt.«

»Okay, aber es gibt da noch etwas, was es verkompliziert – wir sind uns früher schon mal begegnet.«

Lenore blinzelt. »*Wann* früher?«

An dem Punkt fängt es an, seltsam zu werden. Immer. »Ich habe sie schon einmal während meiner Zeit an der Academy getroffen.«

Lenore macht ein langes Gesicht. »Oh, Mist.«

»Ja.«

Für einen Augenblick verfallen wir in Schweigen. Das ist mein eigentliches Problem und der Grund, warum ich zu ihr gehe. Nicht wegen meiner Eltern oder meiner Kindheit, sondern weil ich die Erinnerung an sechs Monate meines Lebens verloren habe – im Prinzip von dem Tag, als ich für die Grundausbildung zur Academy gefahren bin, bis zu den Wochen nach meinem Krankenhausaufenthalt. Und es ist echt verdammt schwer, mit einem Gehirn zurechtzukommen, dem einige wesentliche Informationen fehlen.

»Woher wissen Sie das?«, fragt Lenore sanft.

»Ich habe ihr Gesicht wiedererkannt.«

»Und …?« Sie wartet hoffnungsvoll.

Ich schüttele den Kopf. »Bloß ihr Gesicht. Sonst nichts. Als sie letzten Herbst ihren Bruder in Burlington besuchen kam, habe ich nur einen Blick auf sie geworfen und wusste gleich, dass wir uns schon einmal begegnet waren.« Und dass ich sie gemocht hatte.

»Okay«, sagt Lenore. »Das ist jetzt eine Komplikation, mit der sich die meisten Collegestudenten nicht auseinanderzusetzen brauchen.«

»Ja, ich versuche noch rauszufinden, was beim ersten Mal los war. Offenbar sind wir beide als Fahrgemeinschaft an einem

Wochenende zusammen nach Hause gefahren. Vielleicht war ich arschig zu ihr.«

Leonore faltet die Hände. »Aber wie kommen Sie zu dieser Vermutung? Sind Sie denn heute arschig zu Daphne?«

»Nein.«

»Dann waren Sie es damals wahrscheinlich auch nicht.«

»Sollte man meinen.« Ich bin mir da aber nicht so sicher. »Daphne scheint sich vor mir in Acht zu nehmen, aber sie sagt nicht, wieso. Vielleicht hat es gar nichts mit mir zu tun.«

Nur glaube ich, dass es das sehr wohl tut.

Lenore wirkt nachdenklich. »Verraten Sie mir, warum Sie sie attraktiv finden. Worauf steht Ricky Ralls?«

Die Frage lässt sich viel leichter beantworten. »Sie ist superhübsch. Groß, dunkle Haare und endlos lange Beine. Aber sie ist auch ziemlich kratzbürstig. Ich muss mich anstrengen, um ein Lächeln von ihr zu kriegen, verstehen Sie? Sie ist wütend über irgendwas, und ich habe noch nicht rausgekriegt, was das ist.«

»Hm«, sagt Lenore und klickt ein paarmal mit ihrem Kuli. »Sie mögen komplizierte Frauen. Was für ein Schock.«

»Ach, seien Sie still.«

Sie lacht. »Ich freue mich unheimlich für Sie, ehrlich.«

»Wieso? Ich habe Ihnen doch gerade erzählt, dass da nichts geht.«

»Sie haben mir immer erzählt, was für ein Aufreißertyp Sie früher gewesen sind. Ich habe Sie sich selbst mehrfach als Schlampe bezeichnet hören. Aber inzwischen kommen Sie wie lange zu mir – ein Jahr?«

»Ja.« Mein erster Psychologe ging in den Ruhestand, und ich hatte daraufhin das Glück, auf Lenore zu treffen, als mir das Institut für Psychologie eine frisch promovierte Therapeutin vorschlug.

»Tja, das finde ich schon die ganze Zeit fraglich. Bei unserem ersten Termin sagten Sie mir gleich, dass Sie sowohl auf Sex mit Männern als auch mit Frauen stehen. Und seitdem haben Sie keinerlei romantische oder sexuelle Beziehung erwähnt.«

»Seit meinem Unfall habe ich kein großes Interesse an Sex.«

»Okay.« Sie zuckt mit den Schultern. »Erscheint das nicht ein wenig seltsam? Sie sind Student. Sie haben Freunde. Sie gehen auf Partys. Sie bezeichnen sich selbst als Schlampe. Aber Sie haben keinen Sex.«

»Eine lange Genesungszeit ist nicht besonders sexy. Zu Anfang taten mir dermaßen die Rippen weh, dass ich mir nicht hätte vorstellen können, von irgendjemandem angefasst zu werden.«

»Sicher. In Ordnung. Aber jetzt sind Sie fit. Wieso hält sich eine selbst ernannte Schlampe von all den tollen Männern und Frauen an der Burlington U fern?«

Ich rutsche auf meinem Platz herum. »Weiß nicht recht.«

»Lassen Sie es mich anders formulieren: Waren Sie vorher schon mal versucht? Irgendwelche One-Night-Stands seit Ihrem Unfall?«

»Nicht wirklich. Es gab am Anfang eine Party, bei der ich ums Verrecken versucht habe, ein ganz normaler Kerl zu sein. Ich hatte ein bisschen was getrunken und brachte ein Mädchen nach Hause. Aber dann merkte ich, dass mir eigentlich nicht danach war, also hab ich gekniffen.«

»Wie weit ging es da?«, fragt sie behutsam.

»Nicht sehr weit. Rummachen auf der Couch.« Ich spüre, wie mein Gesicht rot anläuft, denn ich weiß, was sie als Nächstes fragen wird. Eines Tages werde ich ein unfassbar guter Seelenklempner sein. Aber heute sitze ich selbst noch auf dem heißen Stuhl.

»Wenn Sie sagen, Ihnen war nicht danach, meinen Sie das mental oder körperlich?«

Yepp. Bingo. »Beides eigentlich.«

»Das muss unangenehm für Sie gewesen sein?«

»Es wurden Entschuldigungen vorgebracht.« Ich räuspere mich. »Sie haben schon recht, es war mir ziemlich peinlich, als mein kleiner Soldat nicht aufstehen und salutieren wollte. Bin mir nicht mal sicher, ob sie es überhaupt gemerkt hat. Jedenfalls wollte ich einfach nur noch da weg.«

Lenore nickt. Sie wartet.

»Danach war es mir schlicht egal. Und wie Sie ja wissen, bin ich immer noch ein bisschen komisch, was mein Bedürfnis angeht, alleine zu schlafen.« Das ist gelinde ausgedrückt. Seit meinem Unfall kann ich nicht einschlafen, ohne die Zimmertür abgeschlossen zu haben. Und ich wache nachts mehrmals auf, nur um mich zu vergewissern, dass ich immer noch allein bin. Das ist eine richtige Phobie, über die ich ständig mit Lenore spreche. »Wer möchte schon mit einem Typen schlafen, der sein Bett nicht teilen will?«

»Ach, bitte.« Lenore verdreht doch tatsächlich die Augen. »Wenn mich mein Gedächtnis nicht trügt, trifft das auf die Hälfte aller Studenten zu. Außerdem würde eine echte Schlampe einen Weg finden, bei Tageslicht eine Nummer zu schieben. Zack. Problem gelöst.«

Jetzt bin ich derjenige, der laut loslacht, denn Lenore ist einfach die Beste.

»Jetzt hat Ihnen also eine Frau den Kopf verdreht, ja?«

»Oh Mann, ja.«

»Dann sind Sie also am Flirten? Flirten scheint sowieso Ihr Standardmodus zu sein.«

Da hat sie nicht unrecht. »Ja, ich gebe mein Bestes. Aber sie scheint viel um die Ohren zu haben.«

»Oder sie fühlt sich einfach nicht zu Ihnen hingezogen.«

»Das ist *nicht* das Problem.«

Lenore grinst. »Wie dem auch sei, das ist etwas Gutes. Selbst wenn Sie es nicht schaffen, Daphne in Ihre Fänge zu locken, wacht Ihre Libido vielleicht endlich auf.«

»Als ließe sich mein Ständer vielleicht auf jemand anders übertragen?«

Sie verdreht die Augen. »Machen Sie so viele Ständer-Witze, wie Sie wollen, Rickie. Das hier scheint wichtig zu sein. Sex ist der letzte Aspekt Ihres Lebens, den Sie noch nicht wiederhaben, stimmt's?«

»Wie bitte?«, sprudelt es aus mir hervor. »Sie vergessen da noch einen riesengroßen Aspekt. Was ist mit meiner gottverdammten Erinnerung?«

»Die wird schon kommen«, sagt sie unbekümmert. Als würde dieser zweieinhalbjährige Albtraum jemals enden.

»Wird sie?« Vor zehn Sekunden haben wir noch über Sex gewitzelt, aber jetzt bin ich mit einem Mal wütend. Stimmungswechsel sind ein Symptom einer traumatischen Hirnverletzung. Die bringen immer so richtig Spaß. »Das ist der eigentliche Grund, warum ich mich nicht wohl dabei fühle, mich mit jemandem einzulassen. Die ganze Freak-Nummer. ›Hey, Süße, lass mich dir von der Riesenlücke in meinem Gedächtnis erzählen.‹ So was will doch niemand hören.«

»Moment.« Lenore beugt sich auf ihrem Stuhl vor. »*Ihr* haben Sie aber doch davon erzählt, oder? Von Ihrem Gedächtnisverlust?«

»Daphne?«

»Nein, der englischen Queen. Selbstverständlich meine ich Daphne. Wenn Sie möchten, dass Ihnen jemand vertraut, dann besteht der erste Schritt darin, demjenigen die Wahrheit zu erzählen.«

Langsam schüttele ich den Kopf. »Ich habe ihr nichts davon gesagt. Das ist kein besonders geiles Gesprächsthema.«

»Wow. Zu vergessen, wie man jemanden kennengelernt hat, ist ja wohl auch nicht besonders geil.«

Mit einem tiefen Stöhnen sinke ich in meinen Sessel zurück. »Das weiß ich, okay? Ich wollte einfach nach vorn sehen. Zwei Jahre lang habe ich immer nur versucht, über die ganze Sache hinwegzukommen. Aber ich werde immer wieder in den Strudel zurückgesogen.« Ich habe keine Ahnung, ob ich jemals meinen Frieden finden werde, bevor ich nicht weiß, was in Connecticut mit mir passiert ist.

»Erzählen Sie's ihr einfach«, sagt Lenore ruhig. Ihre Miene ist zugleich mitfühlend und unnachgiebig. »Ich würde Sie niemals verurteilen, wenn Sie mit wem auch immer ins Bett gehen. Zwei Erwachsene, einvernehmlich und so weiter. Aber Sie sind mit ihr befreundet, oder? Außerdem ist Dylan Ihr Freund. Weiß er von Ihren Gedächtnisschwierigkeiten?«

Schwierigkeiten. Dieses Wort ist viel zu dezent für die Katastrophe, mit der ich lebe. »Nein. Ich habe Dylan erst kennengelernt, nachdem ich nach Burlington gezogen war. Er weiß, dass ich eine schwere Zeit durchgemacht habe, aber er hakt nicht nach. *Nie.*«

Dylan ist der gelassenste Mensch, den ich kenne. Auch wenn wir uns zu einem ganz anderen Zeitpunkt begegnet wären, hätte ich ihn auf jeden Fall gemocht. Als er und Keith bei mir eingezogen sind, stellte ich einige merkwürdige Bedingungen: »Nachts schließen wir alle Türen ab. Und niemand betritt mein Zimmer, aus welchem Grund auch immer.«

»Geht klar.« Dylan zuckte mit den Schultern. »Verstanden.«

Wir wohnen jetzt fast ein Jahr zusammen. Er weiß also, dass ich ein Bolzenschloss an meiner Zimmertür habe. Und dass ich mein Haus von dem Geld aus einem juristischen Vergleich gekauft habe. Er ist nicht dumm. Wahrscheinlich ist er neugierig. Aber er stellt nie irgendwelche Fragen. Das weiß ich mehr zu schätzen, als er je ahnen wird.

»Hören Sie«, sagt Lenore. »Ist Daphne ein Mensch, der Ehrlichkeit schätzt?«

»Schätzen wir die nicht alle?«, frage ich trocken.

»Ja.« Lenore lächelt. »Ja, tun wir. Ehrlichkeit ist sexy, Rickie. Sagen Sie es ihr einfach.«

»Okay«, verspreche ich.

Aber wollen tue ich es ganz bestimmt nicht.

5

Daphne

Mein neuer Job als studentische Hilfskraft an der Fakultät für Gesundheitswesen fängt an wie jeder andere – mit Papierkram. Ich fülle einen Stapel Formulare für den Menschen vom Personaldienst aus, der mir einen brandneuen Ausweis aushändigt.

Auf dem Foto lächle ich allerdings nicht, denn ein Neuanfang ist schwer.

Das alles dauert ein paar Stunden, aber schließlich werde ich nach oben zu Karim geschickt, einem wissenschaftlichen Mitarbeiter. Er ist ein schlanker, netter Mann mit gebräunter Haut und langen dunklen Wimpern.

»Da ich hier der Dienstältere bin, kannst du mit allen Fragen zu mir kommen«, sagt er. »Immerhin bin ich schon zwei Wochen hier.«

Seine dunklen Augen funkeln, als er das sagt, aber ich antworte dennoch mit einem sehr steifen »Danke«. Ich weiß, dass er einen Scherz gemacht hat, aber ich schaffe es einfach nicht, lockerer zu werden. Wahrscheinlich werde ich nie wieder einem jungen, ehrgeizigen Mann trauen.

Außerdem ist Karim schon Doktor der Medizin. Egal, wie nett er zu sein scheint, er ist mein Vorgesetzter. Ich vergesse nie wieder, dass solche Dinge von Bedeutung sind. Wenn ich die Regeln aus den Augen verliere, könnte ich alles verlieren.

Karim macht mit mir eine ausgedehnte Tour durch das Büro. Er erklärt mir das Prinzip der wechselnden Arbeitsplätze. »Weil wir alle an unterschiedlichen Tagen hier sind, hat keiner der Hilfswissenschaftler seinen eigenen Schreibtisch. Du leihst dir mit deinem Ausweis einen Laptop, es sei denn, du hast deinen eigenen dabei. Aber es gibt kein System, sich einen Arbeitsplatz zu reservieren. Hier gilt: Wer zuerst kommt, mahlt zuerst. Und Bücher über Nacht hier liegen zu lassen, um sich einen Platz länger zu sichern, ist nicht fair. So was machen nur fiese Schweine.«

»Es war doch nur ein Mal!«, ruft eine Stimme von der anderen Seite der Trennwand aus hellem Holz. »Und ich habe mich dafür entschuldigt!« Als der dazugehörige Kopf zu der Stimme auftaucht, stelle ich fest, dass er einer jungen schwarzen Frau mit raspelkurz geschnittenen Haaren und einem breiten Lächeln gehört. »Hi. Ich bin Jenn Washington.«

»Daphne Shipley.«

»Ach! Du bist die, die die Uni gewechselt hat? Wir sind alle total neugierig auf dich.«

Na prima. »Ja. Ich bin die Studentin, die die Uni gewechselt hat.« *Und vielen Dank, dass du mich in diese unangenehme Situation bringst.* Ich spüre, wie mir das Lächeln im Gesicht einfriert. Die denken wahrscheinlich, ich hätte es in Harkness nicht gepackt, und das tut weh.

»Willkommen«, sagt sie strahlend. »Irgendwie verwandt mit den Shipleys, die den Cider herstellen?«

»Das ist mein Bruder.«

»Echt?«, kreischt sie. »Das Zeug ist *so* lecker.«

»Ja, das ist voll sein Ding«, labere ich. »Er hat Organische Chemie studiert. Wir haben's alle mit der Wissenschaft.« Oh Gott. Könnte ich gerade noch defensiver klingen? *Reiß dich zusammen, Shipley.*

»Du kannst uns ruhig Kostproben mitbringen«, sagt sie.

»Ja, das höre ich oft.« Ich ringe mir noch ein Lächeln ab. Und als Karim einen Augenblick später unsere Tour fortsetzt, empfinde ich nur Erleichterung.

Unser letzter Halt ist die Abteilungsbibliothek. »Wie du siehst, ist sie klein.« Karim wedelt mit einem Arm durch den Raum voller Bücher. »Die Uni hat tolle Arbeit geleistet und unser wichtigstes Forschungsmaterial digitalisiert, außerdem hast du mit deinem neuen Ausweis Zugang zur Online-Fachdatenbank. Aber hier stehen die besten analogen Nachschlagewerke. Noch dazu sind hier die Printausgaben sämtlicher Fachjournale archiviert, in denen Professoren und Wissenschaftler unserer Fakultät Beiträge veröffentlicht haben. Wenn ich Glück habe, wird irgendwann auch mal was von mir im Regal stehen.«

»Oh, wow«, sage ich mit einer ebenso begeisterten Flüsterstimme. An einer Wand stehen *lauter* extern begutachtete wissenschaftliche Publikationen. Karim und ich haben offenbar den gleichen Traum. Ich ziehe eine Ausgabe des *Journal of American Public Health* aus dem Regal. Und klar, es enthält einen Artikel meiner neuen Chefin und wissenschaftlichen Betreuerin Vi Drummond mit dem Titel *Modellierung der Wahrscheinlichkeit von Arsen im Grundwasser von Neuengland zwecks Risikobewertung*.

»Darf man die Werke ausleihen? Ich würde mich zu gern in einiges einlesen«, frage ich Karim.

»Sicher. Mach nur. Das war Dr. Drummonds erster Beitrag zum Thema Arsen.«

»Ich weiß. Aber es ist schon eine Weile her, dass ich ihn gelesen habe. Was sollte ich sonst noch lesen, wenn ich die Spezialgebiete der leitenden Wissenschaftler hier kennen will?«

Er blinzelt einmal. Dann betrachtet er die riesige Wand aus

Veröffentlichungen. »Na ja … Vergiss nicht, dass ich noch neu hier bin. Ich denke allerdings, ich würde die neuesten Sachen zum Thema genetisch bedingtes Gewicht versus Folgen der Erziehung lesen. Und über Ernährungsunsicherheit als Ursache für Hospitalisierungen.«

Ich verbringe die nächste Viertelstunde damit, zehn Ausgaben weiterer Fachzeitschriften zusammenzusammeln und sie anhand meiner Ausweisnummer auszuleihen. »Jetzt kannst du aber aufhören«, sagt Karim. »Sonst kommen wir anderen noch wie Faulpelze rüber.«

Meine Hand erstarrt über einer Ausgabe von *Environmental Health Perspectives*. »Ich möchte mich bloß auf den aktuellen Stand bringen. Nimm's nicht persönlich.«

»Spaß«, sagt er ein wenig steif. »Ich hab nur Spaß gemacht.«

Zehn Mäuse, dass es kein Spaß war. Aber das ist nicht mein Problem. Wenn ich gute Arbeit leiste, wird er mich mit der Zeit akzeptieren. Er braucht mich ja nicht zu mögen.

»Ach, hier seid ihr.«

Als wir uns beide umdrehen, sehen wir Vi Drummond im Türrahmen stehen. »Willkommen, Daphne. Ich weiß, Sie haben fast schon Feierabend. Ich hatte allerdings gehofft, wir könnten uns kurz in meinem Büro unterhalten.«

»Selbstverständlich.« Ich wende mich an Karim. »Vielen Dank fürs Herumführen. Ich freue mich auf unsere Zusammenarbeit.«

Er hat sein Lächeln schon wiedergefunden. »Ich genauso. Bis nächste Woche, Daphne. Dann legen wir richtig los.«

Den Stapel Fachzeitschriften an die Brust gedrückt, folge ich Dr. Drummond in ihr Büro. Sie schließt die Tür und setzt sich hinter ihren Schreibtisch. »Es freut mich wirklich sehr, dass Sie den ganzen Sommer über einmal die Woche in die Stadt kommen können. Es wird sicher angenehm für Sie sein, sich schon mal einzugewöhnen, bevor die Vorlesungen losgehen.«

»Mich freut es noch umso mehr«, sage ich und setze mich stocksteif auf den Besucherstuhl, den Schoß voller Bücher. »Ich bin froh, hier einen Platz bekommen zu haben, und kann es nicht erwarten loszulegen.«

Sie nimmt eine Büroklammer vom Schreibtisch und dreht sie gedankenverloren. Dr. Drummond ist eine weiße Frau Mitte fünfzig mit grau melierten Haaren. Mit ihrer eleganten Seidenbluse und den interessanten Silberohrringen wirkt sie einen Tick glamouröser, als es in der akademischen Welt sonst für gewöhnlich der Fall ist. »Ihr Zeugnis ist makellos. Sehr wenige junge Frauen schaffen ein duales Bachelor-Master-Studium. Und Ihre Empfehlungsschreiben sind regelrecht überschwänglich.«

»Das freut mich zu hören«, sage ich neutral. Doch mein Herz fängt wie jedes Mal an zu hämmern, wenn ich daran denke, was für ein Fiasko ich in Harkness zurückgelassen habe. Wenn die Wahrheit herauskäme, wären diese Empfehlungsschreiben *nicht* überschwänglich. Kein bisschen.

Eines Tages werde ich alles wieder in Ordnung bringen, verspreche ich mir innerlich zum millionsten Mal. Ich möchte diese Last nicht ewig mit mir herumtragen.

»Ich muss schon sagen, Daphne …« Sie macht eine Pause, während mein Herz heftig weiterhämmert. »Es ist ungewöhnlich, dass eine Studentin, die sich derart gut in einem anspruchsvollen Studienprogramm wie dem in Harkness macht, an ein öffentliches College wechselt. Nicht dass wir nicht stolz auf unsere Arbeit hier wären, sie ist allerdings nicht ganz so glanzvoll und international beachtet. Ich habe mich schon etwas gewundert.«

Genau. Ich wusste, dass diese Frage kommen würde. Und ich bin darauf vorbereitet. »Glanz und internationale Beachtung beeindrucken mich vielleicht nicht mehr so sehr wie früher.« Das stimmt definitiv. Die Ausschmückungen, die ich als Nächstes biete, jedoch nicht. »Meine gesamte Familie lebt hier in Vermont. Wir haben eine Farm, mehrere Unternehmen. Mein Bruder hat eine Familie gegründet. Seit ich mir mit siebzehn in den Kopf gesetzt hatte, ich müsste unbedingt woandershin, ist viel passiert.«

Sie lächelt, wodurch ich weiß, dass ich überzeugend war. »Vermont ist in vielerlei Hinsicht liebenswert. Ich versuche, unsere Forschung so regional wie möglich auszurichten. Einige der ökologisch-agrarwissenschaftlichen Themen kommen Ihnen vielleicht bekannt vor.«

»Arsen. Stickstoffauswaschung. Solche Sachen?«

»Ganz genau«, sagt sie. »Und mein nächster Forschungsgeldantrag betrifft Studien zur Luftqualität. Darüber werde ich Sie dann im September genauer in Kenntnis setzen.«

»Ich bin gespannt.« Wirklich, für diese Themen brenne ich. Ich habe vor, hier exzellente Arbeit zu leisten. Dr. Drummond wird es nicht bereuen, mich aufgenommen zu haben. Außerdem wird dieser Job meine Bewerbungen für ein Masterstudium aufwerten.

»In Ordnung, Daphne. Wir sprechen bald noch mal. Den Sommer über werden Sie und Karim Jenn helfen, Datensätze zu archivieren und Rechercheabfragen durchzuführen, okay? Und im Herbst widmen wir uns dann neuer Forschung.«

»Super. Ich helfe gern«, sage ich. Wir stehen auf, und ich schüttele ihr mit festem Druck die Hand.

Das hier wird klappen. Es muss.

Okay, diese Fachzeitschriften sind *richtig* schwer. Ich schleppe sie ungelenk zum Pick-up, wo Rickie an der Fahrertür lehnt und ein Buch liest.

Ein fremdsprachiges. Das hätte ich nicht gedacht.

Wie immer genieße ich seinen Anblick. Heute trägt er wieder eins von diesen seidigen T-Shirts, das in einer abgeschnittenen Cargohose mit Camouflagemuster steckt. An den Füßen hat er Ankle Boots aus Samt. Das sind keine Arbeitsschuhe. Sie sehen nach Vintagemode aus. Und in seinem linken Ohr steckt ein Ohrring – eine ganz kleine Kreole, die eigentlich unmännlich wirken müsste, es aber doch nicht tut.

Als ich mich nähere, klappt er das Buch zu und wirft es durchs offene Fenster in den Wagen. »Abfahrbereit? Sieht aus, als hätte da jemand die Bibliothek geplündert.« Er hastet mit ausgestreckten Armen auf mich zu, um mir zu helfen.

»Neue Fakultät. Ich muss mich einarbeiten«, erkläre ich und hieve die Bücher in meinen Armen etwas höher. Ich will keine Hilfe von ihm. Doch eine verräterische Ausgabe rutscht aus dem Stapel und landet mit einem lauten Klatsch auf dem Gehweg.

Rickie hebt sie kommentarlos auf. Er versucht auch gar nicht erst, mir die übrigen Zeitschriften abzunehmen. Er geht einfach zum Pick-up zurück, steigt ein und legt unser beider Lesestoff auf den Rücksitz.

Irgendwie schaffe ich es auf den Beifahrersitz, ohne noch einmal etwas fallen zu lassen. »Wie war deine Vorlesung?« Es ist ein schwacher Versuch, höfliche Konversation zu betreiben.

»Super. Bestens. Ich mag die Uni und bin ein lausiger Farmer, für mich war's also wie Urlaub. Wie war der neue Job?«

»Gut«, sage ich schnell. »Ich meine – neue Jobs sind nicht ohne. Ich muss jede Menge lesen.« Ich streiche mit der Hand über die Fachzeitschrift ganz oben auf dem Stapel, in der ein Artikel über stillende Mütter, die auf Lebensmittelmarken angewiesen sind, nach mir ruft.

»Okay. Ich lass dich in Ruhe lesen«, sagt er und startet den Motor. »Unter der Bedingung, dass wir auf ein Eis anhalten.«

Das hatte ich ganz vergessen. Aber wie jeder andere auch mag ich Eis gern. »Klar. Direkt an der Abfahrt 6B gibt's eine Eisdiele.«

»Cool. Ich stups dich an, wenn wir da sind.« Er dreht den Kopf, um mich sexy anzugrinsen.

Ich spüre die Hitze hinter diesem Lächeln. Sie trifft mich mitten in die Brust. Das ist ganz, ganz *übel.* Also gucke ich weg. Ich schlage die erste Seite der Zeitschrift auf und versuche, mich auf das Inhaltsverzeichnis zu konzentrieren.

Wahrscheinlich hält Rickie mich für eine Zicke. Und vielleicht bin ich das sogar. Aber ich darf mich nicht wieder im Lächeln eines Mannes verlieren. Das hatte ich schon. Passiert mir nicht noch mal.

Ich lese auf dem ganzen Weg bis zur Abfahrt vom Highway, komme aber nur bis zur Hälfte des ersten Artikels. Er ist komplex und voller statistischer Analysen, die mir zu hoch sind.

Als Rickie die lang gezogene Abfahrt entlangfährt, spüre ich, wie ich einen ausgewachsenen Anfall von Hochstaplersyndrom bekomme. Dr. Drummond erwartet Scharfsinn von mir. Was, wenn man mich bittet, an dieser Art von Analysen zu arbeiten, und ich es nicht kann?

»Ich seh die Eisdiele«, sagt Rickie. »Aber es gibt gar keine Auffahrt zurück auf den Highway. Was zum Geier …?«

»Ist egal«, murmele ich. »Bis zur Auffahrt 6 sind's drei Meilen über eine Nebenstraße.« Mit einem Seufzen schlage ich die Zeitschrift zu. Jetzt schiebe ich regelrecht Panik. Ich habe mich immer angestrengt, das klügste Mädchen von allen zu sein. Aber das ist alles bloß Getue. Offensichtlich bin ich eine

Niete von der übelsten Sorte – eine, die ihre Fehler erst bemerkt, wenn es zu spät ist. (Siehe: die letzten zwölf Monate meines Lebens.)

Ist es normal, kurz vor seinem einundzwanzigsten Geburtstag eine Midlifecrisis zu kriegen?

Rickie biegt auf den Kiesparkplatz von *Dreamy Creemee* ein und parkt den Wagen im Schatten. Er lässt die Fenster hinunter, bevor er den Motor abstellt. Es ist fast Abendessenszeit, deshalb sind nicht viele Menschen hier. Nur ein paar Mamis, die ihre Kleinkinder auf der Schaukel anschubsen.

Unterdessen mache ich auf dem Beifahrersitz im Stillen eine Panikattacke durch.

Langsam, aber zittrig atme ich einmal durch. Will ich überhaupt ein Eis? Ist auf der Tafel eine Sorte angeschlagen, die mich aus meinem Kopfkino herausholen könnte? Ich fasse an den Türgriff, doch Rickie hält mich auf.

»Hör zu«, sagt er. »Wegen unserer Fahrgemeinschaft von Connecticut damals …«

»*Nein*«, sage ich energisch. Wenn er mich diese peinliche Erfahrung jetzt noch mal durchleben lässt, verliere ich womöglich die Fassung. »Vergiss es einfach, okay? Du hast mich eben geghostet, na und?«

Er macht große Augen. Meine Tirade geht aber gerade erst so richtig los.

»Ist komplett egal. Ich habe es dir nicht mal verübelt. Der einzige Weg, wie ich dieses Jahr überstehe, ist, Connecticut hinter mir zu lassen, okay? Lass es einfach.«

Beim letzten Wort überschlägt sich meine Stimme, und ich merke, dass ich womöglich zu *weinen* anfange. Was ich niemals tue. Doch das Harkness College war mein Traum, und ich hab's verbockt. Meine blöden Augen fangen an zu brennen, und mir schnürt es die Kehle zu.

»A…also vergiss es einfach«, piepse ich. »Es lässt sich eh nicht mehr ändern. Da kann es auch einfach in der Vergangenheit bleiben.«

In Rickies grauen Augen liegt jetzt ein weicher Ausdruck. Und sie kommen näher. Zu meiner völligen Überraschung beugt er sich vor und drückt mir einen Kuss auf die Lippen.

So weich, registriert mein Hirn verdattert.

»Schscht«, sagt er an meinen Lippen. Sein Kuss ist warm und gemächlich. Wie ein Sonnenstrahl, wenn man friert.

Ausnahmsweise hört mein Eichhörnchenhirn einmal auf zu rattern. Und ich lasse es einfach geschehen. Er küsst mich noch einmal. Wieder sanft. Aus seinen Strahleaugen betrachtet er mich abwägend. Ich weiß nicht, was er sieht. Doch was immer es ist, er beschließt, dass es ihm gefällt.

Aufs Neue diese weich gleitenden Lippen, sanfter Druck. Ich bin eben auch nur ein Mensch – Rickies überraschend zärtlicher Kuss erwischt mich in einem schwachen Moment. Ich beuge mich vor, teste seinen Mund auf meinem aus. Ein heißer Schauer läuft mir über die Haut. Es ist ein total merkwürdiges Gefühl – als hätte er ein Fünkchen seiner Mir-doch-egal-Haltung über die Lenksäule hinweg geradewegs in meine Seele übertragen. Ich nehme ihn begierig auf, die Lippen leicht geöffnet, bereit dafür, dass er noch weiter geht.

Doch dann ist es vorbei. Rickie lehnt sich zurück, den Kopf zur Seite geneigt, als wäre er tief in Gedanken.

Ich bin perplex. »W…wofür war der denn?«, stammele ich.

Ich rechne mit einem Grinsen. Doch seine Miene bleibt sanft. »Du schienst ein bisschen am Rad zu drehen. Also hab ich dich an einem heißen Sommertag zu einer Eisdiele gefahren. Das hat aber offenbar nicht gereicht. Du brauchtest noch mehr Ablenkung. Also habe ich sie dir verschafft. Darin bin ich gut. Ein wahrer Spezialist.«

Antworten ist unmöglich. Ich kann bloß dasitzen und versuchen, diesen Kuss zu verarbeiten. Diesen *wunderschönen* Kuss.

Er hat echt Nerven.

»Lass uns jetzt Eis essen, Shipley. Du hast es versprochen.« Er löst seinen Gurt, als hätte er nicht gerade meine ganze Welt ins Wanken gebracht, die davor ohnehin schon gewackelt hat.

In mir herrscht das reinste Chaos. Aber Rickie wartet gelassen darauf, dass ich aus dem Pick up aussteige. Er legt mir leicht eine Hand aufs Kreuz und führt mich zum Tresen der Eisdiele.

Vögel zwitschern und die Sonne scheint und ich fühle mich unbeschwerter. Wenn auch nur für den Moment.

Wir schlecken unser Eis in der Waffel an einem schattigen Tisch. Und ich erwähne den Kuss nicht.

Er auch nicht.

Am Abend widme ich mich wieder den Büchern. Ich hole mein altes Statistik-Lehrbuch hervor, frische mein Wissen zu Verteilungswerten auf und lese den Artikel in der Fachzeitschrift zu Ende.

Es ist Mitternacht, als ich die Arbeit schließlich weglege, um ins Bett zu krabbeln. Im Haus ist es totenstill. Die einzigen Geräusche dringen durch mein geöffnetes Fenster herein – das gelegentliche tiefe Quaken eines Ochsenfroschs. Oder der Ruf einer Eule. Manchmal hören wir Kojoten heulen. Aber nicht heute. Es ist fast ganz still.

Auf einer Farm gehen alle immer früh ins Bett und stehen schon im Morgengrauen auf. Ich bin immer schon aus dem Raster gefallen. Ich war das Kind, das zu lange wach blieb, um zu lesen, oder Tagträumen von Reisen in wuselige fremde Städte nachhing.

In meiner Schulzeit habe ich genauso viel mit angepackt wie alle anderen. Vielleicht sogar noch mehr als mein fauler Zwillingsbruder. Nur plante ich gleichzeitig insgeheim meine Flucht. Ich war die Beste meines Jahrgangs. Ich hatte beim SAT, dem Studierfähigkeitstest, die höchste Punktzahl, die mein Beratungslehrer je gesehen hatte. Ich fand heraus, dass die besten Colleges auch die beste finanzielle Förderung anbieten. Also guckte ich mir Harkness aus. Es hat auch funktioniert. Meine frühzeitige Bewerbung wurde schon im Dezember meines letzten Schuljahrs angenommen. Eine Zusage über eine fette finanzielle Unterstützung folgte.

Ich hatte es geschafft. Ich hatte nach den Sternen gegriffen.

Jetzt sitze ich hier in meinem Kinderzimmer und bereite mich darauf vor, an dieselbe öffentliche Uni zu wechseln, auf die die Hälfte meiner ehemaligen Mitschüler geht. Das macht mich verbittert. Ich darf es mir nur nicht anmerken lassen. Mein Ziel ist es, so hart zu arbeiten, dass alle viel zu beeindruckt sind, um meine Beweggründe zu hinterfragen.

Menschen zu täuschen, ist offenbar leicht. Ich weiß es aus eigener Erfahrung. Denn sonst bin ich meistens selbst die Getäuschte.

Wie aufs Stichwort wandert mein Hirn zu Rickie, als ich das Licht ausmache. Und zu dem Kuss. Ich verstehe immer noch nicht recht, was da eigentlich passiert ist.

Er hat mich geküsst, als ich am wenigsten damit rechnete. Wer macht denn so was?

Und dann habe ich mich drauf eingelassen. Der Mann ist echt verführerisch. Das lässt sich nicht abstreiten. Aber Verführung ist gefährlich.

Ich versuche, mich entspannt ins Kissen sinken zu lassen. Es hat keinen Sinn, an Rickie zu denken, wenn ich im Bett liege. Er ist gleich auf der anderen Seite des Flurs in Dylans altem

Kinderzimmer und schläft wahrscheinlich tief und fest in meines Bruders Bett.

Ich glaube, deshalb flirtet er auch mit mir. Ich befinde mich praktischerweise nur wenige Schritte entfernt. Er ist notgeil. Er ist einsam. Und ich bin gleich auf der anderen Flurseite.

Ich wünschte nur, ich fände ihn nicht dermaßen attraktiv. Diese geballte männliche Schönheit schüchtert einen etwas ein. Diese Tattoos. Diese goldbraune Haut und die dunkelblonden Haare …

Okay, hör auf, tadele ich mich selbst. Erotischen Gedanken an ihn nachzuhängen, wird nicht helfen. Ich halte mich eigentlich für eine starke, unabhängige Frau. Eine Wissenschaftlerin. Eine Kämpferin für Frauengesundheit. Es ist nur allzu offensichtlich, dass ich Männer nicht verstehe. Nein – es ist sogar noch schlimmer. Wenn ich mich zu einem hingezogen fühle, scheine ich die Fähigkeit zu verlieren, klarzusehen.

Und wenn mich der richtige Mann verführt – besonders wenn er mich *lobpreist* –, verliere ich irgendwie mein rationales Urteilsvermögen. Reardon hat gesagt, ich sei schön. Er sagte: *Ich brauche dich so sehr.* Und ich glaubte ihm. Jedes Mal.

Verdammt, schon wenn ein Mann mich anlächelt, möchte ich mir gern einbilden, dass es etwas zu bedeuten hat. Deswegen habe ich auch jahrelang Zach angeschmachtet, einen Freund unserer Familie. Ich dachte, sein ungezwungenes Lächeln – dasselbe, das er allen schenkte – würde mehr bedeuten, wenn es mir galt.

Irgendwie versagt mein fein austarierter Bullshit-Anzeiger, sobald ein Mann mir besondere Aufmerksamkeit schenkt. Das bedürftige Mädchen in mir übernimmt die Führung, und ich verliere mich nur allzu leicht.

Heute – im Auto mit Rickie – habe ich diesen wohlbekannten Sog verspürt. Selbst danach, als ich ihn beobachtete, wie er sein Schokoladeneis schleckte und dabei versuchte, mich zum Lachen zu bringen, schaute ich in diese leuchtenden grauen Augen und wollte *glauben*.

Woran, weiß ich nicht genau. Anziehung ist etwas Teuflisches.

Ich schließe die Augen und lasse meine Gedanken zurück zum Nachmittag schweifen. Aber wer könnte mir das verdenken? Eis essen vorm Abendbrot ist aktuell so ungefähr das Wildeste, was in meinem Leben passiert. Dieser Kuss war definitiv ein Höhepunkt. Und – was noch verrückter ist – es hat funktioniert. Ich war danach ruhiger, als ich mein Ahornsirup-Softeis an dem schattigen Picknicktisch genoss.

Ich fand es doch tatsächlich schade, wieder zu gehen. Rickie gab mir den Schlüssel für den Pick-up meines Bruders und fragte, ob es mir etwas ausmachen würde zu fahren, schließlich wüsste ich den Weg von der Abfahrt 6B zurück zum Highway. Das war wirklich ein Segen, denn andernfalls hätte ich die letzten paar Wegmeilen wohl damit zugebracht, ihn möglichst nicht anzustarren.

Draußen ruft eine Eule, und ich bin kurz vorm Einschlafen, als mir plötzlich etwas Merkwürdiges wieder einfällt. Damals, als wir zusammen von Connecticut hergefahren sind, trafen wir uns für die Rückfahrt zur Uni an der Abfahrt 6B. Ich stieg abfahrbereit – ohne Make-up – in Rickies Wagen ein. Und ich beschrieb ihm, wie man wieder auf den Highway Richtung Süden gelangt.

Doch heute schien ihm das wieder ein völliges Rätsel zu sein.

Ruckartig setze ich mich im Bett auf – als ob das Ganze in einer aufrechten Position mehr Sinn ergeben würde. Aber nein. Es ist immer noch seltsam. Rickie erinnert sich nicht an unsere gemeinsame Fahrt. Er hat nicht nur *mich* vergessen, sondern die ganze Reise. Die merkwürdige Straßenführung des Highway 89. Es ist, als wäre er nie dort gewesen.

Als wäre er ein anderer Mensch als der Rickie, den ich vor drei Jahren getroffen habe.

Ich spüre, wie es mir kalt den Rücken hinunterläuft. Das ergibt überhaupt keinen Sinn.

6

Rickie

Jemand klopft verhalten an meine Zimmertür. Aber weil ich nachts ein Psycho bin, reicht das Geräusch, um mich hochschrecken zu lassen. Ich klappe wie ein Taschenmesser in eine Sitzposition, wobei mein Buch von meiner Brust auf Dylans Bettdecke plumpst.

Klopf. Klopf. Es ist nur ein Fingernagelklacken gegen die Tür. Mucksmäuschenleise. Dennoch geht mein Puls unregelmäßig, während ich die Beine aus dem Bett schwinge und aufstehe, um meinem mitternächtlichen Besucher gegenüberzutreten.

Als ich aufschließe und die Tür öffne, steht Daphne davor. Sie trägt Shorts aus einem weichen Stoff, die jede Menge Bein zeigen, und dazu ein klitzekleines Tanktop.

Kein BH, fügt meine Libido hinzu. Es lässt sich nicht bestreiten, dass mein Sexualtrieb röhrend wieder erwacht ist, wie ein längst vergessener Motor, der immer noch gleich beim ersten Drehen des Schlüssels anspringt.

Doch ich trete wie ein Gentleman beiseite und lasse Daphne ins Zimmer. Nur für den Fall, dass gleich was geht, mache ich die Tür zu.

Wobei, in ihrem Blick liegt gerade nichts Sexuelles. Sondern pure Neugier, mit einer Prise Wut. Daphne wirkt immer ein bisschen wütend. Vielleicht macht Wut mich an. Wer hätte das gedacht?

»Du weißt nicht mehr, dass du mich in Harkness mit dem Auto mitgenommen hast«, zischelt sie mit gedämpfter Stimme.

Ich gehe ums Bett herum und lege mich dann mit hinter dem Kopf verschränkten Armen gegen das Kissen gelehnt hin. »Ich habe dir doch gesagt, dass mein Gedächtnis schrecklich ist.«

»Aber du erinnerst dich *wirklich* nicht«, wiederholt sie. »Du erinnerst dich nicht an die Highway-Abfahrt ohne zugehörige Auffahrt. Du erinnerst dich *gar nicht* an die Fahrt.«

Sie hat recht, und vorhin war ich bereit, es zu erklären. Ich wollte Lenores Rat befolgen und beim Eisessen damit rausrücken.

Aber dann habe ich sie stattdessen geküsst.

»Pass auf«, fange ich an. »Ich weiß, dass das komisch ist. Aber es betrifft nicht nur dich. Ich erinnere mich an nichts, was zwischen Juli und Dezember des Jahres passiert ist, in dem wir uns kennengelernt haben.«

Sie reißt die Augen auf, deshalb füge ich nicht noch hinzu, dass auch der folgende Januar, Februar und März ein bisschen verschwommen sind. Da habe ich allerdings Schmerzmittel genommen. Und dann wurde ich abhängig davon und musste langsam entwöhnt werden.

Es war ein langer Albtraum.

»*Was?* Wie vergisst man denn sechs Monate seines Lebens?« Sie setzt sich ans Fußende des Betts.

So nah war ich einem anderen Menschen im Bett zuletzt … Wow. Das war jetzt eine deprimierende Rechnung. Daphne ist aber nicht zum Vögeln hier, sondern um mich auszufragen. Sie erwartet eine Antwort.

Sehen Sie, Lenore? Das hier ist das Gegenteil von sexy. »Ich hatte auf der Academy einen Unfall. Einen schlimmen. Mit Knochenbrüchen und einer Kopfverletzung.«

Sie blinzelt. »So was wie ein Schädel-Hirn-Trauma?«

»Ja.« Wobei ich den Begriff selten benutze. *Schädel-Hirn-Trauma.* Ekelhaft.

»Und du hast … das Semester einfach vergessen.«

»Genau.«

Zwischen ihren Augenbrauen erscheint eine Falte. »Aber als ich letzten Herbst in Burlington war, hast du mich *wiedererkannt.* Ich kam rein, und mein Bruder fragte, ob wir uns kennen. Und ich antwortete mit Nein, aber *du* sagtest Ja.«

Daran erinnere ich mich natürlich ganz genau. »Ja, ich weiß. Und dann meinte ich: ›Da kommst du schon noch drauf.‹ Und so war es auch.«

»Natürlich.« Ihre Wangen röten sich. »Ich hab kurz gebraucht. Der Zusammenhang war ja ein ganz anderer. Noch dazu sahst du völlig anders aus.« Sie zuckt zusammen. »Das war peinlich. Aber deine Haare sind jetzt viel länger, außerdem trugst du nicht deine Uniform.«

»Meine Uniform«, wiederhole ich. Ich weiß, dass ich mal eine getragen habe. Es gibt ein Foto vom Ankunftstag, auf dem ich Schulter an Schulter mit meinem Dad vor dem Campustor stehe. Er lächelt, als hätte er gerade im Lotto gewonnen. Ich bin herausgeputzt – grüne Wolljacke mit Goldknöpfen, Hemd, Bügelfaltenhose und polierte Stiefel. Dazu ein Barrett.

Doch ich erinnere mich nicht daran, das angezogen zu haben. Ich weiß nicht mehr, ob diese Stiefel hart oder bequem waren. Ich erinnere mich nicht daran, ob der Kragen des Hemds eng oder weit saß und wie sich die Baumwolle auf der Haut anfühlte, als ich sie überzog. Da ist eine Leerstelle. Und wenn ich dieses Foto anschaue, kommt es mir vor, als würde ich einen Fremden ansehen.

»Als ich dich lachen hörte, ging mir auf, wer du bist. Aber du hast *mich* wiedererkannt. Das weiß ich genau. Also, wie kann das sein?«

Ich verschränke die Arme vor der Brust und spanne sie dann sogar an wie ein Werkzeug.

Es klappt allerdings. Daphnes Blick huscht zu meinem halb nackten Körper. Ich sehe, wie sie den Anblick meiner tätowierten Brust und Oberarme in sich aufnimmt. Doch dann reißt sie die Augen wieder los und kneift sie zusammen. »Beantworte die Frage.«

Na gut, versucht hab ich's. »Das ist ab und zu schon mal vorgekommen«, räume ich ein. »Ich erinnere mich an Gesichter aus dieser Zeit, weiß aber nicht, warum. Es ist …« Unerträglich. Beängstigend. Sucht euch ein Adjektiv aus. »Frustrierend. Aber da du mich zuerst nicht einsortieren konntest, dachte ich, wir hätten uns nur flüchtig gekannt.«

Sie kaut auf ihrer rosa Unterlippe. Ich würde die Fragerei gern abkürzen und für sie daran knabbern. Aber ich merke, dass sie mit meiner Geschichte ringt und zu entscheiden versucht, ob sie mir glaubt.

»Hör zu, du wärst nicht der erste Mensch, der denkt, ich würde ihn verarschen. Was glaubst du, warum ich den Leuten nichts davon erzähle? Es hört sich total bescheuert an.«

»Entschuldige«, sagt sie und reibt sich die Stirn. »Das ist bloß so seltsam.«

»Willkommen in meiner Welt«, murmele ich. Ich habe in den letzten zweieinhalb Jahren so viel Zeit damit zugebracht, mich krampfhaft an die fehlenden sechs Monate zu erinnern zu versuchen. Ich war auf jeder Unterseite der USTSA-Website, habe Fotos von Kadetten durchgesehen, darunter nach meinem eigenen Gesicht gesucht. Nach irgendetwas, das mir bekannt vorkommt.

Ich habe nichts gefunden.

»Was war das denn für ein Unfall?«, flüstert Daphne. Sie hat jetzt die Arme um ihren Oberkörper geschlungen. Doch sie scheint mir zu glauben. »Der muss ja schlimm gewesen sein.«

»Denk dran, ich erinnere mich nicht.« Ich lache in mich hinein.

»Stimmt. Entschuldige.«

»Man hat meinen Eltern gesagt, dass mich eine Gruppe Kadetten von einer Party außerhalb des Campus in die Notaufnahme gebracht habe. Sie sagten, ich sei als Mutprobe auf eine Mauer geklettert. Und dann runtergestürzt.«

Ihre perfekten Augenbrauen schnellen nach oben. »Weil du betrunken warst?«

»Das nehme ich an. Es gibt jedoch keine Beweise dafür. Aber wieso sonst eine Mauer hochklettern?«

»Weil der Zapfenstreich rum war?« Sie zuckt mit den Schultern.

»Daran hatte ich auch gedacht. Aber wir hatten an dem Wochenende Ausgang.«

»Ausgang«, wiederholt sie. Dann schaut sie auf ihre Hände.

»Offenbar war es eins der wenigen, an denen der Zapfenstreich nicht galt. Aber mehr weiß ich nicht. Ich habe viel Zeit damit verbracht, mich daran zu erinnern zu versuchen, was passiert ist. Aber es ist mir nicht wieder eingefallen.«

»Dann …« Sie hebt den Kopf und schaut mit ihren braunen Augen in meine, »… bist du wie eine Figur bei Proust, die hofft, dass irgendeine Kleinigkeit ihre Erinnerung triggert?«

»Nee, das übersteigt Proust bei Weitem«, grummele ich. »Ich brauche Marty McFly aus *Zurück in die Zukunft*.«

Sie stößt ein erstauntes Lachen aus. »Damit du in der Zeit zurückreisen und sehen kannst, was passiert ist?«

»Oder mir selbst sagen kann, dass ich nicht auf die verdammte Mauer klettern soll. Das hat McFly doch versucht, stimmt's? Er war nicht zum Zugucken dort. Er war da, um den Ausgang der Ereignisse zu ändern.«

»Ja, das verstehe ich.« Mit ihren großen braunen Augen blickt sie forschend in meine. »Kann ich mir die Zeitmaschine ausleihen, wenn du fertig bist? Ich hab da auch das ein oder andere Fiasko, mit dem ich gern aufräumen würde.«

»Klar doch, Shipley.«

Wir schweigen einen Augenblick, und ich schließe die Augen und versuche mir vorzustellen, wie ich in die Vergangenheit reise. Das habe ich schon zuvor gemacht. Ich habe es mit Meditation versucht, in der Hoffnung, dass sich eine Erinnerung einstellt. Ich habe schon so manche Stunde damit zugebracht, mir bildlich vorzustellen zu versuchen, wie ich auf eine Mauer klettere. Ich konzentriere mich, probiere, mir die Struktur der Ziegel unter meinen Fingern vorzustellen – und wie meine Füße nach Halt suchen, während ich mich nach oben kämpfe.

»Wer hat dich zum Raufklettern herausgefordert?«, fragt sie plötzlich, und ich reiße die Augen auf. »Hast du nicht Lust, demjenigen einen Tritt in den Arsch zu verpassen?«

Ach, Daphne. Merkt sie denn nicht, dass wir voll auf einer Wellenlänge sind? »Ich würde zu gerne jemandem in den Arsch treten«, gebe ich zu. »Aber die Academy wollte mir nicht sagen, mit wem ich unterwegs war.« Sie schwiegen selbst dann noch, als mein Vater – immerhin ein Ehemaliger – sie wütend anschrie und um Informationen flehte.

Kadetten sollten so klug sein, keine Mutproben zu machen, hieß es. Es war ein Versuch, uns vor lauter Scham mundtot zu machen.

Bei meinem Vater funktionierte es. Aber nicht bei mir.

»Und du hast keine Freunde dort, die dir vielleicht …« Sie unterbricht sich mitten im Satz. »Oh.«

Ich kichere. »Ja, sollte ich Freunde gehabt haben, dann habe ich sie vergessen. Und du weißt ja inzwischen, wie unangenehm es dann wird.«

»Wow, tut mir leid.«

»Muss es nicht«, sage ich sofort. »Mein Leben war damals eine Weile in der Schwebe. Sieh mich jetzt an. Ich bin gesund. Mir geht's gut.« Ich strecke die Arme aus. »Rück doch etwas näher, dann beweise ich es dir.«

Das bringt mir ein seltenes Lächeln von Daphne ein. Und, Mann, dieses Lächeln ist vielleicht was Besonderes. Ich würde dem Ausdruck *in der Schwebe* mit ihr zusammen gern eine ganz neue Bedeutung verleihen.

Doch dann sagt sie: »Ich glaube, du machst mich nur an, um mich abzulenken.«

»Keineswegs«, halte ich dagegen. »Ich mache dich an, weil ich gern wissen würde, wie es sich anfühlt, dich unter mir zu haben.«

Grinsend schüttelt sie den Kopf.

»Na gut, na gut. Du kannst mich stattdessen reiten. Was das angeht, bin ich flexibel.«

Da steht sie allerdings auf und geht zur Tür. »Nacht, Rickie. Sorry, dass ich dich wach gehalten habe.«

»Du kannst mich ruhig noch länger wach halten.«

Sie schenkt mir ein gequältes Lächeln, geht aus dem Zimmer und macht die Tür hinter sich zu.

Ich stehe auf und schließe wieder ab, denn da bin ich nun mal komisch. Aber das Schloss ist Mist. Deshalb bin ich versucht, als zusätzliche Sicherheitsmaßnahme auch noch den Stuhl unter Dylans Schreibtisch hervorzuziehen und mit der Lehne unter die Türklinke zu klemmen.

Doch das mache ich nicht. Das lausige Schloss ist genug Zugeständnis an meine Phobie, mehr will ich nicht zulassen.

Ich gehe wieder ins Bett und mache das Licht aus.

»Hey, McFly!«, ruft mich Daphne über das laute Wummern der Musik.

»Hey, Shipley. Herzlichen Glückwunsch zum Geburtstag!«

»Danke!« Sie stellt sich auf die Zehenspitzen, um mir ins Ohr zu flüstern: »Ich habe über dich nachgedacht.«

»Ja?« Ich werfe ihr einen heißen Blick zu. »Das hör ich gern.«

Sie ignoriert die unverhohlene Anmache und sagt: »Ich kann mir nicht vorstellen, sechs Monate meines Lebens zu verlieren. Stell ich mir viel unangenehmer vor, als wenn man vergisst, wo man sein Auto geparkt hat, oder?«

»Definitiv.«

Es ist Freitagabend, und wir sind auf Dylans und Daphnes Party zu ihrem einundzwanzigsten Geburtstag. Ich habe ein zur Neige gehendes Craftbier in der Hand und wippe mit dem Fuß zur Musik einer Liveband, die auf der Terrasse der *Gin Mill* spielt. Die Bar gehört Alec, dem Freund von May Shipley, der großen Schwester der Zwillinge.

Die gute Nachricht ist, dass Daphne mir nicht mehr aus dem Weg geht. Die schlechte ist, dass sie mir eine Million Fragen zu meiner Kopfverletzung stellen möchte, während ich sie viel lieber überreden würde, mit mir ins Bett zu steigen.

»Wie wär's mit einem Drink?«, wechsle ich das Thema.

»Klar, ich nehme eine Cola«, sagt sie.

»Eine Cola. An deinem einundzwanzigsten Geburtstag?«

Daphne verschränkt die Arme und schenkt mir den erbarmungslosen Laserstrahl-Blick, der mich immer antörnt. »Ich trinke nie groß was. Hast du ein Problem damit?«

»Nein, nein«, sage ich schnell. »Wie's aussieht, trinkt Dylan außerdem für dich mit.« Ich zeige auf ihren Zwilling, der in jeder Hand ein Getränk hat und zu der Geigenmelodie tanzt. Er ist gerade glückselig.

»Das ist super«, kräht Dylan. »Ich *fass* es nicht, dass du

Skunky Town dazu gekriegt hast, auf meiner Geburtstagsparty zu spielen.«

»Man wird nur einmal einundzwanzig«, schreit May über die Banjos hinweg.

»Du bist meine absolute Lieblingsschwester. Die kommen ja nicht mal hier aus der Gegend«, sagt Dylan, während er jede Bewegung des Geigers mit den Augen verfolgt.

»Aus Massachusetts«, sagt Mays Freund Alec. »Ich habe sie im Motel untergebracht. Das war nicht megateuer.«

Dylan grinst, sein Blick klebt immer noch an der Band, ganz wie es sein sollte. Er ist ein Partymacher, so wie ich. Wir haben beide die Fähigkeit, ganz im Moment zu leben.

»Danke«, sagt der Gitarrist, als das Stück vorbei ist. »Und jetzt möchten wir Dylan Shipley einladen, zu uns auf die Bühne zu kommen und einen Song mit uns zu spielen. Wo ist das Geburtstagskind?«

»Verdammte Hacke.« Dylan grinst von einem Ohr zum anderen. »Ich habe meine Geige gar nicht dabei.«

»Hier ist sie!«, sagt seine Mutter und hält sein Instrument hoch. Die Sache war eindeutig abgesprochen.

»Das ist verrückt«, sagt Dylan und tauscht seine zwei Bier gegen die Geige. »Hoffentlich blamier ich mich nicht.«

Das ist unwahrscheinlich, denn er ist ein richtig guter Musiker. Aber es würde ihn auch nicht groß jucken, wenn er es vermasseln sollte.

»Was willst du mit uns spielen?«, fragt der Frontmann.

»Äh.« Wieder lacht Dylan in sich hinein. »Wie wär's mit *Billy in The Lowground*?«

Der Titel sagt mir nichts, aber die Band nickt nur. Sie lassen Dylan den Ton angeben, und nachdem er sein Instrument gestimmt hat, schlägt er eine schnelle Melodie an. Dann stimmen sie alle mit ein.

Alle Shipleys johlen begeistert.

Diese Party ist definitiv der absolute Hammer. Die Terrasse ist mit lauter kleinen Lichterketten geschmückt, die sich im Fluss hinter uns spiegeln. Der Laden ist voller Gratulanten jeden Alters. Inmitten dieses Durcheinanders fühle ich mich ruhig und gelassen. Ich habe ein kaltes Bier in der Hand und den Magen voller Partysnacks.

»Meine Babys sind jetzt alle erwachsen«, sagt Ruth Shipley, während sie ihrem Sohn dabci zusicht, wic cr mit der Geige abrockt.

»Ja, voll erwachsen«, murmelt Daphne neben mir. »Gestern hab ich seine Unterhose auf dem Heuboden gefunden.«

»So erwachsen, dass er seine Saufgelage auf der Wiese jetzt ganz legal veranstalten kann«, fügt Griffin hinzu.

»Ach, sei still«, sagt seine Frau. »Aber wer ist denn das? Guckt mal, euer Grandpa.«

Wir drehen uns alle um und entdecken Grandpa Shipley direkt vor der Bühne, wo er mit einer grauhaarigen Frau in einem gepunkteten Kleid Swing tanzt.

»Ich kenne sie nicht«, sagt Daphne.

»Das ist Mabel«, meint Griffin. »Sie haben sich letzten Monat bei einer Pokerrunde kennengelernt. Das heute ist ihr drittes Date.«

»Geh ran, Grandpa«, sage ich. »Du weißt, was man über das dritte Date sagt.«

»Ach, hör auf.« Daphne stupst mich gegen den Arm. »Hast du eigentlich immer schmutzige Gedanken?«

»Ja, so ziemlich.« Ich erwähne nicht, dass das eine neue Entwicklung bei mir ist. Und dass sie dafür verantwortlich ist. »Okay, ich geh mal an die Bar.« Da ich nicht mit dem Auto hier bin, kann ich so viel trinken, wie ich will. Die Shipleys haben extra zu diesem besonderen Anlass einen kleinen Bus gemietet, der uns alle acht von der Farm zur *Gin Mill* gebracht hat. »Die Cola kommt sofort.«

»Danke.« Als sie mit ihrem ungemein schönen Kopf nickt, gebe ich ihr gedanklich einen Kuss auf den Wangenbogen.

Es wird noch Realität werden. Ich bin ein geduldiger Mann.

Ich gehe nach drinnen an die Bar, um bei einem netten Schotten namens Connor zwei Getränke zu bestellen. Und als ich wieder hinausgehe, winkt mich Daphne rüber zu einer Holztreppe, die ich zuvor noch nicht bemerkt hatte. Sie führt hinunter ans Flussufer. Aber auf dem halben Weg hinab hockt Daphne sich auf eine Stufe. »Setz dich.«

»Ja, *Ma'am*.« Ich folge ihr in die verhältnismäßige Ruhe und Ungestörtheit dieses versteckten Plätzchens. Wir können das Mondlicht auf der Wasseroberfläche glitzern sehen. Es ist sehr romantisch.

»Jetzt habe ich noch einige Fragen«, sagt sie.

Natürlich hat sie die.

»Hattest du einen Mitbewohner?«

»Dein Bruder ist mein Mitbewohner.«

Sie verdreht die Augen. »Ich meine *vorher*. Auf dem Macho-Militärcollege.«

Ich schnaube. »Es gibt dort auch Frauen, weißt du.« Ich hätte wohl damit rechnen sollen, dass sie Fragen stellen wird. Daphne setzt dem Ego eines Mannes ordentlich zu. Früher haben sich die Leute darum gerissen, auf den Rickie-Zug aufzuspringen. Jetzt wollen sie nur noch alle makabren Einzelheiten über meine Kopfverletzung hören.

»Aber hattest du nun einen? Weiß dein Mitbewohner, was mit dir passiert ist? *Irgendjemandes* Kontaktdaten musst du doch haben. War er dabei? Ist dein Handy nicht voller Nachrichten von Leuten, die fragen, wie's dir geht?«

Das sind alles gute Einwände. Und wahrscheinlich hatte ich

jede Menge Freunde auf der USTSA, denn ich finde eigentlich schnell neue Freunde. Es gibt da nur ein Problem. »Es gab die Regel, dass man nur über die der Academy eigene App kommunizieren durfte. Die war so ähnlich wie WhatsApp, aber eben eine interne Variante.«

»Warum?« Wieder legt sich diese Falte auf ihre Stirn.

»Aus Sicherheitsgründen, nehme ich an. Ich habe noch die E-Mail mit dem Link zu der App und meine Log-in-Daten. Sie haben unmissverständlich klargemacht, dass man diese App stets nutzen muss. Und ich bin wohl ein sehr braver Kadett gewesen, denn alle übrigen Nachrichten auf meinem Handy aus dieser Zeit gingen an Bekannte außerhalb der Schule.«

»Aber es ist alles noch da, richtig?«, hakt sie nach. »In der sicheren App auf deinem Handy?«

»Eigentlich schon. Doch als ich aus dem Krankenhaus entlassen worden war, konnte ich mich nicht mehr einloggen. Nachdem ich die Schule verlassen hatte, war es, als hätten sie mir die Tür vor der Nase zugeschlagen.« Und dass meine Nachrichten gesperrt wurden, geschah sogar noch, bevor ich mir einen Anwalt nahm.

»Findest du nicht krass, was da abgeht?«

»Schon. Mir wär's allerdings lieber, wir würden anderweitig krass abgehen.«

Sie verdreht die Augen.

»Um deine Frage zu beantworten: Ich kenne nur den Namen meines Zimmergenossen und seine E-Mail-Adresse.« Die Academy hatte sie mir im Sommer geschickt und vorgeschlagen, Kontakt zueinander aufzunehmen. »Er heißt Paul Smith.«

Ihre Miene hellt sich auf. »Hast du ihn angerufen?«

»Süße, ich hab's *versucht*. Da kommt die Ansage, dass die

Mailbox voll ist. Und auf E-Mails antwortet er nicht. Manche kamen sogar zurück.«

»Echt?« Sie stellt ihre Cola auf der Treppenstufe ab. »Ist das nicht irgendwie unheimlich? Haben ihn sich die Zombies geschnappt, oder was?«

Ich zucke mit den Schultern, doch es ist total unheimlich. Damals, als wir noch besser darüber reden konnten, hat mir meine Mutter da zugestimmt. Lenore findet das auch. »Eigentlich ist das bloß eine von einem ganzen Haufen Unheimlichkeiten. Weißt du, was auch unheimlich ist? Zu hören, dass wir beide sechs Stunden lang zusammen in einem Auto saßen, und sich überhaupt nicht daran zu erinnern.«

Sie neigt den Kopf und sieht mich mit einem ungewöhnlich sanften Ausdruck an. »Sorry, wenn ich dich deswegen angezickt habe.«

»Hast du nicht. Ehrlich. Eigentlich kannst du ruhig weitermachen und mich noch ein bisschen anschreien, dann habe ich einen Vorwand, um dich mit meinem Mund abzulenken.«

Sie macht große Augen. Und obwohl es hier draußen ziemlich dunkel ist, könnte ich schwören, dass sie rot wird. Zumindest hoffe ich das. Den Kuss spreche ich gerade zum ersten Mal an.

»Oder noch besser: Ich kann dich einfach zum Spaß noch mal küssen.«

Sie lehnt den Kopf nach hinten gegen das Geländer. Und ich könnte schwören, dass sie den Vorschlag ernsthaft in Erwägung zieht. »Schlechte Idee, McFly.«

Ich liebe es, dass sie mir diesen Spitznamen verpasst hat. »Wie schlecht?«, muss ich einfach fragen. »Bin irgendwie ein Fan von schlechten Ideen.«

Sie lächelt und schüttelt den Kopf.

Und dann werden wir unterbrochen. Es musste ja so kommen.

»Daphne«, sagt ihre Schwester May und beugt sich zu uns in unserem ungestörten kleinen Versteck vor. »Kommst du mal kurz?«

Daphne wirkt richtig verärgert über diese Bitte, zumindest mache ich also kleine Fortschritte.

Immerhin etwas. Ist mir recht.

7

Daphne

Für einen Sekundenbruchteil lodert Wut in mir hoch. Die traurige Wahrheit lautet, dass ich Rickies Aufmerksamkeit genieße. Gut, dass ich heute Abend nichts trinke, dann stelle ich keine Dummheiten an. Diese Unterbrechung durch meine Schwester kommt wahrscheinlich gerade zur rechten Zeit.

Als ich zu May hochschaue, spüre ich wie üblich Schuldgefühle in mir aufflammen. Ich bin ihr keine gute Schwester gewesen. »Kein Problem«, sage ich und rappele mich auf. »Was ist denn?«

»Na, gleich wird die Torte angeschnitten. Aber erst muss ich dir noch was zeigen.«

»Klar doch.« Schnell werfe ich einen Blick zurück zu Rickie. Er nickt mir langsam zu und zwinkert dann. Heute Abend sieht er extrem gut aus in seinem schicken rosa-weiß karierten Hemd, an dem genau ein Knopf mehr offen steht, als anständig ist, sodass ich einen verlockenden Einblick auf die Tattoos bekomme, die mir so gefallen.

Bis jetzt hatte ich keine Ahnung, dass rosa-weißes Karo an einem Mann sexy aussehen kann. Aber so ist es. Rickie ist ein Mann der Gegensätze. Ich weiß nie, was er als Nächstes tragen, sagen oder tun wird. Er macht mich verrückt. Ich weiß, dass ich der Anziehungskraft widerstehen sollte. Aber er macht es mir alles andere als leicht.

Und jetzt, wo ich sein bizarres Geheimnis kenne, ist er sogar noch unwiderstehlicher. Es macht ihn menschlicher. Vielleicht stehe ich auf Verletzlichkeit. Das erklärt allerdings nicht, warum ich letztes Jahr Reardon Halseys Charme erlegen bin. Er ist ungefähr so verletzlich wie eine Klapperschlange.

May wirft mir ständig Blicke von der Seite zu, während ich ihr in eine Ecke der Terrasse folge. »Okay, ich fühl mich schlecht, weil ich euch gestört habe. Schnappst du dir den nachher?«

»May!«

»Ach bitte, tu nicht so schockiert. Als wäre dir das noch gar nicht in den Sinn gekommen. Er ist megaheiß.«

Ich seufze genervt. »Das *weiß* er allerdings auch.« Abgesehen davon ist das hier eine voll schräge Unterhaltung. May und ich stehen uns nicht nah. Wir tratschen nie über Jungs.

»Er ist doch nicht irgendwie creepy, oder?« Sie sieht mich besorgt an, während sie ihr Handy herausholt.

»Nein«, gebe ich zu. »Er flirtet gern, das steht mal fest. Total gern. Aber …« Es ist schwer zu erklären, was Rickie so ungewöhnlich anziehend macht. Jeder Anmachspruch, der aus seinem Mund kommt, hat Witz. Als würde er sich selbst genauso auf die Schippe nehmen wie mich. Als mache es ihm nichts aus, ob er ein bisschen lächerlich klingt, solange seine Absicht rüberkommt.

Auch wenn ich es nicht zugeben will, ich fühle mich zu ihm hingezogen. Er scheint anders zu sein als andere Männer.

Aber, uff, das ist er wahrscheinlich nicht. Und nur meine alberne Verknalltheit verhindert mal wieder, dass ich klarsehe. »Er ist nicht creepy«, wiederhole ich. »Er ist nett. Und *neeeett* anzusehen. Da habe ich diesen Sommer einen echten Augenschmaus oben in meinem Flur.«

»Halt mich auf dem Laufenden«, sagt sie und öffnet ein Foto auf ihrem Handy. »Ich wollte dir ein Projekt zeigen, mit dem ich angefangen habe. Mal sehen …«

Ich warte geduldig, obwohl mich die ganzen Einrichtungsprojekte, die sie sich neuerdings vornimmt, nicht großartig interessieren. Im Leben meiner Schwester fügt sich in jeder Hinsicht alles zusammen. Ihr Freund liebt sie. Zusammengenommen besitzen die beiden gleich mehrere Unternehmen – die Bar, Mays kleine Kanzlei und Alecs expandierende Brauerei für alkoholfreies Bier, zu deren Gründung sie ihn inspiriert hat.

Früher war sie die Verkorkste, um die sich alle Sorgen gemacht haben. Ihr Leben war das reinste Chaos. Aber inzwischen ist sie superglücklich und verwirklicht alle ihre Ziele.

Unterdessen implodiert mein Leben. Nicht dass ich ihr davon erzählen würde, denn wir stehen uns nicht nah. Auch daran bin *ich* schuld. Als sie an ihrem absoluten Tiefpunkt war, habe ich sie verraten und blamiert.

Heute tippeln wir auf Zehenspitzen umeinander herum. May hält es mit mir aus. Und ich sollte vermutlich dankbarer sein.

»Hier hab ich's! Siehst du? Ich schleife dieses Möbelstück ab und verpasse ihm einen neuen Anstrich. Guck mal.«

Ich schiele aufs Display. »Ist das … Grandmas alter Schreibtisch?«

»Yepp! Sieht das blanke Holz nicht toll aus?«

»Wow.« Ich nehme das Handy und ziehe das Foto größer. Meine Großmutter nähte gern und hatte ihre Nähmaschine auf einem abgenutzten alten Schreibtisch stehen, der in einem seltsamen Blaugrau gestrichen war. Aber das ist jetzt weg. »Gute Arbeit. Er ist echt schön.«

»Finde ich auch. Willst du ihn haben?«

»Wen?«

May schaut zum Himmel. »Den *Schreibtisch.* Du ziehst doch nach Burlington, da brauchst du vielleicht einen. Griffin und Audrey haben einige alte Möbelstücke aus dem Bungalow ausrangiert. Ich dachte mir, den könntest du gebrauchen.«

Oh Mann. »Das kann ich nicht annehmen. Nicht, nachdem du so viel Zeit reingesteckt hast.« Als wollte ich noch mehr in Mays Schuld stehen. »Außerdem werde ich eh nur zwei Semester lang in Burlington bleiben. Dann ziehe ich wieder weg, um an einer anderen Uni meinen Master zu machen.«

»Du musst das nicht machen, weißt du?«, sagt May.

»Nicht meinen Master machen?«, jaule ich. »Oh doch.« Ich kann meine Zukunftspläne nicht umschmeißen. Wenn ich das mache, hat Reardon Halsey gewonnen.

»Du musst nicht *wegziehen*«, sagt sie. »An der Burlington U gibt es auch ein Masterprogramm in Gesundheitswesen, oder?«

»Sicher, nur …« Ich beiße mir auf die Unterlippe. May hat hier in Vermont studiert und sich dann vor Ort beruflich niedergelassen. Doch ich habe ehrgeizigere Ziele. Ich will einen Abschluss von einer der zehn besten Universitäten des Landes. Ich dachte, es würde Harkness werden, aber jetzt muss ich mich anderweitig umschauen. Da wäre zum Beispiel Berkeley oder vielleicht die Johns Hopkins. »Ich werde wahrscheinlich nicht bleiben«, sage ich. »Du solltest den behalten.« Ich gebe ihr das Handy zurück. »Der wird super aussehen, wenn er fertig ist, aber ich müsste innerhalb von neun Monaten zweimal damit umziehen. Ich kann ihn wirklich nicht gebrauchen.«

»Aber …« May scheint etwas dagegen einwenden zu wollen. Doch dann macht sie den Mund zu und steckt das Handy in die Hosentasche. »Okay. Gut zu wissen.« Jetzt sieht sie sauer aus. »Trotzdem alles Gute zum Geburtstag. Wir schneiden die Torte an, sobald die Band aufhört zu spielen.«

Sie dreht sich um und geht.

Und ich bin mir ziemlich sicher, dass ich bei irgendeiner Art Test von ihr durchgefallen bin. Das ist die einzige Sorte Tests, bei denen ich regelmäßig durchfalle. Ich sehe zu, wie sie sich ohne einen weiteren Blick in meine Richtung durch die Partymenge schlängelt.

Scheiße.

Mein Handy brummt in meiner Hosentasche, und ich hole es reflexartig heraus. Doch als ich sehe, wer da anruft, schießt mein Puls in die Höhe. *Reardon Halsey.* Der fiese Ex. Schon allein bei seinem Namen erlebe ich eine Kampf-oder-Flucht-Reaktion.

Schnell drücke ich den Anruf weg. Und dann hole ich zittrig einmal tief Luft. Er hat keinen Grund, mich anzurufen. Und ich habe nicht die geringste Ahnung, warum er es getan hat.

Wenig später enthüllt Audrey unsere Geburtstagstorte. Genau genommen handelt es sich um zwei Torten, die in der Mitte zusammengesetzt wurden. Audrey hat es so gemacht, wie wenn man den Belag auf einer Pizza aufteilt – Schokolade auf einer und Zitrone auf der anderen Hälfte. Das ganze Ding ist außen mit üppiger Buttercreme eingestrichen.

Der Rand ist mit Blaubeeren dekoriert, und Audrey hat mit Schokoladensauce einen Spruch daraufgeschrieben:

NIMM DICH IN ACHT, WELT, DYLAN UND DAPHNE SIND 21!

Ich wähle ein Stück von der Zitronenseite, und mein Bruder nimmt Schokolade. Wir mochten noch nie dieselben Dinge, konnten weder die Gedanken des anderen lesen noch hatten wir eine Geheimsprache unter uns Zwillingen.

Wenn ich anderen Leuten erzähle, dass ich einen Zwillingsbruder habe, meinen sie oft: »Das ist voll cool!« Und Dylan *ist* auch ziemlich cool. Deswegen hat er auch so viele Freunde, von denen die meisten heute Abend hier sind. Sein Lebensziel besteht darin, überall, wo er hinkommt, neue Freundschaften zu schließen.

Mein Lebensziel war es bis jetzt immer, Erfolge zu sammeln. Nicht dass ich keine Freunde hätte. Aber ich habe meine gesamte Energie in mein Leben in Connecticut gesteckt – und es dann hinter mir gelassen. Meine alten Highschool-Freundschaften sind dabei auf der Strecke geblieben. Jetzt bin ich einsam, was ich mir selbst vorzuwerfen habe.

Nichtdestotrotz pappe ich mir ein Lächeln ins Gesicht und bedanke mich bei Audrey für die Torte.

Mein Wunsch, als ich neben Dylan die Kerzen ausblase, lautet schlicht: *Bitte lass mein zweiundzwanzigstes Lebensjahr nicht so schrecklich werden wie das letzte.*

Als die Band wieder zu spielen anfängt, fordern mich zwei Männer zum Tanzen auf. Allerdings ist einer davon Roddy, der Partner meines Cousins, und der andere mein Großvater.

Ich tanze mit beiden. Aber mal ehrlich, wirke ich echt *so* einsam?

Nachdem mich jeder von ihnen jeweils einen Song lang herumgewirbelt hat, gönne ich mir ein Glas Champagner. Ich hatte noch nie Spaß daran, mich zu betrinken, weil ich das Gefühl nicht mag, die Kontrolle zu verlieren. Besonders in einem Raum voller mehr oder weniger enger Familienangehöriger.

Schließlich hört die Band auf zu spielen, und unsere Freunde verabschieden sich allmählich einer nach dem anderen.

Als wir dann in den Bus steigen, um zur Farm zurückzufahren, ist es ein Uhr nachts. Ich sitze neben meinem Grandpa.

»Diese Tanzbeine sind müde. Alles Gute zum Geburtstag, Daphne. Wenn du einundzwanzig bist, bin ich von Rechts wegen wahrscheinlich tot.«

»Auf mich wirkst du ganz fit. Hattest du Spaß heute Abend?«

»Ja, bis meine Verabredung früh nach Hause gegangen ist.«

»Wie schade«, sage ich mitfühlend.

»Such dir jemand Wildes, Daphne.«

»Was soll das heißen?«

»Wen auch immer du dir aussuchst, pass auf, dass er weiß, wie man feiert. Das Leben ist kurz, aber die Nächte sind lang, wenn man sich langweilt.«

Ein Kopf wirbelt herum, um zu uns nach hinten zu schauen. Er gehört Rickie, der mir zuzwinkert.

Nachdem wir zu Hause angekommen sind, mache ich mich bettfertig, bin jedoch seltsam angespannt. Deshalb stehe ich am Ende vor dem Badezimmerspiegel herum und hole mein Handy heraus. Ich habe eine Nachricht von meinem Ex.

Happy Birthday, Daphne. Hoffe, du hast einen schönen Tag.

Ich beäuge die kurzen Zeilen, wie man vielleicht eine giftige Spinne betrachtet. Erstens mal ergeben sie überhaupt keinen Sinn. Das letzte Mal, als wir miteinander sprachen, hat er mir gedroht.

Daraufhin habe ich Reardon nichts davon gesagt, dass ich nicht an die Harkness zurückkehren werde. Nach unserem hässlichen Streit – wenn man es so nennen kann – habe ich nur still und leise meinen Fluchtplan geschmiedet. Ich kündigte meinen Job, beendete das Semester unauffällig und benahm mich, als wäre alles wie immer.

Erst dann, nach der letzten Prüfung, ging ich zur Dekanin

meiner Fakultät und gab meinen Weggang bekannt. Reardon habe ich es nie gesagt. Ich weiß nicht mal, ob er es schon erfahren hat.

Wahrscheinlich ist er gerade irgendwo auf einem Golfplatz, zum *Übersommern*. Woher weiß er überhaupt, dass heute mein Geburtstag ist? Habe ich es ihm irgendwann gesagt? Eines Nachts nach dem Sex, als ich die ganzen Lügen noch glaubte, die aus seinem Mund kamen?

Allein bei der Vorstellung, ihn zu küssen, ekele ich mich heute. Wie konnte ich nur *jemals* so dämlich sein?

Nichtsdestotrotz habe ich Angst, seine komische kleine Nachricht zu ignorieren. Ich würde ihn gern in dem Glauben lassen, dass unsere Trennung keine weiteren Konsequenzen hat. Er soll das so lange wie möglich glauben.

Eine kurze Antwort wäre also vielleicht sinnvoll. Ich möchte völlig harmlos erscheinen, zumindest bis ich einen Weg gefunden habe, ihm die wohlverdiente Gerechtigkeit widerfahren zu lassen.

Danke!

Ich füge noch ein echt banales Smiley-Emoji hinzu und drücke auf Senden.

Fünf Sekunden später klingelt das Telefon in meiner Hand.

»Scheiße!« Ich lasse es beinahe auf den Fliesenboden fallen.

Mein Handy scheint ewig und drei Tage zu klingeln, ehe endlich die Mailbox anspringt, und ich bleibe im Flur stehen, um zu sehen, ob er eine Nachricht hinterlässt.

Nope.

»Scheiße. *Scheiße, Scheiße, Scheiße.*« Ich will nicht mit ihm reden. Bloß weiß er jetzt, dass ich wach bin und mich vor seinem Anruf drücke.

Mein Herz klopft wie verrückt, und das nur wegen eines klingelnden Handys. Es fühlt sich allerdings an, als hätte ich ein Monster heraufbeschworen. Noch dazu an meinem Geburtstag.

Bevor ich es in mein Zimmer schaffe, geht Rickies Tür auf und Rickie erscheint in nichts außer Boxershorts und – wie seltsam – einem seidenen Morgenmantel, zwischen dessen aufklaffenden Hälften seine ganzen Tattoos zu sehen sind. »Hey. Ist alles in Ordnung?«, fragt er.

»Ja.« *Nein.* Wobei, ich fluche hier draußen herum. »Ich hab nur, ähm …«

Als das Telefon in meiner Hand erneut klingelt, zucke ich so heftig zusammen, dass ich wahrscheinlich wie eine hypernervöse Irre rüberkomme.

»Bist du sicher?«, fragt er.

»Nein«, gebe ich schließlich zu. »Kann ich dich um einen merkwürdigen Gefallen bitten?«

»Na klar. Je merkwürdiger, desto besser.« Er schenkt mir ein lässiges Lächeln. Dann winkt er mich in sein Zimmer.

Hastig schließe ich hinter mir die Tür. »Ich will nicht mit diesem Mann reden. Würdest du für mich rangehen? Vielleicht, äh, so tun, als wären wir gerade zusammen und er würde uns stören?« Gut, dass es hier drin so dunkel ist, mein Gesicht ist nämlich wahrscheinlich gerade dunkelrot.

Rickie lächelt noch breiter. »Oh, gar kein Problem.« Er nimmt mir das Handy ab und wischt auf dem Display nach oben, um den Anruf anzunehmen. »Hallo? Mächtig spät für einen Anruf, Kumpel.«

Ich beuge mich vor, den Kopf dicht neben Rickies, und er dreht das Handy ein wenig, damit ich die Antwort besser hören kann.

»Sie will nicht rangehen, was?« Beim Klang von Reardons Stimme erschaudere ich regelrecht. »Kannst du ihr etwas von mir ausrichten?«

»Klar, Mann«, sagt Rickie. »Will mal hoffen, es ist was Wichtiges. Ich mein nur.«

»Oh ja, ist es. Sag Daphne, wenn sie irgendjemandem von unserer Fakultät meinen Namen auch nur zuflüstert, mach ich sie alle. Vermont ist gar nicht so weit weg, kapiert?«

Mein Herz droht gleich zu explodieren, so heftig pocht es. Und ich spüre, wie meine Beine zu zittern anfangen.

»Interessant«, sagt Rickie in einem merkwürdigen Plauderton. »Hast leichte Aggressionsprobleme, Kumpel. Ich sag ihr, dass du angerufen hast, dann kann sie eine einstweilige Verfügung beantragen.«

»Wer ist da?«, fragt Reardon. »Kennen wir uns?«

»Nee«, sagt Rickie. »Aber wenn du ein unversehrtes Gesicht behalten willst, dann bleibt's besser auch dabei.« Dann legt er auf und lässt das Smartphone auf sein Bett fallen, als wäre es aus glühenden Kohlen, die ihm die Hand verbrennen.

8

Rickie

Diese *Stimme.* Wie der Teufel höchstpersönlich. In dem Augenblick, als ich sie hörte, wurde mir innerlich eiskalt.

Aber das ist nichts gegen Daphne. Sie schwankt regelrecht. Nur deshalb lässt sie sich sanft von mir zu meinem Bett führen, wie man es mit einem verängstigten Kind macht. Ich bette sie gegen die Kissen, woraufhin sie die Knie an die Brust zieht und mit weiß hervortretenden Fingerknöcheln umfasst.

»Hey, du zitterst ja«, flüstere ich und setze mich neben sie aufs Bett. Sie protestiert nicht mal, als ich einen Arm um sie lege, sondern lehnt sich doch tatsächlich gegen mich. Da weiß ich, dass es wirklich schlimm ist.

»Okay, wer ist dein brutaler Freund?« Ich schaffe es, die Frage beiläufig klingen zu lassen. Aber hier kann man niemandem etwas vormachen. So eine unverschämte Drohung kann nur von irgendeinem Psycho kommen.

Die Welt ist voller übler Menschen. Ich weiß das. Bloß schaffe ich es normalerweise, den Freitagabend zu verbringen, ohne mit einem von ihnen zu reden.

»Er ist mein …« Als sie erschauert, ziehe ich sie ein bisschen enger an mich. »Ich schätze, man würde ihn als meinen Ex bezeichnen. Reardon Halsey. Und falls dir der Name bekannt vorkommt: Er ist der Sohn von Senator Mitchell Halsey.«

Kommt mir der Name denn bekannt vor? Jedes Mal, wenn ich einen Namen höre, gleiche ich ihn zurzeit mit dem weißen Nebel meiner Erinnerung ab und frage mich, warum er mir nicht *noch* bekannter vorkommt. Kannte ich ihn einmal und habe ihn vergessen? Oder kannte ich ihn noch nie?

Sind lustige Zeiten mit meinem Hirn.

»Er war ein Kommilitone von mir«, sagt sie stumpf. »Tatsächlich ist er von deiner Hochschule rübergewechselt.«

Ich bekomme Gänsehaut am ganzen Körper. »Von der Academy?«

»Ja.«

»Ist das nicht seltsam?«, frage ich. Bei jeder Erwähnung meiner ehemaligen Schule bin ich alarmiert.

»Eigentlich nicht.« Sie zuckt mit den Schultern. »Es gibt mehrere Kooperationsprogramme zwischen Harkness und anderen Hochschulen. Da wäre eins in Bioingenieurwesen und eins in Biochemie. Das kombinierte Bachelor-Master-Studium von Harkness ist allerdings noch ziemlich neu, deswegen wechseln eine Menge Studenten zu uns.«

Nichtsdestotrotz ist mein Pulsschlag eine Stufe raufgegangen. »Und du hast diesen Kerl gedatet?«

»Ja. Denk schon. Gedatet hört sich so offiziell an. Es war eher eine heimliche Affäre. Keiner wusste davon. Es war ein *Riesen*fehler.«

»Wieso das?«

Sie stützt den Kopf in die Hände und holt zittrig einmal tief Luft. »Wir haben zusammen an einem großen Projekt gearbeitet. Es hat mir echt geschmeichelt, dass er sich mit mir treffen wollte. Er ist ein Jahr älter als ich. Reiche, einflussreiche Familie.«

»Noch dazu sieht er supergut aus«, füge ich trocken hinzu.

Sie hebt den Kopf. »Kennst du ihn?«

»Nope. Aber dieser Kerl klang nach einem ganz üblen Typen, und du bist megaklug. Also muss er schon ein Gesicht wie Adonis und einen Riesenschwanz haben, wenn sein Verhalten für dich keine Rolle gespielt hat.«

Daphne drückt eine Faust gegen ihren Mund und lacht, obwohl ihr Tränen in die Augen steigen. »Schätze, er ist echt sehr hübsch.«

»Sein Gesicht? Oder sein Schwanz?«

»Wir reden nicht über seinen …« Sie lacht und weint gleichzeitig. Ich wusste gar nicht, dass das überhaupt menschenmöglich ist.

»Über seinen Schwanz? Na gut. Wobei ich ein Freund von Schwänzen bin.«

»Echt jetzt?«

»Yepp. Pansexuell, aber heteroromantisch. Ist kein Geheimnis.«

»Oh.« Sie hickst. »Wir reden trotzdem nicht drüber. Ich würde gern vergessen, dass ich ihn jemals zu Gesicht bekommen habe.«

»Dann ist es also schlimm ausgegangen, hm?« Natürlich ist es das. Denn normalerweise rufen einen Ex-Freunde nicht am Geburtstag an, um einem körperlichen Schaden anzudrohen. Er klang wie die Inkarnation des Bösen, und diesen eiskalten Tonfall werde ich wohl so bald nicht wieder vergessen.

»Es hätte überhaupt gar nicht erst anfangen dürfen«, sagt sie, lehnt sich gegen das Kopfteil des Betts und schließt die Augen. »Er hat mir geschmeichelt. Zuerst waren es nur Kleinigkeiten. *Du hast wunderschöne Augen.*« Sie stöhnt. »Ich hab's geradezu aufgesogen. Ich bin's nicht gewohnt, dass Männer mich mit Komplimenten überschütten. Und dann hat er mich eines Abends auf ein Getränk in seine Wohnung eingeladen …« Sie schüttelt den Kopf. »Ich bin drauf eingegangen.

Wir fingen an, ähm, uns zu treffen, obwohl das gegen die Regeln war.«

»Moment, wieso denn? Dass zwei Studenten was miteinander haben, ist doch nicht der Rede wert.«

»Streng genommen war ich seine Chefin«, flüstert sie. »Er war bei dem Forschungsprojekt meiner Arbeitsgruppe zugeteilt. Obwohl er ein Jahr älter ist als ich und wir beide Studenten waren, verstieß es also trotzdem gegen die Regeln.«

»Okay«, sage ich gedehnt.

»Ich war dafür zuständig, eine schriftliche Beurteilung seiner Arbeit abzugeben.« Sie spricht so leise, dass ich sie kaum verstehe. »Nachdem wir also ungefähr einen Monat …«

»Ein Techtelmechtel hattet?«, schlage ich vor.

»… hat er Schluss gemacht. Ich war beinahe erleichtert, weil ich niemand bin, der sich wohl dabei fühlt, die Regeln zu brechen.«

»Ein Braves-Mädchen-Syndrom? Bei dir? Sag bloß.«

Sie wirft mir einen müden Blick zu. »Wäre mein Braver-Mädchen-Instinkt bloß stärker gewesen, dann wäre ich jetzt nicht in dieser Situation.«

»Wieso? Was ist passiert? Gefiel ihm deine Beurteilung nicht?«

»Oh, die war *glänzend*.« Sie verdreht die Augen. »Er ist hochintelligent, deshalb war die Beurteilung ein Leichtes, trotz meines schlechten Gewissens. Ich habe ganz konkrete Beispiele für seine gute Arbeit gebracht. Ich dachte, ich hätte meine Lektion gelernt und würde dafür nur mit übermäßigen Schuldgefühlen und erdrückender Scham bezahlen.«

Ich bin nicht sicher, ob *erdrückende Scham* passt, bin aber so klug, meine Meinung für mich zu behalten. »Ich geh mal davon aus, dass etwas schiefgelaufen ist. Sonst würde er doch nicht um sich beißen wie ein in die Ecke getriebener Pitbull.«

»Er hat betrogen. Bei der Arbeit«, fügt sie schnell hinzu.

»Bei einem Test?«

Als Daphne den Kopf schüttelt, streifen ihre seidigen Haare meine nackte Schulter. »Wir haben an einer groß angelegten Studie über die Gesundheit des medizinischen Personals im ganzen Land gearbeitet. Unsere Abteilung bereitete Fragebogen aus ganz Connecticut auf. Tausende. Wir bekamen also täglich Rückmeldungen rein, sowohl per E-Mail als auch per Post. Und mir fiel irgendwann auf, dass Reardon welche wegwarf.«

»Was? Wieso? Um weniger Arbeit zu haben?«

»Nein.« Ihr Kopf schlägt dumpf gegen das Kopfteil. »Er hat Rückmeldungen aus Hartford County aussortiert. Es grenzt praktisch an ein Wunder, dass es mir überhaupt jemals aufgefallen ist. Aber weil man mir einen Posten als wissenschaftliche Hilfskraft gegeben hatte, der ziemlich weit über meiner Gehaltsklasse lag, war ich fast besessen davon, alles, was wir reinbekamen, doppelt und dreifach nachzuzählen.«

»Und die Stapel wurden kleiner?«, rate ich.

»Ja, aber nur bestimmte Stapel. Reardon war für die digitale Erfassung der Daten zuständig, die auf Papier hereinkamen. Wie wir alle. Die Arbeit ist ziemlich langweilig. Doch aus vier Postleitzahlbereichen verschwanden etliche Rückmeldungen.«

»Was ist denn so besonders an Hartford County?«, muss ich einfach fragen.

»Krebs«, flüstert sie. »Es gibt erste Hinweise auf ein Krebscluster. Das würde ein schlechtes Licht auf seinen Vater werfen. Jedenfalls ist das meine Theorie. Allerdings kann ich nicht beweisen, dass Reardon Fragebogen von Krebspatienten weggeworfen hat. Auf die Theorie bin ich auch erst vor Kurzem gekommen. Aber die Zahlen stimmten ständig nicht überein, also habe ich ihn damit konfrontiert. Das war mein zweiter

Fehler. Ich hätte zuerst jemandem davon erzählen sollen. Oder versuchen sollen, ihn auf frischer Tat zu ertappen. Ich dachte eben einfach, es müsse irgendeine Erklärung dafür geben oder es liege ein Missverständnis vor. Und als ich es dann angesprochen habe, war er *furchterregend.* Einfach psycho.«

Oh Shit. »Womit hat er dir gedroht?«

»Er sagte, dass ich verrückt sei. Dass ich keine Beweise hätte. Und dass ich die ganze Sache nur erfunden hätte, weil es mich so aufrege, dass er mich abserviert hat. Er sagte, er werde mich wegen sexueller Belästigung anzeigen.« Ihre Stimme bebt. »Er sagte, er könne mich wie eine irre Stalkerin dastehen lassen. Er habe Textnachrichten, die beweisen, dass er derjenige war, der Schluss gemacht hat.«

»Ach du Scheiße.«

»Er sagte, wenn ich versuchte, gegen ihn anzugehen, würden sein Vater und er dafür sorgen, dass ich niemals einen Abschluss bekomme, an welcher Uni auch immer. Und das glaube ich ihm.«

Es tut mir im Herzen weh. Ich lege einen Arm um Daphne und ziehe sie an mich. »Und du hast die ganze Geschichte nie irgendwem erzählt, oder?«

»Niemandem«, sagt sie. »Ich wollte nicht, dass irgendwer davon erfahrt. Und ich weiß auch gar nicht, warum ich es dir gerade erzählt hab.«

Ich schon. Weil dieser Reardon ein angsteinflößender Dreckskerl ist. Und egal, worin man die Angst wegzuschließen versucht, manchmal schwappt sie einfach heraus.

»Okay, okay«, flüstere ich. »Ich werd's keiner Menschenseele erzählen.«

»Ich bin feige«, murmelt sie. »Ich behaupte immer, Wissenschaft und das Gesundheitswesen wären mir wichtig. Dabei sind die ganzen Studiendaten im Arsch, weil ich zu große

Angst habe, ihn zu melden. Gott, mein Kopf.« Sie reibt sich die Schläfen.

Ich greife zum Nachttisch und schalte das Licht aus. »Das wird sich heute Abend nicht von allein lösen.«

»Das wird sich gar nicht von allein lösen, Punkt«, sagt sie. »Jetzt, wo er weiß, dass ich aus Harkness weg bin, ist er nervös.«

»Ja, aber …« Ich denke kurz darüber nach. »Er ist nervös, aber er kann nichts machen. Es hat keinen Sinn, wenn er jetzt Anschuldigungen gegen dich erhebt, denn damit provoziert er nur Gegenmaßnahmen von dir. Du wärst gezwungen, dich zu verteidigen, indem du deine Version der Geschichte erzählst. Deswegen sind Drohungen seine einzige Option. Er will dich einschüchtern, damit du weiterhin schweigst.«

»Es funktioniert«, sagt sie. »Ich habe tagtäglich Angst.«

»Oh Gott«, flüstere ich.

Eine Weile sitzen wir stumm da. Ich spüre, wie sich Daphne immer mehr entspannt. Ihre Atmung verlangsamt sich, während ich über all das nachdenke, was sie mir erzählt hat. Was für ein Schlamassel.

Jetzt verstehe ich Daphne besser als noch vor einer Stunde. Kein Wunder, dass sie so wütend ist. Kein Wunder, dass sie für meine ganzen lustigen Vorschläge nicht sonderlich empfänglich war. Ich habe versucht, ihr an die Wäsche zu gehen, während sie zu verhindern versucht hat, dass ihr Leben aus den Fugen gerät. »Das Beste, was du machen kannst, ist zu versuchen, dich zu entspannen«, flüstere ich.

»Hmm«, seufzt sie gegen meine Brust.

»Verbann ihn aus deinem Kopf.« Ich bin kurz still. »Weißt du, was auch echt entspannt? Orgasmen.«

Ich rechne damit, dass sie sich beschwert, wie unpassend mein Witz gerade ist. Doch das macht sie nicht. Und als ich zu ihr runtergucke, um rauszufinden, wieso, merke ich, dass sie auf meiner Brust eingeschlafen ist. War ja klar.

Aber sie ist echt süß, wenn sie schläft. Ihre Züge sind weicher, ihre langen Wimpern berühren fast ihre Wangen.

Es macht mir nichts aus, Daphnes Kissen zu sein. Versteht mich nicht falsch – lieber würde ich sie mit Sex müde machen als mit einer traumatischen Erfahrung. Aber ich kann nicht abstreiten, dass das hier auch schön ist.

Ist das nicht mal wieder typisch? Ich versuche jetzt schon seit ein paar Wochen, sie ins Bett zu kriegen. Aber doch nicht so. Außerdem werde ich nicht schlafen können, solange sie hier ist. Seit meinem Unfall muss ich ganz allein und in einem abgeschlossenen Zimmer sein, um einschlafen zu können.

Trotzdem habe ich nicht das Bedürfnis, sie zu wecken oder aufzustehen. Ich lehne mich entspannt zurück und schaue zu, wie der Mond am Fenster vorüberzieht. Daphnes langsamen, gleichmäßigen Atem kann ich auf meiner nackten Brust spüren.

Es ist friedlich. Mag sein, dass ich immer noch von all den Problemen gefrustet bin, die sich mir in den letzten Jahren gestellt haben. Aber wenigstens geht es bergauf.

Außerdem gibt es schlechtere Orte als ein Bett in Vermont, im Mondschein, neben einer schlafenden Schönheit, die mich heute Nacht gebraucht hat.

9

Vor fast drei Jahren

»Jetzt biegst du beim Stoppschild wieder rechts ab. Und in einer Meile kommt wieder ein Schild zum Highway.«

»Alles klar«, sagt Rickie. Es ist irgendwie seltsam, dass diese Abfahrt keine zugehörige Auffahrt hat. Aber egal. Er lässt sich gern von Daphne den Weg beschreiben.

Er trägt wieder sein Uniformhemd und lenkt das Auto diesmal südwärts. Die letzten zweiundsiebzig Stunden sind schnell vergangen, und es ist Zeit, wieder nach Connecticut zu fahren und zur Academy zurückzukehren.

Rickie kämpft gegen die Angst in seinem Bauch an. Er weiß, dass die Studenten aus den höheren Semestern ihm das Leben absichtlich zur Hölle machen. Die Neuen werden schlecht behandelt, damit sie lernen, Druck standzuhalten. In ein oder zwei Jahren wird er an der Reihe sein, den Neuen das Leben zur Hölle zu machen.

Ehrlich gesagt findet er das nicht gerade verlockend. Und das allerschlimmste Mobbing raubt ihm fast den letzten Nerv.

Das Mobbing richtet sich nicht gegen Rickie. Er ist so schlau, keine Aufmerksamkeit auf sich zu ziehen. Trotzdem ist es schwer mit anzusehen. Wie sie es auf seinen Zimmergenossen abgesehen haben, ist einfach fies.

Aber bald sind Weihnachtsferien. Er muss noch die paar Wochen bis zu den Prüfungen überstehen. Dann hat er den sogenannten Gauntlet Term hinter sich. Sechs lange Monate militärischen Trainings und Unterrichts, von Juli bis Dezember. Alle Neuen stehen es zusammen durch. Es soll den Charakter genauso stärken wie die Muskulatur.

»Wie war dein Wochenende?«, fragt Daphne.

»Ziemlich gut.« Er wirft ihr einen kurzen Blick zu. Sie trägt heute kein Make-up. Nicht dass das wichtig wäre. Sie ist das hübscheste Mädchen, das er je kennengelernt hat, und er kennt so einige.

Sie ist auch im ersten Semester. Das passt gut. Sofern der alte Volvo nicht den Geist aufgibt, bevor sie ihren Abschluss machen, wird es noch einige solcher Fahrten geben.

Er nimmt sich vor, einen Ölwechsel machen zu lassen.

»*Ziemlich gut?*«, wiederholt sie mit einem kehligen Lachen. »Geht's genauer? Wir haben drei Stunden Fahrt vor uns. Oder warte – vielleicht kannst du es mir nicht erzählen. Zu skandalös?«

Daphne Shipley *zieht ihn auf*. Und er steht drauf. Unheimlich.

»Tja, über den Sex und die Drogen kann ich nicht sprechen. Aber ich war mit meinem Dad auch auf dem Schießplatz, wie das echte Männer eben so machen.«

»Echte Männer, die sich Rickie nennen.«

Er grinst. »Das schon wieder? Ich hab's dir doch erklärt: Mein Vater heißt Richard. Also heiße ich Richard junior. Und Richard ist ein stinklangweiliger Name.«

»So heißen Könige«, wendet sie ein. »Richard Löwenherz ist ein obercooler Name. *Rickie* heißen kleine Nervensägen mit einer Steinschleuder.«

»Klar doch, Süße. Rumzulaufen und sich Richard Löwenherz zu nennen, wäre gar nicht komisch.«

Jetzt lachen beide.

»Erst wurde ich Rick, damit wir wussten, wen meine Mom meinte. Und weil ich meistens nicht besonders ernst bin, fingen meine Freunde an, mich Rickie zu nennen. Dabei ist es einfach geblieben. Auf der Academy bin ich die ganze Zeit *Richard*, was mir nicht besonders gefällt. Also wenn mich meine Freunde noch zwanzig Jahre lang Rickie nennen wollen, habe ich eigentlich kein Problem damit.«

»Macht Sinn«, gibt sie leicht zähneknirschend zu.

»Du bist dran«, sagt er. »Daphne ist … eine Blume? Ist ein hübscher Name. Aber sind alle in deiner Familie nach Pflanzen benannt?«

»Nein. Mein großer Bruder heißt August, nach meinem Großvater, der im August geboren wurde. Aber er wird bei seinem zweiten Namen Griffin gerufen. Meine große Schwester heißt May, weil sie im Mai geboren wurde …«

»Wieso heißt du dann nicht nach einem Monat?«, fragt er.

»Tja, ich bin ein Zwilling. Und man kann nicht *zwei* Kinder July nennen, also …«

»Klaro.« Er grinst. »Deswegen wurdest du zur Blume.«

»Die Daphne ist eine langweilige kleine Blume, aber der Name hat noch zwei andere Bedeutungen. Bei mir bietet sich also Spielraum für Interpretationen.«

»Erzähl, was sind die anderen beiden? Warte – gibt's in der griechischen Mythologie nicht eine Daphne?«

»Korrekt. Eine megatraurige Geschichte. Eros schießt einen Pfeil auf Apollo, damit der sich in Daphne verliebt. Doch er beschießt Daphne mit irgendetwas, wodurch sie sich *niemals* in einen Mann verlieben kann.«

»Ihre Liebe stand also unter einem schlechten Stern.«

»Oh, es kommt noch schlimmer. Er verfolgt sie gnadenlos, verkleidet sich sogar, damit er sie beim Bad im Fluss beobachten kann. Im Grunde ist er kurz davor, sie zu vergewaltigen.

Also bittet sie ihren Vater, einen Flussgott, um Hilfe, und der verwandelt sie in einen Lorbeerbaum. Für immer.«

»Autsch«, sagt er. »Okay, und die dritte Bedeutung? Im Moment sieht's nämlich so aus, als wäre die langweilige Blume die bessere Wahl für dich.«

»Es ist ein Wasserfloh«, sagt sie und versucht, sich ein Grinsen zu verkneifen.

»Wie bitte?«

»Du hast mich schon verstanden. Daphnia ist eine Gattung winziger Krebstiere. Sich durch Filterung ernährendes Plankton.«

»Ach du meine Güte.« Er lacht laut auf. »Und ich dachte, mit Richard wäre ich schlecht dran.«

»Hör auf.«

»Ich weiß nicht, ob ich dich jetzt noch angucken kann, ohne einen Wasserfloh zu sehen. Sorry.«

»Nur dass du's weißt, ich habe dieses Wochenende auch geschossen.«

Er lacht. »Im Ernst?«

»Guck nicht so überrascht, Mr Tactical Services. Ich bin auf einer Farm aufgewachsen. Wenn es an der Zeit ist, ein Schwein zu schlachten, muss der Schuss genau zwischen die Augen gehen. Sonst lässt man das Tier leiden.«

»Du hast dieses Wochenende ein Schwein getötet? Ich hab bloß auf eine Papierschablone geschossen. Womit denn?«

»Mit einem Gewehr.«

Ein Lachen dringt aus seiner Brust. »Du bist erstaunlich, Daphne Shipley.« Er schenkt ihr erneut einen anerkennenden Blick. »Verlier bloß nicht meine E-Mail-Adresse.«

Sie verdreht die Augen, als würde er sie veralbern.

Das tut er nicht. Daphne ist voll sein Typ. Sie scheint es nur nicht zu merken. »Gehst du jagen?«

»Früher«, sagt sie. »Aber damit war Schluss, als ich vierzehn war und mein Vater starb. Ich vermisse es nicht. Jagen ist langweilig. Ich habe nichts dagegen einzuwenden, wenn man ein Tier zum Verzehr tötet, aber dagegen, den ganzen Tag im Schnee rumzusitzen und darauf zu warten, dass eins vorbeiläuft. Ich brauche aus meinem Abendessen keinen Sport zu machen.«

»Man könnte allerdings einwenden, dass Wildfleisch ethischer ist als die Schweine, die du, wie du sagtest, aufgezogen hast. Bambi lebt frei und glücklich in der Natur, bis die Kugel sein Herz trifft. Das Schwein ist von Geburt an eingesperrt, um einmal für deine Würstchen herzuhalten.«

»Ich habe nie behauptet, meine Vorgehensweise wäre ethischer«, stellt sie klar. »Wir betreiben aber inzwischen nur noch ökologische Tierhaltung. Dieses Schwein hat um einiges mehr Platz und Ruhe, als ich je in einem Haus mit drei älteren Geschwistern hatte – meinen Zwillingsbruder mit eingerechnet.«

»Das Schwein braucht nie um die Fernbedienung zu bitten, was?«

»Du bist Einzelkind, oder?« Sie schnaubt.

»Eventuell. Wieso?«

»Man bittet nicht um die Fernbedienung, man kämpft mit Blut, Schweiß und spitzen Ellbogen darum.«

»Das hört sich nach einem ganz normalen Abend in der Kaserne an. Hast du schon mal überlegt, eine Laufbahn beim Militär einzuschlagen?«

Sie schüttelt lächelnd den Kopf.

Rickie zwingt sich dazu, den Blick auf die Straße zu richten. Aber eigentlich will er nur Daphne ansehen. Menschen zu durchschauen ist seine Superkraft. Und was er bei Daphne sieht, gefällt ihm.

Sie ist gerade ein bisschen verunsichert, das kennt er aus eigener Erfahrung. Irgendwo neu anzufangen ist schwer. Als Soldatenkind hat er das sehr oft gemacht. Sie ist dagegen zum ersten Mal weg von zu Hause, wird also etwas länger brauchen, bis sie klarkommt.

Aber dann sollte sich die Welt besser in Acht nehmen. Sie hat eine wilde Entschlossenheit an sich, die sich nicht verbergen lässt. Das findet er besonders anziehend.

Die Fahrt ist lang, und sie machen viel Small Talk. Er schwört sich, ihr keine persönlichen Fragen über ihr Wochenende zu stellen. Seine Neugier, was Menschen und ihre Beziehungen angeht, macht selbst seine Freunde nervös.

Aber er steht auf solches Zeugs. Deswegen will er auch Spion werden. Und wenn er genug von der Spionage hat, geht er noch mal weiterstudieren und wird klinischer Psychologe. Er hat alles durchgeplant.

Irgendwo in Massachusetts hält er es nicht mehr aus. »Du hast mir gar nichts von deinem Wochenende erzählt.«

»Ist das etwa Bedingung?«, fragt sie und wirft sich dabei die Haare über die Schulter.

Durch die Bewegung wirbelt sie die Luft zwischen ihnen auf, und er erhascht einen Hauch ihres Shampoos. Zitrone vielleicht. Er wünschte, er könnte näher rücken und es eingehend analysieren.

»Wohl nicht«, gesteht er ein. »Aber du hattest es auf der Hinfahrt irgendwie spannend gemacht. Hat der Kerl nun irgendwas gesagt? Ist deine Schwester noch sauer? Haben die Ponys überall hingekackt?«

Sie lacht. »Nein, natürlich nicht. Ja, ist sie, und ja, haben sie.«

»Pfft. Keinerlei Einzelheiten?«

Sie dreht das Gesicht weg und schaut aus dem Fenster. »Wegen mir ist zu Hause alles komisch. Meine Schwester sieht mir nicht mal mehr in die Augen. Und der Typ ist jetzt besonders höflich zu mir. Wie ein Fremder. Ich war glücklicher, als er mich noch wie einen lustigen Kumpel behandelt hat.«

Puh, autsch. »Das wird sich schon wieder geben, oder?«

»Wahrscheinlich«, murmelt sie.

»Und es wird andere Typen geben. Bestimmt hast du dir schon ein paar ausgeguckt. Melde dich doch vielleicht bei deinem Typen zum Üben und gib ihm noch eine Chance.«

»Mein Typ zum Üben?«

»Ja. Irgendeine Highschool-Flamme. Der wird seine eigene Zunge verschlucken, wenn du ihm sagst, dass du eine Neuauflage willst. So jemanden von früher musst du doch haben.« Rickie versucht, seinen Vorschlag beiläufig einzuwerfen. Als würde er nicht insgeheim die Hand in die Luft strecken und sich als Freiwilliger melden.

Bloß dass vom Beifahrersitz äußerst vielsagendes Schweigen kommt. Ihm rutscht das Herz in die Hose. Er ist bei ihr *schon wieder* ins Fettnäpfchen getreten.

Aber echt jetzt? Sie hat sich für ihren Schwarm *aufgespart*? Wer macht denn so was?

Er räuspert sich. »Weißt du, was das angeht, geb ich gern die Katniss. Jederzeit.«

Sie schnaubt.

»Mein voller Ernst. Vielleicht bist du gerade an einem Punkt, wo du öfter mal raus unter Leute musst.«

»Wie anscheinend schon mein ganzes Leben«, murmelt sie.

»Ah. Tja, ich bin quasi Spezialist im Spaßhaben. Vielleicht könnten wir zusammen Spaß haben.«

Endlich guckt sie zu Rickie rüber, um herauszufinden, ob er es ernst meint.

Tut er. »Ich habe einen Vorschlag, okay? Lass mich erst ausreden. Ende des Semesters haben wir das erste Mal Ausgang.«

»Ausgang?«

»Ja, den Großteil der Zeit ist die Academy wie ein Internat. Keine Besucher. Aber es gibt bestimmte Wochenenden, an denen diese Regeln nicht gelten. Alle Kadetten machen dann wie wild Party außerhalb vom Campus. Hier.« Er nimmt sein Handy und entsperrt es. »Schreib eine Nachricht an dich selbst, dann hab ich deine Nummer. Wenn der Plan steht, lade ich dich zu einer Party ein. Ist irgend so eine alljährliche Veranstaltung in einem Bootshaus. Soll der Hammer sein – wobei die Leute gern mal übertreiben. Ich hab Lust, es herauszufinden.«

Sie nimmt das Handy, ohne ihre Nummer einzutippen.

»Komm zu der Party«, sagt er. »Und sei's nur auf einen Drink, bevor ich dich wieder nach Hause fahre. Braucht ja keine, äh, große Sache zu werden.«

»Eine Party«, wiederholt sie. »Mit oder ohne den Mitleidssex?«

Er lacht in sich hinein und findet sie direkt noch ein bisschen heißer. Die meisten Frauen würden ihn nicht so geradeheraus auf seinen Bockmist ansprechen. »Mitleid wäre keins im Spiel, das kann ich dir versichern.«

»Äh, danke.«

»Gib mir deine Nummer. Ich hasse E-Mails. Du kannst dich doch später noch entscheiden, ob du kommst, wenn ich dir die Einzelheiten schicke.«

»Na gut«, sagt sie, vielleicht nur, damit er Ruhe gibt.

Aber dennoch tippt sie ihre Nummer ein.

Zufrieden stellt er das Radio an. *Creep* dringt aus den Lautsprechern. Die Nummer kann man gut mitsingen, aber Daphne macht nicht mit. »Kennst du den Song?«, fragt er.

Als er zu ihr rüberschaut, singt sie tonlos mit. Es ist ein düsteres Lied übers Außenseitersein. Auf die eine oder andere Art findet sich jeder darin wieder.

Und dann, bei der zweiten Strophe, fängt sie an, laut mitzusingen. Ach du Schande, ihre Stimme hat vielleicht Kraft! Aber ihr Gesangstalent mal ganz beiseite – was ihn umhaut, ist die ungefilterte Emotionalität, die sie hineinlegt. Einfach wow.

Daphne Shipley kann einen Kerl in die Knie zwingen.

Wenn er Glück hat, könnte er selbst dieser Kerl sein.

10

Daphne

Am nächsten Morgen wache ich davon auf, dass ich die Stimme meiner Mutter im Flur höre. »Daphne? Ich muss dringend zur Futtermittelhandlung. Kannst du bitte Frühstück machen?«

Als ich den Kopf von Rickies Kissen hebe, ist mein erster Gedanke: *Oh Shit.*

Mein zweiter lautet: Wie lande ich nur ständig in solchen peinlichen Situationen? Wenn ich jetzt eine Antwort rufe, weiß sie, dass ich im falschen Zimmer bin. Und wo ist Rickie überhaupt? Ich liege allein in seinem Bett.

»Daphne?«, ruft sie noch einmal. »Bist du da?«

Man verrät sich nicht bei der Tat selbst, sondern beim Versuch, sie zu vertuschen, stimmt's? Wann lerne ich es endlich? Ich rutsche aus dem Bett, marschiere zur Tür und reiße sie auf. »Ich mache Frühstück.«

Meine Mutter dreht den Kopf. Sie macht große Augen.

Doch in dem Moment geht auch meine Zimmertür auf. Rickie steht da und blinzelt sich den Schlaf aus den Augen.

Meine Mutter guckt umso verwirrter. »Kann bitte *irgendjemand* Frühstück machen? Schätze, es ist egal, wer.«

»Klar«, brummt Rickie.

»Entschuldige, dass ich auf deinem Bett eingeschlafen bin«, stammele ich.

Er zuckt mit den Schultern. »Kein Problem. Deins war ja frei.«

»Der Bacon ist schon aufgetaut«, sagt meine Mutter. »Ich bin in einer Stunde wieder da.« Sie dreht sich um und marschiert den Flur entlang zurück zur Treppe.

Rickie und ich verbringen einen langen Augenblick damit, uns bloß stumm anzusehen. Ich habe einen Kater, aber nicht vom Alkohol. Es liegt an der Verletzlichkeit. Ich hasse es, schwach zu wirken, und letzte Nacht habe ich mich bei Mr Sexy & Grüblerisch über meine ganzen schlechten Entscheidungen ausgekotzt.

»Sorry«, murmele ich noch mal.

Er zuckt nur mit den Schultern.

»Jetzt wird sie denken, wir …« Ich räuspere mich.

»Macht nix.« Er gähnt. »Das stelle ich mir auch tagtäglich vor. Dann haben wir also was gemeinsam.«

Daraufhin schlüpft er an mir vorbei ins Bad, bevor ich es hineinschaffe.

War ja klar.

Zum Glück versucht Reardon nicht noch mal, mich anzurufen. Er schreibt mir auch nicht. Doch jetzt bin ich dauernervös. Jedes Mal, wenn mein Handy aufleuchtet, weil eine neue Nachricht eingegangen ist, bekomme ich kurz Panik.

Doch die Tage vergehen, und mit der Zeit fange ich an, mich zu entspannen. Rickie und ich reden nicht wieder darüber. Er weiß, das will ich nicht. Obwohl ich schon zugeben muss, dass ich mich ein bisschen beruhigt gefühlt habe, nachdem ich mein Herz ausgeschüttet hatte. Zu hören, was jemand anders darüber denkt, gibt einem das Gefühl, doch nicht so verrückt zu sein. *Drohungen sind seine einzige Option*, hat Rickie gesagt. Und ich kann seine Logik nachvollziehen.

Das hält mich jedoch nicht davon ab, mir Sorgen zu machen. Und auch nicht davon, mich fürchterlich zu schämen. Ich habe Rickie erzählt, was für eine wissenschaftliche Tretmine ich erschaffen habe. Aber das ist nicht der einzige Schaden, den Reardon angerichtet hat.

Er hat mir auch die Selbstachtung genommen. Sie ist einfach weg. Als ich anfing, mich mit ihm zu treffen, hielt ich mich für klug und vielleicht sogar sexy. Jetzt bin ich bloß ein dummes Ding, das mit einem Lügner geschlafen hat. Die älteste Geschichte überhaupt.

Am darauffolgenden Mittwoch schickt Audrey uns wieder mit Apfelschnaps-Lieferungen zu zwei neuen Restaurants nach Burlington.

Diesmal gibt es eine Verzögerung bei der ersten Adresse – es ist niemand da, der die Flaschen annehmen könnte. Und wir verschwenden eine Viertelstunde damit, die Telefonnummer auf dem Lieferschein anzurufen, bevor endlich jemand auftaucht und die Lieferung in Empfang nimmt.

»Ich werde zu spät zur Arbeit kommen«, beschwere ich mich mit einem Blick auf die Uhr am Armaturenbrett.

»Ach, das passt schon«, sagt Rickie. »Ich setze dich ab, gehe zu meiner Vorlesung und liefere den Rest danach aus.«

»Echt? Würdest du das machen?« Mir ist die Verzweiflung deutlich anzuhören.

»Hmm. Weil ich nämlich merke, dass bei der Vorstellung, an deinem zweiten Tag zu spät zu kommen, alle deine Braves-Mädchen-Sensoren wie verrückt ausschlagen.«

Da irrt er sich nicht. »Du wirst mal ein hervorragender Seelenklempner.«

»Uh, Vorsicht, Daphne. Ich glaube, du hast mir gerade ein Kompliment gemacht. Ich werde noch übermütig.«

»Schon zu spät«, kontere ich, aber nicht bissig. Während ich beobachte, wie wir uns den roten Klinkergebäuden der Burlington University nähern, frage ich mich, wie das passieren konnte: Ich fange doch tatsächlich an, Rickie zu mögen. Was gefährlich ist.

Ein paar Minuten später hält er vor der Fakultät für Gesundheitswesen. Ich greife nach einer Schachtel Backwaren auf dem Rücksitz, die mir Audrey heute früh mitgegeben hat. *Für deine neuen Freunde bei der Arbeit*, hat sie gesagt. *Ich habe Rezepte mit Blaubeeren ausprobiert.*

»Boah, was ist denn das?«, fragt er.

»Bloß ein Bestechungsversuch, damit mich meine Kollegen mögen. So macht man das, wenn man einen neuen Job hat.« Gott sei Dank hat Audrey eine soziale Ader. Ich weiß ganz genau, dass ich letzte Woche unterkühlt war. Es ist fast so, als hätte Reardon Halsey mir die Fähigkeit genommen, unvoreingenommen auf Menschen zuzugehen.

Rickie lässt das Fenster herunter, um noch etwas zu mir zu sagen, nachdem ich die Tür zugemacht habe. »Denk dran, auf dem Heimweg halten wir bei der Eisdiele.«

»Schon wieder?« Ich drehe mich auf dem Gehweg herum, um ihm zum Abschied zu winken.

»So machen wir das, Babe. Das ist unser Ding. Tradition ist Tradition.«

»Na schön. Bis nachher.«

»Bis nachher!«

Als ich mich wieder umdrehe, stelle ich fest, dass Karim die Tür für mich aufhält. »Guten Morgen«, sagt er.

»Morgen.«

»Ist Rickie Ralls dein Freund?«

Ich lache. »Nicht ganz. Wir leben zusammen.« Das kam jetzt falsch rüber, obwohl es stimmt. »Also, als WG.«

»Oh. Cool.« Er zuckt mit den Schultern, während ich ihm durch die Eingangshalle zu unserem Büro folge. »Sorry. Es kam mir einfach logisch vor. Weil so attraktive, megaintelligente Leute irgendwie als Paar zusammengehören.«

Ich glaube, Karim hat mich gerade als megaintelligent bezeichnet. Und als attraktiv.

Komisch.

»Letztes Jahr war ich Tutor bei einem Seminar über kognitive Psychologie. Der Prof hat Rickie im Kurs über seine Amnesie befragt. Das war vielleicht interessant. Wobei Rickie mehr über Neurowissenschaften wusste als die meisten Masterstudenten im Kurs. Und dann spricht er auch noch drei Sprachen. Da springt mein IQ-Fetisch an.«

»Karim, sag bloß, du schwärmst für Rickie?« Hör sich das einer an! Ich ziehe meinen neuen Kollegen auf wie ein ganz normaler, sozialverträglicher Mensch.

»Oh, ich bin richtig in ihn verknallt«, sagt er. »Diese Augen. Diese Tattoos.«

Mein überraschtes Lachen kommt als würdeloses Schnauben heraus. »Lass ihn das bloß nie hören. Er hat eh schon ein Riesenego. Aber er steht auf Schmeicheleien. Nur so als Tipp.«

»Echt?« Karims Augen leuchten. »Soll das etwa heißen, ich hätte Chancen?«

Er führt mich in einen Konferenzraum, in dem Jenn bereits wartet. »Morgen!«, sagt sie und hebt eine Postkiste auf den Tisch. Und ich erkenne auf einen Blick, was wir heute machen werden. Die Umschläge in dieser Kiste sehen genauso aus wie die, die das Trauma in meinem Leben ausgelöst haben.

Ich erschauere regelrecht.

»Das ist die …«

»… Studie über das medizinische Personal im Nordosten

des Landes. Die Vermonter Ausgabe«, sage ich und klinge wie die übelste Schlaumeierin. »Sorry. Diese Umschläge verfolgen mich in meinen Träumen.«

Und zwar buchstäblich.

»Keine Ursache! Super, dass du dich schon damit auskennst. Komm erst mal richtig an, und dann erkläre ich dir unsere Vorgehensweise, für den Fall, dass es Unterschiede gibt, ja?«

»Unbedingt.« Ich setze meinen schweren Rucksack ab und schiebe die Schachtel mit Audreys Backwaren an eine Ecke des Tischs.

Dann höre ich vorbildlich zu, während sie das Verfahren erklärt. Die Umfragen werden aus den Umschlägen genommen, die Umschläge aber nach Postleitzahlen sortiert aufbewahrt.

Wir haben es selbstverständlich genauso gemacht. Doch Reardon hat auch die überzähligen Umschläge weggeworfen. Das hatte ich als Erstes überprüft.

Wie sich herausstellt, wird hier in Vermont alles ganz genauso gehandhabt. Also machen wir uns an die Arbeit. Ich bin schon Profi darin, die Umschläge mit dem Brieföffner aufzuschlitzen, ohne die enthaltenen Seiten gleich mit zu durchtrennen, und wir kommen schnell voran.

»Ich hab uns was Süßes mitgebracht«, sage ich nach einer Stunde. »Blaubeer-Scones.«

»Heißt das, es ist Zeit für eine Kaffeepause?«, fragt Karim.

»Au ja!«, ruft Jenn. »In der Pause hören wir immer eine Folge von *Cold In Death*.«

»Dem True-Crime-Podcast?«, frage ich.

»Genau. Bist du auch Fan?«

»Noch nicht. Aber ich muss mir sowieso zuerst noch mal schnell ein paar neue Zeitschriften aus der Bibliothek holen.«

Alle beide starren mich an. »Du hast die doch nicht etwa«, Karim räuspert sich, »alle schon durchgelesen?«

»Doch, na klar. Ich hatte doch die ganze Woche Zeit. Außerdem hab ich sonst kein Leben, also …« Ich kichere nervös.

Sie wechseln einen Blick. »Warte, bis sie hört, womit wir uns am liebsten die Zeit vertreiben«, sagt Jenn.

»Echt intellektuell«, erklärt Karim. »In der Kneipe Darts spielen. Und Karaoke.«

»Darts kann ich auch«, sage ich nachdrücklich. »Mein Grandpa hat's mir beigebracht. Er ist ein Ass. Karaoke ist nichts für mich. So gar nicht.« Ich mag es nicht, angestarrt zu werden.

»Hey, eins von zweien ist doch gar nicht schlecht«, sagt Karim schulterzuckend. »Darf ich jetzt einen Scone?«

»Du kannst sogar zwei haben.« Ich schiebe ihm die Schachtel über den Tisch. Ich mag die beiden jetzt schon. Unwillkürlich keimt ein kleiner Hoffnungsschimmer in mir auf.

Reardon schien auch nett zu sein, wirft mein geschundenes Ego ein. *Man weiß nie.*

Neue Freunde sind zu gefährlich. Das habe ich auf die harte Tour gelernt.

11

Rickie

»Hallo«, sagt Lenore, als ich mich auf den Stuhl gegenüber von ihr fallen lasse. »Danke, dass wir den Termin eine halbe Stunde nach hinten verschieben konnten. Ich weiß, dass Sie gewartet haben.«

»Kein Problem.« Sie hatte mir geschrieben, dass sie einen Krisenpatienten habe, und mich gebeten, etwas später als sonst herzukommen. »Ich habe Besorgungen gemacht und war Kaffee trinken.«

»Wirken Sie deshalb gerade so fahrig? Wie war Ihre Woche?«

»Ich weiß gar nicht, wo ich anfangen soll.«

»Wieder ein Bär?«

»Nope. Alles, dem ich mich stellen musste, war menschlicher Natur. Ich habe Ihren Rat befolgt und Daphne von meinen Problemen erzählt.«

»Oh!« Sie fasst sich ans Herz. »Das ist echt vernünftig von Ihnen, Rickie! Dafür haben Sie einen Keks verdient.« Sie wackelt mit den Augenbrauen. »Haben Sie einen Keks gekriegt?«

»Ihre Verwendung des Worts ›Keks‹ irritiert mich. Bei Ihnen klingt das ja fast *sexuell.*«

Sie gluckst.

»Es ist nichts passiert. Noch nicht. Aber wie sich herausgestellt hat, muss Daphne auch mit einigem fertigwerden. Sie hat einen verrückten Ex-Freund, der sie bedroht. Ist eine lange, schräge Geschichte. Und stellen Sie sich vor: Er ist von der USTSA rübergewechselt. Der Sohn eines Senators.«

»Okay?« Lenore spielt mit ihrem Ohrring. »Kommt Ihnen das bedeutsam vor?«

»Selbstverständlich. Ich erinnere mich nicht an mein eigenes Leben, jede Erwähnung dieses Orts kommt mir also wie ein Zeichen vor. So als würde ich den zweiten Akt eines Horrorfilms durchleben und auf die große Enthüllung warten.«

»Ich nehme an, Sie haben seinen Namen nicht wiedererkannt.«

Ich schüttele den Kopf.

»Sein Gesicht?«

»Nee, ich habe ihn nicht gegoogelt. Jedenfalls noch nicht. Ich war abgelenkt, weil Daphne auf meinem halb nackten Körper eingeschlafen ist. In meinem Bett.«

»Uuuh!« Lenore klatscht ein paarmal in die Hände und wirkt dabei weitaus amüsierter, als es eine Therapeutin wahrscheinlich sein sollte. »Na also, gleich zum Wesentlichen. Was ist dann passiert?«

»Nichts. Ich lag nur eine Weile da und fragte mich, warum ich nicht einschlafen kann, solange noch jemand anders im Zimmer ist. Es ergibt keinen Sinn. Daphne wird mich nicht von einer Mauer schubsen. Ist aber egal, ich konnte nicht einschlafen. Nach einer Weile musste ich mich rausschleichen und in ihrem Zimmer schlafen.«

»Okay, vertiefen wir das«, sagt Lenore. »Was haben Sie empfunden, bevor Sie beschlossen, aufzustehen und rauszugehen? War es Angst?«

»Unwohlsein, würde ich sagen. Ich war müde. Aber ich habe das Gefühl, ich kann nicht zulassen, dass mich jemand anders schlafend erwischt.«

»*Erwischt*«, wiederholt sie. »Das ist eine interessante Wortwahl.«

»Ich weiß, dass das seltsam klingt«, gebe ich zu. »Früher war ich nicht so. Ich bin im Zug eingeschlafen oder sonst wo. Wie jeder normale Mensch.«

»Im Schlaf ist man am verletzlichsten«, sagt sie.

»Wehrlos«, stimme ich zu.

»Noch verletzlicher ist man nur, wenn man *nackt* einschläft.«

»Ja, mag sein«, sage ich. »Nacktheit stört mich aber gar nicht. Und dennoch ertrage ich die Vorstellung nicht, in irgendjemandes Gegenwart zu schlafen. Da kriege ich Panik.«

»Das macht Ihnen mit einem Mal richtig Sorgen, stimmt's?«

»Ja«, brumme ich. »Denn ich dachte, ich würde mich in letzter Zeit richtig gut machen, wissen Sie? Aber Daphne hat mich in jederlei Hinsicht aufgerüttelt. Ich schwöre bei Gott, ich würde die sechs fehlenden Monate meines Lebens abschreiben, wenn ich dann einfach wieder schlechte Entscheidungen treffen, ein Aufreißer sein und überall dort schlafen könnte, wo ich lande.«

Lenore verkneift sich ein Lächeln. »Versuchen wir herauszufinden, warum Sie das nicht können. Erzählen Sie mir doch von der Zeit kurz nach Ihrem Unfall«, sagt sie. »Sie lagen im Krankenhaus, richtig?«

»Richtig, aber ich erinnere mich kaum daran. Ich bekam jede Menge Medikamente. Knochenbrüche sind echt schmerzhaft.« Und ich hatte gleich mehrere davon.

»Im Krankenhaus müssen Sie doch in Gegenwart von einer ganzen Menge Menschen eingeschlafen sein.«

»Sicher. Gut. Ich verstehe, worauf Sie hinauswollen. Diese Sache mit dem Schlafen in einem verschlossenen Zimmer fing aber eigentlich erst an, als ich schon einige Zeit wieder zu Hause war. Nach ein paar Monaten vielleicht.«

Sie horcht auf. »Tatsächlich?«

»Ja. Ich versuchte, mir die Schmerzmittel abzugewöhnen – das war echt kein Spaß. Opiate machen einem die Dopaminrezeptoren kaputt. Deshalb wachte ich zu allen möglichen Uhrzeiten auf.«

Es ist schon länger her, dass ich an diese schrecklichen Wochen gedacht habe. Außerdem war ich da immer noch die halbe Zeit benebelt. Es ist schwer zu sagen, wann genau ich anfing, mein Zimmer abzuschließen.

Jetzt sitze ich hier und versuche krampfhaft, mich an etwas zu erinnern, was für andere Menschen kein Problem wäre. So sieht mein Leben aus. Die Sekunden ticken vorüber, und ich werde einfach bloß frustriert. »Ich weiß es nicht, Lenore. Ich kann mich nicht erinnern, was ich mir dabei dachte, als es anfing. Vielleicht glaubte ich, es würde mir beim Einschlafen helfen, wenn schon nichts anderes half? Ich weiß es einfach nicht.«

»Okay«, sagt sie sanft. »Erzwingen Sie es nicht. Ich merke, wie Sie das aufregt.«

»Und *wie.*« Meine Heftigkeit überrascht mich selbst. »Weil ich meine eigenen Zwänge nicht verstehe. In Wahrheit ist es mir eigentlich ziemlich schnuppe, ob die ganze Familie Shipley mich schlafend sieht. Selbst wenn ich aufs Kissen sabbere oder so was. Es interessiert mich nicht, was die Leute von mir denken.«

»Das ist eine Gabe«, sagt sie. »Sie sollten Seminare darin geben.«

»Aber das bedeutet, es handelt sich um eine *Angst.* Irgendeine Art Phobie. Auch wenn ich nicht weiß, woher ich sie habe.«

»Okay, gute Schlussfolgerung.« Lenore verschränkt die Arme. »Was wollen Sie also dagegen unternehmen?«

»Ist das nicht Ihr Job?«

Sie lächelt nur.

»Ich nehme an … Konfrontationstherapie«, murmele ich. »Mir bleibt nichts anderes übrig, oder?«

»Das ist sicherlich der direkteste Weg, das aufzulösen. Sie könnten draußen unterm Sternenhimmel schlafen. Nackt. Hey – wo, sagten Sie noch gleich, haben Sie den Bären gesehen?« Daraufhin haut sie sich aufs Knie.

»Ich hasse Sie.«

Sie lächelt.

Zwei Stunden später sitze ich an einem Picknicktisch und esse mit Daphne Eis. Da ich schon ewig auf dem Trockenen sitze, kommt es praktisch schon einer sexuellen Erfahrung gleich, sie genüsslich das Eis lecken zu sehen. Ihre verdammte Zunge an dieser Portion gerösteter Kokosnuss ist das Sinnlichste, was ich seit Jahren gesehen habe.

Und sie quält mich nicht mal mit Absicht. Ich merke, dass sie in Gedanken meilenweit weg ist, während ich hier sitze und im Stillen sterbe. »Tut mir leid, dass ich zu spät wieder beim Auto war«, benutze ich einen offenkundigen Vorwand, um ihre Aufmerksamkeit zu bekommen. »Mein Termin hatte sich verschoben.«

Ihr Blick kehrt ins Jetzt zurück. »Termin? Ich dachte, du hättest eine Vorlesung.«

Ach, *shit*. Es gibt doch nichts Besseres, als sich vor der Frau, in die man verknallt ist, als Geisteskranker zu outen. »Habe ich auch. Aber nach der Vorlesung gehe ich zu meiner Therapeutin.«

»Oh.« Sie zuckt mit den Schultern. »Dass du zu spät warst, hat mir vielleicht sogar geholfen. Ich saß da, der Handyakku war alle, und mir wurde etwas klar.«

»Wurde dir klar, dass du mich nackt sehen willst?«

Sie runzelt die Stirn. »Mir ist etwas über die Post klar geworden.«

»Okay. Ich hätte Bock, deine Briefmarken abzulecken.«

Wieder trifft ihre Zunge auf das cremige Eis. »An dem Spruch solltest du vielleicht noch arbeiten. Er sitzt noch nicht hundertprozentig.«

»Ist notiert. Jetzt erzähl mir von dieser Sache mit der Post.«

»Heute haben wir auf der Arbeit einen Haufen Umfragen geöffnet – genau wie in meinem alten Job. Und sie haben mir die komplette Vorgehensweise erklärt, obwohl ich schon wusste, was zu tun ist. Bloß der Form halber, ja? Als ich das alles noch einmal gehört habe, kam mir eine Idee.«

»Idee wofür?«

»Rache«, sagt sie langsam.

Oh, Daphne. Merkt sie denn nicht, dass wir Seelenverwandte sind? Ich senke die Stimme. »Erzähl mir von deinen Rachegelüsten. Ich höre.«

»Das ist *nicht* sexy.« Ihre braunen Augen funkeln.

»Lass mich das beurteilen.«

»Okay. Also, wenn man möchte, dass die Leute ihre Umfragebogen zurückschicken, übernimmt man das Porto.«

»Klar.«

»Aber man bezahlt *nicht* im Voraus das Porto für alle 70 000 Umschläge, weil nur etwa die Hälfte davon zurückkommen wird.«

»Und das ist bei eurem armseligen Forschungsbudget nicht drin?«

»Genau. Postwendend werden vom United States Postal Service nur die Briefe berechnet, die zurückgesandt werden.«

»Ich ahne, worauf das hinausläuft. Auf die Art lässt sich die Diskrepanz beweisen. Die Anzahl der Sendungen, für die ihr

Porto bezahlt habt, dürfte größer sein als die Zahl der Datensätze, die ihr im System erfasst habt.«

»Genau. Damit sollte sich meine Theorie beweisen lassen. Die Postrechnungen schaut sich keiner genauer an, weil niemand es wagen würde, Porto zu unterschlagen. Aber es gibt für die ganze Studie nur einen Account bei der Post.«

»Hast du dafür die Log-in-Daten?«, frage ich hoffnungsvoll.

»Nein, aber ich weiß, wo sie sind. Ich habe den Klebezettel vor Augen, der in dem entsprechenden Aktenordner in Harkness bappt.«

»Okay.« Ich lache leise. »Und wie willst du da rankommen?«

Zur Antwort steht sie auf und geht rüber zum Auto ihres Bruders, während ich versuche, nicht auf ihren Po in dem schmalen kleinen Rock zu starren, den sie heute zur Arbeit anhatte. Als sie wiederkommt, gibt sie mir die Einladung zu einer Einweihungsfeier. Sie findet in sieben oder acht Wochen statt, im September.

»Oh, Süße«, flüstere ich. »Du willst das James-Bond-mäßig machen? Einen Martini trinken und dich dann zum Spionieren ins Büro schleichen?«

»Es ist eine akademische Veranstaltung, Rickie.«

»Ah, billiger Weißwein und Käsewürfel. Kapiert.«

Sie beugt sich über den schmalen Tisch und schenkt mir ein breites Lächeln. »Du verstehst es.«

»Total«, flüstere ich. Und ich beuge mich ebenfalls vor, angezogen vom magnetischen Sog ihrer braunen Augen. Sie sieht zum ersten Mal richtig *glücklich* aus.

Außerdem sind wir einander jetzt so nah, dass ich ihren Mund mit einem Kuss bedecken könnte, wenn ich mich noch ein bisschen weiter über den Tisch beuge. Sie weiß das auch. Und das helle Funkeln in ihren Augen verrät mir, dass ihr der Gedanke gefällt.

Oder vielleicht auch nicht. Denn ehe ich zur Tat schreiten kann, schwingt sie plötzlich die Beine über die Bank und steht auf. »Wir sollten heimfahren«, sagt sie.

Gut.

Vielleicht nächstes Mal.

Am selben Abend gehen wir nach dem Essen – und nachdem ich wie ein guter Hausgast den Abwasch gemacht habe – nach draußen und blödeln herum. Dylan versucht Jacquie – das ist eine seiner Ziegen – beizubringen, durch einen Reifen zu springen.

Ich halte den Reifen, während Dylan ihr gut zuredet. »Na komm, Schatzi«, sagt er und schnalzt mit der Zunge. Aber sie versucht immer wieder, um den Reifen herumzugehen, um an die Leckerlis in seiner Hand zu kommen. »Nein, Kleine. Hier lang.« Er macht ein Knutschgeräusch mit dem Mund.

»Du hast es echt drauf mit den Frauen«, ziehe ich ihn auf.

»Sie muss sich bloß erst an den Reifen gewöhnen. Dann wird sie mir gehorchen.«

»Wozu machen wir das noch mal?«, frage ich. »Ich hab uns Bier gekauft. Ich hatte gehofft, es in einem der Schaukelstühle auf eurer Veranda zu trinken.«

»Uuh, Bier«, sagt Dylan, statt mich damit aufzuziehen, dass ich so müde bin wie sein Grandpa. Mir tun immer noch die Schultern weh, weil wir gestern den ganzen Tag Heuballen auf den Heuboden hochgeworfen haben.

»Und zwar das gute Zeug. Sip of Sunshine«, sage ich in der Hoffnung, die Sache damit zu beschleunigen.

»Noch fünf Minuten«, drängt er. Dylan muss seiner Ziege gefühlt eine Tonne Leckerlis füttern, aber schließlich läuft Jacquie durch den verdammten Reifen.

»Ja! Geschafft. Zeit fürs Bier.«

»Super«, stimmt Dylan zu. »Auf der Veranda oder bei ’nem Film?«

»Oh, dann hat Chastity heute Abend also was anderes vor?«

Mit dem Reifen in der Hand verharrt Dylan mitten in der Bewegung. »Bin ich echt so schlimm?«

»Wie?«

»Ich bin schrecklich, oder? Lass dich jeden Abend hängen. Tut mir leid.«

»Hey, alles gut. Ich zieh dich bloß gern auf.«

Dylan wirft mir einen Blick von der Seite zu. »Okay. Wenn du’s sagst.«

»Außerdem sorgt dein Grandpa dafür, dass mein Schachspiel viel besser wird. Obwohl er lieber Poker spielt. Letzte Woche hat er Daphne und Ruth überredet mitzuspielen und uns in einer halben Stunde alle abgezockt.«

»Ja, bei Grandpa musst du gut auf dein Geld aufpassen.« Dylan schließt das Tor des Ziegenstalls hinter uns, und wir gehen zum Haus.

»Wir haben bloß um Kekse gespielt. Mit ihrer letzten Hand hätte deine Schwester ihn aber fast gekriegt. War echt knapp.« Ich lache bei der Erinnerung daran, wie gefrustet Daphne war, als ihr Großvater eine Straße aufdeckte und damit ihre drei Zehnen schlug.

»Wie geht’s ihr eigentlich?«

»Deiner Schwester? Gut. Wieso fragst du mich das?« Bei der Frage verspüre ich einen seltenen Anfall von Schuldgefühlen. Und das nicht wegen der versauten Gedanken, die ich habe, wenn ich mit Daphne zusammen bin. Sondern weil sie von einem miesen Arschloch bedroht wird und ihre Familie nichts davon weiß.

»Weil sie vielleicht mit dir geredet hat? Mit mir redet sie jedenfalls nicht. Ich dachte, dass sie beschlossen hat, die Uni zu wechseln, wäre eine gute Sache. Aber sie wirkt diesen Sommer so angespannt.«

»Hast du sie mal danach gefragt?«, weiche ich aus. Es ist nicht an mir, ihm Daphnes Geheimnisse zu erzählen.

»Nee, sie würde mir niemals etwas erzählen. Ich bin der Versager und sie die Streberin. Ich bin der Letzte, dem sie es erzählen würde, wenn etwas nicht stimmt.«

»Oh.« Ich habe keine Geschwister, deshalb kenne ich mich mit solchen Dingen nicht wirklich aus. »Ich werde versuchen, aufmerksam zu sein«, lüge ich.

»Danke«, sagt Dylan. »Jetzt lass uns das Bier kippen.«

Später, nachdem ich mit Dylan einen Ballerfilm geguckt habe, gehe ich ins Bett. Es ist eine stille Nacht, und durchs offene Fenster dringt nur ein Chor quakender Frösche, untermalt vom kurzen Aufleuchten der Glühwürmchen draußen.

Dies ist der sicherste, ruhigste Ort auf der ganzen Welt. Deshalb lasse ich heute absichtlich die Zimmertür unverschlossen, als ich ins Bett gehe.

Ich stelle mich selbst auf die Probe. Konfrontationstherapie ist eine lang erprobte Methode, um eine Phobie zu überwinden. Studien haben gezeigt, dass die Mehrheit der Phobiker durch Konfrontationstherapie Erleichterung erfährt, manchmal sogar sehr schnell.

Es ist nicht so, als müsste ich meine Hand in eine Schachtel voller Spinnen stecken. Ich brauche verdammt noch mal nur bei offener Tür zu schlafen.

Aber anderthalb Stunden später starre ich immer noch an die Decke und frage mich, was zur Hölle mit mir nicht stimmt.

Um ein Uhr dreißig stehe ich auf und schließe die verdammte Tür ab.

Danach schlafe ich sofort ein.

12

Daphne

Am nächsten Wochenende passe ich auf meinen kleinen Neffen auf. Und ich könnte den ganzen Abend durchdrehen. Allein im Haus meines Bruders in der Stille zu sitzen, tut mir nicht gut. Ich bin voller Energie.

Das liegt wahrscheinlich daran, dass ich noch nie zuvor Rachepläne geschmiedet habe.

Okay, das stimmt nicht ganz. Jeder Mensch mit einem Zwillingsbruder hat schon mal auf Rache gesonnen. Aber hier geht's um ein ganz anderes Level. Dazu braucht es eine Feier, Diebstahl und eine anonyme Mail, die ich so zu bauen versuchen werde, dass sie aussieht, als käme sie von innerhalb des Harkness Colleges.

Es gibt viel zu planen. Entweder bin ich ein Genie oder ein Psycho. Wahrscheinlich beides.

Sobald ich Griffins Scheinwerfer in die Einfahrt einbiegen sehe, klappe ich mit einem schuldigen Klicken energisch meinen Laptop zu.

Audrey kommt eine Minute später in ihre Küche, in der ich immer noch am Tisch sitze.

»Wie war's mit ihm?«, fragt sie und meint damit ihren Sohn Gus.

»Gut«, behaupte ich fest, obwohl ich eine Stunde gebraucht habe, bis er eingeschlafen ist.

»Gut im Sinne von *unproblematisch*? Oder gut im Sinne von *deine Trommelfelle werden schon wieder verheilen*?«

Ich lache. »Letzteres. Ich bin eben zu weich. Sobald er jammert, renne ich wieder in sein Zimmer.«

Der kleine Gus geht nicht gern schlafen, wenn seine Mom und sein Dad nicht da sind. Aber er ist auch erst ein Jahr alt, und seine Mom ist ziemlich toll, deshalb kann man ihm das kaum verübeln.

»Wie war die Party?«, frage ich, als sich meine Schwägerin mir gegenüber hinsetzt.

»Gechillt«, sagt sie. »Bloß ein Vorwand für May und Alec, ein paar Freunde zum Essen einzuladen, glaube ich. Das ist für dich.« Audrey legt einen Zwanzigdollarschein auf den Tisch.

Ich schnaube empört und schiebe ihn ihr wieder hin. »Ich brauche euer Geld nicht. Ich verbringe gern Zeit mit Gus. Außerdem saß ich die meiste Zeit lesend in eurer Küche, in der es viel ruhiger ist als in meiner.«

»Ich hab dir doch gesagt, dass sie es nicht annehmen wird«, sagt mein Bruder, als er zur Tür hereinkommt.

»Es ist doch nicht fair, dass du meinetwegen die Party deiner eigenen Schwester verpasst«, sagt Audrey.

»Es war ein Pärchenabend, du Dummchen«, wende ich ein. Außerdem trifft sich May sowieso lieber mit Audrey. Jeder weiß das. Ich nehme meinen Laptop vom Tisch und verstaue ihn in meinem Rucksack.

»Wie wär's noch mit einem Drink, bevor du gehst?«, fragt Griffin. »Oder mit dreien. Ich habe neuen Apfelschnaps zum Probieren.«

»Uuh, da musst du mich nicht lange überreden.« Während ich losgezogen bin und vergeblich versucht habe, die Welt zu retten, hat sich Griffin damit beschäftigt zu lernen, wie man diverse leckere und einträgliche Produkte herstellt. Er ist Familienvater und ein angesehenes Gemeindemitglied.

Ich bin eine Versagerin. Aber ich bin zur Stelle, um seinen Erfolg zu feiern, besonders wenn das bedeutet, bei einer Verkostung mitzumachen.

Audrey stellt fröhlich neun winzige Verkostungsgläser heraus, während mein Bruder Flaschen aus dem Schrank nimmt. »Der Zweijährige ist endlich so weit«, sagt er. »Vergleichen wir ihn doch mal mit dem neunzig Tage alten und mit dem frischen.«

»Na los«, stimme ich zu.

Zuerst probiere ich den klaren, jungen Schnaps und lasse einen Tropfen davon auf meiner Zunge zergehen. »Spritzig«, sage ich. »Noten von Zitrus und Farbverdünner.«

Audrey lacht, und Griffin verpasst mir unter dem Tisch einen Tritt.

»Was denn? Ich bin eben keine Schnapsdrossel. Du hast vielleicht die Falsche gefragt.«

»Probier den hier«, sagt er und schiebt mir den zwei Jahre alten hin.

Ich nehme erneut ein Schlückchen. »Uuh. Der ist schon eher mein Ding. Der schmeckt gehaltvoll und kräftig. Noten von Pflaume und protziger Lederpolsterung.«

»Jetzt veräppelst du ihn bloß.« Audrey kichert.

»Er schmeckt gut, im Ernst.«

Griffin lächelt mich an. Er ist super in seinem Beruf, und wir wissen beide, dass es hier nicht wirklich auf meine Meinung ankommt. Er stellt das dritte Glas zwischen die anderen beiden und schenkt sich dann selbst einen ein. »Wusstest du, dass Mom in einer Dating-App angemeldet ist?«

»*Was?*« Ich verschlucke mich fast an meiner dritten Kostprobe. »Ist sie nicht.«

»Oh doch«, bestätigt Audrey. »Ich habe ihr mit dem Profilbild geholfen.«

»Wieso?«, frage ich. »Diese Seiten sind doch voller Hochstapler und Arschlöcher.«

Griffin schaut hoch. »Sprichst du aus Erfahrung?«

»Nein«, sage ich bestimmt. »Aber ich lese, und was so in den Nachrichten steht, ist nicht gut.«

»Mom ist zu schlau, um sich reinlegen zu lassen«, sagt Griffin. »Trotzdem wünschte ich, sie würde einfach einen Mann beim Kaffeekranz in der Kirche kennenlernen.«

»Wieso muss sie denn überhaupt einen Mann kennenlernen?«, jammere ich.

»Sie ist erst Mitte fünfzig, Daphne«, sagt mein Bruder tadelnd. »In ein paar Jahren wirst du Gott weiß wo leben und dein Bruder irgendwo mit Chastity zusammenwohnen. Willst du, dass Mom und Grandpa dann ganz alleine sind?«

»Was ist denn schlecht daran, allein zu sein?«, frage ich das glücklichste Paar Amerikas.

Die beiden sehen mich mit dem gleichen mitleidigen Lächeln an.

Ich nehme eins der Schnapsgläser und trinke es auf einen Zug aus.

Eine Stunde später laufe ich vorsichtig die breite Grasschneise entlang, die zwischen unseren Reihen von Apfelbäumen verläuft. Mir einen Schwips anzutrinken, erlaube ich mir nur selten. Ich behalte gern die Kontrolle. Aber der Apfelschnaps hat fast schon mit dem ersten Schluck den dicken fetten Knoten aus Stress in meiner Brust zu lösen begonnen.

Also habe ich jede Menge davon getrunken. Und warum auch nicht? Mein Heimweg ist nur ein friedlicher Spaziergang über unser eigenes Grundstück. Es ist eine ruhige Sommernacht, und doch bin ich nicht ganz allein. Auf der Hälfte der Strecke sehe ich vor mir eine unbekannte Gestalt. Jemand liegt auf einer Decke und blickt hinauf zu den Sternen.

Als ich näher komme, setzt sich derjenige ruckartig mit angespanntem Körper auf und starrt in meine Richtung.

Es ist Rickie. Ich merke, wie ich unwillkürlich lächle. Ich habe keine Ahnung, wie ein Kerl so sexy und stark und gleichzeitig leicht unglückselig und albern aussehen kann. Darüber werde ich später noch nachdenken müssen, wenn ich den ganzen Obstler verdaut habe, den ich eben getrunken habe.

»Hey, McFly«, rufe ich. »Du bist aber übelst schreckhaft.«

»Bären«, sagt er und fasst sich an die Brust. »Ich muss mich vor Bären in Acht nehmen.«

»Doch nicht, wenn's dunkel ist«, wende ich ein und sinke am Rand der Decke auf die Knie. »Allerdings ziehen Rehe in der Dunkelheit umher. Genauso wie Kojoten.«

»Gut zu wissen«, sagt er und legt sich mit hinter dem Kopf verschränkten Händen wieder hin. »Was machst du hier draußen?«

»Ich hab meinen Neffen gehütet. Was machst *du* denn hier draußen?«

Er zeigt nach oben. »Rein gar nichts. Nur in den Himmel gucken. Dein Bruder und Chastity sind früh ins Bett gegangen.«

»Was sonst.«

Er grinst.

»Und da wird gefragt, warum ich nicht sofort die Gelegenheit ergriffen habe, mit in eure WG in Burlington zu ziehen. Wer will seinen Bruder schon beim Sex hören?«

Rickie streckt einen Arm aus und legt seine Hand auf meine. »Tja, kommt darauf an, wie wir die Zimmer aufteilen.

Vom ersten Stock solltest du dich lieber fernhalten. Das Zimmer im zweiten Stock ist recht klein, aber dafür schön abgelegen.«

Ich gucke hinunter zu seiner Hand auf meiner. Sie sieht gut aus. Stark. Breit.

Es hat seine Gründe, warum ich keinen Alkohol trinke.

»Überlegst du einzuziehen?«, fragt er.

»Bin mir nicht sicher«, sage ich, ohne mir in die Karten schauen zu lassen. »Wieso sollte ich?«

»Na, weil es billig ist, genauso wie ich.« Er zwinkert mir unanständig zu. »Außerdem sind geräuschunterdrückende Kopfhörer günstiger als die Mieten in Burlington. Ich sag's bloß.«

»Billig ist gut«, gebe ich zu. »In dem Fall.«

»Nicht zu vergessen die Lage in einer der zentralsten Straßen von Burlington. Und dann wäre da noch die Aussicht.«

»Die Aussicht?« Ich glaube nicht, dass man in dem Teil der Stadt Seeblick hat.

»Die *Aussicht.*« Er zieht sein T-Shirt hoch, um mir seine Bauchmuskeln zu zeigen.

Der Obstler bringt mich dazu hinzuglotzen. Und zu glotzen. Und mir über die Lippen zu lecken.

Rickie lacht leise vor sich hin. Dann macht der Idiot einen Sit-up, um das Shirt komplett auszuziehen und beiseitezuwerfen. »Noch Fragen?«

Als er sich wieder zurücklehnt, stützt er sich auf die Hände. Plötzlich weiß ich nicht mal mehr, worüber wir gerade gesprochen haben. Mein Blick steckt in einem Wettstreit zwischen Rickies durchtrainiertem Bauch und den Flügeln, die auf seine appetitlich muskulöse Brust tätowiert sind.

»Komm her«, sagt er leise.

»Wieso?«

»Weil unser letzter Kuss geil war und ich eine Wiederholung will. Wir sind doch ganz allein hier draußen, nicht wahr? Wo ist das Problem?«

Wo ist das Problem?, wiederholt der Alkohol in meinem Blutkreislauf. »Aber warum ich?«, platzt es aus mir heraus. Das ist der eigentliche Grund für meine Zurückhaltung. Ich verstehe sein Interesse an mir nicht. Außerdem habe ich mir schon einmal die Finger verbrannt.

Rickie legt den Kopf schief, als wäre er verwirrt. »Was ist das denn für eine bescheuerte Frage? Warum *du*? Weil du mich ganz verrückt machst mit deinen kurzen Röcken und frechen Sprüchen und den großen Überzeugungen. Und wenn du jetzt nicht herkommst und mich küsst, muss ich glauben, du hättest Angst vorm Küssen. Du bist feige.«

»Feige?« Gott, dieser Mann weiß echt, wie er bei mir die richtigen Knöpfe drückt. Das jüngste von vier Kindern kann keiner Mutprobe widerstehen.

Allerdings diskutiert das jüngste von vier Kindern auch gern. »Ich habe keine Angst vorm *Küssen*. Aber ich kann keinen *Bockmist* ab. Dem letzten Mann, den ich geküsst habe, ging es dabei nur um sein berufliches Weiterkommen, okay? Er hat mich ins Bett gekriegt, und ich ziehe jetzt in einen anderen Bundesstaat und hoffe, niemand findet je heraus, dass mein Verhalten zehn Jahre Forschung gefährdet hat. Also verzeih bitte, wenn ich zuerst ein paar Fragen stelle.«

In der Stille nach meinem Ausbruch bereue ich meine Worte. Ein sehr attraktiver Mann hat mich gebeten, ihn zu küssen. Und ich habe ihm stattdessen eine Standpauke gehalten.

Ist es echt so verwunderlich, dass ich selten Dates habe?

Rickie reagiert anders als erwartet. Er steht nicht etwa auf und geht weg oder sagt mir, dass ich es vergessen soll. Er legt den Kopf schief und betrachtet mich nachdenklich. Und dann flüstert er: »Er hat echt eine fiese Nummer mit dir abgezogen, was?«

Ich schlucke schwer. »Tja, schon, schätze, das hat er.«

»Verstehe.« Er winkt mich zu sich. »Komm her, und ich beantworte deine Frage.«

»Meine Frage«, wiederhole ich.

»Ja, ich bin bereit zu erklären, warum ich von dir geküsst werden will.« Er lockt mich mit dem Zeigefinger. »Aber du musst dich auf meinen Schoß setzen, wenn du die Antwort hören willst.«

Ohne es richtig zu durchdenken, setze ich mich in Bewegung. Denn ich *will* die Antwort hören, verdammt. Wieso sieht er im Sternenlicht nur so umwerfend aus mit seinem nackten Oberkörper, der mich anzieht wie einen Fisch am Haken?

Als ich näher komme, legt Rickie eine Hand um meine Taille und zieht mich auf seine Schenkel, sodass ich rittlings auf ihm sitze. Mein kurzer Rock rutscht hoch, und ich ziehe ihn herunter, als hätte ich noch einen Rest Würde, den es zu wahren gilt.

Seine Lippen zucken. »So ist es besser.« Er greift nach oben und streicht mir die Haare aus dem Gesicht. »Weißt du, was die großen Philosophen über sexuelles Verlangen gesagt haben?«

Ich schüttele aus zwei Gründen den Kopf. Erstens habe ich absolut keine Ahnung. Und zweitens versuche ich, ihm heute nicht noch mal einen Vortrag zu halten. Denn jetzt wo ich ihm so nah bin, hätte ich gern noch so einen Kuss, bitte.

»Die Antwort lautet *gar nichts*«, flüstert er. »Kaum ein Wort über die natürlichen Instinkte eines Mannes. Vielleicht hielten sie sie für zu nieder, um darüber zu diskutieren. Oder – und diese Theorie gefällt mir besser – vielleicht fand Platon, dass ich keinen Grund brauche, um ein schönes Mädchen im Mondschein zu küssen.«

Mein Gesicht kribbelt immer noch an den Stellen, wo er es eben berührt hat.

Als Rickie sich vorbeugt, halte ich den Atem an. Doch er küsst mich noch nicht. Stattdessen fährt er meinen Wangenbogen mit den Lippen nach. »Es gibt viele Gründe, warum ich dich will«, flüstert er. »Viele Dinge gleichzeitig. Es liegt an diesen langen Beinen …« Er fährt mit einer Hand über meine nackte Haut.

Und wow, es ist echt lange her, dass mich jemand so berührt hat. Ich erschauere unter seinen Fingern.

»An deinem perfekten Gesicht.« Ganz gemächlich drückt er einen zarten Kuss auf meinen Wangenbogen. »Aber auch an den bissigen Kommentaren, die immer aus deinem klugen Mund kommen.« Er fährt mit dem Daumen langsam über meine Oberlippe. »Und es liegt an deiner Einstellung – als wäre die Welt ein Stück besser, wenn du das Sagen hättest, okay?«

»Na, wäre sie ja auch«, flüstere ich.

Er lächelt.

»Stehst du auf stressige Frauen?« Das Wort hat Reardon benutzt, wenn er genervt von mir war. *Hör auf, so zu stressen, meine Güte.*

»Wie's aussieht, steh ich auf resolute Frauen«, sagt Rickie, während er die Fingerspitzen zart an meinem Rücken hinuntergleiten lässt.

Ich kann nicht fassen, dass ich auf Rickies Schoß sitze und mich von ihm streicheln lasse. Und ich kann nicht fassen, wie sehr es mir *gefällt.* Mein Körper ist von Gänsehaut überzogen. Und meine Lippen kribbeln, als bettelten sie darum, geküsst zu werden.

»Deine Wut macht mich an«, sagt er und fährt dabei mit der Nasenspitze meine Ohrmuschel nach.

»Was? Wieso?« Ich erschauere erneut. »Das ergibt doch keinen Sinn.«

»Nein?«, fragt er. »Vielleicht, weil ich auch wütend bin.«

Während ich noch zu entscheiden versuche, ob ich das für Schwachsinn halte, kommen diese ernsten Augen näher. Und wenn er mich jetzt nicht bald küsst, sterbe ich womöglich.

Einmal mehr bin ich von Rickies Behutsamkeit verblüfft. Er beugt sich vor, sodass sich unsere Münder geradeso berühren. Als wüsste er, dass in mir das Herz eines verängstigten kleinen Waldwesens schlägt, das weglaufen könnte, sobald er eine plötzliche Bewegung macht. Weiche Lippen streifen meine. Meine Gänsehaut verdoppelt sich noch einmal.

Doch dann geschieht es endlich. In mir macht es *wusch,* als unsere Münder richtig miteinander verschmelzen. Hinter all der Behutsamkeit lauert mächtig viel Leidenschaft. Rickies Arme legen sich um mich, bis ich von den vielen Muskeln umgeben bin.

Gott, es ist herrlich. Das ist und bleibt eine furchtbar schlechte Idee. Aber ich tue es trotzdem. Ich hebe die Hände auf seine nackten Schultern und seufze. Heftige Hitze und Muskeln. Zarte Küsse und Bartstoppeln.

Ich spüre, wie er beim nächsten Kuss lächelt. Er neigt den Kopf und vertieft unsere Verbindung. Diesmal ist es drängender. Eindringlich. Als ich mich vorbeuge und den Kuss erwidere, eskaliert er, indem er in meinen Mund vordringt und mich kostet.

Oh ja. Es geht los.

Wo ist das Problem?, hat er gesagt. Das werde ich später sicher noch herausfinden. Aber jetzt im Moment ist alles einfach nur wow.

Meine Hände wollen dringend auf Erkundungstour gehen, also lege ich sie flach auf seine nackte Brust. Und jetzt ist er es, der unter meiner Berührung erschauert. Ehrlich, das ist eine Offenbarung. Kann ich ihn noch mal dazu bringen?

Zum Test streiche ich leicht mit den Fingerspitzen über seine Brust. Mein Daumen findet den Ring an seiner Brustwarze. Und er grunzt sexy in unseren Kuss hinein. Ich frage mich, was er wohl macht, wenn ich die Zunge daraufpresse …

Das werde ich später herausfinden, denn Rickie hat meinen Mund in Beschlag genommen. Er gehört jetzt ganz ihm. Auf jeden Kuss folgt ein weiterer. Und ein weiterer. Ich kann mich nicht losmachen, sonst verpasse ich einen.

Unterdessen lässt er seine Hände auf eine Weise über meinen Körper wandern, die ungeheuer dreist wäre, wenn mich das nicht so anmachen würde. Mit den Fingerknöcheln fährt er zwischen meinen Brüsten hinab. Dann winkelt er die Beine an, sodass ich durch die Schwerkraft noch weiter auf seinen Schoß rutsche, bis wir uns Brust an Brust befinden.

Als er seine Daumen unter das sommerliche kleine Top gleiten lässt, das ich trage, läuft mir bei dem Hautkontakt ein Schauer über den Bauch. Vielleicht *brauche* ich gar keinen Grund, um unter den Sternen einen Bad Boy zu küssen. Gott, ist es eine Erleichterung, sich seiner Berührung hinzugeben. Und aufzuhören, angestrengt nachzudenken.

Während wir herummachen, höre ich nur statisches Rauschen im Kopf. Es ist herrlich. Und seine Hände sind magisch. Seine Berührungen sind gekonnt. Er weiß von der empfindlichen Stelle am Ansatz meiner Wirbelsäule, wo seine Fingerspitzen mich erschauern lassen. Er weiß von den Unterseiten meiner Brüste, wo es ausreicht, mit dem Daumen über die sanfte Schwellung zu fahren, schon stellen sich meine Brustwarzen auf und kribbeln.

Mein Herz pocht inzwischen in einem stetigen Rhythmus. *Mehr, mehr, mehr*, sagt es. Unaufgefordert lasse ich selbst die

Hände über Rickies nackte Brust wandern und zeichne die schemenhaften Umrisse der Tattoos nach.

Und mir entgeht nicht, dass ich nicht die Einzige bin, der das gefällt. Zwischen meinen Beinen liegt jetzt eine harte Schwellung. Und als ich es wage, meine Finger hinunter zu seinen harten Bauchmuskeln wandern zu lassen, brummt er genüsslich.

Lustig. Ich dachte immer, ich würde nicht auf Bad Boys stehen. Jetzt scheint mir das allerdings eine Fehleinschätzung gewesen zu sein. Es ist nicht so, als hätte ich jemandes Hilfe dabei gebraucht, mir das Leben zu versauen, das habe ich eigenhändig geschafft.

Dabei sind Bad Boys echt *richtig* gut mit ihren Händen.

13

Rickie

Platon sagte: »Beim Spiel kann man einen Menschen in einer Stunde besser kennenlernen als im Gespräch in einem Jahr.« Und vielleicht hat er damit *tatsächlich* Sex gemeint. Denn ich lerne gerade so einiges über Daphne. Wie sie schmeckt und wie begierig sie sich gegen mich drückt, während wir einander berühren und erregen.

Doch sie hat Probleme, jemandem zu vertrauen. Deshalb werde ich sie nicht nackt ausziehen und unterm Sternenhimmel verführen. Auch wenn ich das möchte.

Unbedingt.

Trotzdem ziehe ich sie noch ein bisschen enger an meine Brust. Ich verteile Küsse auf der zarten Haut an ihrem Hals, und mehr als ihr zustimmendes Keuchen als Reaktion brauche ich nicht auf dieser Welt. Als sie die Hand andächtig über meinen nackten Rücken wandern lässt und sich bis zu meinem Hintern vorwagt, lächle ich bei unserem nächsten Kuss.

Früher war ich ein Typ, der rummachen und sich nichts dabei denken konnte. Partys waren zum Aufreißen da. Namen mussten nicht sein. Aber ich bin nicht mehr dieser Typ. Das hier ist eine große Sache für mich. Das Verlangen, das durch meine Adern strömt, ist etwas Wunderbares. Ich werde es nie wieder für selbstverständlich halten.

Daphnes Küsse bedeuten mir mehr, als sie je ahnen wird. Ich

hatte vergessen, wie sich das anfühlt – die Hitze zwischen Haut und Haut und das Kribbeln in meinen Nervenbahnen, jedes Mal, wenn sie eine neue Stelle zum Streicheln findet.

Als ich ihr einen Zungenkuss gebe, stöhnt sie auf, braucht ihn genauso sehr wie ich. Meine angespannte, wütende Süße lässt sich in meinen Armen endlich gehen. Wie sie unter meiner Zunge erschauert, ist wunderschön. Obwohl sich mehrere Lagen Kleidung zwischen uns befinden, ist die Hitze ihrer Mitte an meinem Schwanz mehr als deutlich.

Ich greife unter ihren Rock, umfasse die Rückseite ihres Oberschenkels und streiche dann mit den Fingerspitzen hinauf. Sie ist wahnsinnig empfänglich. Mit jedem neuen Zentimeter Haut, den ich erobere, erschauert sie. Ihr Po fühlt sich herrlich an in meiner Hand. Deshalb kann ich es mir nicht verkneifen, sie noch ein bisschen enger an mich zu ziehen.

Gott, wie ich Sex vermisse. Wir lassen unsere Zungen verschmelzen und spielen miteinander. Und Daphne fängt an, mich langsam zu reiten. Es ist eine süße Qual. Mein Schwanz drückt gegen die Shorts, will unbedingt näher ran ans Geschehen.

Daphnes geschickte Finger zwängen sich zwischen uns, sie spielt mit dem Knopf meiner Hose.

Nope. So weit gehe ich noch nicht. Also lenke ich ihre Hand sanft von dort weg und lege sie stattdessen auf meine Brust.

Sie stöhnt frustriert. Ich habe offensichtlich ein Monster erschaffen – ein langbeiniges, lecker duftendes Sexmonster. Als sie anfängt, mit geschmeidigen Fingern an meinen Brustwarzen zu spielen, möchte ich sie zu gern auf die Decke legen und sie nehmen wie ein Tier.

Unsere Küsse werden verzweifelt. So wild und befreit habe ich mich sehr lange nicht gefühlt. Das ist der Stoff, aus dem die Träume sind. Heiße Küsse in der kühlen Nachtluft und das Flüstern des Winds im Gras.

Daphne drückt sich mir begierig entgegen. Ich schiebe die Hand unter ihren Rock, massiere ihren Po, und sie stöhnt gegen meine Zunge. Also lasse ich die Finger unter das Bündchen ihres Slips gleiten, ganz bis zwischen ihre Beine, und schmiege die flache Hand um ihre heiße Mitte.

»Rickie«, keucht sie, und mein Name auf ihren Lippen ist wie eine Droge.

»Entspann dich, Süße.« Ich lasse die Finger gleiten und reize sie. Sie ist ganz feucht für mich. Ich komme mir vor wie ein Sexgott. »Ich mach das schon.«

Sie senkt den Kopf an meine Halsbeuge und stößt ein geflüstertes Fluchen aus.

»Schhh, meine Schöne«, sage ich, während sie meine Hand reitet.

Ihr Mund wandert über meinen Hals, und wir erschauern beide. Dann stößt sie ein wunderbares Wimmern aus und zieht sich um meine ungezogenen Finger herum zusammen.

»*Fuck*, du bist so toll.« Meine Stimme ist ganz heiser vor lauter unerfülltem Verlangen. »Verdammt heiß.« Ich sauge krampfhaft Sauerstoff in meine Lunge, als sie sich mir entgegenbäumt.

»Oh M...Mann«, stottert sie. Und dann keucht sie auf und stößt ein langes, herrliches Stöhnen aus, bevor sie schlaff gegen mich sackt.

»Nice«, flüstere ich und halte sie eng an mich gekuschelt. Es fällt Daphne nicht leicht, die Kontrolle loszulassen. Das weiß ich. Wir atmen in die Stille hinein, unsere Herzen pochen im Gleichklang. Mein Schwanz ist so hart wie die Zaunpfosten, mit denen ich heute hinten auf der Wiese gearbeitet habe. Aber das ist mir ganz egal. Es gibt mir das Gefühl, lebendig zu sein.

Ich beuge mich vor und küsse erneut ihre geschwollenen Lippen. Ganz gemächlich.

Und dann leuchtet mein Handy auf der Decke auf und plingt, weil eine Nachricht eingeht. Zwei.

Daphne drückt sich ruckartig von mir weg.

»Ignorier es«, sage ich.

Doch das tut sie nicht. Sie löst sich aus meiner Umarmung. Das verdammte Handy plingt erneut. Und dann höre ich in der Ferne eine Fliegengittertür zuschlagen. »Rickieeeee!«, ruft Chastity. »Bist du da draußen?«

Daphne rutscht von meinem Schoß und steht nervös auf. Sie schnappt sich ihren im Gras liegenden Rucksack.

»Hey.« Mit wackligen Beinen stehe ich auf. »Kein Grund, gleich abzuhauen.«

»Aber wir ... Eigentlich nur *ich*. Ich ...« Sie schluckt.

Ich verkneife mir ein Lächeln. »Alles okay bei dir?«

»Ja. Alles gut.« Die Worte kommen wie eine Maschinengewehrsalve.

»Spielst du eine Runde Poker mit uns? Wie sich's anhört, sind Dylan und Chastity doch noch wach.«

»Nein, ich glaube nicht.« Sie hängt sich den Rucksack über eine Schulter. Dann schaut sie an sich herunter und glättet hektisch ihren Rock. »Ich ... muss los.«

»Du siehst gut aus. Perfekt sogar.« Ich hebe die Hände, um ihr die Haare aus dem Gesicht zu streichen. Dann drücke ich sanft einen Kuss auf ihren Wangenbogen.

Sie stößt ein tiefes Seufzen aus und eilt in Richtung Haus davon.

Während ich beobachte, wie sie weggeht, empfinde ich gleichzeitig Wehmut und Triumphgefühl.

Nach unserer sagenhaften Rummachsession komme ich tagelang kaum mehr als zehn Schritte an Daphne heran. Sie will es so, nicht ich. Wo auch immer ich mit anpacke, sie sucht sich

Arbeiten am anderen Ende der Farm. Sie setzt sich ans gegenüberliegende Ende des Esstischs.

Ein Mann mit weniger Selbstvertrauen würde sich vielleicht Sorgen machen, ob er es nicht mehr draufhat. Doch sie wirft mir immer noch heimliche Blicke zu, und ich merke, was los ist – die Arme kann einfach nicht mit der unbeschreiblichen Geilheit umgehen, die sich einstellt, wenn wir in die Nähe des anderen kommen.

Also habe ich Geduld. Wieder mal. Und nach drei Tagen begegne ich ihr schließlich zufällig abends oben im Bad, als wir beide im selben Moment beschließen, uns die Zähne zu putzen.

»Hallo, Fremde«, sage ich und lehne mich gegen den Türrahmen.

»Hallo, McFly«, sagt sie und beugt sich zum Ausspucken über das Waschbecken.

»Ich könnte schwören, dass du mir aus dem Weg gehst.«

Sie trocknet sich den Mund ab. »Yepp. Definitiv.«

Ihre Ehrlichkeit überrascht mich, und ich muss laut lachen. »Okay, was das angeht, lügen die Leute für gewöhnlich.«

»Wieso, um dein Ego zu schonen? Das besteht doch aus Titan.«

Sie macht mich fertig. »Na gut. Aber ich verstehe trotzdem noch nicht, warum du mir aus dem Weg gehst. Eigentlich solltest du ankommen und mehr wollen.«

»Klar, sicher doch.« Sie faltet das Handtuch und hängt es wieder ordentlich über den Halter. »Allerdings betrinke ich mich bloß so zweimal im Jahr. Passt es dir im Dezember?«

»Boah. Und ich dachte, du wärst Wissenschaftlerin.«

»Was hat das denn damit zu tun?« Sie greift nach ihrer Haarbürste und sieht mich stirnrunzelnd im Spiegel an.

»Deine Schlussfolgerung ist unlogisch, Kleines. Wenn du

mich nur im betrunkenen Zustand anziehend findest, bräuchtest du mir nüchtern nicht aus dem Weg zu gehen.«

Sie verdreht im Spiegel die Augen, während sie anfängt, sich die Haare zu bürsten. Jetzt wo ich weiß, wie weich sich ihre Haare zwischen meinen Fingern anfühlen, brauche ich auf jeden Fall mehr davon.

»Ich glaube, du kommst einfach nicht mit der Geilheit klar«, sage ich.

»Mit deiner?«, schnaubt sie.

»Nein, Süße. Der zwischen *uns*. Da ist etwas, auch wenn du gern so tun würdest, als wäre da nichts.«

Daphne ist mit ihren Haaren fertig, was zu schade ist, denn ich habe es wirklich genossen, mir vorzustellen, ich wäre diese Bürste. »Ich bin einfach nur vernünftig. Du und ich zusammen sind eine furchtbar schlechte Idee.«

»Warum? Nenn mir drei Gründe.«

Sie hält einen Finger hoch. »Erstens habe ich die Männer aufgegeben. Zweitens wohnen wir zusammen, und das ist seltsam.«

Das stimmt wohl, nur stört es mich gar nicht so sehr.

»Und drittens habe ich die Männer aufgegeben.«

Ich schnaube. »Stehst du auf Frauen?«

»Nope.«

»Zu schade. Das war's mit dem Dreier, den ich geplant hatte.«

»So ein Pech.« Sie stolziert an mir vorbei aus dem Bad.

Wobei ich mitkriege, wie sie im Vorbeigehen meine nackte Brust im Spiegel abcheckt. Ihr Mund sagt mir vielleicht, dass nichts daraus wird. Aber ihre Augen sagen mir etwas ganz anders.

14

Daphne

Und dann ist wieder Mittwoch. Wieder eine Gelegenheit, meine neuen Kollegen zu beeindrucken. Und wieder eine einstündige Autofahrt mit dem Mann, der mich verrückt macht.

Ich hole meine Laptoptasche aus meinem Zimmer und setze mein Pokerface auf, als ich die Treppe hinuntergehe.

»Bereit für eine weitere Auslieferung?«, fragt Audrey in unserer Küche und wippt dabei Gus auf ihrer Hüfte. »Diesmal ist sie ziemlich groß.«

»Bekomme ich dieses perfekte Gebräu auch jemals zu probieren?«, fragt Rickie. Er lehnt am Tresen und trägt wieder eins dieser T-Shirts mit V-Ausschnitt, die mir einen kleinen Ausblick auf seine Tattoos geben. Die, an denen ich mich letztes Wochenende gerieben habe wie eine rollige Katze.

Gott, kann ich nicht einfach gleich tot umfallen? Ich fass es nicht, dass ich das gemacht habe. Der Mann sagt ein paar nette Sachen zu mir und meint, dass er einen Kuss will. Und was mache ich? Besteige ihn, schlabbere ihn ab und reite dann seine Hand, bis …

Du lieber Himmel. Ich trinke nie wieder was. Und während Audrey die heutige Auslieferung erklärt, spüre ich, wie mir vor lauter Scham ein heißes Kribbeln den Hals hinaufkriecht. Dabei sind wir noch nicht mal losgefahren.

»Tut mir leid wegen der Zustellzeit«, sagt Audrey gerade.

»Aber das ist kein Restaurant, sondern eine Bar, deshalb ist vormittags niemand da, um Ware anzunehmen.«

»Wir können das auf dem Rückweg erledigen«, sagt Rickie. »Daphne arbeitet sowieso gern bis fünf. Wir könnten so gegen Viertel vor sechs da sein?«

»Das passt perfekt«, ist Audrey einverstanden.

»Nehmen«, sagt Gus und reckt seine knubbeligen kleinen Ärmchen in die Höhe. Ich rechne damit, dass er zu mir will, aber er streckt sich nach … Rickie, ausgerechnet.

Ich kann dich verstehen, kleiner Mann.

»Oh, ich glaube, er mag dich«, sagt Audrey. »Tut mir leid, Gus. Sie müssen los.«

»Nehmen«, verlangt Gus. Er schenkt Rickie ein umwerfendes pausbäckiges Lächeln.

Zu meiner Überraschung hebt Rickie den speckigen Knirps aus Audreys Armen und setzt ihn sich auf die Hüfte. »Du bist ein kleiner Frechdachs, nicht wahr?«

Gus lacht und pikst mit dem Zeigefinger in das in Rickies Ausschnitt sichtbare Tattoo.

»Er ist hin und weg«, sagt Audrey.

Sind wir das nicht alle, Kleiner? Sind wir das nicht alle?

»Schnall dich an, Gus«, sagt Rickie. »Der Berufsverkehr führt nach draußen. Bereit?«

Fasziniert wartet Gus mit großen Augen ab.

»Uuund los geht's!«, ruft Rickie und läuft zur Tür, während sich Gus giggelnd an ihm festhält. Einen Augenblick später tauchen sie draußen vor dem Fenster auf, wo Rickie mit Gus auf dem Arm in der Einfahrt herumgaloppiert.

»Was hast du denn da an der Lippe?«, fragt Audrey.

»Was?« Ich fasse mir an die Lippe. Da ist nichts.

»Ach, muss ein bisschen Sabber gewesen sein.« Sie gackert. »Du stehst auf ihn, stimmt's?«

»Psst«, zische ich. »Das ist nicht lustig. Ich steh überhaupt nicht auf ihn.«

»*Nein*, bestimmt nicht«, flüstert sie zurück. »Wie denn das? Er ist so was von heiß.« Sie wedelt mit einer Hand vor ihrem Oberkörper herum, als müsste sie sich abkühlen.

»Er ist nicht mein Typ«, grummele ich.

»Oh Gott, er ist *voll* dein Typ. Clever genug, um mit dir mitzuhalten. Super Modegeschmack, aber kein Snob. Und dann dieser Körper.« Sie stößt einen leisen Pfiff aus. »Du musst dich ranhalten.«

Als ich ihr nach draußen folge, weiß ich, dass sie komplett danebenliegt. Ich muss mich *fern*halten. Genauso wie von allen anderen Männern.

Die drei auszuliefernden Kisten stehen bereits ordentlich gestapelt auf der Ladefläche von Dylans Pick-up. Audrey gibt mir die Lieferliste. »Viel Spaß heute«, sagt sie augenzwinkernd.

»Danke«, knurre ich.

»Die habe ich dir fürs Büro gepackt«, erklärt sie und macht die Tür zum Rücksitz auf, wo wieder eine Schachtel Backwaren steht. »Croissants mit Spinat und Feta. Da sind fünf Stück drin und noch eins extra für Rickie.«

»Hey! Danke!«, sagt Rickie und kommt mit dem rotwangigen Gus auf dem Arm zu uns herüber. Sie keuchen alle beide. »Du bist die Beste, Audrey.«

Da hat er nicht unrecht. »Danke, Audrey. Das ist echt nett.«

Sie nimmt Rickie ihren Sohn ab, und er geht rüber zum Wagen. Als er außer Hörweite ist, dreht sie sich wieder zu mir. »Noch mal von vorn anzufangen ist schwer, das weiß ich«, flüstert sie. »Da musste jeder schon mal durch.«

Ich blicke hinunter auf meine Schuhe. Das ist nicht gerade mein Lieblingsthema. Jetzt weiß ich, dass ich nicht sonderlich gut überspielt habe, wie gestresst ich bin. Na super.

»Vielleicht erzählst du uns irgendwann mal, warum du einen Neuanfang brauchtest«, fährt sie fort. »Aber so oder so, ich bin für dich da.«

»Danke«, presse ich hervor.

»Keine Ursache. Hab einen schönen Tag an deiner neuen Uni. Und sei nett zu den anderen.«

»Mach ich.«

Rickie hält heute wieder für mich am Briefkasten.

Und wow, endlich ist der Brief da, auf den ich gewartet habe. Aber ich bin zu feige, um ihn zu öffnen. Also stopfe ich ihn in meinen Rucksack und stresse mich stattdessen deswegen.

Rickie ist nicht gestresst. Er summt die Songs im Radio mit, während wir den Highway 89 entlangfahren. »Ich habe eine Megaidee«, sagt er.

»Na, raus damit. Ich liebe deine Megaideen. Die enden ja nie damit, dass ich mich blamiere.«

»Hm.« Er wirft mir einen Blick von der Seite zu. »Ich spüre den kalten Hauch der Ironie hinter dieser Aussage.«

»Du Blitzmerker.«

»Dich zu blamieren ist nicht mein Ziel, Shipley. Und ich finde, es sollte dir nicht peinlich sein, dass du meinen sexy Körper willst.«

Ich schnaube, denn wer bitte redet denn so? Wobei ich tatsächlich seinen sexy Körper will und mich selbst ein bisschen dafür hasse.

»Da du danach fragst, meine Megaidee –«

»Ich hab nicht gefragt.«

»Tja, solltest du aber. Meine Megaidee lautet, dass wir nach der Auslieferung in Montpelier essen gehen.«

»Wieso? Zu Hause gibt's kostenloses Essen.«

Er wirft mir wieder einen Blick zu. »Weil es *Spaß* machen

würde. Und mal eine Abwechslung wäre. Außerdem sind dein Bruder und Chastity heute Abend nicht da, sie gehen ins Autokino.«

»Was eigentlich nur heißt, dass sie an einem neuen Ort Sex haben werden«, grummele ich.

»Stimmt. Aber was ich sagen will, ist, dass es heute wieder ein schöner Sommerabend wird und wir bei einem Bier und gutem Essen irgendwo draußen sitzen könnten. Es gibt ein Asiarestaurant in Montpelier, das geradezu nach mir ruft. Es ist eine ganze Weile her, dass ich kalte Sesamnudeln mit kross gebratener Ente gegessen habe.«

Das hört sich lecker an. Doch ich habe jede Menge Fragen. »Meinst du … quasi ein Date?«

»Ganz genau«, sagt er.

»Aber wir daten nicht«, stelle ich klar. »Ich date im Moment *niemanden*.«

Er zuckt mit den Schultern. »Überleg du dir nur deine semantischen Feinheiten. Aber ich würde dich gern zum Essen einladen. Was hast du denn schon zu verlieren?«

»Abgesehen von meiner restlichen Würde?«

Er lacht. »Weißt du, es macht mich fertig, dass ich mich nicht daran erinnere, wie wir uns zuerst kennengelernt haben. Waren wir superhöflich zueinander? Oder ging es genauso bissig zu?«

»Bissig von der ersten Minute an«, gebe ich zu. »Du warst nett zu mir, aber ich konnte nicht sagen, ob das ernst gemeint war.«

Als er erneut zu mir herüberschaut, liegt eine solche Zuneigung in seiner Miene, dass ich sprachlos bin. »Ich meinte es ernst«, sagt er, bevor er den Blick wieder auf die Straße richtet. »Nicht dass ich mich daran erinnern würde. Aber das hab ich so im Gefühl.«

Mein Herz klopft wie das eines Häschens. *Aber dann hast du mich versetzt.* Dieses Detail behalte ich für mich. Meine Würde ist sowieso schon angekratzt. Außerdem ist es ja nicht so, als ob er es erklären könnte. Er erinnert sich nicht mal daran, mich kennengelernt zu haben.

Ich habe in meinem Leben keinen Platz für gefühlvolle Blicke und Einladungen zum Essen. Rickie lenkt einen total ab. Dabei darf ich mich nicht ablenken lassen.

»Also?«, fragt er. »Abendessen? Das wird wie ein einstündiger Urlaub. Geh mit mir Nudeln essen, Shipley. Es wird nicht wehtun. Versprochen.«

»Vielleicht«, sage ich. »Ich schreibe meiner Mom und frage sie, was sie geplant hat. Wenn sie vorhat, heute groß aufzutischen, möchte ich sie nicht hängen lassen.«

»In Ordnung«, sagt er. »Dann frag sie.«

Na gut. Meinetwegen. Ich hole mein Handy heraus und schicke meiner Mom eine Nachricht.

Doch als wir mit den ersten beiden Auslieferungen in Burlington durch sind, hat sie noch nicht geantwortet. Das ist nicht ungewöhnlich. Sie hat viel zu tun.

»Tja«, sage ich und bin erleichtert. »Vielleicht hätten wir ihr früher Bescheid sagen sollen.«

»Vielleicht«, erwidert er, während er nahe der Fakultät für Gesundheitswesen in einen freien Parkplatz einbiegt. »Gib mir doch deine Nummer, dann kann ich später noch mal bei dir nachfragen.« Er holt sein Handy heraus und sieht mich erwartungsvoll an.

»Also …« Ich verstumme, weil mir gerade einfällt, dass wir uns früher schon geschrieben haben. Shit.

»Also was?« Er wartet ab.

»Ich glaube, ich habe deine Nummer schon. Ich melde mich. Jetzt muss ich aber los.« Ich greife nach Audreys Gebäckschachtel und lasse die Tüte mit dem Extracroissant für Rickie liegen. Dann mache ich die Autotür auf und springe raus.

»Warte, echt?«

»Echt.«

Jetzt wird ihm aufgehen, dass er die alten Nachrichten suchen kann. Und dann wird er wissen, dass er mich versetzt hat und ich es ihm nicht gesagt habe, weil mir auch das peinlich war.

Na toll. Das ist das Problem an Geheimnissen. Nie bleiben sie verborgen.

»Wir sehen uns um fünf«, sage ich. Und dann laufe ich weg.

15

Rickie

Daphne eilt davon, während ich meine Sachen zusammenraffe und den Campus in die entgegengesetzte Richtung überquere. Vor dem Hörsaal packe ich das herzhafte Croissant aus, das Audrey mir gemacht hat, und esse es langsam.

Schätze, es ist logisch, dass Daphne und ich schon früher geschrieben haben. Wenn man eine Fahrgemeinschaft hat, macht man das.

Ich habe diese Riesenlücke in meinem Gedächtnis so satt. Ich weiß nicht mal, was ich alles nicht weiß. Es ist anstrengend.

Nachdem ich das hervorragende Gebäck aufgegessen habe, setze ich mich im Hörsaal in die letzte Reihe und hole mein Handy heraus. Während der Professor spricht, durchsuche ich mein Telefon nach Nummern mit der Vorwahl 802 für Vermont. Es gibt einige. Darunter ist keine Daphne. Und der einzige Shipley ist Dylan.

Doch schließlich finde ich einen Eintrag für »SHark«, was wohl eine Mischung aus Shipley und Harkness sein muss. Wer weiß, was sich mein neunzehnjähriges Ich dabei gedacht hat?

Als ich ihn aufrufe, stoße ich auf einen Chat aus dem Herbst vor drei Jahren. Es fängt mit einem langweiligen Austausch darüber an, wo ich sie abholen soll – am Tor in der Elm Street. Dann vereinbaren wir einen Treffpunkt für die Rückfahrt. Es handelt sich um die Auffahrt, an der die Eisdiele liegt. Wie sie gesagt hat.

Mir läuft ein kalter Schauer den Rücken hinunter, obwohl ich gerade die ödesten Textnachrichten lese, die ich je ausgetauscht habe. Es ist bloß so: Ich weiß, dass ich derjenige bin, der das geschrieben hat. Nur erinnere ich mich nicht daran, deshalb fühlt es sich an, als wäre das jemand anders gewesen. Mein Doppelgänger. Mein böser Zwilling.

Dann lese ich weiter. Zehn Tage nach unserer gemeinsamen Autofahrt schreiben wir uns erneut.

RR: Hast du über die Einladung nachgedacht?

SHark: Was war das noch mal für eine Einladung? Hab's vergessen.

RR: Gut gekontert. Oder kriegst du etwa zahllose Anfragen von Männern, die dich entjungfern wollen?

Sekunde, wie bitte? Ich lese es noch mal. Und dann stöhne ich laut auf.

Der Typ, der mir am nächsten sitzt, schaut mit einem vorwurfsvollen Blick von seinem Collegeblock hoch. Ups.

Aber echt mal. Zwei Fremde sind zusammen zurück zum College gefahren, und dann habe ich angeboten, sie zu entjungfern? Die Theorie vom bösen Zwilling kommt mir jetzt ziemlich passend vor. Obwohl ich ein bisschen Angst habe, lese ich weiter.

SHark: Schon mal was von subtil sein gehört?

RR: Noch nie.

SHark: *Augenverdreh*

RR: Pass auf, ich weiß, dass ich ein Arsch bin. Die Hälfte von dem, was ich sage, soll die Leute provozieren. Aber komm trotzdem zu der Party. Ich erwarte gar keine Privatveranstaltung unter vier Augen. Bring doch eine Freundin mit, wenn du dich dann wohler fühlst. Wir werden alle Spaß zusammen haben.

SHark: Soll das heißen, du planst eine Ménage-à-trois?

RR: Wie oft musstest du das tippen, bis die Autokorrektur aufgehört hat, was noch Versauteres daraus zu machen?

SHark: OMG, dreimal. Aber das kannst du nur wissen, wenn du es selbst oft schreibst.

RR: Nee. Aber ich schreibe in mehreren verschiedenen Sprachen, und dabei kommen oft grässliche Sachen raus.

SHark: *hüstel* ach wie bescheiden *hüstel*

RR: Erwischt. Aber um deine Frage zu beantworten: Ich erwarte gar nichts. Ich glaube nur, wir könnten Spaß haben. Du entscheidest, mit welcher Art Spaß du dich wohlfühlst.

SHark: Vielleicht suchst du dir lieber eine andere für diese Party. Eine, bei der du sicher landen kannst.

RR: Nee. Guck dir diesen Laden mit mir an. Dann benutzen wir das Wort »übersommern«. Für die Rückfahrt müssen wir dir vielleicht ein Taxi rufen, wenn das okay ist. Aber ich hol dich gern ab, bevor ich anfange, was zu tanken.

SHark: Na gut. Ich kann ein kleines Abenteuer gebrauchen. Schreibst du mir noch Zeit und Ort?

RR: Mach ich morgen. Bis dann, braves Mädchen.

SHark: Bis dann, böser Junge.

Tja, stellenweise ist es peinlich, das zu lesen. Aber nicht generell, denke ich. Ich war nur die Hälfte der Zeit arschig. Außerdem merkt man, dass ich Daphne echt mochte.

Klar hab ich das.

Ich scrolle weiter, und es geht nicht gut aus. Ich schreibe ihr Datum und Uhrzeit der Party und sage ihr, dass sie um acht am

Tor nach meinem Volvo Ausschau halten soll. Sie sagt zu. Aber am vereinbarten Tag um Viertel nach acht lese ich Folgendes:

SHark: Okay, du kommst die berühmte Viertelstunde zu spät. Ich stehe hier draußen allerdings in einer dünnen Jacke. Ich sag's nur.
SHark: 35 Minuten, im Ernst? Ich fange an, das persönlich zu nehmen.
SHark: Okay … Kein Anruf. Ich nehme an, du hast letzten Endes doch ein Date gefunden, mit dem man noch mehr Spaß haben kann.

Du lieber Himmel. Was hab ich getan? Ich lese mir das Ganze noch ein paarmal durch, und es wird mit jedem Mal schlimmer.

Die ganze letzte Zeit hier versuche ich, Daphne zu verführen. Ich sage ihr ständig, dass wir einander guttun würden. Stressabbau oder irgend so ein Quatsch. Als würde ich ihr einen Gefallen tun.

Aber nein. Ich bin der Kerl, der das schon einmal angeboten hat und sie dann vergeblich auf mich Blödmann wartend in der Kälte stehen ließ.

Verflucht, wann ist das gewesen? Womöglich war es echt kalt.

Ich halte die letzte Nachricht gedrückt, um zu sehen, wann sie geschrieben wurde. Und angesichts des Zeitstempels krampft sich mein Herz zusammen.

Am Nachmittag stürme ich fast schon in Lenores Praxis. Während ich darauf warte, dass ihre Sprechzimmertür aufgeht, bekomme ich eine WhatsApp. Sie kommt von Daphne.

Clever gemacht. Sie hat den Messenger-Dienst gewechselt, weil sie wahrscheinlich hofft, dass ich unseren alten Chat nicht finde.

Zu spät.

Daphne: Stell dir vor, Mom sagt, du und ich wären heute sowieso allein beim Abendessen. Wie's scheint, haben alle anderen was vor.

Die Wiedergutmachung kann losgehen.

Rickie: Dann können wir heute Nudeln essen gehen, ja?

Das dürfte ein interessanter Abend werden. Wenn ich eine Entschuldigung stammele, die zweieinhalb Jahre überfällig ist.

Daphne: Eigentlich schon. Entweder das oder Reste essen zu Hause.
Rickie: Cool. Ich weiß, dass ich nur aus praktischen Gründen dein Date für den Abend bin, aber ich nehme, was ich kriegen kann.

Dann schicke ich ihr ein GIF von einem süßen bettelnden Hund. Es ist nur der Auftakt zu einer ganzen Runde Zu-Kreuze-kriechen, die ich ihr schulde.

Es ist kein Date, antwortet sie. Dann schickt sie mir ein GIF von einem Typen, dem die Tür vor der Nase zugeknallt wird.

Jetzt wo ich weiß, dass ich ihre Skepsis verdient habe, ergibt alles viel mehr Sinn. Kein Wunder, dass Daphne mir nicht traut.

Zur Antwort schicke ich trotzdem ein Bild von einem Rosenstrauß. Es ist eben schwer aufzuhören, ein nerviges Arschloch zu sein.

Als ich eine Minute später auf dem Sessel Platz nehme, fragt Lenore mich, ob ich bei meiner Hausaufgabe Fortschritte gemacht habe.

»Oh … ein bisschen.« Ich habe die Konfrontationstherapie ganz vergessen. Nichts liegt mir gerade ferner. »Ja, ich habe mir Gedanken darüber gemacht. Ich bin nachts rausgegangen und hab mich auf eine Decke gelegt, um mich der Vorstellung, schutzlos zu sein, auszusetzen. Aber dann wurde ich abgelenkt.«

»Wieder ein Bär?«, fragt sie.

»Nö. Daphne. Aber passen Sie auf – gerade ist was Komisches passiert.«

Ich entsperre mein Handy und zeige ihr die grottigen Textnachrichten, die ich vor Jahren mit Daphne ausgetauscht habe. Und sie zuckt an denselben Stellen zusammen wie ich.

»Aber das ist noch gar nicht das Seltsamste«, stelle ich klar. »Dieser Samstagabend, als Daphne auf mich gewartet hat … Ich bin mir ziemlich sicher, dass es der Tag war, an dem ich im Krankenhaus gelandet bin.«

Lenore macht große Augen. »Glauben Sie das? Oder *wissen* Sie es?«

»Na ja, da ging es um den Samstagabend des Ausgangswochenendes. Ich bin zwei Tage später im Krankenhaus aufgewacht. Und es heißt, ich hätte mich auf einer Party außerhalb vom Campus verletzt.«

»Sie wollten mit Daphne zu einer Party außerhalb vom Campus«, sagt Lenore bedächtig.

»Genau.«

»Wow, Rickie. Vielleicht haben Sie sie gar nicht versetzt. Vielleicht hatten Sie sich verletzt und haben diese Nachrichten niemals gelesen!«

»Vielleicht«, sage ich langsam. Vom Timing her passt es allerdings nicht so ganz. Es sei denn … »Hey, kann ich Sie um einen Gefallen bitten?«

»Sicher doch?«

»Könnten Sie meine Akte raussuchen und sich die ältesten Einträge anschauen? Bisher hat mich das Datum meines Unfalls nicht weiter interessiert. Aber jetzt …«

»Ja, in Ordnung«, ist sie einverstanden. »Ich erinnere mich allerdings, dass die medizinischen Vermerke darin dünn gesät waren. Die Academy hat uns nicht viel geschickt, worauf wir aufbauen konnten. Aber ich werd's versuchen. Wie auch immer, Sie sind nicht der Typ, der ein Mädchen ohne guten Grund versetzt.«

»Nein?« Ich lehne mich auf dem Sessel zurück und schließe die Augen. Wie üblich begrüßt mich eine weiße Wand. Und das ist wie immer frustrierend. Nein – es ist noch schlimmer. Ein Mann sollte Verantwortung für sein Handeln übernehmen. Doch ich weiß noch nicht mal, wie ich gehandelt habe.

Ich öffne die Augen wieder. »Das anzunehmen ist sehr verführerisch, Lenore. Wenn ich mich nicht erinnern kann, was geschehen ist, kann ich mich sozusagen entscheiden. Entweder war ich ein Arsch, der mit Jungfrauen rumgemacht hat. Oder ich kann dieses romantische Ideal sein – der schlafende Prinz, der sich sieben Knochen gebrochen hat und nicht zu seiner Prinzessin konnte. Das kommt mir zu bequem vor. Haben Sie mal diese Spielbücher gelesen, wo man selbst entscheidet, wie es weitergeht?«

»Na klar.« Sie grinst. »Ich mochte das mit dem Einhorn. Geb ich gern zu.«

»Tja, ich habe da immer gemogelt. Ich habe den Daumen auf der Seite gelassen, wo ich mich zuletzt entscheiden musste. Und wenn mir der Ausgang nicht gefiel, habe ich zurückgeblättert und es noch mal versucht. Genau so ist es jetzt, wenn ich mich entscheide, ob ich Pech hatte oder schlicht ein Arsch war.«

»Moment mal.« Sie beugt sich auf ihrem Stuhl vor. »Erstens

mal hat jedes Kind bei diesen Büchern gemogelt. Ich hatte ein ausgeklügeltes System mit nummerierten Lesezeichen, damit ich jede Entscheidung rückgängig machen konnte.«

Ich lache barsch. »Wusste ich doch, dass Sie eine Streberin gewesen sind.«

»Ach, Mund halten. Zweitens unterscheiden Sie sich *auch heute* nicht von anderen. Alle, die auf diesem Platz sitzen, deuten die Vergangenheit neu. Jeder Mann, der mir von seiner gescheiterten Ehe erzählt, versucht zu entscheiden, ob er Pech hatte oder ob er schlicht ein Arsch ist. Sie sind also nicht so besonders. Man braucht seine Vergangenheit nicht zu *vergessen*, um zu merken, dass man sie unterschiedlich auslegen kann.«

»Ach bitte. Als würde es nicht helfen zu wissen, welche Absichten ich hatte?«

Sie lächelt mich ganz nett an, was verflucht nervig ist. »Hören Sie, Rickie. Sie müssen sich nicht an die Ereignisse jenes Dezemberabends erinnern, um zu wissen, wer Sie sind.«

»Meine Güte, wenn Sie mir jetzt noch sagen, dass ich die Hacken zusammenschlagen und mich nach Hause wünschen soll, verlange ich mein Geld zurück.«

Lenore lacht herzhaft. Aber als sie damit fertig ist, lächelt sie mich weise an. »Hören Sie, wir *alle* versuchen, über unsere Vergangenheit hinwegzukommen, damit wir uns selbst in der Gegenwart ertragen können. Selbst wenn Sie morgen aufwachten und sich an jede einzelne Minute Ihres verlorenen halben Jahres erinnern könnten, würde das nichts ändern. Sie können *wählen*, welcher Rickie Sie sind. Entscheiden Sie sich einfach. Und egal, welche Wahl Sie treffen, das wird die absolute Wahrheit sein.«

»Okay«, stimme ich zu, weil diese überragende Ansprache Anerkennung verdient.

Ich wünschte nur, ich würde Lenore glauben.

16

Daphne

Ich dachte, Rickie würde sich was darauf einbilden, dass ich beschlossen habe, mit ihm essen zu gehen. Aber er ist still, als wir die letzte Fuhre Apfelschnaps bei der Bar abliefern. Durch die Windschutzscheibe beobachte ich, wie er die Kiste mit prall gespannten Muskeln und wildem Blick hineinträgt. Er wirkt geradezu wütend.

Aber nicht auf mich. Als ich nach der Arbeit zum Auto kam, hat er mich sanft angesehen. Und dann geseufzt.

Irgendetwas beschäftigt ihn. Ich kann es spüren.

Wieder einmal trifft mich die Erkenntnis, dass mich Männer einfach verwirren. Rickie strahlt immer etwas Gefährliches aus. Keine Aggressivität, eher eine sexuelle Großspurigkeit. Jetzt gerade hat er allerdings eine Laune, die mir wohl Angst machen sollte. Tut sie aber nicht.

Reardon dagegen sah mit seinen adretten Hemden, den weißen Zähnen und dem arglosen Lächeln aus wie einer Männermode-Werbung entsprungen. Doch er hat mir bei der ersten Gelegenheit ein Messer in den Rücken gerammt. Und als ich ihn zur Rede stellte, schrie er mich an und nannte mich eine dumme Hure.

Außerdem hat er mich *geschlagen*. Ich hatte große Angst. Diesen Teil habe ich weder Rickie noch irgendjemand anderem erzählt. Es ist einfach zu beschämend.

Ich glaube wirklich, dass die meisten Frauen einen angeborenen Instinkt haben, der ihnen herauszufinden hilft, wer beängstigend und wer ungefährlich ist. Aber meiner hat sich einfach nie gemeldet. Deshalb meide ich Männer. Das ist auch ein ziemlich guter Grund. Ich hätte Nein zu dem Abendessen sagen sollen.

Habe ich aber nicht.

Im Asiarestaurant bekommen wir einen super Tisch am Fenster. Ich lege mir die Serviette auf den Schoß und greife nach der Speisekarte. Ehrlich gesagt ist das hier ein Vergnügen. Rickie hat recht, ich gehe gar nicht mehr aus. Ich hatte emotional nicht die Energie, wieder Kontakt mit meinen Freunden aufzunehmen oder mit Männern auszugehen. Die Angst hat mein Leben aufgefressen.

Ich sehe mich im Restaurant um, in dem erst wenige Gäste sitzen, weil es noch früh ist. Aber alle hier wirken völlig entspannt und zufrieden. Genau das brauche ich – eine kurze Auszeit von der Wirklichkeit. In der kommenden Stunde kann ich einfach die Glückliche sein, die mit einem wahnsinnig gut aussehenden Typen essen geht.

Die Kellnerin kommt, und wir bestellen. Rickie dankt ihr. Dann richtet er seine grauen Augen auf mich und stellt mir eine höfliche Frage. »Wie war die Arbeit heute?«

»In Ordnung. Gut, eigentlich.« Er hört respektvoll zu, während ich vom Datensammeln labere.

»Also, warum gerade Gesundheitswesen?«, fragt er mit einem Mal. »Wie bist du darauf gekommen?«

»Na ja, zuerst dachte ich, ich möchte Ärztin werden und buchstäblich Leben retten. Mein Vater ist früh an einem Herzinfarkt gestorben.«

»Stimmt. Das hat deinen Bruder auch sehr geprägt.«

»Ich weiß. Also, ich fing mit Biologie als Hauptfach an, um

darauf aufbauend Medizin zu studieren. Aber dann habe ich einige Kurse in Gesundheitspolitik belegt.«

»Und es gefiel dir?«

»Nein, ich wurde wütend.«

Rickie grinst. »Erzähl weiter.«

»Das Gesundheitssystem in unserem Land ist dermaßen vermurkst, dass die Ärzte gar nicht ihre Arbeit machen können. Ich meine, es gibt Politiker, die ertragen die Vorstellung nicht, Lebensmittelmarken an hungernde Kinder auszugeben, weil dadurch irrtümlich irgendein eigentlich leistungsfähiger Mensch unverdient auch ein kostenloses Sandwich abbekommen könnte. Dieselben Leute streichen Gesundheitsvorsorgeprogrammen für Frauen komplett alle Gelder, obwohl die Statistiken zeigen, dass die kostenlose Gesundheitsversorgung von mittellosen Frauen *sämtliche* staatlichen Ausgaben senkt. Sie stampfen alles ein, damit ja keine illegale Einwanderin Unterstützung bekommt beziehungsweise nur für den Fall, dass einer Frau eine Abtreibung ermöglicht wird.«

Jetzt rede ich mich in Rage. Schon wieder. Es ist mir echt ein Rätsel, warum ich nicht öfter zum Essen eingeladen werde.

Aber Rickie greift nur über den Tisch und streichelt mit dem Daumen über meinen Handrücken. »Erzähl weiter.«

»Die Wissenschaft muss einfach siegen. Das ist alles. Im Gesundheitswesen geht es darum, gute Politik zu machen. Ich finde, die Erwachsenen am Tisch müssen die Entscheidungen treffen, sonst sind wir alle verloren.«

»Das ist bewundernswert«, sagt der neue, verhaltene Rickie.

»Okay, was ist los?«, frage ich schließlich. »Du bist so still, das jagt mir Angst ein. Wenn du flirtest und krass drauf bist, weiß ich wenigstens, wie ich mit dir umgehen soll.«

»Sorry.« Er schenkt mir ein verlegenes Lächeln. »Harter Tag.«

Da bringt uns die Kellnerin zwei dampfende Schalen mit Essen. Ich habe den gebratenen Reis mit Lachs bestellt, und er sieht himmlisch aus. Eilig packe ich meine Essstäbchen aus. Gott, ich sollte öfter essen gehen. Und das werde ich irgendwann auch. Nachdem ich mein Leben wieder geradegebogen habe. Irgendwie.

Rickie ignoriert sein Essen und beobachtet stattdessen, wie ich mich auf meine Portion stürze. Dann stützt er sein schönes Gesicht in die Hand und stellt mir die Frage, von der ich gehofft hatte, dass sie nicht kommen würde. »Also, verrat mir mal, warum ich damals so rüde angeboten habe, dich zu entjungfern.«

Mist. Auf diese Unterhaltung hätte ich gern verzichtet. »Wie wär's, wenn wir einfach so tun, als ob das nie passiert wäre?«

Er wartet ab.

Ich esse noch einen die Lebensgeister weckenden Happen Reis und seufze dann. »Oh Mann, das wird sich jetzt lächerlich anhören. War's nämlich auch. Ich hatte dir die absolut erbärmliche Geschichte erzählt, dass ich mir eingebildet hatte, in jemanden verliebt zu sein. Außerdem hatte ich dir gestanden, dass …«, yepp, das wird sich dämlich anhören, »… ich auf ihn gewartet habe – wenn du verstehst, was ich meine. Er wiederum hatte gerade die Liebe seines Lebens gefunden, als ich dich kennenlernte. Ich war leicht deprimiert deswegen.«

Ich lächle, als wäre das alles zum Brüllen komisch, doch Rickie erwidert das Lächeln nicht. »Also wollte ich einspringen und dir zeigen, wie man Spaß hat?«

»Na ja, du hast es angeboten. Ich wusste nicht, ob ich mich darauf einlassen sollte.«

Wahrscheinlich aber schon. Ich war leichtsinnig drauf und wollte eine Spur mehr Gefahr in meinem Leben. Außerdem ist Rickie sexy und klug *und* lustig – womit er *tatsächlich* voll mein Typ ist.

Endlich nimmt er seine Essstäbchen und pikt sie in seine Ramen-Suppe. »Das klingt schon nach etwas, das ich machen würde. Aber der Typ in diesem Chatverlauf hört sich ein bisschen creepy an.«

»Ach Quatsch. Ich fand dich fürchterlich direkt, aber nie creepy. Du hast es mich halb im Scherz gefragt. Mir gefiel allerdings, dass du so eine komplett andere Einstellung hattest als ich. Als wäre die Welt nur zu deiner Bespaßung da. So nach dem Motto: Lassen wir uns einfach durch die Nacht treiben und gucken, wo wir landen.«

»Interessant.« Während er langsam einen Schluck von seinem Bier trinkt, scheint er darüber nachzudenken.

»Ehrlich, es gefiel mir, dass du dir nicht um jede Kleinigkeit einen Kopf gemacht hast. Ich habe dich um deine Einstellung beneidet und wollte sie mir für einen Abend zu eigen machen.«

Als er ein paar Minuten lang schweigt, hoffe ich, dass das Thema erledigt ist. »Hör zu«, sagt er schließlich. »Ich wollte dir etwas sagen, auch wenn es wahrscheinlich nur Wunschdenken ist. Ich bin mir ziemlich sicher, dass der Samstagabend der Party der ist, an dem ich im Krankenhaus gelandet bin.«

Das Glas Eistee erstarrt auf halbem Weg zu meinem Mund. »Wirklich?«

Er nickt.

»Dann tut es dir wohl *echt* leid, dass du mich versetzt hast.«

Er lächelt verlegen. »Hinterher ist man immer klüger. Hab ich recht?«

»Oder aber …« Jetzt dämmert es mir. »Vielleicht warst du verletzt und hast mich gar nicht mit Absicht eine Dreiviertelstunde am Tor im Regen stehen lassen.«

Er wiegt abwägend den Kopf. »Weißt du, diese Vorstellung gefällt mir sehr. Ist jedoch weit hergeholt. Wie soll ich mich denn aus Versehen habe volllaufen lassen, wenn ich vorhatte, dich abzuholen? Und von einer hohen Mauer gestürzt sein – das alles noch vor zwanzig Uhr?«

Da hat er ein paar gute Einwände. Und mir gefällt der Gedanke auch ein bisschen zu sehr. Sollte er schon verletzt gewesen sein, wäre ich nicht die nerdige Jungfrau, die er hat stehen lassen, sobald jemand Besseres daherkam.

»Wie dem auch sei, Daphne, es tut mir leid. Ich entschuldige mich. Du musst mich für ein totales Arschloch halten.«

»Na ja, inzwischen kenne ich dich ein bisschen besser und finde, dass du ein sehr unterhaltsames Arschloch bist.«

Endlich lächelt er. »Trotzdem tut es mir leid.«

»Das weiß ich. Und ich nehme deine Entschuldigung an.«

Er schaut hinunter auf sein umgedrehtes Handy. »Aber diese Chatnachrichten, megaselbstgefällig.«

Oh oh. Ein zerknirschter Rickie ist sogar noch gefährlicher für meine Libido als der krasse Rickie. Das macht ihn menschlicher. Ich darf mir nicht erlauben, ihn so gern zu haben. »Können wir das Thema jetzt bitte einfach abhaken? Selbstgefällig bist du außerdem immer noch.«

»Kommt drauf an«, sagt er. »Ich hab in letzter Zeit so einige Dämpfer verpasst bekommen.«

»Ach, du auch? Willkommen in meiner Quarterlifecrisis.«

Er greift nach seinem Bier und trinkt einen kräftigen Schluck. »Das Angebot, dich zu entjungfern, steht noch, aber ich nehme an, der Zug ist abgefahren.«

Ich greife über den Tisch und pikse ihn mit meinen Essstäbchen.

»Ja, ich dachte es mir.«

Zum hundertsten Mal wünsche ich mir, er sähe nicht so wahnsinnig gut aus. Diese brodelnde Hitze in mir, wenn er lächelt, lenkt total ab.

Als er sich ans Essen macht, entspanne ich mich. Einen Augenblick später schiebt er die Hand ein paar Zentimeter über den Tisch, nur so weit, dass seine Fingerspitzen meine streifen. Es ist eine ganz zarte Berührung, und dann ist sie vorbei. »Hör zu, ich fühle mich *sehr* zu dir hingezogen«, sagt er leise. »Mein Bauchgefühl sagt mir, dass ich mich damals auch zu dir hingezogen gefühlt haben muss. Gleich von Anfang an.«

»Na, dafür gibt's doch einen Beweis«, versuche ich lässig einzuwerfen. »Du hast mir Sex angeboten.«

Er zuckt zusammen. »Ich wünschte, ich hätte eine Zeitmaschine, weißt du? Ich möchte mir gern einbilden, dass ich nicht rücksichtslos mit dir umgegangen bin.«

Plötzlich wird mein Innerstes ganz matschig-weich. Und mein Herz sprüht gefährliche Funken wie der Fluxkompensator in Marty McFlys DeLorean.

Der Moment wird dadurch gestört, dass mein Handy unter einer Serie von Textnachrichten plingt. Doch ich möchte nicht wegschauen. So wie Rickie hat mich noch nie ein Mann angesehen. Als warte er auf ein Zeichen.

»Tut mir leid«, flüstere ich. »Ich weiß nicht, wie ich erklären soll, wie wir miteinander waren. Ich kann nicht mit Sicherheit sagen, was du dir dabei gedacht hast.« Ich weiß *immer noch nicht*, was dieser Mann denkt, dabei sitzt er gerade direkt vor mir.

»Entschuldige dich nicht«, sagt er nachdrücklich. »Ich bin derjenige, dem es leidtut. Ich kann nicht mal anbieten, das Verpasste nachzuholen, weil's von vornherein ein ziemlich zweifelhaftes Angebot war.«

»Es sei denn, es war nicht so gemeint«, höre ich mich einwenden. Seht ihr? Ich werde immer das hoffnungsvolle Mädchen sein – diejenige, die denkt, dass der Kerl diesmal mehr will als nur Sex.

»Ich bin nicht bereit, in meinem Fall im Zweifel für den Angeklagten zu entscheiden.« Er greift wieder nach seinen Essstäbchen.

»Na schön, aber ob du's glaubst oder nicht, ich bin drüber hinweg. Ich habe danach *weitaus* zweifelhaftere Männer als dich getroffen, die dann viel schlimmeren Schaden angerichtet haben, als mich zu versetzen.«

Mein Handy hört nicht auf zu plingen. »Guck lieber mal nach, wer das ist«, sagt Rickie. »Da drüben sitzen außerdem zwei Kerle und beobachten uns. Die kommen mir bekannt vor.«

Ich nehme mein Handy, während ich gleichzeitig rüberschaue, um zu sehen, wen er meint. Am anderen Ende des Raums entdecke ich Kieran und seinen Freund mit Speisekarten in den Händen. Als ich den Kopf drehe, grinsen sie mich beide an.

Ich setze reflexartig einen finsteren Blick auf. Und natürlich sind die Nachrichten von ihnen.

Kieran: Wer ist dein heißes Date?

Roddy: Nette Muskeln. Und diese Tattoos! @Kieran: Wusstest du, dass Daphne auf Bad Boys steht?

Ich stöhne.

»Alles okay?«, fragt Rickie stirnrunzelnd.

»Klar doch. Das ist nur mein nerviger Cousin.« Ich greife nach meinem Getränk und trinke einen Schluck, während ich den Jungs unauffällig den Mittelfinger zeige.

Als an ihrem Tisch losgelacht wird, kann ich es bis hier drüben hören. Rickie guckt in ihre Richtung und grinst. »Ach ja. Ich erinnere mich an sie von eurer Geburtstagsparty. Hallo, Leute.« Er winkt ihnen zu und lächelt.

Ist es komisch, dass ich erleichtert bin, dieses großspurige Lächeln wiederzusehen – das, das ich ihm manchmal am liebsten vom Gesicht wischen will?

»Also«, frage ich in der Hoffnung, das Thema wechseln zu können. »Du schreibst doch eine Hausarbeit, worüber eigentlich?«

»Subjektivität bei Aristoteles«, sagt er. »Eine hylemorphistische Analyse.«

»Aha. Also, das klingt …«

»Langweilig?«, rät er.

»Ich wollte *kompliziert* sagen.«

Rickie lächelt mich geheimnistuerisch an. »Ja, sicher.«

»Nein, echt. So von Nerd zu Nerd: schön hochgestochen. Ich hab es mir zum Ziel gesetzt, immer mindestens ein Eine-Million-Dollar-Wort in die Titel meiner Arbeiten einzubauen.«

Sein Lächeln wird noch sexyer. »Ich wusste doch, dass du was Besonderes bist.«

Mein Handy piepst erneut. Ich schaue argwöhnisch rüber zu Kieran, aber Roddy und er unterhalten sich angeregt.

»Wusstest du, dass dein Grandpa dieses Restaurant mag?«, fragt Rickie.

»*Wie bitte?*«

Er nickt zu einem Tisch hinter mir. Und als ich mir den Hals verrenke, sehe ich Grandpa dort sitzen. Er isst den Reis mit Lachs mit einer Gabel statt mit Stäbchen und sitzt der Frau gegenüber, mit der er auf meiner Geburtstagsparty getanzt hat.

Grandpa wedelt mit seiner Gabel und zwinkert mir zu. Dann tippt er mit einem seiner knochigen Finger auf sein Handy, das auf dem Tisch liegt.

»Was zum Kuckuck …?«, keuche ich. Ich nehme mein Telefon und schaue nach der Nachricht.

Grandpa: Du gehst mit unserem neuen Mitbewohner aus? Ich verstehe.

Ich stoße einen kleinen schockierten Schrei aus. »Wieso kann ich denn nicht einfach in Ruhe gebratenen Reis essen gehen?«

Rickies Lächeln wird noch ein bisschen breiter. »Deine Familie ist zum Schießen, Daphne. Nimm's locker.«

Schnell tippe ich eine Antwort: Gramps, ich gehe nicht mit ihm aus. Außerdem ist es unhöflich, beim Essen Nachrichten zu schreiben.

Grandpa: Wieso antwortest du dann?

»Da hat der Mann recht«, sagt Rickie.

»Lies meine Nachrichten nicht mit. Ich hasse dich.« Ich schalte das Handy komplett aus.

»Nein, tust du nicht«, sagt er, und jetzt ist der mir wohlbekannte großspurige Gesichtsausdruck wieder da. »Nicht dass ich es verdient hätte, aber du hasst mich nicht.«

Na gut, na gut. Ich war also mit Rickie essen, und es hat mir gefallen. Obendrein hasse ich, dass ich weiß, wie gut er küssen kann. Es wird nämlich keine Küsse mehr geben.

Und das hier war *kein* Date. Auch wenn Rickie sich die Rechnung nicht mit mir teilen will. »Meine Idee, meine Rechnung«, sagt er.

»Danke«, sage ich etwas steif. »Wir haben trotzdem immer noch kein Date.«

»Ich hab dich schon beim ersten Mal verstanden«, sagt er mit einem lässigen Lächeln.

Nur stellt sich dann heraus, dass ich anscheinend der einzige Mensch in Vermont bin, der heute Abend kein Date hat. Als wir das Restaurant verlassen, hält Rickie die Tür auf für …

Meine Mutter. Meine *Mutter* kommt in einem Kleid in den Laden, in Begleitung eines Mannes, den ich noch nie gesehen habe.

»Oh!« Sie bleibt ruckartig vor mir stehen. »Daphne, Schatz. Hallo.«

»Mom«, sage ich knapp. »Wer ist dein Freund?«

»Das ist Gil«, sagt sie und nickt dabei ein wenig zu heftig. »Gil, meine Tochter.«

Der Mann lächelt und schüttelt mir nervös die Hand. Er hat einen grau melierten Schnauzbart, der mal gestutzt werden müsste. »Was für ein verrückter Zufall, dass wir heute Abend einem Familienmitglied über den Weg laufen.«

»Wie's aussieht, ist das gar kein so verrückter Zufall.« Auf meinen gereizten Tonfall hin ernte ich einen missbilligenden Blick von meiner Mutter. Aber sie wird es gleich schon selbst sehen. »Vielleicht kriegt ihr ja unseren Tisch am Fenster. Lasst es euch schmecken.«

Als Mom und ich einander einen weiteren Moment nur betreten anblinzeln, wird mir klar, dass ich emotional nicht bereit dafür bin, meine Mutter mit einem *Date* zu sehen.

»Wir sehen uns zu Hause«, sagt sie. Dann betritt sie das Restaurant.

17

Rickie

Zurück im Auto, drücke ich auf den Einschaltknopf des Radios. Als Musik den Pick-up erfüllt, dreht Daphne das Gesicht von mir weg, um aus dem Fenster zu gucken.

»Alles okay bei dir?«, frage ich. »Magst du den Kerl nicht? Gil?«

»Mir geht's gut«, presst sie hervor. »Gil ist wahrscheinlich ein großartiger Mensch. Es ist bloß ungewohnt, okay? Mein Dad ist vor sieben Jahren gestorben, aber meine Mutter hat bis zu diesem Sommer nie ein Wort darüber verloren, auf Partnersuche zu sein. Die Vorstellung finde ich einfach komisch.«

»Da muss was im Trinkwasser gewesen sein. Alle aus deiner Familie haben ein Date. Grandpa eingeschlossen.«

Sie stöhnt.

»Du bist die *einzige* Shipley, die darauf besteht, dass sie kein Date hat«, sage ich, um es unmissverständlich klarzumachen. »Deine Mom zieht los und hat Spaß. Du dagegen sagst, du hast die Männer aufgegeben?«

Als sie mir den Kopf zudreht, um mich kritisch anzufunkeln, zwinkere ich ihr zweideutig zu. Sie versucht, keine Miene zu verziehen. Aber ich sehe, wie ihre Mundwinkel vor Belustigung zucken. »Vielleicht habe ich die Männer gar nicht *wirklich* aufgegeben. Vielleicht ist das nur eine Ausrede, die ich mir ausgedacht habe, um dich sanft abzuservieren.«

»Nee«, sage ich. »Kann nicht sein.«

»Ach ja?«

Ich kann ihr Augenrollen auch sehen, ohne hinzugucken.

»So überzeugt bist du von dir?«

»Daphne, mal im Ernst. Wer kann denn schon einem Typen mit *so einem* Gesicht, *so einem* Körper und der Neigung, attraktive junge Frauen anzubaggern und dann am Straßenrand stehen zu lassen, widerstehen?«

»Und doch habe ich schon Schlimmere kennengelernt«, murmelt sie. »Wieso herrscht hier denn so viel Verkehr?«

Stimmt, in Montpelier ist heute Abend schwer was los. »Die ganze Welt hat Dates, siehst du?«

Sie brummt.

Nach fünf Minuten Stop-and-go lenke ich den Pick-up endlich wieder auf den Highway. Dann fahren wir Richtung Norden, während weiterhin das Radio läuft. »Ich komme ja nur ungern immer wieder auf meine groben Unzulänglichkeiten zu sprechen«, sage ich in das einträchtige Schweigen hinein, »aber kann ich dir ein paar Fragen über unsere früheren gemeinsamen Fahrten stellen?«

»Klar.«

»Als ich dich das erste Mal zu der Party eingeladen habe, wie habe ich sie da beschrieben?«

»Du meine Güte. Das ist lange her.«

»Ich weiß. Probier's einfach.«

Sie stößt den Atem aus. »Sie sollte in irgendeiner Art Bootshaus stattfinden.«

Aha. »Also in einem Yachtclub?«

»Na ja …« Sie zögert. »Ich hatte den Eindruck, dass es um ein Privatanwesen ging. Aber das kann ich auch reininterpretiert haben. Ich habe keine Freunde mit Booten und kenne den Jargon nicht.«

»Okay. Habe ich vielleicht zufällig erwähnt, wie weit es von Harkness aus dorthin zu fahren war?«

»Nein. Tut mir leid. Ich hatte das Gefühl, du kanntest noch nicht allzu viele Details. Aber es ging um eine Art alljährliche Tradition. Du hattest Geschichten darüber gehört. Du wolltest sehen, was der ganze Wirbel darum soll.«

»Das klingt ganz nach mir.« Dennoch ist das eine Sackgasse. Wie sollte Daphne irgendetwas über eine Party wissen, zu der ich sie nicht gebracht habe? Außerdem will ich sie nicht den ganzen Abend lang löchern. »Nur noch eine Frage«, sage ich entschieden, während ich den Blinker setze, um vom Highway abzufahren.

»Moment, wo fährst du denn hin?«, fragt sie.

Ich nehme die Abfahrt und werde zum Ende der Ausfahrt hin langsamer. »Ich will ein Eis. Was denn sonst? Ich finde, unser Nicht-Date sollte nicht zu Ende gehen, ohne dass wir uns ein Eis geholt haben. Einverstanden?«

»Klar.«

»Dein Enthusiasmus ist überwältigend.«

Sie lächelt. Und ich habe eine absolute Schwäche für dieses Lächeln.

Auch beim *Dreamy Creemee* sind überraschend viele Leute, also rolle ich langsam mit dem Pick-up auf den Parkplatz, wo rund um die Warteschlange eine Horde Kinder herumtobt. Am anderen Ende des Kiesparkplatzes schalte ich den Motor aus. Dann drehe ich mich wieder zu Daphne. »Meine letzte Frage ist einfach.«

»Okay?« Sie löst ihren Gurt und wartet dann darauf, dass ich die Frage stelle.

»Habe ich dich geküsst?«

»Was? Wann?« Sie senkt den Blick.

»In Connecticut. Nach der gemeinsamen Autofahrt.«

»Nein, hast du nicht.« Sie schüttelt den Kopf.

»Oh, gut.«

Ihre braunen Augen huschen zu meinen. »Warum ist das *gut*?« Dann scheint sie zu merken, was sie damit gerade eingestanden hat: dass sie sich nach meinen Küssen sehnt. »Vergiss es.« Sie tastet nach dem Türgriff.

»Nein, das ist sehr wichtig.« Ich ergreife ihre Hand, bevor sie aussteigt. »Du weißt doch, dass ich dich wiedererkannt habe, obwohl ich gar nicht wusste, wieso?«

Sie nickt mit unbewegter Miene. Aber ich kann sehen, wie ihr Puls an ihrem Hals schlägt.

»Ich habe dich wiedererkannt. Aber es war nicht so, als wäre mir ein Wort wieder eingefallen, das ich vergessen hatte. Als ich dein Gesicht sah, wusste ich, dass ich dich schon einmal getroffen hatte. Und ich wusste auch, dass ich dich gemocht habe. Es war kein ambivalentes Gefühl. Ich dachte: *Da ist sie.* Und …«, ich verschränke die Finger mit ihren, »es würde mich fertigmachen, wenn ich auch nur einen Kuss mit dir vergessen hätte.«

»*Rickie*«, haucht sie.

»Ja?« Ich rücke ein Stück näher.

Sie weicht meinem Blick aus. »Ich versuche, die Männer aufzugeben.«

»Ja? Wie läuft's damit?«, frage ich. Dann hebe ich die Hand und streichle leicht mit dem Daumen über ihre Wange.

Als sie mir wieder in die Augen schaut, lodert ihr Blick. Also beuge ich mich vor, um sie zu küssen – und zwar diesmal nicht sanft. Ich habe mich danach gesehnt, ihren Mund auf meinen gepresst zu spüren. Als ich sie an mich ziehe, habe ich das Gefühl, innerlich aufzuleuchten.

Daphne erschauert unter unserem Kuss, und ihre sanfte Hand landet in meinen Haaren. Ihr Mund gibt unter meinem nach. Und dann gibt auch ihr Körper nach. Alles auf einmal. Wie eine Opfergabe.

Oh Mann. Ich küsse sie innig, streiche mit der Zunge über ihre Oberlippe, bis sie den Mund für mich öffnet. Und ich schwöre bei Gott, dass ich Engelschöre höre, als wir einander in die Arme gleiten. Ich verdiene keine zweite Chance bei ihr. Aber hier ist sie. Sie und ich, es passiert. Ich möchte mich einfach hier auf dem Vordersitz von Dylans Pick-up gehen lassen.

Aber ich kann nicht. Mit einem verzweifelten, unglücklichen Stöhnen löse ich mich ruckartig aus dem heißesten Kuss meines Lebens.

Daphne schaut blinzelnd zu mir hoch, die Wangen gerötet, die Pupillen geweitet. Ich habe uns beide verblüfft. Und es braucht meine ganze Willenskraft, um nicht gleich wieder von vorn anzufangen.

Mein Handy klingelt. Und was noch wichtiger ist: Wir befinden uns auf dem belebten Parkplatz der Eisdiele. Was immer wir da angefangen haben, es wird warten müssen.

Daphne steigt aus und knallt die Tür zu. Entweder will sie unbedingt ein Eis oder sie braucht einen Moment, um die Fassung wiederzugewinnen. Ich tippe auf Letzteres. Daphne fühlt sich nicht wohl, wenn sie die Beherrschung verliert. Sie hat ihre Gefühle lieber schön unter Kontrolle.

Ich verstehe das. Ich bin zwar anders, aber ich verstehe es.

Da ich selbst ein paarmal tief durchatmen muss, nehme ich mein Handy und meine Geldbörse und schäle mich langsam aus dem Auto. Daphne starrt gerade blind hoch zur Tafel mit den Eissorten.

Wieder dudelt mein Handy.

»Wer ruft dich an?«, fragt sie.

Ich lasse eine Hand in ihre gleiten, und sie verschränkt die Finger mit meinen, als hätten wir schon eine Million Mal

Händchen gehalten. »Ich weiß nicht. Es ist …« Mit der freien Hand hole ich das Handy hervor. »Dein Bruder.« Ich wische nach oben, um ranzugehen. »Hallo?«

»Rickie! Komm ins *Goat*!«, sagt er. Im Hintergrund kann ich Stimmengewirr hören.

»Wohin?«, frage ich.

»Ins *Mountain Goat*! Das ist eine Bar. Ist Daphne bei dir? Sie weiß, wo die ist.«

»Wir stehen gerade vor der Eisdiele an. Ich dachte, ihr wolltet ins Kino?« Die Warteschlange bewegt sich vorwärts, und ich folge dem sanften Ziehen von Daphnes Hand.

»Ja, eigentlich schon«, sagt Dylan. »Aber dann warst du nicht rechtzeitig mit dem Pick-up zurück, also hab ich Griffin überredet, uns zum Abendessen hier abzusetzen. Ich habe ihm gesagt, du würdest uns später wieder abholen.«

Als Daphne schnaubt, weiß ich, dass sie das ganze Gespräch mithört.

»Ihr hättet doch mein Auto nehmen können«, wende ich ein.

»Nee, fürs Kino brauche ich meinen Pick-up«, sagt er. »Der ist bequemer, wenn du verstehst, was ich meine. Also, kommt her. Wir haben einen Tisch.«

»Okay, Mann. Wenn wir Eis gegessen haben, kommen wir zum *Mountain Goat* und holen euch ab.« Schätze, mein Nicht-Date mit Daphne nimmt ein vorzeitiges Ende, obwohl ich nach ihrem Kuss noch immer wie berauscht bin.

»Kommt rein, wenn ihr hier seid«, sagt Dylan. »Es gibt zwei Bier zum Preis von einem, und wir können eine Runde Darts spielen.«

Ich schaue zu Daphne, die mit den Schultern zuckt. Sie hat wieder ihren Panzer an, auch wenn sie immer noch meine Hand hält.

»Geht klar, Mann«, sage ich. »Bis gleich.«

Daphne zieht ihre Hand weg, und die Schlange bewegt sich weiter vorwärts.

18

Daphne

Das Zitronensorbet war genau die richtige Abkühlung nach dem Hormonrausch, den Rickies Kuss ausgelöst hat. Auf dem ganzen Weg zum *Mountain Goat* lecke ich an dem süßsauren Eis und gebe immer dann Wegbeschreibungen, wenn welche nötig sind.

Rickies Eis schmilzt langsam im Becher vor sich hin. Und als der Wagen auf dem Kiesparkplatz des *Goat* zum Stehen kommt, gebe ich ihn ihm.

Er nimmt einen Löffel von dem Schokoladeneis und lächelt mich an. »Lust, Darts zu spielen?«

»Habe ich denn eine Wahl?«

»Ich kriege deinen Bruder schon gezügelt. Ich brauche ihm bloß von der Flasche gutem Whiskey zu erzählen, die ich gebunkert habe, dann wird er schnellstens loswollen.«

»Ach, lass uns reingehen«, sage ich. Wenn ich von lauter Menschen umgeben bin, höre ich vielleicht auf, an seinen Mund zu denken. Und an diese geschickten Hände. Und die Hitze, die von seinem Körper ausströmt, wenn wir einander berühren. »Wettest du gern beim Darts?«

Sofort lächelt er. »Vielleicht. Wie ausgefuchst bist du, Kleines?«

»Wirst du schon sehen, was?«, sage ich und kämpfe dabei selbst gegen ein Lächeln an. Ich spiele ziemlich gut Darts.

Grandpa hat mir alle möglichen Spiele beigebracht. Mein Dad auch. Alle in meiner Familie sind Vergnügungsmenschen.

Alle außer mir natürlich.

Ich folge Rickie ins *Goat*. Gelächter und Gesprächsfetzen schlagen uns entgegen, als wir den vollen Laden betreten. Dylan und Chastity haben aber eine Sitznische ergattert – und einen leeren Krug Bier vor sich stehen.

»Ihr zwei seid aber schnell«, sagt Rickie, hebt dabei den leeren Krug hoch und schwenkt ihn hin und her.

»Weil du heute fährst«, sagt mein Bruder mit einem leisen Lachen. »Wenn du schon meinen Pick-up klaust, musst du auch meinen Chauffeur spielen.«

»Ich fahre uns«, melde ich mich hinter Rickie zu Wort. Es hat sich ja schon gezeigt, dass ich der wirkmächtigen Kombi aus Alkohol plus Rickie nicht gewachsen bin.

»Ja!«, johlt mein Bruder. »Komm, Rick, holen wir uns was zu süffeln.«

»Gern geschehen«, brumme ich, als Dylan Rickie zur Bar zieht.

Rickie besitzt immerhin den Anstand, mir über die Schulter einen entschuldigenden Blick zuzuwerfen.

»Was war das?«, fragt Chastity, die den beiden Jungs nachsieht.

»Was war was?« Ich reiße den Blick von Rickies Hintern in den verwaschenen Jeans los und richte ihn auf Chastity, die Freundin meines Bruders, mit der er auch zusammenwohnt.

Mit ihren blonden Haaren und dem Apfelbäckchen-Lächeln sieht sie aus wie eine Fee. »Dieser Blick von Rickie zu dir. Seid ihr zwei …?« Sie deutet mit dem Zeigefinger zwischen uns hin und her.

»*Nein*«, sage ich, ohne abzuwarten, wie der Satz endet. Denn was auch immer sie fragen wollte, da ist nichts. Ich muss mich fernhalten von diesem Typen mit seinem gefährlichen Mund und diesen Augen, die viel zu viel durchschauen.

»Okay. Wäre auch echt komisch gewesen.«

»Ja? Warum?«, kiekse ich. Ich mag die Männer zwar aufgegeben haben, trotzdem möchte ich nicht als hoffnungsloser Fall abgestempelt werden.

»Weil Rickie nicht datet«, sagt sie. »Er schleppt auch nie wen ab. Er lässt nicht mal jemanden in sein Zimmer. Warum auch immer.«

Oh. Hier geht's also gar nicht um mich. »Bist du sicher? Er benimmt sich wie ein absoluter Aufreißertyp.«

Chastity stützt ihr herzförmiges Gesicht auf eine Hand und senkt die Stimme zu einem verschwörerischen Flüsterton. »Also, wir haben mal darüber geredet, als wir bis spätabends vor dem Fernseher zusammensaßen. Wir hatten gerade einen Hallmark-Kitschfilm geguckt, in dem das Pärchen sich zum romantischen Finale unter dem Mistelzweig küsste. Da habe ich ihn gefragt, wann er denn mal mit jemandem knutscht. Er bezeichnet sich schließlich immer als Partymensch und männliche Schlampe.«

Ich zucke mit den Schultern, als würde mich dieses Thema nicht faszinieren. Tut es aber total. »Und was hat er geantwortet?«

»Dass er seit seinem Unfall einfach niemanden mehr wollte. Er fühlt sich weder so ganz wohl bei dem Gedanken, dass wer mit in sein Bett springt, noch hat er großes Interesse dran, dass ihn wer bespringt. Das waren seine Worte.« Sie lächelt. »Man kann sich drauf verlassen, dass Rickie immer versucht, etwas Trauriges witzig zu verpacken, weißt du?«

»Stimmt«, sage ich. Obwohl ich komplett verwirrt bin. Bei mir scheint er sich schon wohlzufühlen und auch Interesse zu haben. Dieser Kuss vorhin im Auto? Es wundert mich, dass wir nicht die Vordersitze in Brand gesetzt haben.

Als ein Pfiff das laute Stimmengewirr um uns herum durchschneidet, schaue ich zur Bar. Das war Rickie. Jetzt winkt er mir zu, wobei das T-Shirt über seinem Bizeps spannt. *Was willst du trinken?*, formt er mit dem Mund.

»Eine Cola!«, rufe ich.

Er richtet Daumen und Zeigefinger wie eine Pistole auf mich und sagt: »Geht klar.«

»Wie aufmerksam von ihm«, sagt Chastity mit einem schiefen Blick. »Bist du sicher, dass aus euch zwei nichts wird?«

»Absolut sicher«, sage ich, als mein Bruder mit einem Krug Bier und zusätzlichen Gläsern zum Tisch zurückkommt. Er setzt sich neben Chastity, und die beiden lächeln einander an. Sie sind in diesem schwer zu ertragenden frühen Verliebtheitszustand – so mit zärtlichen Blicken und Händchen halten und sich pausenlos in die Augen schauen.

Nicht dass ich selbst damit Erfahrung hätte. Aber ich habe miterlebt, wie es erst um Griffin geschehen war, dann um May und jetzt um Dylan. Wie die Dominosteine. Wenn Grandpa und meine Mutter jetzt auch jemanden haben, bin ich tatsächlich die letzte Shipley, die sich noch wacker hält.

Moment – nein. Ich bin erleichtert, dass mir noch mein Cousin Kyle einfällt. Er ist Dauersingle. Außerdem ist er acht oder neun Jahre älter als ich.

»Bier, Daphne?«, fragt mein Bruder.

»Nein, danke. Ich bin doch heute eure Chauffeurin, schon vergessen? Zu schade, dass du mieses Trinkgeld gibst.«

»Mecker nicht rum«, sagt er. »Wenn wir alle betrunken sind, kannst du beim Darts abräumen.«

»Ich räume sowieso immer beim Darts ab. Gib's zu.«

Und eine halbe Stunde später mache ich genau das.

19

Rickie

Nachdem ich ein paar Stunden später beim Darts zwanzig Mäuse verloren habe – an Daphne –, fährt sie uns wie versprochen nach Hause.

Ich sitze angenehm angetrunken auf dem Rücksitz und versuche, nicht auf ihren küssenswerten Nacken zu glotzen.

Neben mir streckt Dylan sich nach vorn, um Chastity eine Hand auf die Halsbeuge zu legen. Er streichelt mit einem Finger über ihre Haut.

Ich habe ihm die letzten paar Monate oft Sprüche reingedrückt, wie touchy die zwei die ganze Zeit sind. Dabei ist es eigentlich süß, und wenn ich haben könnte, was sie haben, würde ich bereitwillig alles zurücknehmen, was ich gesagt habe.

Ich an Dylans Stelle würde mich genauso benehmen. Ich wäre besitzergreifend und würde der ganzen Welt zeigen, dass Daphne zu mir gehört. Vorausgesetzt, sie würde dann nicht ihren tödlichen Blick aufsetzen und mir vorwerfen, dass ich mich wie ein Macho-Arschloch aufführe.

Würde sie allerdings. Und ich würde trotzdem darüber lächeln.

Es hat mich schlimm erwischt.

Als wir auf der Farm ankommen, bemerkt Daphne, dass das Auto ihrer Mutter da ist. »Ich hoffe, ihr Date ist gut gelaufen.«

»Du hörst dich aber nicht so an.« Ihr Bruder kichert.

»Halt die Klappe. Ich geb mir Mühe.«

Dylan lacht. Und sobald er und Chastity ausgestiegen sind, gehen sie beschwingten Schritts in Richtung Schlafbaracke davon, um dort wahrscheinlich die ganze Nacht lauten Sex zu haben. Tatsächlich hebt Dylan Chastity hoch und trägt sie zur Baracke, während sie protestierend kreischt. Zusammen verschwinden sie in der Dunkelheit.

Ich erwische Daphne dabei, wie sie die beiden beobachtet. Also beuge ich die Arme und gehe in die Knie, als wollte ich sie auch gleich hochheben.

»Nein«, sagt sie und streckt die Handflächen vor, um mich abzuhalten.

Lachend richte ich mich wieder auf. »War nur Spaß. Das würde ich nicht wagen.«

»Gut.«

»Anscheinend mag ich kratzbürstige Frauen.«

»Anscheinend«, sagt sie, macht die Küchentür auf und marschiert nach drinnen.

Während Daphne ihrer Mutter Hallo sagen geht, schleiche ich allein nach oben. Ich gehe duschen, und als ich aus dem Bad komme, ist sie in ihrem Zimmer und hat die Tür zu.

Würde sie meine Gesellschaft wollen, hätte sie sie offen gelassen. Also gehe ich in mein Zimmer und schließe die Tür ab. Wie üblich.

Ich lege mich ins Bett und lausche, wie Daphnes Tür aufgeht. Sie tapst ins Bad und kehrt danach wieder in ihr Zimmer zurück.

Kein Klopfen an meiner Tür. Ich umarme mein Kissen und frage mich, was sie wohl macht. Wahrscheinlich sitzt sie im Bett und liest etwas Anspruchsvolles.

Wenn ich neben ihr läge, würde ich auch nach einem Buch greifen. Ich würde eine Hand auf ihr Knie legen und ihre weiche Haut streicheln, während ich mit der anderen die Seiten umblättere.

Daphne ist klug und nimmt ihre Arbeit sehr ernst. Deshalb kann es durchaus sein, dass sie nicht sofort ihr Buch wegschleudern und mich bespringen würde. Dafür müsste ich mich schon ins Zeug legen. Ich würde die Hand über ihre langen Beine wandern lassen. Dann würde ich mein Buch zuklappen und mich auf die Seite drehen, um lauter Küsse auf ihrem zarten Bauch zu verteilen …

Und yepp. Einer von uns beiden ist hier schon geil.

Ach ja.

Zur Ablenkung hieve ich meinen Laptop aufs Bett und gebe ein paar Online-Suchanfragen ein. Schließlich habe ich einigen neuen Input abzuarbeiten. *USTSA Yachtclubparty.*

Nichts.

Bootshausparty. USTSA Weihnachtsparty. Feier. Ausgangswochenende.

Nope. Nichts.

Natürlich habe ich es zuvor schon mal mit einigen dieser Stichwörter probiert. Allerdings hatte ich bis jetzt nicht den »Bootshaus«-Hinweis.

Ich probiere es trotzdem noch mit ein paar Dutzend weiteren Varianten, die alle ins Leere führen. Wenn das eine geheime Party war – oder eine unerlaubte –, waren die Leute wahrscheinlich so schlau, keine Angaben unter ihren Selfies zu posten. Was ich brauche, sind Namen.

Ich versuche es mit dem Namen meines Zimmergenossen. Ich habe schon ein Dutzend Suchanfragen nach ihm gestellt. *Paul White* und *Bootshausparty.* Wie immer bekomme ich einige Treffer zu einem Countrysänger mit ähnlichem

Namen angezeigt. Diesmal finde ich auch das impressionistische Gemälde eines französischen Malers mit dem Titel *Die Bootspartie.*

Bringt mich nicht weiter.

Also gebe ich nun den einzigen anderen Namen von der Academy ein, der mir einfällt: Daphnes schrecklichen Ex. *Reardon Halsey Weihnachtsparty.*

Als sich der Bildschirm mit Vorschaubildern füllt, setze ich mich kerzengerade hin. Ich klicke ein beliebiges Bild an und bekomme ein Foto von vier Jungs im Smoking mit Champagnerflöten in den Händen angezeigt.

Ich überfliege die Gesichter und … *bäm!* Als Reaktion auf den letzten Typen zieht sich mir der Magen zusammen. Dieses Gesicht kenne ich. Dieses Gesicht *hasse* ich.

Ach du Scheiße.

Ich muss ungelogen kurz weggucken und in Ruhe einmal tief durchatmen. Mein Puls ist erhöht, und mir ist regelrecht übel.

Doch mein Blick huscht zurück zum Bildschirm, denn hierauf habe ich ewig gewartet. Auf einen Hinweis. *Irgendeinen* Hinweis auf jene verlorenen Monate an der Academy.

Trotz meines pochenden Herzens zwinge ich mich, seine Gesichtszüge genau zu betrachten. Er hat glänzendes Haar und braune Augen, eine Adlernase und einen ausgeprägten, aber wohlproportionierten Kiefer. Er ist ein objektiv gut aussehender Sohn aus gutem Hause.

Und das Internet ist voller Fotos von ihm. Sein Dad ist Senator, und sie werden regelmäßig zusammen fotografiert. Daddy Halsey war auch auf der USTSA, stelle ich fest. Es gibt eine vier Jahre alte Kurzmeldung aus dem *Hartford Courant*, in der es heißt, dass der Sohn des Senators in ein renommiertes, aber vertrauliches Programm aufgenommen wurde. »Ausbildung der nächsten Generation von Offizieren, Vordenkern und Spionen«, steht dort.

Oder auch nicht, wie's aussieht. Denn dieser Kerl ist bei Daphne in Harkness aufgetaucht.

Tatsächlich, als ich Reardon Halsey in Harkness suche, taucht sein Name in Zusammenhang mit der Studie auf, von der Daphne mir erzählt hat. Er ist immer noch als leitende studentische Hilfskraft aufgeführt, was auch immer das heißen mag.

Ich stelle alle erdenklichen Suchen nach ihm an, und es ist schon Mitternacht, als ich schließlich merke, wie erschöpft ich bin. Dabei muss ich um sechs aufstehen, um Dylan im Kuhstall zu helfen. Ich brauche Schlaf.

Aber erst zwinge ich mich, sein Foto noch einmal anzusehen. Es handelt sich um ein weiteres Partyfoto, auch wenn ich nirgends Hinweise auf eine Bootshausparty gefunden habe. Halsey nimmt an vielen politischen Abendveranstaltungen seines Vaters teil.

Ich schaue in seine digitalisierten Augen. Er lächelt breit, die Zähne weiß, die Krawatte gerade. Er sieht in etwa so gefährlich aus wie ein gut erzogener Golden Retriever.

Doch ich weiß es besser. Und während ich in seine lächelnden Augen blicke, empfinde ich nichts als kalte Abscheu.

Ich stehe auf, stelle den Computer auf Dylans Schreibtisch und mache dann das Licht aus. Zurück im Bett, will sich der Schlaf nicht so einfach einstellen. Ich weiß nicht, was ich mit dieser neuen Information anfangen soll, weil es *eigentlich* keine ist. Nur Wiedererkennen. Und Furcht.

Und *das* ist Daphnes Ex? Was heißt das überhaupt?

Ich vergrabe das Gesicht im Kissen und versuche zu schlafen.

Es funktioniert. Im Großen und Ganzen. Doch irgendwann

im Morgengrauen spüre ich jemandes Anwesenheit im Zimmer. Als ich die Augen aufreiße, liegt der Typ *direkt* neben mir im Bett und starrt mich an. Und dann lächelt er, als wäre das alles witzig.

Ich versuche, die Arme zu heben und ihn vom Bett zu stoßen, aber es geht nicht. Ich kann mich nicht bewegen.

Er grinst.

Ich öffne den Mund und stoße einen gequälten, erstickten Laut aus.

Wahrscheinlich wache ich von meinem eigenen Schrei auf, diesmal wirklich. Allein in Dylans Bett, setze ich mich ruckartig auf, ich bin schweißgebadet, und mein Herz droht mir aus der Brust zu springen.

»Was zur Hölle war das?«, keuche ich in der Dunkelheit.

»Rickie?«, ertönt eine liebe Stimme. Dann wird vorsichtig an die Tür geklopft. »Alles okay bei dir?«

Yepp. Daphnes Klopfen kommt genau im falschen Moment. Typisch, so geht's mir immer. »Alles gut«, rufe ich. »Schlecht geträumt.«

Ich stehe nicht auf, um sie hereinzulassen.

Sie klopft nicht noch mal.

Ich beginne den Tag mit Dylan im Stall und schaufele Kuhmist, während er melkt. Aus mir wird nie ein Farmer werden. Ich kann nicht mal halb so viel Interesse dafür aufbringen wie Dylan, der am anderen Ende des Stalls mit den Kühen quatscht, während er einer nach der anderen dieses Melkding anhängt.

Aber für einen Ferienjob ist dieser echt stressfrei. Wir haben das Radio laufen, und nach dem Melken kriege ich ein großes Frühstück. Alles gut also.

Selbst nach der Horrornacht fühle ich mich halbwegs normal. Doch so scheine ich wohl nicht auszusehen.

»Du siehst heute müde aus«, sagt Ruth Shipley beim Frühstück.

»Ach, mir geht's gut«, beteuere ich. »War nur zu lange wach und hab mir TikTok-Videos angeguckt.«

Daphne wirft mir einen neugierigen Blick zu. Sie fragt sich wahrscheinlich, warum ich im Schlaf geschrien habe. Ab und zu habe ich Albträume, meistens klaustrophobische. Manchmal träume ich, in einem Schrank oder Sarg eingesperrt zu sein. Lenore fasziniert das immer.

Letzte Nacht habe ich aber zum ersten Mal ein Gesicht in einem meiner bösen Träume gesehen.

Und es war so real. Ich nehme an, ich könnte Daphne noch weiter über Reardon Halsey aushorchen. Er hat die Academy verlassen. Ich habe die Academy verlassen. Womöglich haben wir das zur gleichen Zeit getan. Das könnte wichtig sein.

Ist es aber wahrscheinlich nicht. Und ich hasse es, mich vor Daphne als Freak zu outen. Was sollte ich überhaupt sagen? *Ich habe deinen Ex gegoogelt und musste angesichts seines Fotos beinahe kotzen. Gib mir mal bitte den Ahornsirup.* Ja?

Nein.

»Was steht heute an?«, frage ich stattdessen.

Dylan leert seine Kaffeetasse. »Chastity und du trefft euch mit Zach auf der Obstwiese und werdet zur Schädlingsprävention Köderfallen aufhängen.«

»Cool. Solange ihr mich nicht als den Köder benutzt, ist alles gut. Ich bin nämlich ziemlich unwiderstehlich …«

Alle lachen, außer Daphne, die mir erneut einen prüfenden Blick zuwirft. Und wenn mich nicht alles täuscht, liegt Verlangen darin.

Keine Ahnung, wann wir zwei endlich im Bett landen. Ich weiß nur, wenn es passiert, dann wird es sensationell.

20

Daphne

Ich weiß nicht, wie oft mich Rickie heute Morgen dabei erwischt hat, dass ich ihn anstarre. So einige Male, fürchte ich. Es war schon schlimm genug, als ich nur mit seiner unverhohlenen Sinnlichkeit zu kämpfen hatte.

Aber jetzt, wo mir andauernd Chastitys Klatschgeflüster durch den Kopf geht, ist es sogar noch schlimmer. *Rickie schleppt nie wen ab.*

Erstens mal ist das unfassbar schwer zu glauben. Ich habe noch nie jemanden getroffen, der seinen Sex-Appeal unbekümmerter raushängen lässt. Und zweitens … *nie?* Schließt das Küsse im Auto mit ein und heftiges Rummachen auf einer Decke zwischen den Obstbäumen?

Denn das ist passiert.

Schon in guten Zeiten komme ich nicht so recht mit Ungewissheit klar. Aber jetzt macht sie mich geradezu wahnsinnig. Nach dem Frühstück wird meinen armen unsteten Augen eine Pause gegönnt, als Rickie und Chastity hinausgehen, um Schädlingsfallen in die Obstbäume zu hängen.

Der Rest von uns hält Familienrat. Das heißt, Griffin, Mom und Audrey gehen die Gehaltsliste durch, und danach besprechen wir, welche Pläne und Ausgaben für den kommenden Monat anstehen. Sogar May kommt für den Familienrat zur Farm rausgefahren.

»Wo ist Dylan hin?«, frage ich, während wir uns alle setzen.

»Hier!«, sagt er und rutscht in letzter Minute auf seinen Platz. Er hasst diese Familienzusammenkünfte, die machen ihn ganz zappelig. Ich bin auch kein großer Fan, nehme aber aus Pflichtgefühl teil und um meiner Mutter bei der Planung des traditionellen Donnerstagsessens unserer Familie zu helfen.

»Erster Tagesordnungspunkt«, sagt meine Mutter, »das heutige Essen findet draußen statt. Es ist einfach zu heiß für zwanzig Leute im Esszimmer.«

Da hat sie recht, heute wird es eine Affenhitze. Wobei die Gästezahl hoch gegriffen klingt. »Moment, wie viele Plätze brauchen wir?«, frage ich.

Meine Mutter nimmt sich ihren Stift und fängt an, auf ihrem Notizblock eine Namensliste aufzuschreiben. »Griff, Audrey, Gus, May, Alec …« Sie macht weiter, fügt sich selbst, Dylan und mich hinzu, dann Chastity und Rickie. »Zach kommt heute nicht, dafür aber Kyle, Kieran und Roderick.«

»Das macht dreizehn«, sage ich. »Mit Grandpa vierzehn.«

»Bringt er jemanden mit?«, fragt Audrey mit einem Lächeln. »Ich frage ihn mal schnell.« Sie steht auf und verschwindet im Fernsehzimmer.

Einen Augenblick später kommt sie kopfschüttelnd wieder.

»Kein Gast?«, fragt meine Mutter, den Stift schreibbereit über dem Papier.

»Genau genommen ist er sich nicht sicher.«

»Ich hab da ein kleines Problem«, sagt er vom Türrahmen aus. »Es könnte eine Person dazukommen oder zwei oder null.«

»Wie das?«, fragt Griffin mit amüsierter Miene.

»Na ja, ich versuche, mich mit Mabel zu treffen. Aber sie sagte, sie sei zu alt, um noch mal von vorn anzufangen. Quatsch mit Soße, wenn du mich fragst.«

Meine Mutter hält immer noch den Stift. »Soll ich Mabel mit Fragezeichen aufschreiben?«

»Dann hab ich auf der Geburtstagsfeier der Zwillinge mit Patrice getanzt, um Mabel einen Denkzettel zu verpassen. Und das ging nach hinten los.«

»Echt«, sagt Audrey gedehnt. »Wer hätte gedacht, dass es nach hinten losgehen kann, wenn man so dreist mit den Gefühlen einer Frau spielt?«

Er wirft ihr einen säuerlichen Blick zu. »Jetzt meint sie, in mir stecke mehr von einem bösen Buben, als ihr lieb ist. Sehe ich für euch etwa wie ein böser Bube aus?«

»Ja«, befinden alle am Tisch einstimmig. Es ist womöglich das erste Mal, dass meine Familie sich in einem Punkt einig ist.

Grandpa blickt mürrisch drein. »Ich habe Patrice zum Essen eingeladen. Aber jetzt fragt Mabel, was ich heute Abend vorhabe. Sie möchte eingeladen werden. Die Lage ist unentschieden, es könnte alles Mögliche passieren.«

»Halt uns auf dem Laufenden«, sagt meine Mutter. »Wir gehen mal davon aus, dass Grandpa heute Abend eine Begleiterin haben wird. Damit stehen etwa siebzehn Personen auf der Liste.«

»Fünfzehn«, korrigiere ich, weil korrekte Zahlen für mich nun mal das Höchste sind. Oh, welch Ironie.

»Wir werden siebzehn sein«, sagt sie entschieden, schreibt die Zahl auf und kreist sie ein.

»Hast du heute Abend etwa auch zwei Dates?«, fragt Griffin.

»Das wirst du schon sehen«, sagt sie knapp.

Am Tisch stellt sich betretenes Schweigen ein. Dylan und ich tauschen einen Blick nach dem Motto: *Was haben heute denn alle?*

»Also«, beginnt Audrey und bricht mit ihrer fröhlichen Stimme die Anspannung etwas auf, »wie sieht das Menü aus?«

»Ich habe mir überlegt, dass wir ein Taco-Büfett machen«, sagt Mom. »Mit gegrilltem Hähnchen, geschmortem Rindfleisch und jeder Menge Toppings dazu.«

»Wunderbar.« Audrey klatscht in die Hände. »Ich kann einige Beilagen zubereiten. Roten mexikanischen Reis? Scharfe schwarze Bohnen? Uuuh – und Guacamole!«

»Die bringt Roderick schon mit«, sagt meine Mutter.

»Umso besser«, flötet Audrey. »Seine Guacamole ist super.«

»Ich kann Sangria und Limonade machen«, biete ich an. »Aber was gibt's zum Dessert?«

»Pies«, sagt meine Mutter. »Wir backen sie nach dem Mittagessen. Hilfst du mit?«

»Klar«, sage ich schnell. »Kein Problem.«

»Okay, dann zu den Finanzen«, sagt Griffin und schlägt dabei einen Ordner auf. »Ich überlege, wann der beste Zeitpunkt wäre, Solarmodule anzuschaffen. Es gibt einen hübschen Steuervorteil, der die Kosten senkt. Aber es ist dennoch erst mal eine ziemlich hohe Investition.«

»Wie hoch?«, fragt Mom.

»Ich habe hier einen Kostenvoranschlag. Allerdings kenne ich die Höhe der Studiengebühren fürs nächste Semester noch nicht. Wer hat Zahlen für mich?«

Oh Mann. Vor diesem Moment habe ich mich gefürchtet. Ich ziehe den Bescheid über die finanzielle Unterstützung aus der hinteren Hosentasche und gebe ihn Griffin. »Der kam letzte Woche, sie haben sich Zeit damit gelassen.«

Griffin faltet das Schreiben auseinander und überfliegt es schnell. »Boah. Wieso sind die Kosten denn so viel höher als letztes Jahr?« Er schaut hoch. »Müssten wir nicht eigentlich Geld sparen, wenn du jetzt auf ein staatliches College gehst?« Sein Blick huscht von mir zu meiner Mutter.

Mom schüttelt nur den Kopf.

»Nein, leider nicht«, erkläre ich. »Sie, ähm, haben nicht dieselben Mittel wie Harkness. Die Kosten für das Vollstudium sind bei Dylan genauso hoch wie bei mir.«

»Ich dachte, bei Dylan läge es daran, dass er nur mittelmäßige Noten hat«, sagt Griffin.

»Machst du Witze?«, fragt mein Zwillingsbruder. »So funktioniert das mit der finanziellen Unterstützung nicht.«

»Das wusste ich nicht«, grummelt Griffin und überfliegt das Schreiben noch einmal, als würden sich die Zahlen dadurch ändern. »Liegt es daran, dass Daphne sich so spät beworben hat?«

»Nein! Aber danke der Nachfrage«, blaffe ich.

»Hey!« Er hält abwehrend beide Hände hoch. »Ich dachte bloß, es besteht vielleicht eine Chance, dass es nächstes Semester besser aussieht.«

»Nein«, sage ich, während mich die Scham erstickt. »Die Unterstützung ist einfach nicht so hoch. Das konnte ich vor meinem Wechsel nicht in Erfahrung bringen. Außerdem hatte ich letztes Jahr ein Stipendium. Und, äh, dieses Jahr kriege ich keins.«

Alle starren mich mitleidig an, sodass ich mich sogar noch schlechter fühle als gestern Abend, als ich es endlich gewagt habe, den Umschlag aufzumachen.

»Okay«, sagt Mom sanft. »Dann ist es eben so.«

»Ich könnte noch einen zusätzlichen Kredit aufnehmen«, biete ich an. »Nur für dieses Jahr. Als Ersatz für die Unterstützung.«

»Aber was ist mit deinem Masterstudium?«, fragt Griffin. »Das willst du danach doch immer noch dranhängen, oder?«

»Äh, darüber werde ich mir noch Gedanken machen. Ich werde mich um andere Stipendien bewerben.«

Betretenes Schweigen tritt ein. Griffin überfliegt erneut die Zahlen und kritzelt etwas auf seinen Notizblock. »Ich verstehe immer noch nicht ganz, warum du wechselst. Nein, eigentlich verstehe ich es überhaupt nicht.«

»Griff«, warnt mein Zwillingsbruder. Dylan hasst Streit. »Sie braucht nicht jede Entscheidung zu begründen.«

»Das war aber eine große«, sagt Griffin ruhig. »Darf ich da nicht nachfragen?«

Wieder tritt Schweigen ein, und alle starren mich an. Sie fragen sich, warum ich als Teenager ständig davon geredet habe, dass ich es nicht erwarten kann, in eine weltoffene Stadt zu ziehen – nur um dann ein Jahr vor meinem Abschluss an einem Elitecollege dieses Landes nach Hause gelaufen zu kommen.

»Es war einfach nicht der richtige Ort für mich«, sage ich schließlich.

Er seufzt. »Okay. Wenn du meinst.«

»Ist das denn so wichtig?«, fragt May. »Was, wenn ich der Farm ein paar Tausend Dollar leihe, damit ihr euch nicht zwischen den Studiengebühren und den Solarmodulen entscheiden müsst?«

Oh nein, bloß nicht. »Ich will dein Geld nicht«, sage ich, und es kommt viel zu bissig heraus.

May weicht auf ihrem Stuhl zurück, als hätte ich sie gerade geschlagen. Und Dylan sieht mich nur kopfschüttelnd an.

Jetzt bin ich wieder die Zicke. Na toll. Aber ich möchte wirklich nicht, dass sie für meine Fehler bezahlt. Nein danke, ich habe schon genug Schuldgefühle meiner Schwester gegenüber.

»Lasst gut sein«, sagt Griffin. Nachdem er das alles aufs Tapet gebracht hat, will er jetzt lieber weitermachen. »Ich warte mit den Modulen bis nächstes Frühjahr. Weiter geht's mit der

Gehaltsliste … Im Moment haben wir genügend Helfer, das ist schön. Aber wieso stimmt unser Kontosaldo nicht mit dem im Buchhaltungsprogramm überein?«

»Rickie hat seine Gehaltsschecks nicht eingelöst«, sagt meine Mutter.

»Ah.« Griffin notiert sich etwas.

»Daphne, kannst du ihn daran erinnern?«, fragt Dylan.

»Wieso ich?«, kiekse ich. Ist es echt so offensichtlich, dass ich viel zu oft an Rickie und seinen raffinierten Mund denke?

Dylan guckt mich an, als wäre ich eine Vollidiotin. »Weil ihr zwei jede Woche zusammen nach Burlington fahrt, wo seine Bank ist?«

»Oh, klar.« Ich sollte heute *echt* einfach die Klappe halten. Wo ist das Klebeband, wenn man es braucht?

»Okay«, sagt Griffin. »Personalmäßig ist für den restlichen Juli und August also alles geregelt. Aber ich mache mir Sorgen wegen September und Oktober. Daphne, Dylan, Chastity und Rickie gehen dann alle wieder zur Uni. Wir werden Leute brauchen.«

»Besonders am Wochenende«, fügt Audrey hinzu.

»Kennen wir irgendjemanden aus der Kirchengemeinde, der ein Brückenjahr zwischen Schule und Studium einlegt?«, fragt meine Mutter. »Als Daphne und Dylan noch auf der Highschool waren, haben wir leichter Leute gefunden.«

»Es wird von Jahr zu Jahr schwieriger«, gibt Griffin zu. »Früher haben Kieran und Kyle stundenweise ausgeholfen, aber inzwischen haben beide dafür zu viel zu tun. Isaac ist weggezogen. Ich muss mir was Neues überlegen.«

»Chass und ich werden weiterhin an den Wochenenden nach Hause kommen«, sagt mein Zwillingsbruder. »Wenn die Saison zum Selbstpflücken losgeht, stehen wir beide zur Verfügung. Falls die Schlafbaracke dann belegt ist, übernachten wir in meinem alten Zimmer.«

»Ich mache mir eher Sorgen, dass die Schlafbaracke leer bleibt«, sagt Griffin. »Ich werde mal beim landwirtschaftlichen Beratungsdienst anrufen und nachfragen, wie es aussieht, wenn ich Erntehelfer aus Jamaika anheuern will. Eigentlich wollte ich mich nicht mit dem ganzen Papierkram wegen der Arbeitserlaubnisse rumschlagen, aber wir brauchen dringend eine neue Strategie.«

»Ich kann an den Wochenenden nach Hause kommen«, höre ich mich anbieten.

Alle gucken erstaunt. »Das machst du doch sonst *nie*«, sagt Dylan.

»Was du nicht sagst. Bislang war ich aber auch drei, vier Stunden weit weg. Außerdem brauche ich einen Nebenjob. Wieso soll ich in einer Burlingtoner Buchhandlung arbeiten, wenn ich genauso gut auf der Farm am Verkaufsstand stehen kann?«

»Okay, das hilft schon mal«, sagt Griffin langsam. »Danke.«

Ich kann sehen, dass er mir nicht ganz glaubt. Das habe ich nun davon, dass ich als Teenager jedem, der es hören wollte, erzählt habe, ich könne es nicht erwarten, aus Vermont rauszukommen.

Als ich klein war, haben wir auch immer Familienrat gehalten. Mein Vater versammelte gern alle am Tisch und erklärte, was er in der nächsten Saison anders machen werde. Er erzählte uns, welche Entscheidungen er zu treffen hatte – einige Bäume umsetzen oder nicht, eine neue Kuh kaufen oder nicht. Dann wollte er unsere Meinung dazu hören.

»Entscheide du, Daddy«, sagte ich immer. »Ich bin keine Farmerin.«

Meine Einstellung hat sich im Grunde nicht geändert, die

Umstände aber schon. Und da ich keine zwölf mehr bin, verstehe ich, dass man eben manchmal einspringen und seiner Familie helfen muss.

Sie glauben mir nicht. Sie denken, dass ich es nicht ernst meine. Daran bin ich wohl auch selbst schuld.

Wie an so vielem.

21

Daphne

Nach dem Familienrat helfe ich meiner Mutter, draußen die Tische und Stühle fürs Donnerstagsessen aufzustellen. Dann bringe ich Dylan, Chastity, Zach und Rickie einen Korb mit Sandwiches und kalten Getränken.

Heute ist es sengend heiß, deshalb arbeiten die Männer natürlich alle mit nacktem Oberkörper. *Ich werde nicht auf Rickies Tattoos gaffen. Ich werde nicht auf Rickies Tattoos gaffen …*

»Isst du nicht mit uns?«, fragt Chastity, als ich den Korb abstelle und mich direkt zum Gehen umdrehe.

»Tut mir leid, ich hab noch … was zu tun«, sage ich, während Rickie mit sexy in der Sonne glänzendem Körper von einer Leiter steigt. Er trägt stahlgraue Shorts – mehr nicht. So weit das Auge reicht, nur sonnengebräunte Haut und sehnige Muskeln. »Bis später, Leute!«

Er grinst mich an, als ich weggehe.

Mit meiner Vermeidungsstrategie komme ich jedoch nicht weit. Nach dem Mittagessen verladen Zach und Griffin drei Jungbullen, um sie zum Schlachthof zu bringen, während Dylan und Chastity losfahren, um ihre gemeinsame Zukunft zu planen und das Weideland zu vermessen, das wir den Abrahams abgekauft haben.

Rickie wird zum Haus zurückgeschickt, um mir und Mom bei den Vorbereitungen für das Abendessen zu helfen.

»Sag mir, was ich machen soll«, sagt er und zieht sich ein hautenges T-Shirt über. Als würde das seine Anziehungskraft auf mich irgendwie mindern.

»Na gut.« Ich nehme eine Schürze vom Haken an der Tür zur Vorratskammer und werfe sie ihm zu. »Anziehen. Wir backen Pies.«

Er hängt sich die Schürze um. Sie hat ein blau-weißes Blümchenmuster und Rüschen am Saum. Eventuell habe ich nach der mädchenhaftesten gegriffen, die wir haben – aus Versehen mit Absicht. Das verpasst meinem Hormonrausch jedoch nicht mal einen leichten Dämpfer. Er verschränkt seine starken Arme vor der Brust und lächelt. »Zeig mir, wie's geht.«

Wow. Einfach wow.

Ich reiße den Blick von ihm los, rücke die Küchenwaage in Position und stelle eine große Rührschüssel darauf. »Zuerst siebst du das Mehl. Hier.« Ich nehme ein Mehlsieb aus dem Schrank und stelle es auf den Tisch. Dann hieve ich die große Mehldose auf den Tisch und nehme den Deckel ab. Wir kaufen Mehl immer in Fünfundzwanzig-Kilo-Säcken, weil wir so viel davon verbrauchen.

»Wozu ist das?« Rickie nimmt das Mehlsieb und drückt den Handgriff, der den Mechanismus auslöst.

»Damit wird das Mehl feiner und ist leichter zu verarbeiten«, sagt meine Mutter. Sie stellt frische Kirschen, Blaubeeren und gefrorene Erdbeeren auf der Arbeitsplatte ab.

»Super.« Rickie taucht das Sieb ins Mehl und hält es dann über die große Rührschüssel.

»Warte!«, rufe ich, als er anfängt, den Handgriff zu drücken. »Du musst unbedingt zuerst die Waage austarieren.«

Rickie hält seine freie Hand hoch wie ein auf frischer Tat ertappter Verbrecher. »Ich weiß nicht, was du damit meinst, aber okay.«

»Sorry.« Als ich rübergreife, um die Waage auf null zu stellen, streife ich mit den Fingerknöcheln die Wölbungen seiner Bauchmuskeln. Nicht mal eine Rüschenschürze kann verhüllen, wie durchtrainiert er ist. Holla.

Als bräuchte ich noch mehr Ablenkung. »Wir brauchen dreihundert Gramm pro Teig und können zwei Teige auf einmal machen«, fasele ich. »Sechshundert Gramm also. Leg los.«

»Ja, Sir, vielen Dank, Sir!«, bellt er.

Meine Mutter lacht in sich hinein. »Daphne kann ein richtiger kleiner Drill-Instructor sein. Sie kann nicht anders. Sie wurde ins Chaos geboren und hasst Chaos.«

Mom, auch du? »Dir ist aber schon klar, dass ich hier stehe?«

»Ja.« Sie nimmt sich den Kirschentkerner und schenkt mir ein wissendes Lächeln.

Als Rickie den Handgriff betätigt, hasse ich mich ein bisschen dafür, dass ich bei jedem Drücken das Zucken seiner Unterarmmuskeln bemerke. »Ich weiß«, sagt er. »Wir können Daphne ja durchsieben, damit sie feiner wird und leichter zu verarbeiten ist.«

»Hervorragender Plan«, stimmt meine Mutter zu, und ich möchte beide am liebsten hauen.

Die Küche ist schlicht und einfach zu klein. Als ich wieder nach Hause kam, fühlte es sich hier schon beengt an. Ich habe Geheimnisse zu wahren und eine Familie zu besänftigen. Durch meine lästige Neugier auf Rickie – Neugier, so bezeichne ich das jetzt – schrumpft sie noch mehr.

Und habe ich schon erwähnt, dass es regelrecht heiß hier drinnen ist? Das Thermometer, das außen am Küchenfenster klebt, zeigt dreißig Grad an.

Meine Mutter zupft die Stiele von den ersten Kirschen der Saison, während ich Salz und etwas Zucker für den Teig abmesse.

»Was kommt da noch rein?«, fragt Rickie. »Öl? Backfett?«

»Butter«, sagen meine Mutter und ich gleichzeitig.

»Und Eiswasser«, füge ich hinzu. »Butter und Wasser müssen richtig kalt sein. So wie mein kaltes kleines Herz.«

Die beiden lachen. Und als ich Rickie in die Augen schaue, verspüre ich ein unliebsames Beben. Lächelnd blickt er geradewegs durch meinen Schwachsinn und meine Verwirrung hindurch. In diesen grauen Tiefen schlummert Hitze.

Das hat hier gerade noch gefehlt. Noch mehr Hitze.

»Macht euch auf was gefasst«, sagt meine Mutter, was witzig ist, denn das tue ich schon den ganzen Sommer. »Ich heize den Ofen vor.«

»Gott«, sagt mein Grandpa, als er hereingeschlurft kommt. »Bis die Pies fertig sind, wird's hier heißer als in Teufels Küche. Es lohnt sich aber.« Er schaut zu Rickie. »Schöne Schürze, Junge. Echte Männer können auch Rüschen tragen.«

Als er die Faust hochhält, stößt Rickie seine dagegen. »Verdammt richtig.«

Ich beschäftige mich damit nachzugucken, welches Gesamtgewicht Rickies Mehl hat, und dann die anderen Zutaten unterzuheben. Gedanklich bin ich jedoch bei dem Tag vor drei Jahren, als Rickie den Kajal aufgetragen und mir gesagt hat: *Gib ihnen nicht solche Macht.*

Nur wie hört man damit auf? Ich habe viel Energie darin investiert zu versuchen, eine bestimmte Art von Mensch zu sein. Der kluge Zwilling. Das ehrgeizige Kind. Die, die alle Erwartungen übertrifft.

Das ist total anstrengend. Aber ich schaffe den Absprung nicht. Es ist auch nicht so, als ob ich meine Sorgen mit einem Mal einfach bei meiner Familie abladen könnte. Dann bekäme ich sechs bis acht gegensätzliche Meinungen zu hören, wie ich mein Leben am besten wieder geradebiege. Nein, danke.

»Okay, was jetzt?«, fragt Rickie.

»Jetzt fügen wir schnell Butterstückchen hinzu. Nimm du den.« Ich gebe ihm den Teigrührer, der aus Edelstahlschlaufen an einem Holzgriff besteht. »Du zerstößt die Butter in kieselsteingroße Kügelchen, die vom Mehl umhüllt werden. Dann fügen wir gerade so viel Wasser hinzu, dass sich alles vermischt.«

»Na los. Butter mich ein.« Er nimmt den Teigrührer und zwinkert mir lässig zu.

Es soll ein Witz sein, und doch melden sich bei mir einige unpassende Körperstellen. Und wieder scheint die Küche zu schrumpfen.

»Ruth, wir schaffen es doch zu der Lesung in der Bibliothek, oder?«, sagt Grandpa. »Ich hab gehört, hinterher gibt's Mini-Cheesecakes.«

Meine Mutter guckt stirnrunzelnd auf die Uhr. »Ich hoffe es«, sagt sie. »Eine Stunde ist nicht gerade viel Zeit, um vier Pies fertigzumachen, zumal wir gerade erst angefangen haben.«

»So viel Arbeit?«, fragt Grandpa. »Dann helfe ich auch mit. Rickie hat zwar die lustige Schürze gekriegt, aber meine ist doch auch noch hier irgendwo, oder?«

»Bestimmt«, sagt Mom, während Grandpa in der Vorratskammer verschwindet.

Einen Augenblick später kommt er wieder und hat eine Schürze mit der Aufschrift »Chef am Grill« an. »Jetzt gib mir mal den Kirschentkerner, Ruth. Der alte Mann hier will zu der Lesung.«

»Um welches Buch geht es?«, frage ich.

Er zuckt mit den Schultern. »Ich geh wegen der Klimaanlage und der Snacks hin. Ist das so verwerflich?«

»Überhaupt nicht«, sagt meine Mutter.

Mit kräftigen Schlägen zerteilt Rickie die Butterstückchen, die ich in die Rührschüssel gebe. Als er glücklich vor sich hin pfeift, bemühe ich mich, nicht heimlich auf seinen herzförmigen Mund zu schielen.

Und wieder steigt die Temperatur in der Küche.

»Okay, das war super Teamarbeit.« Meine Mutter macht die Backofentür zu und stellt den Küchenwecker. Dann tupft sie sich mit dem Zipfel ihrer Schürze das gerötete Gesicht ab.

»Wir können los, oder?« Grandpa zieht seine Schürze aus. »Ich brauch nur fünf Minuten, um mich hübsch zu machen.«

Rickie macht an der Spüle den Abwasch, eine Aufgabe, die er schnell freiwillig an sich gerissen hat – wahrscheinlich weil das beinhaltet, am offenen Fenster mit kaltem Wasser rumzuspritzen. Ich kratze derweil Kuchenteig vom Tisch und wische alles ab.

»Daphne, nimmst du die Pies raus, wenn sie fertig sind?«, fragt meine Mutter. »Ich habe den Wecker auf fünfundfünfzig Minuten gestellt.«

»Selbstverständlich«, sage ich, während mir ein Rinnsal Schweiß den Rücken hinunterläuft. »Allerdings werd ich vielleicht so lange nach oben in mein klimatisiertes Zimmer flüchten.«

»Das ist wahrscheinlich klug.« Sie nimmt die Schürze ab. »Bis nachher.«

Ein paar Minuten später sieht die Küche tipptopp aus, und meine Mutter fährt Grandpa in die Stadt. Ich werfe meine Schürze auf den Tresen und schiele auf den Küchenwecker.

Rickie dreht sich um, lehnt seinen muskulösen Hintern gegen die Spüle und breitet seine herrlichen Arme aus. »Gott, wie sollen wir die fünfzig Minuten nur rumkriegen? Hast du eine Idee, was Spaß machen könnte?«

»Nope«, knurre ich.

Dabei habe ich sehr wohl eine. Und der arrogante Kerl in der Rüschenschürze weiß das. Er zieht das lächerliche Teil aus und wirft es auf meine. Ich laufe in jederlei Hinsicht heiß.

Rickie lässt mich nicht aus den Augen, während er ein Glas aus dem Schrank nimmt, es mit Wasser füllt und dann hastig leert. Unterdessen wird mir einiges sonnenklar:

1) Es ist sonst niemand zu Hause.
2) Hier drin ist es sehr heiß.
3) Rickie und ich sind allein, und ich traue mir selbst nicht.
4) Wegen der Pies kann ich nicht weg.
4a) Will ich auch gar nicht.

Er stellt das Glas ab. »Du denkst so angestrengt nach, dass dir Dampf aus den Ohren kommt.«

»Das liegt bloß am Wetter.«

Er lächelt gefährlich. Wieso sieht er verschwitzt überhaupt so gut aus? Ich dagegen sehe wahrscheinlich ziemlich scheußlich aus. Da bin ich mir sogar sicher. Und auf einmal weiß ich ganz genau, was ich in den fünfzig Minuten machen werde, bis der Küchenwecker klingelt. Ich brauche eine kalte Dusche. Und zwar sofort.

Ich gebe unser kleines Blickduell auf. »Weißt du was, ich glaube, ich gehe nach oben und …«

Ehe ich den Satz beende, rückt Rickie verstohlen seitwärts. Wo will er hin?

Sofort meldet sich mein Kampfgeist, und ich bewege mich in Richtung Treppe. Doch Rickie hat einen Vorsprung. Er dreht sich um und flitzt vor mir los, greift nach dem Geländer und springt die unteren Treppenstufen zwei auf einmal nehmend hoch.

Jetzt jage ich hinterher. Was zum Geier ...? Ich habe das Wort *Dusche* nicht mal laut ausgesprochen.

Aber das ist egal. Am Ende der Treppe biegt Rickie links ab und verschwindet außer Sicht. Nachdem ich oben im Flur angekommen bin, finde ich ihn im Bad, wo er das Wasser anstellt.

Wütend stürme ich hinein. »Du meintest doch, du bist Einzelkind!«

»Ja, bin ich auch«, sagt er und testet die Wassertemperatur, indem er eine Hand darunterhält.

»Bullshit. Das war eine klassische Geschwister-Nummer.«

Er lacht. »Manche brauchen Training, Shipley, und andere sind geborene Arschlöcher.« Wie zum Beweis dreht er die Hand, sodass in hohem Bogen Wasser auf mein Gesicht und das verschwitzte Tanktop spritzt.

»D...du ...!«, stottere ich, während er lacht. Dann greift er mit einer Hand hinter sich und zieht das T-Shirt aus.

Und da ist sie von Nahem – seine unerhörte, wohlgeformte, tätowierte Brust, die vor Schweiß glänzt. Wie soll ein Mädchen denn noch *denken*, wenn es so was vor der Nase hat?

»Du *wusstest*, dass ich duschen gehen will!«, beschwere ich mich.

»Jetzt sei keine schlechte Verliererin, Shipley. Hier ist Platz für zwei.« Er macht den Knopf seiner Shorts auf.

Und dann? Beugt er sich vor und küsst mich auf meinen geschockten, ärgerlich verkniffenen Mund.

Ausnahmsweise überrascht es mich mal nicht. Was jedoch nicht heißt, dass ich darauf vorbereitet bin. Auf Rickies Küsse werde ich nie vorbereitet sein. Als seine festen Lippen auf meinen landen, geht ein Ruck durch mich hindurch, so als würde man aufwachen und feststellen, dass man auf einer supertollen Party ist. Dein ganzer Körper ist eingeladen, aber dein Hirn hat Datum und Uhrzeit vergessen.

Er tastet sich nicht etwa behutsam vor, sondern ist ganz Hitze und Salz und Nachdruck. Dieser Kuss verlangt eine Antwort.

Und ich knicke ein wie ein Kartenhaus. Ich trete näher, statt zurückzuweichen. Sein Selbstvertrauen ist wie eine Droge, und das Rauschen der Dusche dämpft die lauten Widerworte in meinem Kopf.

Mit der Raffinesse eines Manns, der weiß, dass er bereits gewonnen hat, dringt Rickie in meinen Mund vor. Als seine freche Zunge gegen meine gleitet, verpasst das meinen überlasteten Hormonen einen weiteren Ruck.

Während er leise einen lustvollen Laut ausstößt, zieht er mir mit seinen nassen Händen das Top aus. »Na los«, flüstert er zwischen den Küssen, »kühl dich mit mir zusammen ab.«

Meine letzte vernünftige Entscheidung ist es, mit dem Fuß die Badezimmertür zuzustoßen.

22

Rickie

Bevor ich Daphne traf, wusste ich nicht, dass ein Mensch gleichzeitig so gequält und so angetörnt aussehen kann. Sie *hasst* es, dass sie sich so zu mir hingezogen fühlt. Und wenn sie erst anfängt, mich wirklich zu mögen, wird sie das noch mehr hassen.

Verdammt, ich kann es gar nicht erwarten.

In der Zwischenzeit ziehe ich sie schnellstens aus. Und als ich sie gegen meinen Oberkörper lehne, damit sie aus ihrem Höschen steigen kann, stößt sie ein begieriges Wimmern aus.

»Braves Mädchen«, sage ich zwischen den Küssen. »Jetzt komm mit.«

Sie lässt sich von mir unter die Dusche führen. Ich ziehe den Vorhang zu und nehme sie in die Arme. Sie gibt einen wohligen Laut von sich, als das lauwarme Wasser auf unsere erhitzte Haut rieselt.

»Siehst du?«, flüstere ich. »Ist das nicht schön?«

»Echt schön«, haucht sie und lässt dabei die Finger über meine Brustmuskeln gleiten.

»Endlich hat sie's verstanden.« Ich küsse sie auf die Kinnpartie. Aufs Ohr. Und auf den Hals. Als sie mit der Zunge über meine Schulter fährt, hallt mein Stöhnen von den gefliesten Wänden wider. Meine Hände umfassen ihren süßen Po. Und mein Schwanz pikt ihr in den Bauch.

Daphne stört es nicht. Sie drückt sich mit ihrem nassen Körper an mich und erschauert. Ich brauche ihren Mund wieder auf meinem, darum ziehe ich sie erneut in einen leidenschaftlichen Kuss. Sie gibt nach, lässt mich machen, und ich hole mir Kostprobe um Kostprobe von ihrem begierigen Mund.

Wir sind nichts als feucht-glatte Haut, erkundende Hände, innige Seufzer und noch innigere Küsse. Ich erlaube mir, sie überall zu berühren – umfasse ihre Brüste, streiche mit dem Daumen über ihre Rippen, bis sie erschauert. Lasse die Finger in einem verführerischen Rhythmus zwischen ihre Beine gleiten, während sie in meinen Mund stöhnt.

Es ist verdammt lange her, dass ich mich so gefühlt habe – erregt und unbesiegbar. Fast schon hemmungslos.

Doch Daphne macht, wie immer, ihr eigenes Ding. Sie bringt ihre Pussy außer Reichweite meiner gierigen Finger und küsst sich an meiner Brust hinab, während das Wasser auf ihren Rücken prasselt. Als sie eine Hand um meine Erektion legt, stoße ich geschockt ein lustvolles Keuchen aus. Ehe ich auch nur Luft holen kann, nimmt sie meine Spitze in den Mund und fängt an zu saugen.

»*Fuuuck.*« Bei dem Fluch schaut Daphne hoch, wodurch ich noch besser sehen kann, wie sich ihre Lippen um meinen Schwanz schmiegen. Ich muss mich mit einer Hand an den Fliesen abstützen und mir in Erinnerung rufen, wie ich Luft in meine Lunge befördere.

Sie ist mit sich zufrieden. Vielleicht liegt es an meinem fassungslosen Gesichtsausdruck oder an den zittrigen Atemzügen, mit denen ich mich zu beruhigen versuche. Jedenfalls glühen ihre braunen Augen triumphierend. Sie setzt noch eins drauf, saugt und leckt und fährt mit den Händen meine Oberschenkel hinauf.

Meine Fresse. Ich muss runterkommen, sonst endet das hier

um einiges schneller, als ich möchte. Ich schließe die Augen und wiederhole innerlich das Münchhausen-Trilemma. Doch als Daphne dann neckend mit der Zunge über meine Spitze streicht, vergesse ich, wie ich heiße.

»Okay!«, kläffe ich. »Was auch immer du hier beweisen wolltest, du hast es geschafft.« Ich umfasse ihre nassen Haare und ziehe daran.

Als sie hochguckt, bewahrt mich nur das plötzlich kalt werdende Wasser vor einer Blamage. Der mit einem Mal eiskalte Strahl holt mich sofort runter. Daphne braucht jedoch eine Millisekunde länger, bis sie die Kälte spürt. Ein fahriger Ausdruck der Verwirrung tritt in ihre dunklen Augen, bevor sie mich schließlich freigibt.

Hastig stelle ich das Wasser ab. Dann schiebe ich den Duschvorhang beiseite und schnappe mir ein Handtuch, das ich um sie schlinge, als sie sich hochdrückt. »Oh Gott«, haucht sie. »Was tun wir hier nur?«

Und, schwups, lässt ihr hyperaktives Hirn meine Fantasien zerplatzen. »Pass auf«, ich ziehe sie an mich und flüstere ihr direkt ins Ohr, »ich habe mich echt angestrengt, damit du zulässt, dass ich mit dir die verruchten Dinge anstellen darf, die ich will.«

Sie schenkt mir ein verdutztes Lächeln.

»Und ich weiß, wie sehr du Ehrlichkeit zu schätzen weißt. Also werde ich dir jetzt *klipp und klar* sagen, was ich von dir will. Bereit?«

Sie nickt zögerlich.

»Zuerst legst du dich mal auf mein Bett. Auf den Rücken. Und trockne dich nicht erst noch ab, ich hab's viel zu eilig. Außerdem wäre das sowieso Zeitverschwendung. Ich werde nämlich deinen ganzen Körper ablecken, bis du unter meinem Mund kommst.«

Als sie einen leisen, herrlich sehnsüchtigen Laut von sich gibt, drücke ich meine Erektion gegen ihre Hüfte, denn ich brauche die Berührung wie verrückt.

»Und dann zieh ich mir was über und nagel dich in die Matratze. Das wird wahrscheinlich allerhöchstens zwei Minuten dauern, darauf warte ich nämlich schon mindestens sechs Wochen – plus drei Jahre vermutlich. Bloß läuft uns die Zeit davon. Wenn das also alles okay für dich ist, dann musst du dich jetzt ein bisschen beeilen.«

Sie blinzelt, die dunklen Pupillen geweitet.

Um in die Gänge zu kommen, steige ich aus der Dusche. Es ist mir total egal, dass ich die Badematte volltropfe. Ich werfe Daphne noch einmal einen langen Blick zu – einen so heißen, dass man damit versehentlich einen Waldbrand auslösen könnte. Und dann gehe ich aus dem Bad. Entweder wird sie mir folgen oder nicht.

Nackt laufe ich den Flur entlang, biege nach links in mein Zimmer ab und lausche auf ihre Schritte hinter mir.

Ich höre sie. Sie ist nah. Ich werde jedoch nicht noch einmal fragen, ich werde nicht mehr betteln. Es ist ihre Entscheidung.

Gerade als ich die Hoffnung aufgeben will, tritt sie durch die Tür. Dann lässt sie ihr Handtuch fallen.

»Ein Glück«, flüstere ich. »Jetzt komm schon her.« Ich werfe mich aufs Bett.

Sie nähert sich eleganter. Aber egal, sie ist hier und streckt ihren langbeinigen, geschmeidigen Körper neben mir aus. Jede ihrer Brüste ist eine perfekte Handvoll. Ich kann's nicht erwarten, sie überall zu berühren.

Ich falle über sie her und küsse wie ein gieriger Vampir ihren Hals. Ich will sie so dringend, dass es wehtut. Mein angeschwollener Schwanz schwingt gegen ihre Hüfte, als ich mich über sie beuge. »Soll ich die Tür zumachen?«, schaffe ich zwischen den Küssen zu sagen. Dann lecke ich einen Wassertropfen von einer ihrer Brustwarzen.

Sie erschauert, bevor sie eine Antwort herausbringt. »N… nein? Ich muss den Küchenwecker hören.«

»Scheiß auf die Pies«, murmele ich gegen ihre Brüste. Als ich dann saugend eine Brustwarze in meinen Mund nehme, stöhnt sie. In Wahrheit funktioniere ich ganz gut unter Zeitdruck. Ich wette, ich kriege sie innerhalb der nächsten fünf Minuten so weit, dass sie meinen Namen schreit. Ihre Hände wandern schon ganz ziellos über meinen Körper.

Daphne mag zwar launisch sein, aber sie weiß, was sie will. Und jetzt gerade will sie sich einzig und allein auf mich konzentrieren und auf meinen Mund und meine Fingerspitzen, die ich raffiniert über ihren Unterbauch tanzen lasse. Meine Zunge und meine Hände sind unnachgiebig.

Ein warmes Lüftchen weht durchs offene Fenster herein, während sie auf der Bettdecke unruhig die Hüften windet. Sie ist zu stur, um mir zu sagen, was sie will. Wohingegen ich zu stur bin, um je für mich zu behalten, was ich will.

Sanft drücke ich ihre Beine auseinander. »Nicht bewegen«, sage ich, nur um sie zu ärgern. Dann fahre ich hauchzart mit einer Fingerspitze über ihren Venushügel.

Sie wimmert. Ich lache leise.

»Rickie.« Ihre Stimme ist vorwurfsvoll.

»Ich weiß, Babe. Ich weiß.« Mit dem Daumen streiche ich über ihre Klitoris, woraufhin sie vor Verlangen den Rücken durchdrückt. »Verdammt.« Sie ist so empfänglich. Als ich mich vorbeuge und genüsslich über diese himmlische Stelle lecke, ist ihr Stöhnen der erotischste Laut, den ich je gehört habe.

Jetzt kann ich mich auf keinen Fall länger zurückhalten. Ich küsse und lecke unaufhörlich, und je mehr ich gebe, desto feuchter wird sie. Gut zu wissen, dass ich meine magischen

Fähigkeiten nicht verloren habe. Sie vergräbt die Finger in meinen etwas zu lang gewachsenen Haaren, während sie ihre Hüften meiner Zunge entgegendrückt.

Und obwohl meine Erektion schon auf die Bettdecke tropft und meine Eier ziehen, zögere ich das Ganze hinaus, verlangsame meine Zungenküsse auf ihrer Mitte und umfasse ihre Hüften fest mit beiden Händen. Das hier ist megaschön, und ich weiß, dass man etwas Gutes nicht überstürzen sollte.

»Rickie«, keucht sie. Das kommt Betteln für ihre Verhältnisse schon sehr nah. Sie windet sich unter meinem Griff, ihre Knie beben. »Wieso kannst du das so *gut*?«

»Weil ich es mag.« Als ich sie erneut mit den Fingerspitzen reize, wirft sie den Kopf in den Nacken und stöhnt. »Sieh mich an.«

Daphne hebt den Kopf. Ich schaue ihr in die Augen, während ich die Innenseite ihrer Oberschenkel küsse und meine Berührung intensiviere. Ein weiterer Kuss auf ihre pulsierende Mitte, und sie explodiert in meinen Armen. Es ist das Sexyste, was ich je gesehen habe. Sie drückt sich mit durchgebogenem Rücken ins Kissen und stößt einen geflüsterten Fluch aus.

Ich hieve mich aus dem Bett, nehme ein Kondom aus meiner Kulturtasche und streife es eilig mit ungeschickten Fingern über. Mit gerötetem Gesicht und leuchtenden Augen schaut Daphne mir zu. Und als ich zum Bett zurückkehre, zieht sie mich zu sich herunter und hebt den Kopf für einen Kuss.

»Du machst mich verrückt«, murmele ich gegen ihre Lippen.

»Quatsch«, flüstert sie und fährt mit dem Fingernagel eins meiner Tattoos nach. »Du warst vorher schon verrückt.«

Lachend hole ich mir den nächsten Kuss und ergreife ihre Hände, um sie über ihren Kopf zu strecken.

Dann geht ein ohrenbetäubender Knall durchs Zimmer, und ich schieße von Daphnes Bett hoch, als ob ich einen Stromschlag verpasst bekommen hätte.

23

Daphne

Du lieber Himmel.

Das war nur der Wind – ein plötzlicher Windstoß ging durchs Haus, und die Zimmertür knallte zu.

Es war laut. Ich hab mich durchaus erschreckt.

Aber Rickie ist völlig aus dem Konzept. »Boah«, keucht er und kniet sich neben mir aufs Bett. »S…sorry. Ich brauch bloß … einen Moment.«

»Klar doch«, lalle ich regelrecht, denn der Mann hat mir gerade einen *sensationellen* Orgasmus beschert. Ich kann mein Gesicht kaum spüren, geschweige denn, dass ich in der Lage bin zu sprechen. Es ist nicht übertrieben zu sagen, dass ich seit Jahren nicht so entspannt gewesen bin wie jetzt gerade.

Und falls Rickie hiernach meint: »Ich hab's dir doch gleich gesagt«, würde mich das nicht mal ärgern. Er erzählt mir schon den ganzen Sommer, dass ich es einfach zulassen soll. Und jetzt habe ich das endlich getan. Er hat es mir leicht gemacht. Sein glücklicher Gesichtsausdruck, als er mich unter der Dusche geküsst hat? Den werde ich nie vergessen. Eine halbe Stunde lang habe ich alle meine Sorgen vergessen.

Es ist eine Offenbarung.

Wieder fährt der Wind durch die Vorhänge, und irgendwo im Haus fällt eine weitere Tür zu. Das Geräusch wird durch die geschlossene Zimmertür gedämpft.

Rickie beugt sich vor und legt den Kopf auf die Matratze. Sein Rücken hebt und senkt sich unter seinen heftigen Atemzügen.

Ich will gerade fragen, ob es ihm gut geht, als ich weitere unliebsame Geräusche höre: Autoreifen draußen auf der Kieseinfahrt.

Oh Mann. Uns wird hier echt der Spaß verdorben, was?

Rickie stöhnt. Der Arme. Jetzt kommt er schon *wieder* zu kurz. Ich knie mich hin und luge durchs Fenster hinunter auf die Einfahrt.

Ich kenne den Wagen nicht, er hat ein New Yorker Kennzeichen. Der Fahrer fährt rechts ran und stellt den Motor ab. Und als die Autotür aufgeht, sehe ich zu meiner Verblüffung, wie meine Freundin Violet Trevi aussteigt.

»Du meine Güte!«, kreische ich. Dann schnappe ich mir das nasse Handtuch vom Fußboden. »Violet!«, rufe ich durchs Fenster.

Sie dreht sich zu mir um. »Überraschung! Komm schnell runter und führ mich rum! Ich will die Apfelbäume sehen, aber ich glaube, es wird gleich regnen!«

»Gib mir zwei Minuten! Ich …« *Bin nackt und meine Haare sehen aus wie in 'nem Horrorfilm.* »… komme gerade aus der Dusche.«

Ich rechne mit einem bissigen Kommentar oder einer Beschwerde von Rickie. Aber er liegt seltsam stumm mit dem Gesicht nach unten da.

Ich lehne mich mit der Hüfte gegen das Bett und lege eine Hand auf sein feuchtes Haar. »Tut mir echt leid. Ich hatte keine Ahnung, dass sie herkommt.«

Zur Antwort hebt er die Hand und legt sie auf meine. Von diesen langen, geschickten Fingern werde ich heute Nacht wahrscheinlich träumen.

Er sagt jedoch kein Wort.

»Wie lange hast du vor, mich für diese Unterbrechung zu bestrafen? Ich frag nur, damit ich meine Woche planen kann.«

Endlich gibt er ein Schnauben von sich, sagt jedoch immer noch nichts. Er streichelt nur meine Hand.

Ich beuge mich hinunter und drücke einen Kuss auf seine zerzausten Haare. »Komm runter und lern Violet kennen, wenn du so weit bist. Sie ist echt lustig. Viel lustiger als ich.«

»Kann nicht sein«, krächzt er. »Geh schon.« Er zieht meine Hand von seinem Kopf weg und verpasst mir spielerisch einen Schubs in Richtung Tür.

Zögerlich gehe ich. Und in dem Augenblick, als ich die Zimmertür aufmache, plingt der Küchenwecker. War ja klar.

Ich ziehe Rickies Zimmertür hinter mir zu.

Nachdem ich mich in exakt drei Minuten fertig gemacht habe, renne ich nach unten.

Violet hat den Küchenwecker ausgestellt, lehnt an der Arbeitsplatte und nippt an einem Glas Wasser. »Die Pies fangen gerade an, Farbe zu kriegen«, sagt sie. »Ich fand, du solltest entscheiden, ob sie fertig sind oder nicht.«

»Danke!« Ich ziehe sie in eine dicke Umarmung. »Ich fass es nicht, dass du mich einfach überrascht hast. Moment mal – weiß meine Mutter Bescheid?«

Violet strahlt. »Yepp! Ich habe auf dem Festnetz angerufen und sie gefragt, wann ich mal vorbeikommen könnte. Sie hat mich daraufhin zum Donnerstagsessen eingeladen. Ich wollte doch schon immer mal bei einem Essen der Shipleys dabei sein!«

»Ich hoffe mal, ich habe es nicht zu sehr angepriesen«, sage ich lachend. »Ich meine, das Essen schmeckt immer super, aber du musst es auch mit meiner verrückten Familie aushalten.«

»Bin dabei.« Sie klatscht in die Hände. »Wann lern ich den heißen Tattoo-Typen kennen?«

»Pssst!«, zische ich, und mein Blick huscht zur Treppe. »Lass ihn das bloß nicht hören. Das krieg ich sonst *ewig* aufs Brot geschmiert.«

»Ist er da?«, flüstert sie.

»Lass uns spazieren gehen«, sage ich. Es wäre unanständig von mir, gleich alles auszuplaudern. Violet hat jedoch das Riesentalent, einem Informationen zu entlocken.

»Darf ich eine Ziege streicheln?«, fragt sie dann.

»Na klar.«

»Auch eine Kuh?«

»Aber so was von. Lass mich noch eben die Pies aus dem Ofen holen, und dann gehen wir.«

Draußen stelle ich Violet Jacquie und Jill vor, die beiden Milchziegen meines Bruders. Und dann gehe ich mit ihr an der Kuhweide vorbei und zum mobilen Hühnerauslauf.

»Oh, sie *lieben* dich!«, gurrt Violet, als die Hennen angerannt kommen.

»Nein, sie lieben Futter«, stelle ich klar. »Meistens habe ich Sonnenblumenkerne in der Hosentasche, wenn ich dafür sorgen muss, dass sie sich von einem Ort zum andern bewegen.«

»Na, schön zu sehen, dass du dich nicht verändert hast.« Violet verdreht die Augen.

»Was denn?«

»Ganz schnell dabei, jedes Lob abzutun. Ist es so schwer zu glauben, dass die Hühner dich lieben?«

»Ach bitte«, schnaube ich. »Komm, wir holen Sonnenblumenkerne für dich, damit auch du ihr Lieblingsmensch werden kannst.«

Im selben Augenblick, als ich den Eimer hervorhole, wird das

Gegacker lauter. Wir nehmen jede eine Handvoll, und ich weise Violet an, schön eine Weile mit ihrer Liebe zu geizen, während ich den flexiblen Zaun Pfosten für Pfosten auf ein frisches Stück Wiese versetze. »Pass bloß auf, wo du hintrittst«, sage ich. »Du willst doch keine Hühnerkacke an deinen Sandalen.«

Sie hat ihre helle Freude daran, die Kerne auszustreuen, während ich den Auslauf verrücke. Und als wir dann den ganzen Rest Sonnenblumenkerne auf einmal hineinwerfen, entsteht ein Fressgelage.

»Okay, na gut«, gibt sie zu, während wir quer über die Wiese zu den Apfelbäumen hinübergehen. »Sie würden selbst Dschingis Khan mögen, wenn sie Futter von ihm kriegen. Das macht dich aber nicht weniger liebenswert.«

»Danke, Schatz.« Ich gehe mit ihr am Ciderhaus vorbei zu den Obstwiesen.

»Sieh sich einer die ganzen grünen Äpfelchen an! Das müssen ja Millionen sein. Ist es ein gutes Jahr?«

»Bis jetzt schon.« Ich klopfe innerlich auf Holz. »Es war bislang ein bisschen zu trocken, aber schön sonnig. Allerdings haben wir erst Juli. Bis Oktober kann noch so einiges schiefgehen. Ein einziger schlimmer Hagelschauer kann die ganze Ernte vernichten. Es gibt Krankheiten. Schädlinge. Jede Menge Gefahren. Hatten wir alles irgendwann schon mal.«

Violet wirft mir einen schnellen Blick von der Seite zu. »Und du wunderst dich, warum ich dich für eine Pessimistin halte.«

»Landwirtschaft ist *buchstäblich* das risikoreichste Geschäft überhaupt. Es hat schon seine Gründe, warum ich nicht mit ins Familienunternehmen einsteigen will.«

»Ich zieh dich doch bloß gern auf. Mal davon abgesehen – allmählich sieht der Himmel aus wie am Anfang von *Der Zauberer von Oz*.«

Da hat sie nicht unrecht. Plötzlich ist es so dunkel wie bei einer Sonnenfinsternis. »Meine Mom meinte, heute Nachmittag soll es regnen.«

Violet hat die Wetterlage jedoch schon wieder vergessen. »Ooh! Sieh dir die kleinen Kälbchen an!« Sie trottet zu dem eingezäunten Stück, wo die Kälber stehen. »Wie süß!«

Ich erkläre ihr nicht, dass das die letzten männlichen Jungtiere sind und dass sie nicht mehr lange zu leben haben. Wir lassen ihnen ein paar schöne Monate bei Milch und Gras. Aber dann kommen sie zum Schlachter, wo sie zu Biofleisch für die Speisekarten der Restaurants werden.

Ein Donner grollt, gefolgt von einer heftigen Windböe, die das Gras rascheln lässt.

»Oh oh«, sagt Violet mit einem Blick zum Himmel, und eins der Kälber muht zustimmend.

»Ich glaube, wir werden gleich nass«, sage ich, als um uns herum die ersten dicken Tropfen auf die Erde prasseln. »Komm mit!«

Violet und ich stürmen auf den Traktorschuppen zu. Regentropfen prasseln auf meine ohnehin noch nassen Haare. Wir schaffen es geradeso nach drinnen, bevor ein heftiger Platzregen aufs Gras niedergeht.

»Wow«, sagt Violet und wirbelt vor der offenen Tür herum. »Das ist beeindruckend. Darf ich mal auf den Traktor steigen?«

»Tob dich aus.«

Sie klettert auf den Kubota und setzt sich hin. »Das ist genau meine Farbe.« Sie klopft auf die orangefarbene Karosserie. »Sich einen Traktor danach auszusuchen, ob er zum eigenen Hautton passt, ist total vernünftig, oder?«

»Total. Wobei dir auch das John-Deere-Grün stehen würde«, ziehe ich sie auf.

Sie wirft ihre Haare nach hinten. »Der ist mein Ausgeh-Traktor.«

»Cool. Erzähl, wo liegt diese Blockhütte, die dein Bruder gemietet hat?« Ich erinnere mich vage, dass Violet eine mögliche Reise nach Vermont erwähnt hat. Allerdings hatte ich nicht damit gerechnet, dass sie überraschend vorbeikommen würde.

»Nicht weit weg. Eigentlich ist die Hütte eher ein Haus, der Ort heißt Green Rocks.«

»Ach, ich weiß, wo das ist.« Es handelt sich um eine Ferienhaussiedlung.

»Morgen gehen er und seine Frau mit Dave und Zara wandern. Können wir stattdessen was zusammen machen?«

»Na klar. Ich nehme mir einen Tag frei. Eigentlich könntest du doch heute hier übernachten.«

»Oh, prima. Ich habe nämlich Sachen zum Übernachten mit. Jetzt brauch ich Leo bloß anzurufen und ihm zu sagen, dass ich sein Auto noch behalte. Dave wird sie zum Wandern abholen müssen. Ups!«

»Ups!« Ich lache und bin wahnsinnig dankbar, dass sie hier aufgetaucht ist. »Ich hab dich schrecklich vermisst.« Violet hat im Mai an der Harkness ihren Abschluss gemacht und eine Stelle in New York gefunden. Es wird nicht leicht sein, in Zukunft den Kontakt zu halten.

»Ich dich auch, Süße!« Violets Augen leuchten förmlich vor Freude. »Wie untypisch für dich, das laut auszusprechen. Es muss also stimmen.«

»Tja, gewöhn dich dran. Ich vermisse dich sogar so sehr, dass ich nicht mehr nach Harkness zurückgehe, weil du weg bist.«

Ihr rutscht das Lächeln aus dem Gesicht. »Solange du mir nicht den wahren Grund dafür erzählt hast, darfst du nicht solche Witze machen.«

»Geht nicht«, flüstere ich. »Es ist kompliziert.«

»Reardon ist dran schuld, oder?«, brummt sie. »Ich weiß es genau.«

»Und ich selbst«, sage ich nachdrücklich. »Ich will nicht, dass irgendwer erfährt, wie blöd ich war.«

»*Ach, komm.* Als wäre das nicht jedem schon mal passiert. Ich hab selber reichlich Dummheiten angestellt. Meine Eltern würden sich in die Hosen machen, wenn sie wüssten, wie oft ich mir bis zum Abschluss Ärger eingehandelt habe.«

Das mag sogar stimmen. Aber anders als ich hat Violet es nie geschafft, ihr ganzes Leben auf den Kopf zu stellen. Außerdem werde ich sie nicht mit meiner hässlichen Geschichte belasten. Das würde sie in eine fiese moralische Zwickmühle bringen.

»Pass auf«, sagt sie. »Ich höre auf, dich nach Reardon zu fragen, wenn du mir was Schlüpfriges über den heißen Tattoo-Typen verrätst, der bei euch wohnt.«

»Na schön«, sage ich schnell. »Er kann gut küssen.«

»Oh mein Gott!« Violets Schrei hallt von den Wänden des Schuppens wider. »Wann ist das denn passiert? Erzähl mir *jedes* Detail.«

Ich zögere. Das würde ehrlich Wochen dauern. Irgendwie ist aus der Sache zwischen mir und Rickie eine lange, verworrene Geschichte geworden, die von seltsamen Aufeinandertreffen und intimen Gesprächen geprägt ist.

»*Oh wow*«, sagt sie und zieht ihre eigenen Schlüsse aus meinem Schweigen. »Du hast es mit dem heißen Bad Boy getrieben. Wo? Auf einem Heuboden? Wobei, das klingt nach viel Hatschi. Auf der Ladefläche eines Pick-ups?«

Irgendwas scheint mit mir nicht zu stimmen, denn beide Möglichkeiten hören sich traumhaft an. »Nicht ganz«, sage ich zögerlich. »Aber wir nähern uns dem Ganzen.«

»Was hält euch denn ab?«

Ich denke an die zuknallende Tür und Rickies Reaktion darauf. Schlechtes Timing ist bei uns echt ein Thema. »Eigentlich bist du die Übeltäterin«, verrate ich Violet. »Wir beide haben gerade rumgemacht, als du die Einfahrt hochgefahren kamst.«

Sie klappt ganz komisch die Kinnlade herunter. »Du. Machst. Witze.«

»Nein.« Ich versuche, keine Miene zu verziehen, aber meine Lippen zucken, weil Violet echt lustig ist, wenn sie ausflippt.

»Du meine Güte! Du. Meine. Güte.« Sie birgt das Gesicht in den Händen. »Tut mir leid. Ich dachte, es wäre lustig, wenn ich dich überrasche.«

»Ist es doch auch.« Ich stupse sie gegen den Zeh. »Schluss mit dem theatralischen Getue. Ist schon gut. Ich bin sicher, wir machen ein andermal da weiter, wo wir aufgehört haben.«

»*Unbedingt*«, sagt sie. »Ich will nicht diejenige sein, die zwischen dir und einem gut ausgestatteten, tollen Kerl gestanden hat.«

»Woher willst du wissen, ob er ein toller Kerl ist?«

Sie johlt. »Dann ist er also echt gut ausgestattet? Den Teil hast du nämlich nicht abgestritten. Außerdem weiß ich jetzt schon, dass er ein toller Kerl ist.«

»Jedenfalls ist er nicht Reardon«, merke ich an.

»Das ist schon einmal gut. Aber Liebes, wir lernen aus unseren Fehlern. Du wärst nicht so in Rickie verschossen, wenn er Reardon Kotz-ey irgendwie ähneln würde.«

»Nein?« Das ist mein Hauptproblem. »Ich bin mir in gar nichts mehr sicher. Ich traue mir selbst kein Stück.«

»Solltest du aber«, sagt sie, schwingt ein Bein über den Traktor und springt ab. Draußen schüttet es immer noch, und der Regen riecht nach frischen Ideen und der Farbe Grün. »Mal ehrlich, du hast einen Fehler gemacht. Einen einzigen. Mit diesem Arschloch ist irgendwas kaputt, Daph. Er ist nicht normal. Ich wette, er weiß gar nicht mehr, was Grenzen sind und wann er eine überschreitet.«

Da hat sie nicht unrecht. Trotzdem bin ich drauf reingefallen. Ich würde mir gern einbilden, dass es nicht noch mal passieren wird.

Aber dennoch habe ich Angst.

24

Rickie

Ich hebe den Kopf von der Bettdecke. Ich kann mich kaum erinnern, welchen Tag wir haben, geschweige denn, wie spät es ist. Aber ich höre Stimmen draußen. Sie dringen durchs Fenster herein, das einen Spalt offen steht.

Wach zu werden ist hart, besonders als die Katastrophe von heute Nachmittag wieder deutliche Konturen annimmt. Nachdem Daphne aus meinem Zimmer geeilt war, habe ich die Tür abgeschlossen und mich dann schamerfüllt aufs Bett gesetzt. Ich streifte das Kondom ab, das ich nicht gebraucht hatte. Und als es zu regnen anfing, schob ich das Fenster runter und schlief dann wie ein Stein.

Inzwischen hat das Donnerstagsessen angefangen, und ich bin immer noch nicht ganz bei mir.

Scheiße.

Ich stehe auf und gebe mir ein bisschen Mühe mit der Klamottenwahl. Ich ziehe ein ordentliches Leinenhemd an und meine besten Shorts. Für Vermonter Verhältnisse ist das praktisch feine Abendgarderobe. Ich putze mir die Zähne und kämme meine platt gelegenen Haare.

Als ich in den Spiegel schaue, überrascht es mich, wie adrett der Typ darin wirkt. Ich meine, ich bin ein gut aussehender Mann, das steht mal fest. Aber der Kerl im Spiegel sieht gefasst aus. Obwohl ich mich in Wahrheit wie gerädert fühle.

Heute Nachmittag ist eine Tür zugeknallt, und ich bin fast durchgedreht. Wer macht denn so was?

Ich schnappe mir meine Flipflops und steige die Treppe hinunter in Richtung des Gelächters und der Stimmen. Als ich zur Küchentür hinausgehe, stelle ich fest, dass ich das Essen noch gar nicht verpasst habe. Auf dem Rasen wurde ein megalanger Esstisch aufgestellt. Er ist mit Tellern und Besteck eingedeckt, und entlang der Tischmitte steht eine Parade von Einmachgläsern. In jedem zweiten stecken Blumen aus dem Garten, in dem ich beim Unkrautjäten geholfen habe, und in den übrigen brennen Kerzen, die der Wind nicht auspusten kann.

Ungefähr ein Dutzend Leute stehen mit Getränken in den Händen auf dem Rasen verteilt. Durch die Regenschauer ist die Luftfeuchtigkeit nicht mehr so hoch, somit ist es ein herrlicher Abend für eine Gartenparty.

Und ich empfinde nichts. Als wäre ich eingeschlafen und nicht wieder richtig aufgewacht. Als hätte ich vergessen, wie es sich anfühlt, lebendig zu sein.

»Hey, da ist er ja.« Dylan tippt sich mit einer Frisbeescheibe gegen den Oberschenkel. »Wo hast du denn heute Nachmittag gesteckt?«

»Ich hab ein Nickerchen gemacht, und das hat mich halb ausgeknockt.« Ich gehe zu ihm hinüber. In der Nähe quatscht Chastity mit Daphnes Cousin und dessen Freund – den beiden, die wir im Asiarestaurant gesehen haben.

»Willst du 'n Bier?«

»Na klar.« Dylan nimmt eins aus einer Blechbadewanne voller Eis und öffnet es mit einem Flaschenöffner, den er aus der Hosentasche holt. »Danke.« Als ich die Finger um die Flasche lege und das eiskalte Glas an meiner Handfläche spüre, ist es das erste Anzeichen dafür, dass ich wohl doch noch am Leben bin.

Ich trinke einen erfrischenden Schluck, während mein Blick

unwillkürlich über den Rasen schweift. Ich sehe Daphne jedoch nirgends. Was zum Kuckuck sie jetzt wohl denkt? Ich bin heute wie ein Tier über sie hergefallen. Ich hab große Töne gespuckt. Und dann habe ich mich erschreckt und konnte es nicht zu Ende bringen.

Bei der Erinnerung daran, wie ich vom Bett hochgesprungen bin, als wäre ich gerade getasert worden, wird mir heiß im Gesicht. Danach hab ich mich aufs Bett plumpsen lassen, während es mir vor Panik die Brust zuschnürte. Augenblicklich fühlte ich mich ganz klamm, als hätte mir jemand sämtliche Lebensenergie entzogen. Mein Herz raste dermaßen, dass es sich schon richtig bedenklich anfühlte. Ich konnte bloß daliegen und versuchen, nicht zu vergessen, wie Atmen geht.

»Na, was habt ihr heute gemacht?«, fragt Dylan. »Daphne und du.«

»Wieso?«, blaffe ich.

Dylan zuckt mit den Schultern. »Als Chastity und ich nach dem Regen zurückgekommen sind, war niemand zu Hause. Die Pies standen verlassen auf dem Tisch. Ich finde, ich verdiene ein Lob dafür, dass ich sie nicht angerührt habe.«

Ich tue schockiert. »Hände weg von meinen Pies! Wer hätte gedacht, dass die so viel Arbeit machen? Außerdem bin ich nicht gut im Teigausrollen, deine Schwester hat mir das Nudelholz regelrecht aus den Händen gerissen und mir verboten, den Teig anzurühren.«

»Daphne? Ach Quatsch.« Dylan gluckst.

»Dann hat deine Mom deinen Großvater zu irgendeiner Veranstaltung in die Stadt gefahren. Da der Wind zunahm, schien es kein guter Tag zum Gärtnern zu sein, also wollten wir Sex haben, dachten uns dann aber doch: nö, lieber nicht.«

Dylan schnaubt und schüttelt den Kopf, wie ich es mir gedacht habe. »Ich weiß, du sagst das, um mich zu schocken, aber das funktioniert bei mir nicht. Du musst es mal bei Griffin probieren.«

»Gut zu wissen.« Ich trinke einen kräftigen Schluck von meinem Bier. »Tatsächlich fing es an zu regnen, und ich hab mich daraufhin in Dornröschen verwandelt. Was habt ihr zwei den ganzen Tag gemacht?«

»Einen Haufen Pläne von den Feldern der Abrahams gezeichnet. Nutzpflanzen und Anbauflächen gegoogelt. Aber dann sind wir vorm Regen in die Schlafbaracke geflüchtet, um ein paar Entspannungsübungen zu machen.« Er wackelt mit den Augenbrauen.

»Deine eigene Farm zu planen, macht dich geil?«

Lächelnd zuckt Dylan mit den Schultern. Er war schon immer eine Frohnatur. Aber Chastity und er sind #dreamteam. In siebzig Jahren werden sie das uralte Pärchen sein, das beim Einkaufen immer noch Händchen hält.

Ich habe Glück, wenn ich in siebzig Jahren noch lebe. Und dass ich dann selbst jemanden haben werde, könnt ihr vergessen. Ich bin voll das Wrack.

»Essen!« Ruth Shipley klopft ein paarmal mit einem Löffel gegen ein Einmachglas. »Stellt euch von rechts am Büfett an!« Sie ist anbetungswürdig. Ich hoffe, sie findet einen Mann, der sie glücklich macht. Wer so viel Liebe zu geben hat, sollte nicht allein bleiben.

»Hat deine Mom heute Abend ein Date?«, frage ich Dylan, als ich neben Ruth den Mann mit dem Schnauzbart entdecke.

»Yepp. Daran werden wir uns erst mal gewöhnen müssen.«

»Möchte ich wetten.«

Dylan lacht vor sich hin, während ich ihm zum Ende der Schlange vorm Büfett folge. »Daphne will seinen Background abchecken. Sie sagt, Männern mit Schnauzer traut sie nicht.«

»Dann bleib ich wohl besser glatt rasiert.«

Dylan ignoriert den Kommentar. Und einen Augenblick später entdecke ich Daphne endlich, die gerade mit einem braunen Krug in der Hand aus dem Ciderhaus kommt. Als sie ihn zum Tisch trägt, huscht ihr Blick nur einmal kurz zu mir.

Aber ihre Freundin – ich glaube, sie heißt Violet – starrt mich ausgiebig an und schenkt mir dann ein breites Lächeln, das so ziemlich alles bedeuten könnte. Offensichtlich haben sie über mich geredet.

Oh oh. Dem alten Rickie hat es nichts ausgemacht, unter Freundinnen ein Gesprächsthema zu sein. Aber der neue ist ganz eindeutig ein Wrack.

»Uuuh, Guacamole«, sagt Dylan und gibt mir einen Teller. »Diese Tacos haben keine Chance.«

Selbstverständlich sieht das Essen fabelhaft aus. Ich lade mir den Teller voll und folge Dylan und Chastity zum Tisch.

»Guckt mal, Grandpa«, flüstert Chastity. »Er hat gleich zwei Dates!«

Tatsächlich, ich entdecke Grandpa Shipley am Kopfende des Tischs, links und rechts von sich eine Frau. Wie's aussieht, erzählt er gerade eine Anekdote, und beide lachen darüber.

»Gib Gas, Gramps«, sagt Dylan. »Wenn er die ganze Nacht wegbleibt, kriegt er beim Frühstück von mir Standing Ovations.«

Yepp. Ein Achtzigjähriger hat mehr Selbstvertrauen als ich heute Abend. Was ist denn verflucht noch mal los mit mir?

Ich nehme einen ersten Happen von dem scharfen Salat aus Mais und schwarzen Bohnen, den Audrey zubereitet hat. Und wow, er schmeckt super. Zum ersten Mal heute Abend verspüre ich einen Hauch von Optimismus. Dann esse ich einen Taco mit Pulled Pork, Limette und Guacamole, der meine Laune noch mehr hebt.

Als ich einen Blick auf mir verspüre, schaue ich hoch und

erwische Daphne dabei, wie sie verstohlen vom anderen Ende des Tischs zu mir herüberguckt. Ich zwinkere ihr zu, wie es der alte Rickie getan hätte.

Ich vermisse ihn. Ehrlich.

Nach dem Essen spielt Dylan auf seiner Geige ein paar Lieder für die Leute. Dann fragt sein Grandpa, ob er sich das Instrument mal ausleihen kann, und Dylan überlässt es ihm gern.

»Ziehen wir einen durch?«, flüstert Dylan mir zu. »Ist unser letzter.«

»Klar.« Ich folge Dylan zur Rückseite des Ciderhauses, wo wir außer Sicht sind. »Ach, guck an«, flüstert er. Der alte Picknicktisch, auf den wir zusteuern, ist schon von Daphne und Violet belegt. »Vielleicht solltest du dich neben Daphnes scharfe Freundin setzen.«

»Wieso? Daphne ist doch viel heißer.«

Er lacht, als hätte ich einen Witz gemacht. »Abend, Ladys. Können wir hier in Ruhe einen durchziehen? Oder verpetzt mich Daphne dann wieder?«

Daphne zeigt ihm den Mittelfinger, ohne auch nur in seine Richtung zu sehen. »Das war *ein* Mal«, sagt sie, »und du hattest es so was von verdient.«

»Hattest du?«, frage ich Dylan.

»Wahrscheinlich«, murmelt er, schwingt ein Bein über die Bank und lässt sich neben seine Schwester plumpsen.

Als ich mich Daphne gegenübersetze, schenkt sie mir ein leicht verlegenes Lächeln.

»Was hatte er denn angestellt?«, frage ich sie.

»Also, ich wollte eine Überraschungsparty organisieren, und er hat es dem Geburtstagskind erzählt! So manches Kindergartenkind kann besser ein Geheimnis wahren.«

»Es war mir nicht klar«, wehrt Dylan sich.

»Weil du nicht zuhörst«, schießt Daphne zurück. »Nie.«

Er zieht ein Tütchen aus seiner Hosentasche und fängt an, unseren letzten Joint zu bauen. »Pff. Partys mag ich zwar, aber ich hasse die Vorbereitungen. Wahrscheinlich hab ich dir nur mit halbem Ohr zugehört, damit du mich nicht fragst, ob ich auch was übernehme.«

Ich gluckse, denn das hört sich ganz nach Dylan an. »Wem hast du denn die Überraschung verdorben?«

»Zach«, sagt Dylan und holt auch noch ein Feuerzeug aus seiner Hosentasche.

»Eurem Farmhelfer?«

»Ja, er hat früher hier gewohnt. Daphne stand eine halbe Ewigkeit lang total auf ihn.« Träge schnipst er das Feuerzeug an. Als ich zu Daphne hochschaue, läuft ihr Gesicht rot an.

Aha. Kein Wunder, dass Dylan ständig Ziel von Daphnes Rachegelüsten ist. Ihm ist total egal, was andere über ihn denken, und er begreift wahrscheinlich gar nicht, warum seine Schwester sich darum schert. Daphne dagegen hütet ihr Herz sorgsam.

»Wie hast du dich dann an dem Plappermaul hier gerächt?«, frage ich sie und deute dabei mit dem Daumen auf ihren bösen Zwilling.

Sie lächelt hochzufrieden. »Ich hab Mom seinen geheimen Vorrat ausgehändigt, zusammen mit einer langen Liste der Risiken von Marihuanakonsum für das jugendliche Hirn.«

»Nicht schlecht. Drückt Sorge aus, macht das Zielobjekt aber auch sauer. Ich geb dir acht von zehn Punkten.«

»Moment«, sagt ihre Freundin Violet und taxiert mich. »Was wären denn zehn von zehn Punkten? Wie fies bist du?«

»Berechtigte Frage. Acht ist natürlich eine solide Punktzahl, aber ich habe was abgezogen, weil sie sich nicht noch mehr ins Zeug gelegt hat. Ich fänd's gut, wenn Daphne noch ein paar

Gramm Oregano druntergemischt hätte, um das Gras zu verderben und seine Freveltat noch schlimmer aussehen zu lassen, als sie war. Und wenn sie noch ein paar Sixpacks Alcopops dazugemogelt hätte, damit man nicht nur an seinen Wertvorstellungen zweifelt, sondern auch an seinem Geschmack in Sachen Männergetränke.«

Dylan lacht. Dann bietet er an, den Joint rumgehen zu lassen. »Ich weiß, dass Daphne nicht mitmacht, aber vielleicht ist Violet nicht so eine Spaßbremse?«

Jetzt macht Daphne ein mordlüsternes Gesicht, aber Dylan merkt es nicht.

Violet nimmt den Joint zwischen die Finger, zögert dann aber. »Vertraust du deinem Dealer?«, fragt sie. »Ein Freund von uns hat mal schlechte Erfahrungen gemacht.«

»Ja, absolut, wir bauen das Zeug nämlich selbst an«, sagt Dylan.

»Sogar ganz legal«, melde ich mich zu Wort. »Jeder sechs Pflanzen, das ist nach dem neuen Vermonter Gesetz erlaubt.«

Dylan hält eine Hand hoch, und ich gebe ihm ein High Five.

Daphne schaut zum Himmel. »Man kann den Jungen von der Farm holen, aber dann baut er einfach in seiner Garage Gras an.«

»Ich glaube, ich mag Vermont«, sagt Violet und nimmt ihren ersten Zug. »Aber vielleicht lässt du deine Schwester mal in Ruhe? Ich glaube nicht, dass zukünftige Beamte im Gesundheitswesen für gewöhnlich auf Gras stehen.«

»Für niemanden unter dreißig und nur aus medizinischen Gründen«, säuselt Daphne. »Wissenschaft ist manchmal echt verdammt lästig.«

Da ist was dran, heute Abend fühlt sich das Zeug allerdings nach Medizin an. Ich bin angespannt, lasse es mir jedoch nicht anmerken.

Stattdessen strecke ich die Beine aus und klemme Daphnes Füße zwischen meine. Sie zieht sie nicht weg, macht aber große Augen.

»Erzählt mir mehr über Vermont«, sagt Violet. »Wie ist es so, hier aufzuwachsen?«

»Mal überlegen«, sagt Dylan und trommelt mit den Fingern auf den Tisch. »Alle können bei Schnee Auto fahren. Und man braucht sich eigentlich nie schick zu machen.«

»Das stimmt«, meint Daphne. »Mach dir nicht die Mühe, hübsche Schuhe anzuziehen, du ruinierst sie dir eh nur. Und mach dir nicht die Mühe, dein Auto zu waschen, das erledigt der Regen.«

»Alle haben Sex im Pick-up«, fügt Dylan hinzu.

»Hmm«, mache ich. »Das kann ich bestätigen.«

»Du fährst doch aber einen Volvo«, wendet Daphne ein.

»Der Pick-up gehörte dem Mädchen.« Ich zucke mit den Schultern und alle lachen. »Ist eben 'ne allgemeingültige Tatsache.«

»Ist es nicht«, murmelt Daphne.

»Nein?«, fragt ihr Bruder und wirkt belustigt. »Ach, egal, ich will's eigentlich gar nicht wissen.« Er geht dazu über, uns die Geschichte zu erzählen, wie er seine Ziegen von einer mit Giftefeu überwachsenen Stelle weggescheucht hat. Aber ich denke noch an Sex im Pick-up mit Daphne.

Wir quatschen und lassen den Joint rumgehen, bis er winzig klein ist und Chastity am Ciderhaus den Kopf um die Ecke steckt. »Dylan! Komm und hilf mir, den Nachtisch zu servieren.«

»Na klar, Spatz.« Er gibt mir den Rest unseres Joints. »Vermiss mich nicht so doll.«

»Warum sollte ich? Wenn du weg bist, kann ich deine Schwester besser anbaggern.«

»Du bist zum Totlachen.« Glucksend hievt er seine lange Gestalt von der Bank. Dann läuft er Chastity mit beschwingten Schritten hinterher.

»Keiner glaubt mir«, murmele ich. Dann stütze ich die Hände auf den Tisch, beuge mich vor, um den Abstand zwischen Daphne und mir zu überbrücken, und küsse sie.

Für den Bruchteil einer Sekunde ist sie starr vor Erstaunen. Doch einen Augenblick später gibt ihr Mund nach, und ich küsse sie gemächlich. Es ist kein unanständiger Kuss, aber verstohlen ist er auch nicht.

Und als ich mich wieder hinsetze, guckt Violet ganz komisch zwischen uns beiden hin und her. »Na, das war ja was.«

Daphne läuft über und über rot an, ich dagegen bin nicht verlegen. Nicht wegen eines Kusses. Ich drücke den letzten Stummel des Joints an dem metallenen Tischgestell aus und werfe das Beweisstück ins nasse, hohe Gras.

»Bist du sicher, dass ich hier übernachten soll?«, fragt Violet scherzhaft.

»Sicher«, antwortet Daphne schnell. »Du kannst mit bei mir im Zimmer schlafen. Oder auch in Mays altem Zimmer, falls wir die Luftmatratze finden.«

»Ich schlafe mit in deinem Zimmer«, sagt sie. »Wie im Ferienlager. Es sei denn, du hast vor, dich nachts rauszuschleichen. Ich habe nämlich mindestens zwei Pick-ups in der Auffahrt stehen sehen. Beziehungsweise warte mal – ist Rickies Zimmer nicht gegenüber von deinem?«

Als sie grinst, falle ich kurz mit ein. Tatsächlich kann ich aber nicht schlafen, wenn jemand anders mit im Zimmer ist, und Daphne weiß das wahrscheinlich.

Also fühle ich mich doch wieder niedergeschlagen.

25

Rickie

Als die Party später vorbei ist, bleibe ich oben im Flur stehen, um zu lauschen. Und ich höre wildes Gegacker aus Daphnes Zimmer.

Ich trage zwar nichts außer tief sitzenden Sportshorts, aber es wäre doch unhöflich, nicht Gute Nacht zu sagen, oder? Ich klopfe an die Tür.

»Ja?«, ruft Daphne. »Herein.«

Ich mache auf und lehne mich gegen den Türrahmen.

»Na, *hallo*«, sagt Violet vom Bett aus, wo sie und Daphne sitzen und einen aufgeklappten Laptop zwischen sich stehen haben.

»Abend, Ladys. Vielleicht könntet ihr das Gekicher runterschrauben? Ich brauche viel Schlaf, um immer so gut auszusehen.«

Daphne will die Augen verdrehen, aber es klappt nicht ganz. Sie ist zu sehr damit beschäftigt, mich zu bewundern. Also gehe ich rüber zum Bett, beuge mich runter und drücke einen Kuss auf ihren seidigen Haarschopf. »Gute Nacht. Träum schön.«

»Oh, das wird sie«, sagt Violet.

»Sei bloß still«, murmelt Daphne. »Nacht, McFly.«

»Nacht, Schöne.«

Ich schreite ohne einen Blick zurück hinaus. Aber als ich die Tür hinter mir zumache, höre ich Violets nächste Bemerkung:

»Holla die Waldfee, der Kerl ist vielleicht heiß. Ich wär ja neidisch, wenn ich mich nicht so für dich freuen würde.«

»Schscht«, zischt Daphne.

Grinsend gehe ich weg. Aber die Faust recke ich nicht in die Luft. Kein Siegestänzchen. Ich bin immer noch ein Wrack, das auf dem Weg ins Zimmer die Tür hinter sich abschließt. Von seinem Platz an der Wand aus verhöhnt mich der Stuhl. Doch ich stelle ihn nicht gegen die Tür. Ich bleibe stark.

Dann hole ich mein Handy und texte Lenore.

Hätten Sie morgen irgendwann Zeit für mich? Ich hatte einen verrückten Tag.

Als sie fast umgehend antwortet, habe ich ein leicht schlechtes Gewissen, ihr so spät noch geschrieben zu haben. Eines Tages werde ich das vielleicht sein – derjenige, der zu jeder Tages- und Nachtzeit panische Nachrichten von seinen Patienten bekommt.

Passt Ihnen zehn Uhr? Ich hätte eine halbe Stunde für Sie.

Klar. Ich komme.

Geht es Ihnen gerade gut? Sollen wir telefonieren?

Mir geht's gut. Versprochen. Bis morgen.

Früh am Morgen treffe ich mich mit Dylan im Kuhstall. Ich schaufele im Eiltempo den Kuhmist auf, während er melkt. »Du, D? Ich muss heute zur Frühstückszeit in Burlington sein. Sorry, dass ich so spät Bescheid sage, aber ich brauche ein paar Stunden frei.«

Er taucht hinter einer Kuh auf. »Ja, okay. Kein Problem. Stimmt irgendwas nicht?«

»Nein. Bloß ein Termin, den ich vergessen hatte. Brauchst du was aus der Stadt? Du kannst mir sonst schreiben, falls dir noch etwas einfällt.«

»Ich brauch nichts«, sagt Dylan. »Bist du am Nachmittag

wieder da? Griff will die restlichen Schädlingsfallen aufhängen und nach dem Gewitter ein bisschen aufräumen.«

»Ja, ich werde gegen Mittag zurück sein.«

»Ach, Rick – lös doch deine Schecks ein, wenn du in der Stadt bist.«

»Was?«

»Deine Gehaltsschecks. Fahr bei der Bank vorbei, wenn du fertig bist, und lös sie ein.«

»Ich brauche das Geld eigentlich gar nicht«, wende ich ein.

»Ist egal«, sagt Dylan und tätschelt einer Kuh das Hinterteil, damit sie näher an die Melkmaschine kommt. »Jeder, der hier arbeitet, wird bezahlt. Selbst wenn er sich am heißesten Tag dieses Sommers nach Burlington verdrückt.«

»In den heißesten Stunden werde ich ja wieder hier sein«, stelle ich klar.

»Wer's glaubt.« Dylan lächelt mich unbekümmert an. »Du kannst dich mit Bier bei mir revanchieren.«

»Das ist doch mal ein Plan. Ich hol auf dem Rückweg welches.«

»Ich hätte da übrigens noch 'ne Idee«, sagt Dylan.

»Schieß los.«

»Lass uns dieses Wochenende mal abhauen und wandern gehen.«

»Wo denn?«

»Ich dachte an die Presidential Range«, sagt er. »Schon mal auf dem Mount Washington gewesen?«

»Ja, einmal in der Highschool.« Die Gipfel der White Mountains in New Hampshire sind eins der besten Wandergebiete Neuenglands.

»Tja, ich nicht«, sagt er. »Wenn wir hochwandern und auf dem Rückweg die Bergbahn nehmen, wäre es 'ne Tagestour.«

Ich überlege. »Wir sollten wohl auch in einer Wanderhütte

übernachten, oder?« So habe ich das damals gemacht. So eine Übernachtung ist echt ein einmaliges Erlebnis. In jeder Hütte gibt es Zimmer mit Stockbetten für ein paar Dutzend Wanderer. Man kriegt zu einem vernünftigen Preis ein Bett, eine Decke, ein Kissen, ein warmes Abendessen und Frühstück. Bettwäsche bringt man selbst mit, und Duschen gibt's keine. Aber man kann seine Wasserflasche auffüllen und sich im Bad waschen.

»Hab ich auch überlegt«, gesteht Dylan. »Aber da hätten die Zimmer, äh, keine Schlösser. Wir brauchen ja nicht da oben zu bleiben. Wir könnten Zimmer in einem billigen Hotel mieten und zwei Tageswanderungen machen.«

Für ein Hotelzimmer hat Dylan eigentlich kein Geld. Außerdem ist es einfach nur dämlich, dass meine seltsamen Schlafgewohnheiten mich davon abhalten, etwas Abenteuerlustiges zu unternehmen, das mir als Teenager Spaß gemacht hat.

»Pass auf, check doch mal, ob was in einer Hütte frei ist«, sage ich langsam. »Ein paar Nächte schlecht zu schlafen, halte ich schon aus.«

Dylan neigt den Kopf, als wollte er meine Gedanken lesen. »Sicher?«

»Ja«, sage ich nachdrücklich. Gerade dämmert mir, dass das genau die Art von Konfrontationstherapie ist, an die ich gedacht hatte. Ein Zimmer voller wohlmeinender Fremder, die auf einem Berggipfel übernachten, um was zu erleben.

Vielleicht kriege ich den Scheiß gebacken. Ich habe es satt, so verkorkst zu sein. Ich habe mich selbst so was von über.

Als ich ein paar Stunden später in Lenores Sprechzimmer sitze, komme ich mir ein bisschen albern vor. Sie wartet darauf, dass ich ihr den Notfall erkläre.

Mal ehrlich – ich bin gerade über sechzig Meilen gefahren, weil ich es ätzend fand, dass sich mein Penis eine Auszeit genommen hat, als ich gerade Sex haben wollte.

»Also, wie verrückt war Ihr verrückter Tag denn?«, fragt sie in die Stille hinein.

»Na ja …« Ich räuspere mich. »Vielleicht hatten Sie doch recht mit Ihrer Vermutung, dass bei mir in Sachen Sex irgendwas komisch ist.«

»Wie kommen Sie darauf?«, fragt sie.

»Sie kennen doch das duale Kontrollmodel der sexuellen Reaktion? Erregung und Hemmung?« Dämliche Frage, natürlich kennt sie es. Das ist, als würde man einen Psychotherapeuten fragen, ob er Freud kennt.

»Selbstverständlich«, sagt sie. »Sexuelle Exzitation versus Inhibition.«

»Also meine Hemmung wird echt leicht getriggert«, sage ich gelassen. Dabei bin ich, was das angeht, überhaupt nicht gelassen. »Wir haben gestern, äh, rumgemacht …«

Lenore grinst. »Sie und Daphne, ja?«

»Freuen Sie sich nicht zu früh. Ich meine, ich war hocherfreut – und dann auf einmal nicht mehr.«

»Was hat Sie getriggert?« Ihre Miene ist entspannt und unvoreingenommen.

Ich vertraue Lenore vollkommen, und die Therapie ist eine echt gute Sache. Hierüber zu sprechen, fällt mir jedoch erstaunlich schwer. »Bloß eine Tür, die durch den Durchzug zugeknallt ist. Es war zwar laut, aber absolut nachvollziehbar. Doch das war meinem Penis egal. Ich hatte quasi 'ne ausgewachsene Panikattacke.«

»Erzählen Sie mir genauer, wie Sie sich in dem Moment gefühlt haben«, sagt sie.

»Äh, kalt. Klamm.« Ich erinnere mich, wie ich durch den abkühlenden Schweiß eine Gänsehaut bekam. »Und mein Herz fühlte sich flatterig an. Ich war wie in höchster Alarmbereitschaft. Außerdem wollte ich nicht mehr angefasst werden.«

»Okay.« Sie faltet auf dem Schreibtisch die Hände. »Und wie ist es ausgegangen? War es peinlich? Was hat Ihre Partnerin gesagt oder getan, als es passierte?«

»Es war mir peinlich. Ist es mir immer noch. Aber es hätte schlimmer sein können. Einen Moment später kam eine Freundin von Daphne angefahren und hat uns sowieso unterbrochen. Deshalb bin ich gar nicht mal sicher, ob Daphne was gemerkt hat von meinem …« Ich winde mich.

»Schlappschwanz?«, schlägt Daphne vor.

»Ist das etwa gute Behandlungspraxis?«, jaule ich. »Dem Patienten Worte in den Mund zu legen?«

Sie zuckt bloß mit den Schultern. »Tut mir leid, Ihnen das sagen zu müssen, aber dass einem Mann jedweden Alters in einer Stresssituation die Erektion abhandenkommt, ist absolut normal. Selbst für einen zweiundzwanzigjährigen Casanova. Das wissen Sie selbst.«

»Aber in dem Moment hat es sich nicht normal angefühlt«, erwidere ich. »Ich kam mir wie ein Psycho vor. Tu ich immer noch.«

»In Ordnung. Dann erzählen Sie mir, warum es sich für Sie nach einer wichtigen Erkenntnis anfühlt und nicht bloß nach Pech und furchtbar unglücklichem Timing.«

»Weil ich so …« Ich versuche, es in Worte zu fassen, die nicht so trivial klingen. »Diese Sache mit dem Alleine-schlafen-Müssen ist schon komisch genug und stört. Sie haben mich angeregt, darüber nachzudenken, warum ich keinen Sex mehr habe, und ich kann es nicht wirklich erklären. Wo ist der Zusammenhang zwischen einer Kopfverletzung und Angst vorm Sex?«

Lenore vergeht das Lächeln. »Was, wenn es keinen gibt?«

»Keinen Zusammenhang?«

Sie nickt. »Nehmen wir einfach mal an, dass Ihre Probleme größer sind, als ich es eben dargestellt habe. Nehmen wir an, Sie leiden tatsächlich unter einer sexuellen Funktionsstörung. Wieso sollte das mit dem Schädeltrauma zusammenhängen?«

»Weil es *seitdem* so ist.« Ist das nicht offensichtlich? »Ach, haben Sie es eigentlich geschafft, sich meine Akte anzugucken? Ich weiß, es ist erst ein paar Tage her, dass ich darum gebeten hatte.«

»Ja«, sagt sie leise. »Ich habe sie mir Mittwochabend geholt und alles gelesen.«

»Und … haben Sie darin irgendein Datum gefunden?«

»Ja«, sagt sie. Sie greift nach einem Klebezettel und zeigt ihn mir. *Samstag, 10. Dezember.* So weit keine Überraschung. »An dem Abend wurden Sie ins Krankenhaus eingeliefert.« Dann schluckt sie unbehaglich.

»Ist da noch etwas, Lenore? Sie sehen irgendwie aus, als hätten Sie den Leibhaftigen gesehen.«

Da kaut sie auf ihrer Unterlippe herum. Das ist ein verräterischer Tick von ihr, und ich sehe ihn selten. Irgendetwas macht sie nervös. »Ich habe mir die Akte zweimal durchgelesen. Wort für Wort. Zuletzt hatte ich sie mir in dem Monat angeschaut, als wir beide anfingen, miteinander zu arbeiten. Inzwischen kenne ich Sie allerdings besser, deshalb las sie sich diesmal anders.«

»Und?«

Sie seufzt. »Und mir kommen ein paar Dinge seltsam vor.«

»Verraten Sie sie mir?«

»Ja, aber zuerst müssen Sie wissen, dass das alles nur Spekulationen meinerseits sind.«

»Erzählen Sie mir einfach, was Ihnen aufgefallen ist.«

»Erstens sind die Informationen über Ihre ärztliche Behandlung erschreckend unvollständig. Eigentlich ist es gar keine Krankenakte, wie man sie von Kliniken bekommt. Eher eine einseitige Zusammenfassung, die jemand runtergetippt hat, um sie uns zu schicken. Und sie umfasst geradeso das Nötigste.«

»Eine Seite? Ich lag wochenlang im Krankenhaus.«

»Das weiß ich. Es ist nur eine Zusammenfassung der Verletzungen. Ich weiß, welche Rippen gebrochen waren, aber nicht, welche Schmerzmittel Sie bekommen haben.«

»Müssen Sie das denn wissen?«

Sie schüttelt den Kopf. »Nicht unbedingt, Sie sind ja nicht wegen Tablettensucht in Behandlung. Aber richtig ist es nicht. Wenn die Krankenakte angefordert wird, sollten nicht nur so halbherzige Informationen darin stehen. Bezüglich Ihres Kopfes steht da nur, dass der Patient verwirrt war, vermutlich aufgrund einer Kopfverletzung.«

Ich schnaube. »Wow. Wie hilfreich.«

»Genau.« Wieder kaut sie auf ihrer Unterlippe, was mir verrät, dass da noch etwas kommt. »Verglichen damit enthielt die Akte viel mehr Informationen über Ihren akademischen Werdegang, samt einer Kopie Ihrer Noten aus dem ersten Semester. Gute Arbeit übrigens, alles Einsen.«

»Danke. Ich habe zwar nicht an den Abschlussklausuren teilgenommen, alle anderen Leistungen aber schon erbracht. Deshalb habe ich überhaupt erst geklagt – um die Kurse anerkannt zu bekommen.«

Sie schaut auf die Notizen auf ihrem Block. »Sie hatten Chemie belegt, eine Einführung in die Psychologie, einen Mathekurs, ein Seminar über Chaucer und Spanisch. Ihnen wurden Kurse anerkannt, an die Sie sich heute gar nicht erinnern.«

»Zu dem Zeitpunkt konnten sie noch nichts von meinem Gedächtnisverlust ahnen«, wende ich ein.

»Stimmt. Deshalb kam mir das beim ersten Lesen auch nicht komisch vor.«

»Jetzt aber schon?«

Als sie die Stirn runzelt, verspüre ich aus Vorahnung ein Kribbeln im Nacken. »Ungefähr vor einem Monat sind wir beide abgeschweift und haben uns über Liminalität in den *Canterbury-Erzählungen* von Chaucer unterhalten.«

Ich lache leise. »Ja, stimmt. Es macht auch mehr Spaß, über Chaucer zu reden als über sich selbst.«

»Schon klar.« Sie lächelt. »Wann haben Sie Chaucer zum ersten Mal gelesen?«

»Sie meinen, irgendwas von ihm?«, frage ich. »Keine Ahnung.«

»Haben Sie die *Canterbury-Erzählungen* in der Highschool gelesen?«

Jetzt schwitze ich und weiß nicht mal, warum. »Diese Geschichten sind doch überall. Darauf wird in Millionen anderen literarischen Werken Bezug genommen.«

»Hmm. Aber Sie konnten auf Mittelenglisch aus *Die Erzählung des Ritters* zitieren.«

Langsam dämmert mir, was Lenore zu sagen versucht. »Sie glauben, ich erinnere mich an manches aus dem Seminar.«

»Sie erinnern sich an Chaucer«, sagt sie mit Bedacht. »Aber nicht daran, in dem Seminar gesessen zu haben.«

»Stimmt«, sage ich. »Und auch nicht an den Namen des Professors. Ja. Okay, das ist seltsam. Hirnverletzungen sind seltsam.«

»Ihre ist ganz besonders seltsam«, meint sie.

»Inwiefern?«, frage ich.

Sie stützt die Ellbogen auf den Schreibtisch und legt den Kopf in die Hände. »Rickie, ich habe keinerlei medizinische Erfahrung mit Schädel-Hirn-Traumata. Deshalb habe ich mich letztes Wochenende eingelesen, und ich konnte keinen einzigen Fall mit einer ähnlichen Symptomatik wie bei Ihnen finden, wo so viele Erinnerungsstücke dermaßen ungetrübt erhalten geblieben sind.«

»Es gibt durchaus andere Fälle. Zum Beispiel einen Vorstandsvorsitzenden, der im Bad ausgerutscht ist und sämtliche Erinnerung an sein bisheriges Leben verloren hat.«

»Von dem habe ich gelesen«, sagt sie ruhig. »Bei einem MRT seines Hirns zeigte sich eine Durchblutungsstörung im rechten Temporallappen.«

Das stimmt. Wohingegen auf meinem Hirnscan keinerlei solche Anomalien zu erkennen waren. »Der Mann hatte nach seinem Unfall außerdem Lernschwierigkeiten. Probleme, neue Erinnerungen abzuspeichern. Ich nicht.«

Lenore nickt ruhig.

In mir ist ganz und gar nichts ruhig. Denn ich weiß, was Lenore damit andeuten will. »Sie glauben, ich habe gar kein Schädel-Hirn-Trauma mehr.«

»Das ist eine Erklärung«, sagt sie wohlüberlegt.

Und mir wird klar, dass es sogar noch gruseliger ist. »Sie glauben, ich hatte *nie* eins. Sie glauben, mein Gedächtnisverlust ist nur psychisch bedingt?« Meine Stimme wird seltsam hoch. »Wie bei einer … dissoziativen Fugue. W…wie nennt man das heute noch mal?« Dann beantworte ich die Frage selbst. »Psychogene dissoziative Amnesie.« Mein Herz rast, und ich habe ein Rauschen in den Ohren.

»Das wäre eine extreme Interpretationsweise«, sagt sie. »Diese Benommenheit, an der Sie nach dem Unfall gelitten haben, klingt schon sehr nach einer Gehirnerschütterung.«

»Aber die war nach einigen Wochen wieder weg.«

Sie betrachtet mich abwartend.

Galle steigt mir die Kehle hoch. Womöglich muss ich mich

übergeben. Seit wann ist dieses Sprechzimmer so winzig? Ich stehe auf und öffne schnell Lenores Fenster, um die Sommerluft hereinzulassen, strecke den Kopf hinaus und atme durch. Der Anblick des grünen Rasens unten beruhigt mich ein bisschen.

Tief durchatmen, sage ich mir selbst. Ich hatte schon lange keine Panikattacken mehr. Monatelang nicht. Und jetzt habe ich seit gestern schon die zweite.

Panikattacken sind übrigens eine äußerst seltene Begleiterscheinung von Schädel-Hirn-Traumata.

Was, wenn ich nie eines hatte?

Als ich mich wieder zu Lenore umdrehe, guckt sie besorgt. Ich mache ihr gerade Angst. Und das ist ehrlich gesagt das Erschreckendste überhaupt. Ihre Angst. »Shit, ich werd schon nicht *springen*.«

»Ich weiß«, sagt sie schnell. »Ich bin keine Ärztin, okay? Ich habe mit mir gerungen, ob ich das Ganze überhaupt ansprechen soll. Aber nach dem erneuten Lesen der Akte hatte ich so einen Verdacht. Und ich habe mich damit an meinen Fachberater gewandt, der fand, dass Sie und ich das besprechen sollten.«

Besprechen klingt so harmlos. »Sie glauben, mein Gedächtnisverlust ist rein psychisch bedingt.«

»Ich halte es für *möglich*. Ehrlich gesagt ist mir der Gedanke nicht zum ersten Mal gekommen«, flüstert sie.

»Und da haben Sie nie etwas *gesagt*?« Wut steigt in mir hoch, dabei weiß ich, dass sie das nicht verdient hat. Aber wann ist denn jetzt mal wieder Schluss?

»Rickie, Sie sind der intelligenteste Patient, den ich habe – vielleicht sogar der intelligenteste Mensch, den ich kenne ...«

»Sie wollten, dass ich selbst darauf komme«, sage ich schwerfällig.

»Es war nur ein Verdacht«, sagt sie. »Mein Job ist es, Ihr Trauma zu lindern, statt es noch zu verstärken. Außerdem gab es keinerlei Beweise. Und vergessen wir mal nicht, dass ich noch nicht besonders erfahren bin und dass es in diesem Fall keine anständige Krankenakte gibt. Nichtsdestotrotz war ich offen dafür, der Theorie nachzugehen, falls Sie selbst je darauf kommen sollten.«

Ich bin jedoch nie darauf gekommen. Na, aus mir wird ja mal ein toller Seelenklempner. »Ich könnte noch mal ein MRT machen lassen«, schlage ich vor. »Das letzte war ohne Befund.«

»Könnten Sie«, stimmt sie mir zu. »Vielleicht gibt es eine Klinik, die noch empfindlichere Geräte hat. Wir könnten das recherchieren. Aber wenn der neue Hirnscan auch ohne Befund bliebe, würde uns das trotzdem nicht weiterbringen. Es könnte dennoch eine organische Ursache geben, die man auf dem MRT nicht sieht.«

»Ich habe es so satt, nichts zu wissen«, sage ich unnützerweise. »Und Ihre Theorie gefällt mir gar nicht.«

»Warum?«, fragt sie.

»Was soll das heißen, *warum*? Ich war so wütend über meinen Gedächtnisverlust, und jetzt sagen Sie mir, dass ich selbst dran schuld bin.«

»Wow, stopp«, sagt sie und zeigt mit dem Finger auf mich. »Jetzt geht dieses Gespräch aber in eine ganz falsche Richtung.«

»Ich weiß«, brumme ich. »Aber ich war letztes Jahr Gastredner in einem Seminar über kognitive Psychologie. Wissen Sie noch? Alle waren total beeindruckt davon, dass ich alles über die Diagnostik von Gedächtnisstörungen wusste. Nur dass ich bei meiner eigenen komplett danebenlag.«

»Rickie, tut mir leid, Ihnen das sagen zu müssen, aber wenn Sie mal klinischer Psychologe werden, befassen Sie sich *ein*

Leben lang mit den psychischen Problemen anderer Leute, ohne sich je sicher zu sein, ob Sie Ihre eigenen richtig erkennen. Wir selber sind immer unsere schlimmsten Patienten.«

»Das ist mir schon klar«, brumme ich.

»Ein Problem nach dem anderen«, sagt sie sanft. »Das alles ändert doch nichts.«

»Wie können Sie das sagen? Meine Behandlung sollte sich ändern. Ich sollte über solchen Scheiß wie Hypnose nachdenken.«

»Diese Möglichkeit stand Ihnen stets offen. Aber Sie meinten zu mir, Hypnose ist was für Trottel. Ihre Worte.«

Ich lache bitter. »Stimmt.« Ich stehe auf. »Unsere Zeit ist um, oder?«

»Fast«, stimmt sie zu. »Aber setzen Sie sich noch mal kurz. Ich möchte nicht, dass Sie aufgebracht oder durcheinander hier rausgehen.«

»Ich bin jetzt schon ein paar Jahre lang aufgebracht und durcheinander«, erwidere ich. »Heute macht da auch keinen Unterschied.«

»Oh doch«, sagt sie ruhig.

Ich weiß, dass sie recht hat. Nur weiß ich nicht, was ich dagegen machen soll. »Wie wär's, wenn Sie bei der Academy anrufen? Es ist mindestens ein Jahr her, dass irgendwer die meinetwegen genervt hat. Wie wär's, wenn Sie auf der Krankenstation anrufen und um eine Kopie meiner Krankenakte bitten?«

Sie tippt mit dem Zeigefinger auf ihren Schreibtisch. »Bin dabei. Aber wenn die bisher keine Hilfe waren, wird es jetzt wahrscheinlich nicht anders sein.«

»Mag sein«, gebe ich zu. »Aber was, wenn jemand Neues ans Telefon geht? Irgendwo gibt es jemanden, der weiß, was mir an jenem Abend zugestoßen ist. Ich meine – lügen Sie die doch an, wenn's sein muss. Behaupten Sie, ich hätte eine Krise. Dass ich psychotisch wäre. Fragen Sie, ob auf mich geschossen wurde oder ich durch die Luft geflogen bin. Ist mir egal, wie absurd Sie werden. Wenn die es dementieren, hauen sie dabei vielleicht irgendeine neue Info raus. Tun Sie, was immer nötig ist.«

Sie atmet einmal tief durch. Ich merke, dass sie darüber nachdenkt.

»Bitte«, flüstere ich. »Mir ist klar, dass es wahrscheinlich nichts bringen wird. Aber versuchen Sie's einfach.«

»Okay«, sagt sie, »okay.«

»Mehr möchte ich gar nicht.« Daraufhin gehe ich hinaus und lasse Lenore mit besorgter Miene zurück.

26

Daphne

Ich bin total frustriert. Das ist wohl nichts Neues. Ich bin schon den ganzen Sommer frustriert über meine Lage.

Nur bin ich jetzt auch noch *sexuell* frustriert. Das ist neu. Und daran ist nur Rickie schuld.

Nachdem Violet wieder gefahren war – und mir das Versprochen abgenommen hatte, ihr von jeder noch so kleinen Entwicklung zwischen Rickie und mir zu berichten –, ging ich davon aus, ein bisschen Zeit mit ihm zu haben.

Aber nein. Stattdessen macht mein idiotischer Bruder mit Rickie einen Männertrip in die White Mountains, wo sie innerhalb von vier Tagen drei Gipfel der Presidential Range hochwandern wollen.

Ratet mal, wer die Kühe melken muss, solange sie weg sind? Meine Wenigkeit. Chastity und ich stehen vier Tage nacheinander in aller Herrgottsfrühe im Stall. Sie ist um sieben Uhr morgens unfassbar fröhlich. Vor einem Jahr hatte sie noch Bammel davor, sich am College einzuschreiben, und fragte sich, ob sie ihren Platz im Leben findet.

Aber jetzt verhält sie sich, als hätte sie einen geheimen Vorrat Glückspillen gefunden, den sie mit keinem teilt. Sie lebt ihren Traum, plant ihre Zukunft mit meinem Bruder und ist dermaßen verliebt, dass es einen nicht wundern würde, wenn sie bei Sonnenuntergang über eine Gänseblümchenwiese hüpfte.

Unterdessen ist es oben im Flur für meinen Geschmack viel zu ruhig. Das Wetter ist endlich kühler, ich aber nicht. Jeden Abend liege ich im Bett, lausche dem Gezirpe der Grillen und fühle mich einsam.

Ist es verrückt, jemanden zu vermissen, von dem ich dachte, dass ich ihn gar nicht hierhaben will? Ich denke oft an den Ausdruck in seinen grauen Augen, als er mich im Bett geküsst hat. Als wäre ich ein kostbares Geschenk, das man festhalten und erkunden muss. Manchmal ertappe ich mich dabei, wie ich so breit grinse, dass ich seufzend das Gesicht ins Kissen drücke.

Seine Anziehungskraft auf mich behagt mir nicht. Wenn ich mich so fühle, endet es meistens in einer Katastrophe.

»Ach komm, Daphne«, sagte Violet vor ihrer Abfahrt. »Rickie scheint toll zu sein. Es können doch nicht *alle* Männer wie Reardon sein.« Das hat mich nicht gerade überzeugt, denn mein Datenstamm dazu ist noch klein.

Aber dann sagte sie noch etwas, womit sie mich gekriegt hat. »Wenn du es nicht probierst, dann hat Reardon gewonnen.«

Das stimmt. Ich darf nicht zulassen, dass Reardon Halsey mein ganzes Leben nachhaltig beeinflusst. Er mag letzten Endes sämtliche meiner beruflichen Ambitionen zunichtemachen, aber daran bin ich dann selbst schuld. Ich werde für meine Fehler bezahlen.

Aber hierfür bestimmt nicht. Außerdem wäre es doch schrecklich, wenn Reardon der einzige Mann bliebe, den ich je an mich herangelassen habe, oder? Vorerst hat mich der Kerl geschickt ausgeschaltet. Er kann mich um den Job bringen, aber nicht um mein Lebensglück.

Das lasse ich nicht zu.

Theoretisch jedenfalls nicht. Mit dieser kühnen Entscheidung wälze ich mich im Bett herum, und nicht mal die kalte

Vermonter Luft, die durchs Fenster hereinströmt, kann meine vor Verlangen erhitzte Haut abkühlen.

Rickie und mein Bruder kehren am Dienstagabend zurück. Sie kommen bei Sonnenuntergang in Dylans Pick-up angefahren, während ich gerade mit meiner Mutter in der Küche stehe und das Essen für morgen vorbereite.

Mein Herz macht einen Satz, als ich draußen ihre Stimmen höre. Und es kostet mich enorme Beherrschung, weiter die Möhren zu schälen, obwohl ich zur Tür rennen möchte, wie Chastity es gerade macht.

»Hey! Wir sind mitten in einer Partie«, beschwert sich Grandpa vom Esszimmer aus.

»Du gewinnst doch sowieso«, sagt sie lachend. Dann knutscht sie Dylan ab, der zur Küchentür hereinkommt.

»Tachchen!«, ruft er, nachdem er ihr einen Begrüßungskuss gegeben hat. »Wir sind total verdreckt, und Rickie hat sich einen Sonnenbrand geholt. Aber wir haben alle drei Gipfel gepackt.«

»Gratuliere«, sagt meine Mutter und wischt sich die Hände an ihrer Schürze ab. »Habt ihr schon was gegessen?«

»Worauf du dich verlassen kannst. Wir gehen wohl besser nacheinander unter die Außendusche. Es ist echt übel. Danach komm ich aber wieder und kümmer mich um die Dreckwäsche hier.« Er wirft eine Tasche in den Flur. »Du kommst mal schön mit mir mit, Schatz.« Er nimmt Chastity bei der Hand, und sie verschwinden nach draußen.

Rickie kommt gar nicht erst ins Haus. Ich hätte fast Lust, ihm nachzulaufen, um mir auch einen Begrüßungskuss zu holen. Oder – seien wir ehrlich – um einen Blick auf seinen nackten Körper unter der Außendusche drüben neben der Schlafbaracke zu erhaschen.

Aber ich tue ganz cool und warte ab.

Schon gewusst? Cool zu tun ist der letzte Mist. Rickie klopft am Dienstagabend überhaupt nicht an meine Tür. Nicht mal zu Gesicht kriege ich ihn bis zum Frühstück am Mittwochmorgen, als ich Pancakes backend in der Küche lauere und wie eine Stalkerin die Treppe im Auge behalte, ob er auftaucht.

Als er sich endlich blicken lässt, fällt mir als Erstes auf, dass aus seinem Sonnenbrand schon eine goldene Bräune wird. Als Zweites merke ich jedoch, dass er den Blickkontakt mit mir meidet.

»Morgen«, sagt er kleinlaut. »Wie geht's dir so?« Sein Blick ist woanders.

»Gut«, antworte ich, aber mir sinkt das Herz. Ich schenke ihm einen Becher Kaffee ein, *zwinge* ihn dann aber, mich anzusehen, als ich ihm den Becher gebe. Und ich mache mich darauf gefasst, Bedauern oder Desinteresse in seiner Miene zu lesen. Wieso sollte er mir denn sonst aus dem Weg gehen, außer wenn er seine Meinung über unsere ultraheiße Dusche letzte Woche geändert hat?

Endlich sieht er mir in die Augen, und ich stelle schockiert fest, dass er dunkle Ringe unter den Augen hat. Er sieht aus, als hätte er eine Woche lang nicht geschlafen. Dabei scheine ich meine Überraschung ziemlich schlecht zu verbergen, denn er zuckt zusammen. »Alles okay bei dir?«, flüstere ich.

»Na klar«, sagt er. Als er mir den Kaffeebecher abnimmt, streicht er geschickt mit dem Zeigefinger über meinen Handrücken, sodass meine Haut zu kribbeln anfängt.

Ermutigt von dieser kleinen zärtlichen Geste sehe ich zu ihm hoch. Doch da geht die Hintertür auf, und Rickie dreht sich von mir weg, als Dylan mit Chastity im Schlepptau hereinkommt.

»Uuuh, Pancakes«, sagt mein Bruder und nimmt sich einen Teller.

»Du bist heute mit dem Abwasch dran«, stelle ich klar. »Es ist Mittwoch, wir fahren also um zehn nach Burlington.«

»Ja, weiß ich«, sagt mein Bruder, klaut einen Pancake direkt aus der Pfanne und gibt Chastity den Teller. »Rickie bleibt heute hier.«

»Was?«, sage ich, und es kommt zu schrill heraus. »Wieso denn?«

Der fragliche Mann greift nach der Schöpfkelle, um eine neue Portion Teig in die Pfanne zu gießen. »Ich helf Dylan, mit ein paar Instandhaltungsarbeiten voranzukommen, und werde dann einfach per Zoom an meiner Vorlesung teilnehmen.«

»Oh«, sage ich geknickt. Genau den Vorschlag habe ich vor einigen Wochen gemacht, als ich mich von Rickie fernhalten wollte.

Und jetzt, wo er ihn umsetzt, bin ich voll enttäuscht.

»Aber keine Sorge!«, sagt Dylan, ohne mir meine Verzweiflung anzumerken. »Stattdessen kommt Chastity mit dir mit. Du wirst zwar fahren müssen, aber sie springt schnell raus und bringt die Lieferungen rein, dann brauchst du nicht zu parken.«

»Okay, gut«, sage ich heiter. »Aber was will sie denn fünf Stunden lang machen, während ich arbeite?«

»Einen Laptop kaufen!«, kräht Chastity und kommt wieder in die Küche gehüpft. »Ich habe lange auf diesen Tag gewartet, und jetzt habe ich endlich das Geld zusammen.« Sie strahlt wie ein Honigkuchenpferd.

Nicht mal ich bin Zicke genug, um ihr die Freude zu verderben. »Okay, das ist ja toll.«

»Wenn sie ihn mir im Laden eingerichtet haben, vertreibe ich mir die Zeit in der Bibliothek. Das passt schon.«

Das wäre dann wohl geklärt. Ich backe noch ein paar Pancakes für mich und meine Mom. Und dann mache ich mich startklar für die Fahrt.

Eine Stunde später mache ich auf dem Highway nach Burlington ordentlich Strecke, im Gepäck die Apfelschnapslieferung – und Chastity.

Die Unterhaltung läuft zäh. Wahrscheinlich wird Chastity eines Tages meine Schwägerin, ich sollte mich also echt bemühen.

Sie und ich haben nicht viel gemeinsam, aber das ist eigentlich nicht das Problem. Ich bin abgelenkt, weil ich so viele Fragen auf dem Herzen habe. Wieso sah Rickie so fertig aus? Und warum schwänzt er unseren Mittwoch?

Unseren Mittwoch. Wie ich mich anhöre! Ich erkenne mich selbst nicht wieder. Erneut überkommt mich der Frust. Wer hält mit mir jetzt bei der Eisdiele und wirft mir diesen Anmachblick zu?

Genau aus dem Grund meide ich heiße Tattoo-Typen mit hübschen grauen Augen. Sie machen süchtig.

»Hey, Daph?«, sagt Chastity auf einmal.

»Entschuldige, was?«, frage ich schuldbewusst. »Ich war ein bisschen abgelenkt.«

»Schon okay. Ich habe gerade übers nächste Semester nachgedacht. Ich weiß, dass das Geld dieses Jahr knapp ist. Ich meine, Geld ist immer knapp. Aber ich weiß auch, dass dich das, äh, beschäftigt.«

»Wohl wahr.« Haben sie über mich gesprochen? Ist es schlimmer, als ich dachte?

»Ich habe mich bloß gefragt, warum es für dich nicht infrage kommt, auch mit bei Rickie in Burlington einzuziehen. Ein Zimmer ist noch frei. Außerdem ist es *echt* günstig.«

»Wie günstig denn?«, höre ich mich fragen. Als Dylan mir das letztes Weihnachten vorgeschlagen hat, lehnte ich ab. Ich wollte nicht, dass mein Bruder seine Nase in meine Angelegenheiten steckt.

Will ich immer noch nicht. Aber sehr bald ist die erste Rechnung fürs Wohnheim fällig. Und inzwischen habe ich einen besseren Überblick über die finanzielle Belastung, außerdem wäre da ja später noch mein Masterstudium.

»Das Haus gehört Rickie. Ich weiß nicht genau, wieso. Er redet nicht darüber. Aber Dylan und ich steuern die nächsten Semester nur so hundert Dollar pro Monat bei. Rickie bezahlt die Steuern von dem, was er diesen Sommer an Miete einnimmt.«

»*Einhundert* Dollar?« Das kann nicht stimmen.

»Hat er gesagt. Das deckt die Heizkosten und übrigen Nebenkosten. Rickie meint, auf eine Miete im eigentlichen Sinn kann er verzichten. Darum haben Dylan und ich beschlossen, dass sämtliche Einkäufe auf uns gehen. Selbst wenn wir für Rickie mitbezahlen, ist es immer noch viel billiger als die Verpflegungskosten im Wohnheim.«

»Wow. Das ist verrückt. Rickie ist verrückt. Er könnte doch viel mehr kriegen.«

»Da hast du nicht unrecht. Aber Geld scheint ihm egal zu sein. Also denk drüber nach, ja? Das fünfte Zimmer ist ziemlich klein, und es steht noch kein Bett drin. Aber wenn du mit einziehst, würde ich das kleine Zimmer nehmen und es als Büro nutzen. Denn machen wir uns nichts vor, ich werde sowieso meistens ins Dylans Zimmer schlafen.«

Ich kichere.

»Ja, ich weiß«, sagt sie. »Aber wir können es runterschrauben, wenn das hilft.«

»Was runterschrauben?«

»Die öffentlichen Liebesbekundungen und das frühe Zubettgehen.« Sie seufzt. »Mir ist klar, dass wir nicht unbedingt leicht zu ertragen sind. Aber ich möchte nicht der Grund sein, warum du für ein Wohnheimzimmer bezahlst. Ich will dich nicht abschrecken, wenn diese Lösung doch deiner ganzen Familie helfen würde.«

Du lieber Himmel. »Chastity, du schreckst niemanden ab. Versprochen. Als Dylan das Haus erwähnt hat, habe ich automatisch Nein gesagt. Ich wollte mich nicht aufdrängen.«

»Oh«, sagt Chastity leise. »Aber warum denkst du das denn? Dylan hätte es Rickie nicht vorgeschlagen, wenn er dich nicht dahaben wollen würde.«

»Ich nehme an, da hast du recht«, sage ich, obwohl ich nicht davon überzeugt bin. Dylan hält mich für eine verklemmte Langweilerin. Er hat mich wahrscheinlich bloß aus Pflichtgefühl gefragt und gehofft, dass ich Nein sage.

»Denk einfach mal drüber nach«, sagt Chastity. »Ich glaube, das könnte nett werden.«

»Zu viel Testosteron im Haus?«, frage ich mit einem Lachen. Momentan ist sie die einzige Frau unter drei Männern.

»Nein, das ist es nicht. Ich mag deine Gesellschaft einfach. Es gibt auf dieser Welt jede Menge Lästerschwestern, mit denen ich nichts anfangen kann. Aber du bist immer geradeheraus.«

»Oh«, sage ich erstaunt über dieses Kompliment. Das ist eine sehr nette Betrachtungsweise meiner sehr direkten Art. »Danke.«

»Gerne.« Wieder stellt sich Schweigen ein, doch nur für einen Moment. »Hey, Rickie meinte, dass ihr euch auf dem Heimweg manchmal ein Eis holt. Kriege ich auch eins?«

»Klar«, sage ich schnell. »Wieso nicht?«

27

Rickie

Die Sonne brennt auf meinen nackten Rücken nieder, während ich mich hinknie, um eine weiße Papiermanschette vom Fuß eines Apfelbaums abzunehmen. Dylan und ich drehen eine schnelle Runde über die Obstplantage, entfernen Schädlingsfallen, sammeln erstes Fallobst ein und werfen es in eine Komposttonne, die hinten am Traktor hängt.

»Wenn wir sie einfach zum Verrotten liegen lassen, kriegen wir Schädlinge und Krankheiten«, hat Griffin erklärt.

Es ist eigentlich keine harte Arbeit, doch der Tag wird wieder mal brüllend heiß. Außerdem werde ich ständig durch Nachrichten von Lenore unterbrochen, die nicht glücklich darüber ist, dass ich unseren heutigen Termin abgesagt habe. Wieder plingt mein Handy dreimal kurz nacheinander.

»Probleme?«, fragt Dylan von der anderen Seite derselben Baumreihe.

»Sorry«, murmele ich. »Ich sag ihr nur schnell, dass ich zu tun habe.«

»Klar, Mann. Wir brauchen eh eine Trinkpause.«

Ich hole mein Handy heraus.

Lenore: Bitte melden Sie sich bei mir. Sie waren letztes Mal sehr aufgebracht, jetzt scheint mir der falsche Zeitpunkt zu sein, einen Termin ausfallen zu lassen.

Rick: Es geht mir gut. Ich bin bloß müde, weil ich ein langes Wochenende mit Konfrontationstherapie hinter mir hab. Ist nicht besonders gut gelaufen, aber davon erzähle ich Ihnen nächste Woche.

Lenore: Ich dachte, wir wollten dieses Vorhaben »besprechen«, bevor Sie es in die Tat umsetzen.

Rick: Mir bot sich eine gute Gelegenheit. Drei Nächte in einer Wanderhütte. Nirgendwo Schlösser an den Türen. Vertrauen ist alles, stimmt's? Und neben schwitzenden Fremden schlafen.

Lenore: Das ist für mich die reinste Horrorvorstellung. Haben Sie die drei Nächte durchgehalten?

Rick: Geradeso. In der dritten Nacht hab ich tatsächlich ein bisschen geschlafen. Bin mir nicht sicher, ob das ein Fortschritt war oder nur Erschöpfung.

Lenore: Bitte melden Sie sich morgen. Ich hätte auch wieder am Freitag Zeit.

Rick: Nächste Woche. Zur üblichen Zeit. Ich versprech's. Sorry wegen des abgesagten Termins.

Als ich hochschaue, stelle ich fest, dass Dylan mich beobachtet. Nachdem ich mein Handy eingesteckt habe, wirft er mir eine Wasserflasche zu. »Alles okay?«, fragt er.

»Ja. Alles gut. Ich treffe mich normalerweise jeden Mittwoch mit jemandem. Sie ist bloß sauer, dass ich ihr abgesagt habe.«

Dylans Augenbrauen gehen einen Millimeter nach oben, was so ziemlich das Höchstmaß an Schock bei ihm ist. »Du hast 'ne Freundin in Burlington? Nee, oder?«

»Ach was. Keine Freundin. Wir wissen doch beide, dass ich in deine Schwester verschossen bin.«

Dylan grinst und schüttelt den Kopf.

»Dieser Mittwochstermin ist bei meiner Therapeutin.«

»Oh«, sagt er und zuckt angesichts dieses kleinen Geständnisses nicht mal mit der Wimper. Wie immer nimmt Dylan es einfach, wie's kommt. »Wenn du dein Handy schon dabeihast, könntest du dann mal nach dem Wetter gucken? Ich hätte nicht gedacht, dass es schon wieder so heiß wird. Wir haben erst Mittag.«

»Klar, Mann.« Ich hole das Smartphone raus und sehe nach. »Höchstwert heute einunddreißig Grad, morgen zweiunddreißig.«

»Verdammt.« Er leert sein Wasser. »Wenigstens war's kühler, als wir wandern waren.«

Wir stellen die Wasserflaschen auf den Traktor, und Dylan fährt die Komposttonne ein Stück weiter vor. Dann machen wir uns wieder an die Arbeit. Ich habe Muskelkater in den Beinen, weil wir drei Eintausender in drei Tagen bestiegen haben. Und wegen des Schlafmangels bin ich müde bis auf die Knochen.

Letzte Nacht habe ich im Farmhaus bei verschlossener Tür acht Stunden Schlaf gekriegt. Aber das hat meine Erschöpfung kaum gemildert. Ganz wie ich es in Erinnerung hatte, boten die Wanderhütten jemandem, der nicht neben anderen Menschen schlafen kann, die perfekten Bedingungen für eine Konfrontationstherapie. Konfrontationstherapie zwingt einen, sich dem auszusetzen, was einen wahnsinnig macht. Sie soll der Psyche zeigen, dass es keinen Grund gibt, Angst zu haben.

Das ist umstritten, weil die Patienten es hassen. Und viele Therapeuten ebenso. Wer möchte seine Patienten schon zum Weinen bringen oder eine Krise bei ihnen auslösen?

Andererseits funktioniert die Methode. Zum Beispiel sprechen Teenager mit sozialen Phobien sehr schnell auf eine Konfrontationstherapie an, die sie zwingt, in einer ansonsten sicheren Umgebung mit Fremden zu interagieren.

Jedenfalls ist das die Idee dahinter. Und es stimmt, dass ich durch die Übernachtungen in verschiedenen Berghütten gezwungen war, mich meinen Phobien zu stellen. Ich war schon angespannt, als ich nur ins Zimmer ging, um vor dem Abendessen meinen Rucksack abzustellen. Es gab acht Schlafplätze – vier in die Wände eingebaute Stockbetten.

Ich gruselte mich schon allein beim Anblick dieser Betten. »Kann ich oben schlafen?«, habe ich Dylan gefragt, als er seinen Rucksack absetzte.

»Klar«, sagte er leichthin.

Ich legte meinen Rucksack auf das obere Bett und ging sofort wieder hinaus. Doch ein paar Stunden später merkte ich, wie ich mit Angst im Bauch auf dieses verdammte Bett kletterte. Selbst das Knarzen der Holzleiter machte mich nervös.

Dabei ergab das null Sinn. Die anderen Wanderer waren gut gelaunte Leute um die zwanzig wie wir, total nett und höflich. Das Bett war recht bequem. Und durch die offenen Fenster wehte frische Bergluft herein.

Aber das war egal. Ich lag stundenlang wach und lauschte dem friedlichen Schnarchen der anderen. Sie kriegten ihre dringend benötigte Erholung, während ich bloß Wut kriegte.

Bis letzte Woche dachte ich, meine Probleme wären auf eine physische Verletzung zurückzuführen. Ich kam mir dämlich vor, weil mein Leben durch meine eigene Leichtsinnigkeit aus den Fugen geraten ist. Aber immerhin fühlte es sich wie etwas an, das jedem passieren könnte. Bloß Dummheit gepaart mit Pech.

Nun wusste ich nicht mehr, was ich denken sollte. Welches traumatische Ereignis könnte so furchtbar sein, dass ich es aus Selbstschutz vergessen habe? Das ist lächerlich, besonders wenn man gar nichts anderes will, als sich zu erinnern.

Es war bloß ein Schlag auf den Kopf, redete ich mir um drei oder vier Uhr morgens ein.

Aber warum konnte ich dann nicht schlafen? Und wieso die Panikattacken?

Hier zwischen den Obstbäumen finde ich heute keine Antworten. Ich hebe einen weiteren heruntergefallenen Apfel auf und schleudere ihn mit solcher Wucht in die Komposttonne, dass er abprallt und Dylan am Hintern trifft.

Er wirbelt herum. »Ey, was sollte das denn?«

»Sorry«, sage ich knapp. »Schlecht gezielt.«

Er sieht mich mit zusammengekniffenen Augen an. Ich muss wohl ziemlich verwirrt aussehen, denn er wirkt eher besorgt als wütend. »Geht's dir gut? Du scheinst irgendwie neben dir zu stehen.«

»Ich bin bloß müde«, brumme ich. »Das mit dem Neben-Fremden-Schlafen hat nicht so recht geklappt.«

Er macht ein langes Gesicht. »Tut mir leid. Das war 'ne blöde Idee.«

»Ich hab doch selbst vorgeschlagen, es zu versuchen«, widerspreche ich. »Ich werd's schon überleben.«

Nach einem kurzen Zögern beschließt Dylan, sich keine Sorgen deswegen zu machen. Er dreht sich um und hebt noch einen Apfel auf. Gott segne die Shipleys. Dylan ist total klar im Kopf. Genau wie seine ganze Familie.

Ich hätte niemals was mit Daphne anfangen sollen. Was für eine bekloppte Idee. Wer will denn schon in so was reingezogen werden?

Als ich mich zum vierhundertsten Mal heute runterbeuge, ertappe ich mich dabei, wie ich an sie bei der Arbeit in Burlington denke. Was sie wohl gerade macht? Wahrscheinlich einen Plan aushecken, wie sie die Welt erobert.

Ich lächle dümmlich. Aber dann fällt mir ihr Gesichtsausdruck wieder ein, als Dylan ihr sagte, dass ich heute nicht in die Stadt fahre.

Enttäuschung.

Das ärgerte mich. Ich bin praktisch schon dafür bekannt, sie zu enttäuschen. Gehen wir es mal durch: Zuerst habe ich sie versetzt. Dann bin ich voll rangegangen und hab im Bett die Panik gekriegt. Es wird eine ganze Weile dauern, bis ich an diesen Nachmittag denken kann, ohne wegschleichen und mich verstecken zu wollen.

»Du, Rick?«, unterbricht Dylan meine Selbstvorwürfe.

»Ja?« Ich richte mich auf und sehe ihn an.

»Ich muss einfach fragen – gilt das mit der geringen Monatsmiete kommendes Jahr immer noch?«

»Ja, natürlich. Daran hat sich nichts geändert. Ihr sollt nur für die Nebenkosten aufkommen. Durch die Mieteinnahmen diesen Sommer sind die Steuern schon bezahlt.«

Er wirft einen Stock in die Tonne. »Daphne hat nicht gesagt, dass sie mit einzieht. Dann musst du es also neu durchrechnen, oder?«

»Kann sein …« Ich zucke mit den Schultern. »Brauche ich aber glaube ich nicht. Wir reden hier von kleinen Summen.«

»Okay.« Dylan reibt sich den Nacken. »Aber du hast die Schecks immer noch nicht eingelöst? Der Deal mit der geringen Miete steht, sofern du dich diesen Sommer für deine Arbeit bezahlen lässt. Wir machen dann trotzdem noch ein Plus.«

»Ja, okay. Na gut.« Ich drehe mich um und bücke mich, um eine Manschette vom nächsten Apfelbaum zu ziehen.

»Eine Frage noch«, fährt Dylan fort. »Ich will wissen, ob du das verrückt findest – aber was würdest du sagen, wenn ich dir erzähle, dass ich überlege, einen Heiratsantrag zu machen?«

Meine Hand stoppt auf halbem Weg zu einem im Gras liegenden Apfel. Mein erster Gedanke ist: *Das ist absurd. Du bist zu jung zum Heiraten.* Aber nachdem ein paar Sekunden verstrichen sind, wird mir klar, dass Dylan nicht in derselben Lage ist wie ich. Außerdem kann er solche negativen Kommentare von seinen Freunden nicht gebrauchen.

Ich schließe die Hand um den Apfel und richte mich auf. »Schatzi, ich wusste gar nicht, dass du solche Gefühle für mich hegst. Ich fühle mich geschmeichelt, aber ich glaube nicht, dass ich schon bereit bin, diesen großen Schritt mit dir zu gehen.«

Dylan blickt Richtung Himmel.

»Sorry.« Ich lache in mich hinein. »Einerseits bin ich ein bisschen überrascht, andererseits auch nicht. Jeder kann sehen, dass ihr beiden mal ein Ehepaar werdet. Aber warum jetzt?«

»Weil ich keinen Grund sehe zu warten. Chastity hat im Grunde keine eigene Familie, und ich möchte ihr eine bieten, weißt du? Sie hat es verdient, sich wie ein vollwertiges Familienmitglied zu fühlen.«

Also das macht einen einfach nur demütig. Jetzt bin ich froh, die Klappe gehalten zu haben. »Schätze, dann fängst du mal besser an, für einen Ring zu sparen.«

»Das ist ehrlich gesagt noch der größte Knackpunkt an meinem Plan«, erwidert er mit einem Kopfschütteln. »Es gibt da so einen Juwelier in Montpelier, der nur Stücke von Vermonter Goldschmieden führt. Ich denk mir, der Stein braucht ja nicht riesig zu sein, solange er hübsch gemacht ist, oder?« Er verzieht das Gesicht.

»Dylan, das mag jetzt ein Schock für dich sein, aber Chastity steht nicht wegen deines Riesenvermögens auf dich.«

Er lacht herzhaft. »Okay, ja. Guter Einwand.«

»Aus dem Grund vermiete ich die Zimmer auch nicht teuer. Ich will nicht mit irgendjemandem zusammenwohnen. Ich brauche Leute um mich, denen ich vertrauen kann.«

Dylan wirft mir einen Blick von der Seite zu, bevor er eine weitere Insektenfalle von einem Baumstamm zieht. »Du wirst mal ein klasse Seelenklempner.«

»Hoffen wir's«, knurre ich.

»Musst du dich jetzt nicht in deine Vorlesung einloggen?«

»Mist.« Ich ziehe mein Handy hervor und sehe nach der Uhrzeit. »Ja, sorry. Ich sollte mich sputen.«

»Geh. Wir sehen uns beim Mittagessen.« Dylan winkt mir nach.

Ich schnappe mir mein T-Shirt und die Wasserflasche und jogge über die Obstwiese zum Farmhaus. Ich schaffe es rechtzeitig in mein Zimmer und logge mich ein, bevor mein Professor mit der Vorlesung beginnt.

Während ich warte, unterschreibe ich die drei Schecks von *Shipley Farms* und löse sie dann über meine Banking-App ein. Insgesamt sind es rund zweitausendvierhundert Dollar.

Nachdem das erledigt ist, mache ich mich bereit zum Zuhören. Aber die Vorlesung langweilt mich fast von der ersten Minute an. Vielleicht liegt's an meiner hundsmiserablen Motivation oder an der Distanz durch die Online-Schalte. Jedenfalls schweifen meine Gedanken ab, und ich ertappe mich dabei, wie ich im Internet nach einem Juwelier in Montpelier suche, der sich auf lokale Goldschmiede spezialisiert hat.

Er ist nicht schwer zu finden. Also rufe ich die Website auf und kaufe einen Geschenkgutschein im Wert von zweitausendvierhundert Dollar für einen gewissen Mr Dylan Shipley. Und sobald die Bestätigungsmail da ist, leite ich sie an Dylan weiter.

»Das ist für dich, Bro. Und übrigens: Ich habe die Schecks endlich eingelöst.«

28

Daphne

Diese Woche findet das Donnerstagsdinner bei unseren Freunden in Montpelier statt. Sophie und Jude laden uns gern alle paar Monate zu sich ein, und damit das klappt, fährt der ganze Shipley-Clan dann immer geschlossen hin.

Aber Rickie entschuldigt sich und bleibt zu Hause.

Er hat irgendwas. Das merke ich. Aber irgendwie erwische ich ihn nie mal kurz allein, sodass ich nachfragen könnte. Immer wenn ich einen Raum betrete, verlässt er ihn.

Im Grunde spielt er das gleiche Spiel wie ich vor einem Monat. Ich habe ihn den ganzen Juni über wie die Pest gemieden, selbst wenn er mich angelächelt hat. Besonders dann.

Ich gebe mir große Mühe, es nicht persönlich zu nehmen. Mein Bauchgefühl sagt mir, dass er mich nicht plötzlich satthat – sondern dass irgendetwas anderes los ist. Die dunklen Ringe unter seinen Augen sind neu, genauso wie der erschöpfte Gesichtsausdruck.

Doch meine alten Unsicherheiten haben es leicht, sich wieder anzuschleichen. Mein Herz ist wie unser alter Kubota-Traktor, der ständig repariert werden muss. Man ersetzt ein Teil, und sofort geht ein anderes kaputt.

Außerdem ist es nach wie vor Fakt, dass kein Mann, für den ich Gefühle hatte, diese je mit der gleichen Intensität erwidert hat. Langsam frage ich mich, ob es jemals einer tun wird.

Das hält mich jedoch nicht davon ab, darauf zu hoffen. Wo immer Rickie hingeht, ich behalte ihn im Blick. Am Freitagnachmittag gehe ich am Ciderhaus vorbei, wo Dylan und er zur Vorbereitung auf die erste Apfelpressung nächsten Monat schon einmal die Fässer ausschrubben sollen.

Sie sind am Diskutieren. Wie jeder Mensch mit drei Geschwistern es nun mal lernt, bleibe ich also wie eine fiese Wanze neben der offenen Tür stehen und lausche.

»Das hättest du nicht machen sollen«, sagt Dylan gerade.

Oh nein. Geht es hier etwa um mich?

»Wollte ich aber«, sagt Rickie mit leiser Stimme. »Ich kann tun, was mir gefällt.«

Hitze steigt mir ins Gesicht. *Bitte, lass es hier nicht um mich gehen.*

»Das ist zu viel«, sagt Dylan. »Ich hab nicht gern Schulden.«

Rickie seufzt genervt. »Deswegen hab ich's nicht gemacht. Du schuldest mir gar nichts. Das hatten wir doch schon.«

»Ich hätte noch warten können, weißt du. Ich bin geduldig.«

»Ja, aber jetzt kannst du dir den Zeitpunkt aussuchen. Ich brauchte das Geld nicht. Geld ist gerade so ungefähr das Einzige, worum ich mich nicht zu sorgen brauche.«

Vor Mitgefühl zieht sich mir das Herz zusammen. Was macht Rickie solche Sorgen?

»Dylan«, ertönt die Stimme meines anderen Bruders. »Jetzt bedank dich einfach. So schwer ist das doch nicht.«

»Jaja«, murmelt Dylan. »Okay, danke. Damit werd ich wie ein noch tollerer Hengst rüberkommen als so schon.«

Als Rickie lacht, bekomme ich von dem Geräusch Schmetterlinge im Bauch. »Siehst du, war das denn so schwer? Gern geschehen, Blödmann.«

Ich will gerade gehen, als ich Dylan meinen Namen sagen höre. »Hey, Chass hat Daphne nach ihrer Wohnsituation ab

Herbst gefragt. Und es klang so, als würde sie es sich tatsächlich überlegen, ob sie bei uns mit einzieht.«

»Oh«, sagt Rickie gedehnt. »Cool. Das wird superpraktisch sein, wenn wir ein Paar sind.«

Mir treten die Augen raus.

»Wie war das?«, brummt Griffin. Aber Dylan lacht.

Ich trabe so schnell ich kann von der Tür weg. Alles, was mit Rickie zu tun hat, verwirrt mich.

Alles.

Am Freitagabend ist es erneut heiß und total schwül. Wir sind alle ziemlich geschafft von der anhaltenden Hitze und Luftfeuchtigkeit. Mom stellt einen Ventilator ins Esszimmer, damit wir das Essen überstehen, ohne zu zerfließen. Sie serviert Caesar Salad mit frischem Brot und gegrilltem Hühnchen, das Grandpa draußen auf dem Rost wendet.

Rickie sitzt am anderen Ende des Tischs. Schon wieder. Aber trotzdem erwische ich ihn ständig dabei, wie er mich anstarrt, wenn er denkt, dass ich es nicht merke. Und sein Gesichtsausdruck ist weich. Es liegt eine Zuneigung darin, die sich nur schwer verbergen lässt.

Doch er hält sich von mir fern, und ich verstehe nicht, wieso.

»Lasst uns nach dem Abendessen zur Badestelle gehen«, sagt Dylan. »Griff und Audrey waren schon mit Gus dort. Griff meinte zu mir, er hat sogar das Gras gemäht.«

»Wo ist die denn?«, fragt Rickie.

»Die Straße runter, sind bloß anderthalb Meilen. Wir können die Räder nehmen oder mit dem Auto fahren.«

»Klingt nach Spaß«, sagt Rickie. Dann huscht sein Blick erneut kurz zu mir.

Und ich stelle mir eine wichtige Frage. *Was würde Violet jetzt machen?*

Ich brauche nur einen Augenblick, bis mir die Antwort einfällt. Einen winzigen Bikini anziehen.

Was denn sonst?

Zwei Stunden später sitze ich auf meinem Handtuch, das am Rand der Badestelle auf dem Rasen ausgebreitet liegt. Der Tümpel hat ungefähr die Größe eines kleinen Gartenpools, wird von fließendem Wasser gespeist und ist von Felsen umgeben. Ein Bach ergießt sich hinein, dessen Wasser eine einen halben Meter hohe Stufe hinunterströmt.

Meine Brüder müssen wohl Genies sein, denn seit ich im Wasser gewesen bin, fühle ich mich um Längen besser. Und jetzt essen wir Waffeleis, das Audrey und Griffin uns mitgebracht haben.

»Wieso sind wir eigentlich nicht jeden Abend hier?«, fragt Rickie und leckt an seinem Eis. Er sieht so fröhlich aus wie seit Tagen nicht.

»Hierher sind wir früher nie gekommen«, gesteht Dylan vom Tümpel aus, in dem er mit Chastity steht. »Warum eigentlich nicht?«

»Weil Chasternak damals, als ihm das Land hier gehörte, diesbezüglich ein richtiger Saftsack war«, sagt Griffin. Er hält meinen Neffen auf dem Arm, während Audrey sich mit dem Kleinen ein Eis teilt. »An allen Bäumen hingen Betreten-verboten-Schilder. Das eine Mal, als ich mit Freunden hier war, da hat er Dad angerufen und Stunk deswegen gemacht.«

»Aber jetzt gehört das hier uns«, sagt Dylan. »Noch ein Vorteil davon, dass wir den Abrahams ihr Land abgekauft haben.«

»Daphne und du hattet ein Kinderplanschbecken«, fährt Griffin fort. »Ich weiß nicht, ob ihr euch dran erinnert, aber May und ich haben immer aufpassen müssen, wenn ihr drin wart, damit ihr nicht versuchtet, euch gegenseitig zu ertränken. Ihr zwei habt euch aus Geschwisterrivalität permanent Ringkämpfe geliefert.«

»Alter«, sagt Dylan. »Lustig, aber jetzt wo du's sagst, krieg ich immer noch das Bedürfnis, sie unter Wasser zu drücken.«

»Versuch's nur, und ich mach dich fertig«, sage ich automatisch.

Rickie lacht. Er sitzt neben mir auf einer Decke. Und ich gebe mein Bestes, seinen tropfnassen nackten Oberkörper nicht anzustarren. Jetzt sagt er: »Ich setze zwanzig Mäuse auf Daphne.«

»Vielleicht sollten wir es doch bei einem Kind belassen«, meint Audrey.

Griffin grinst nur. »Danke für das Eis, Schatz. Sollen wir heimgehen?«

»Wär besser. Für den kleinen Mann hier ist längst Schlafenszeit.«

Gus guckt sie argwöhnisch an und zieht eine Schnute.

Sie verabschieden sich und laufen zwischen den Bäumen hindurch zur Schotterstraße. Rickie hilft Audrey, die Kühlbox zum Auto zurückzutragen, während Griffin seinen quengeligen Sohn trägt.

Unterdessen zieht mein Bruder Chastity wieder ins Wasser; die lacht, während er anfängt, sie zu küssen. Dann hört sie auf und schlingt Arme und Beine um ihn.

»Stopp, stopp«, sagt Dylan. »Wir sollten zurückgehen. Es wird langsam spät.«

Ich verdrehe die Augen. Es ist noch nicht mal neun. Der Himmel im Westen ist noch hell.

»Haut schon ab«, sagt Rickie. »Das wollt ihr doch.«

Dylan klettert aus dem Wasser. »Soll ich euch die Räder oder den Pick-up hierlassen?«

»Den Pick-up«, sage ich schnell. Ich bin mir idiotisch vorgekommen, als ich vorhin im Bikini hierhergeradelt bin. Aber es hat sich gelohnt. Rickie ist heute Abend nach wie vor grüblerisch drauf, aber sein Blick schweift trotzdem ständig hier rüber.

Und gleich werden wir hier ganz allein sein.

»Der Schlüssel steckt im Zündschloss«, sagt Dylan und schlingt dabei ein Handtuch um seine Hüften.

»Schlaft gut.« Rickie lacht in sich hinein.

Chastity verabschiedet sich mit knallrotem Gesicht. Und dann sind die beiden weg. Einen Augenblick später höre ich Räder auf dem Kiesweg.

Und das war's. Rickie und ich sind als Einzige übrig. Er leckt stoisch sein Eis. Und Stille senkt sich über uns. In solchen Momenten baggert Rickie mich sonst immer an.

Aber nein. Schweigen.

»Was denkst du gerade?«, frage ich schließlich.

»Ich würde lieber hören, was du denkst«, sagt er.

»Aber ich hab dich zuerst gefragt.«

Er lächelt schwach. »Na gut. Aber es ist nichts Aufregendes. Ich habe daran gedacht, dass ich vor fast genau drei Jahren bei den Flussschnellen in Thetford war. Kennst du die?«

»Na klar.«

»Also, ich bis dahin nicht. Es war ein heißer Sommertag, und wir sprangen in den Fluss und stellten Quatsch an. Ich erinnere mich ganz deutlich daran.«

»Warst du mit Carla dort?«, platze ich heraus. Ich habe nie vergessen, dass die zwei mal gedatet haben. Carla ist das komplette Gegenteil von mir – locker und lustig.

Rickie blinzelt. »Ja. Woher weißt du das?«

»Du hast sie erwähnt, als wir uns das erste Mal begegnet sind. Durch sie kam der Kontakt zwischen uns zustande. Sie gab mir deine E-Mail-Adresse.«

»Ach so.« Er blickt finster drein.

»Also, was ist bei den Flussschnellen passiert?«

»Nichts.«

»Und warum guckst du dann gerade so böse drein?«

»Weil ich mich sogar an das Sandwich aus dem Imbiss erinnere, das ich zu Mittag gegessen habe. Und ich weiß noch, dass wir einen von den Jungs wegen seiner knappen Badehose aufgezogen haben. Es ist so verdammt seltsam, dass ich mich an *alles* erinnere, was bis zu dem Tag passiert ist, als ich zum College fuhr.«

»Oh.« Ich schlucke. »Aber an nichts danach.«

»Aber an nichts danach«, wiederholt er. »Das macht mich total kirre.«

Okay. Rickie ist also düster drauf. Das kenne ich selbst.

Kurz darauf rückt er herüber und schließt die Lücke zwischen uns. Als er die Hand auf mein Knie legt, ist sie ganz kalt vom Schwimmen.

»Du bist dran«, sagt er. »Woran denkst du?« Er beißt von seiner Eiswaffel ab.

Wenn ich die Wahrheit sagen würde, ließe er wahrscheinlich vor Überraschung sein Eis fallen. *Also, eigentlich habe ich gerade an deinen Schwanz gedacht und dass ich hoffe, ihn wieder zu sehen zu kriegen.* »Hab mich bloß gefragt, wo du mit deinen Gedanken warst.« Mehr traue ich mich nicht zuzugeben.

Seine Miene wird weicher. »Ich habe dich vernachlässigt, nicht wahr?«

»Was? Nein. Das ist albern.«

»Ja?« Sein Lächeln wird listig. Dann schleudert er das letzte Stück seiner Eiswaffel über die Schulter, ohne überhaupt hinzugucken, wo es landet. »Komm her, Shipley.« Seine Stimme ist kratzig.

Ich erschauere. »Wieso?«

»Weil ich mir den Bikini, den du da anhast, mal genauer ansehen muss.«

»Musst du gar nicht«, erwidere ich, obwohl ich schon die ganze Zeit auf diesen Moment warte.

»Oh doch.« Er kommt noch näher, setzt sich mit auf mein Handtuch und lässt seine muskulösen Beine über die Felskante baumeln, sodass die Füße im Wasser hängen. Als sein haariges Knie mein glattes streift, kann ich nicht anders – ich will mehr.

Ich werde nicht darum bitten. Ein klügeres Mädchen würde nicht so mit sich kämpfen. Ich will auch gar nicht schüchtern sein. Doch ich komme nicht gegen das Gefühl an, dass Rickie zu viel für mich ist. Ich bin keine Carla. Er wird jetzt jeden Moment merken, dass ich nicht halb so sexy und begehrenswert bin, wie er gedacht hat.

Wenn ich das Violet erzählen würde, würde sie mich anschreien, dass ich das zurücknehmen soll. Und vielleicht hat sie damit sogar recht. Aber man kommt eben nicht immer gegen seine Gefühle an.

Laut genug für Rickie scheinen meine Gedanken nicht zu sein, denn er hebt meine feuchten Haare an und legt sie über meine Schultern nach hinten. Er macht es mit einer Selbstverständlichkeit, als wäre das ganz normal zwischen uns. Dann beugt er sich vor und küsst herrlich geschickt meinen Hals.

Sofort kribbelt es überall. Und dann noch umso mehr, als er einen Finger unter den Träger meines Bikinis schiebt und daran entlang hinab zu meiner Brust streicht. »Hast du den für mich angezogen?«, flüstert er, sodass sein Atem meine Ohrmuschel kitzelt.

»Nein«, sage ich. Aber eigentlich meine ich: *Ja, hätte ich aber nicht machen sollen.* Seit Tagen wünsche ich mir, er würde mir mehr Aufmerksamkeit schenken. Und jetzt wo ich sie bekomme, weiß ich nicht, wie ich damit umgehen soll.

Rickie schon. »Ich mag ihn trotzdem. Und ich mag *dich.*« Das Kompliment geht ihm ganz leicht von der Zunge. Und ich drehe den Kopf, um in seine gefühlvollen grauen Augen zu schauen. Fältchen legen sich darum, als er mich anlächelt. »Du siehst sexy darin aus. Aber ich will ihn dir trotzdem ausziehen.«

Statt zu antworten, starre ich ihn nur erstaunt an. Bei ihm klingt das so leicht. *Ich will dies. Ich mag das. Ich mag dich.* Ich frage mich, ob mir so was immer schwerfallen wird oder ob die Angst irgendwann vergeht, sodass ich einen Mann ansehen und sagen kann: *Ich will dich auch.*

»Du bist sauer auf mich«, flüstert er.

»Nein«, erwidere ich schnell. »Bin ich echt nicht.«

»Bist du wohl. Ein bisschen. Weil ich so mit mir selbst beschäftigt war. Ich habe dich vernachlässigt.«

»Du warst distanziert«, sage ich vorsichtig. »Aber das bin ich auch, und das schon an guten Tagen.«

Als er lacht, spüre ich es in meiner Brust beben. »Du bist nicht distanziert, du bist vorsichtig. Und du hast deine Gründe dafür. Er hat sich nicht noch mal bei dir gemeldet, oder?« Nachdem er das gefragt hat, legt Rickie einen Arm um mich und hebt mich auf seinen Schoß. Plötzlich sitzen wir Nase an Nase. »Oder?«

»N…nein«, sage ich.

»Gut. Möchtest du mir noch irgendwas sagen?«

»Nein? Wieso?« Aus nächster Nähe lenkt sein Blick mich total ab.

»Weil ich dich gleich küssen werde und du dann vergisst, was du sagen wolltest.«

»Das ist arrogant.«

»Nein, ist es nicht.« Sein Lächeln ist neckisch. »Ich werd's nämlich auch vergessen. Ich bin total in dich verknallt. Tut mir leid, dass ich dir diese Woche unterschiedliche Signale gesendet habe. Wir sind uns ähnlicher, als du glaubst.«

»Ach ja?«, frage ich, als er mein Gesicht umfasst. Ich drücke mich seinen Handflächen entgegen. Ich kann nicht anders.

»Ja«, flüstert er. »Zwei verkorkste Leben und zwei hungrige Herzen. Das sind wir, Shipley.«

»Oh.« Das lässt sich schwer abstreiten. Besonders als Rickie anfängt, zarte Küsse auf meinen Mundwinkel zu drücken. Doch ich bin ungeduldig. Ich weiß, was jetzt kommt und dass ich mich gar nicht dagegen wehren werde. Also drehe ich den Kopf und suche seinen Mund.

Leise lachend streift er meine Lippen und neckt mich noch weiter, während mein Körper vor lauter Vorfreude auf mehr förmlich entflammt. »Du machst mich fertig, Shipley.« Mit seinen langen Fingern streicht er an meinem Körper hinab, um dann meine Hüften fest zu umfassen.

Ich reiße den Kopf hoch, denn ich befinde mich in einer gefährlichen Position – auf seinem Schoß, am Rand des Tümpels. Es wäre ganz leicht für ihn, mich ins Wasser zu schubsen. Mit beiden Händen klammere ich mich an seinen Oberarmen fest.

»Hey, die Wahrscheinlichkeit, dass ich dich ins Wasser werfe, geht gegen null.«

»Könntest du aber«, sage ich schnell. Und ich löse meinen Griff nicht. Ich wurde schon mal reingelegt.

»Wann lernst du es endlich? Ich habe nicht vor, dich wegzustoßen«, sagt er. Dann umfasst er meine Hüften fester und zieht mich an sich, bis wir Nase an Nase sind. »Dich auf die Decke zu drücken? Das könnte ich mir schon eher vorstellen.«

Wusch … verlässt der Atem meine Lunge. Und ich bekomme eine Gänsehaut, als er mit mir vom Wasser wegrückt und sich dann rücklings auf die Decke fallen lässt.

Ich folge ihm, lande auf allen vieren und schaue auf ihn hinunter, halb geschockt über diese Wendung der Ereignisse und meine eigene Kühnheit, denn jetzt sitze ich quasi rittlings auf ihm. »Rickie?«

»Ja, Süße?« Als er die Hand ausstreckt und über meinen Po streichelt, spüre ich, wie mein Körper sofort reagiert. Ich giere nach seinen Küssen. Doch jetzt wartet er auf meine Frage.

»Ähm«, höre ich mich sagen. »Chastity meinte, dass du nie jemanden abschleppst.«

Seine Augen weiten sich leicht. »Tja, ich nehm an, wenn sie jetzt zurückkäme, um ihr Taschenbuch zu holen, wäre sie ganz schön überrascht, was?« Spielerisch langsam schiebt er den Träger meines Bikinitops über meine Schulter, bis er herunterzurutschen droht.

»Aber stimmt es denn?«, frage ich. Ich stehe schwankend an diesem emotionalen Abgrund und versuche zu entscheiden, ob ich das hier kann – ob ich mich noch einmal auf so etwas einlassen kann, obwohl mein Liebesleben ein ewiges Desaster ist.

Ich will. Wirklich. Und das weiß er.

»Ja«, sagt er und lässt die Fingerspitzen über meine Kinnpartie wandern, um dann mit dem Daumen verführerisch meine Lippe zu streifen. »Ich hatte seit meinem Unfall mit niemandem mehr was.«

Ich halte den Atem an. »Echt? So lange?«

»Echt«, sagt er beinahe gedankenverloren. Mit seinen geschickten Fingern fährt er am oberen Rand meines Bikinioberteils entlang, über die Wölbung meiner Brüste, und kitzelt meine empfindliche Haut dort. »Ich dachte die ganze Zeit, mit mir würde etwas nicht stimmen. Aber ich glaube, inzwischen weiß ich es besser.« Mit seinen grauen Augen schaut er hoch, und sein Blick bohrt sich in mich. »Du hast mir gefehlt. Ich habe die ganze Zeit darauf gewartet, dass du wieder in mein Leben trittst. Und jetzt bist du hier.«

Ein Schauer läuft mir über den Rücken. Aber einer von der guten Sorte. »Du bist sehr überzeugend«, flüstere ich.

»Das ist ja auch leicht, wenn man die Wahrheit sagt. Jetzt komm her und lass es mich dir beweisen.« Er lockt mich mit dem Finger. »Braves Mädchen. Noch ein Stückchen. Nur keine Hemmungen, krabble ruhig auf mich. *Jaaaa.*« Seine Hände streifen meinen nackten Brustkorb, als er nach mir greift und mich an sich zieht. Wenig elegant lande ich auf ihm.

Aber egal. Er dreht sich auf die Seite, zieht mich auf die Decke, und sein freigebiger Mund findet meinen. Sein Kuss ist ein sengend heißes Aufeinanderpressen der Lippen. Einen Augenblick später schiebt er die Zunge in meinen Mund, und ich öffne ihn für ihn wie ein hungriges Vogeljunges.

»*Jaaaa*«, murmelt er erneut und rollt sich mit mir herum, bis er oben liegt und die starken Arme über mir aufstützt. »So ist es schon besser.« Er küsst mich wieder, während ich mich hingebe und mit den Fingerspitzen seine trainierte Brust erkunde.

In einem Punkt hatte er recht: Wenn man Rickie küsst, kommt man schnell aus dem Konzept. Meine Bedenken verflüchtigen sich schneller als die Wassertropfen, die noch an unserer feuchtheißen Haut kleben. Er beugt sich vor und holt sich Kuss um Kuss, während sein muskulöser Körper schwer vor Begehren auf mir liegt.

Ich habe so etwas noch nie gemacht. Ich habe noch nie einen Mann auf einer Decke unter Bäumen geküsst. Und ganz bestimmt habe ich noch nie einen die Träger meines Bikinis runterziehen und dann im Dämmerlicht meine Brüste eine nach der anderen entblößen lassen.

»Zieh das Oberteil aus«, murmelt er und beugt sich zu mir

hinunter, um über meine Brustwarze zu lecken. »Ich brauche freie Bahn.«

Meine Hände tun, was er verlangt, obwohl es mir schamlos vorkommt, sich unter freiem Himmel nackt auszuziehen. Als sich in der kalten Luft meine Brustwarzen aufrichten, geht mir durch den Kopf, dass ich kein liebes Mädchen mehr bin. Ich habe versucht, brav zu sein, bin aber spektakulär gescheitert.

Dann lässt Rickie flüchtig seine rauen Daumen über meine Brüste gleiten, wodurch ich viel zu abgelenkt bin, um mir noch Gedanken darüber zu machen, wie schlimm mein Absturz wohl ist. Ich will nur mehr von diesem leichtsinnigen Gefühl. Also vergrabe ich die Finger in seinen Haaren und ziehe seinen Kopf an meine Brust. Einen Augenblick später kennt seine Zunge kein Halten mehr auf meinen Brustwarzen.

Genau das brauche ich. Meine Hände finden das Bündchen seiner Badehose. Ich schiebe die Finger unter den Stoff und lege die Hand um seine Härte.

Mitten in dem Kuss, den er gerade zwischen meine Brüste drückt, hält er inne und stößt leise ein erstauntes, wohliges Stöhnen aus, als ich ihn streichle. »Da steh ich drauf«, sagt er heiser.

»War klar.« Als ich mit dem Daumen über seine Spitze fahre, gibt er vor Verlangen ein sehr maskulines Grunzen von sich.

»Süße, du darfst mich ruhig den ganzen Tag befingern.« Träge rollt er sich außerhalb meiner Reichweite. »Aber das hab ich nicht gemeint. Ich steh drauf, wenn du dich gehen lässt. Wenn du dir endlich denkst: *Scheiß drauf*, und dir nimmst, was du willst. Das ist *so* sexy.«

Dann drückt er die Hüften hoch und dreht sich weg, streift die Badehose ab und wirft sie beiseite. Als er sich wieder zu mir wendet, trägt er nichts außer einem unerschrockenen Grinsen. Selbstvertrauen ist offensichtlich meine Lieblingsdroge.

Wir beugen uns gleichzeitig vor, und mein Lächeln begegnet seinem. Als er unter unserem Kuss stöhnt, ist der Laut so unverfälscht und begierig, dass ich ihn zwischen den Beinen spüre. Dann ist seine Hand dort und zerrt das Bikiniunterteil herunter. Mein Körper erschauert freudig.

Und dann liege ich nackt mit Rickie auf der Decke, bereit, ihm absolut alles zu geben, was er von mir will.

29

Rickie

Während meiner Highschool-Zeit waren meine Eltern kurz in Großbritannien stationiert, wo unsere Mietwohnung einen Gaskamin hatte. Wenn man das Gas aufdrehte und ein Streichholz hineinwarf, loderten augenblicklich Flammen auf.

So fühle ich mich jedes Mal, wenn ich Daphne berühre. Trotzdem habe ich bislang versucht, diese Welle des Verlangens zurückzuhalten, die mich jedes Mal überrollt, wenn wir zusammen sind. Sie hat jemand Besseres verdient. Einen, der nicht so ein Wrack ist.

Dennoch bin ich derjenige, den sie will. Und sie ist wunderschön, wenn sie beschließt, sich gehen zu lassen. Der durchgebogene Rücken, wenn ich sie küsse. Die Leidenschaft in ihren braunen Augen, die nach mehr verlangen.

Und ich habe mehr zu bieten. Ich habe Zungenküsse und Haut, die zu kribbeln anfängt, sobald sie ihre berührt. Ich habe geschickte Hände und jede Menge Begehren. Daphne glaubt mir immer nicht, wenn ich ihr sage, wie viel sie mir bedeutet. Sie traut dem Ganzen nicht. Aber ich würde mich ihr komplett hingeben, wenn sie mich ließe. Mit Haut und Haaren.

Um Versprechungen geht es ihr gerade nicht. Nur um Sex. Und ich habe vor abzuliefern. Ich senke die Hüften gegen ihre, sodass ihr weder meine Erregung noch meine primitiven Absichten entgehen können.

Obwohl es ein sehr warmer Abend ist, erschauert sie unter mir und hebt wimmernd die Hüften. Ich setze noch einen drauf, indem ich ihre Beine mit meinen auseinanderdrücke. Unser nächster Kuss ist wild und intensiv. Sie legt ihre langen Beine um meine und lässt die Hände eher verzweifelt als zärtlich über meinen ganzen Körper wandern.

Das gefällt mir unheimlich. Aber Mann, ich muss langsam machen. Mein Körper ist vor Verlangen zum Zerreißen gespannt. Ich streichle über die zarte Haut an der Innenseite ihres Schenkels, und meine Hand zittert ungelogen, als ich die Fingerspitzen in sie hineintauche.

»Oh ja«, wimmert sie, während mein Schwanz hilflos zuckt.

Langsam atme ich einmal tief durch, bevor ich den Mund auf ihre Brust senke. Gemächlich küsse ich sie dort, obwohl ihr Herz heftig gegen meine Wange pocht. »Schatz«, raune ich, »wie stehen die Chancen, dass dein Bruder Kondome im Auto hat?«

»Wen kümmert's?« Ihre Hände landen in meinen Haaren und streicheln mich. »Wir brauchen keins.«

»Bist du sicher?«

»Versprochen«, haucht sie. »Die weibliche Fortpflanzungsgesundheit ist mein Ding.«

Boah. Ich stoße ein ersticktes Lachen aus und richte ein stummes Dankgebet an meinen Glücksgott. Meine zölibatäre Phase kommt mir jetzt gar nicht mehr komisch vor. Ich habe eindeutig auf Daphne Shipley gewartet.

Das Warten hat ein Ende. Also stütze ich mich auf die Ellbogen, um noch einmal andächtig ihre Brüste zu küssen, dann ihren Hals und die empfindliche Stelle hinter dem Ohr.

Schließlich stütze ich die Hände zu beiden Seiten von ihr auf. Und während ich in ihre ernsten braunen Augen schaue, stupse ich mit meinem Schwanz gegen ihre Öffnung. Wir halten Blickkontakt, als ich sie langsam ausfülle, Zentimeter für Zentimeter, mir Zeit lasse – nicht weil ich muss, sondern weil ich nicht einen Augenblick hiervon vergessen möchte.

Ihre von unseren Küssen wunden Lippen klaffen auf, als sie meinen Namen stöhnt. Und ich merke, dass ich den Atem anhalte, und zwar aus gutem Grund. Ich befinde mich in einer himmlischen, feuchten Enge, nichts ist zwischen uns. Ich spüre alles, und das ist beinahe überwältigend.

Als ich langsam Luft hole, komme ich mir vor wie eine Bombe, die plötzlich explodieren könnte.

»Rickie«, flüstert sie.

»Ja, Schöne?«

Ihre Augen scheinen auf scharf zu stellen. »Ich mag *dich* auch.«

»Das ist echt schön zu hören.« Mein nächster Kuss ist sanft und zärtlich. Doch der Rest von mir ist es nicht. Ich habe den Drang, mich zu bewegen. Und als ich langsam die Hüften kreisen lasse, stöhnen wir beide auf. Daphne drückt sich mir entgegen, ihre Wangen sind vor Verlangen ganz gerötet.

Es wäre ein verdammtes Wunder, wenn ich es schaffe, länger als ein paar Minuten durchzuhalten. Besonders da sie anfängt, bei jedem meiner Stöße kleine berauschende Laute zu keuchen. *Mehr. Ja. Härter.*

Ich bewege mich langsam, zögere jede Hüftbewegung hinaus. So konzentriert habe ich mich mit Sicherheit in meinem ganzen Leben noch nicht. Mir soll kein einziger Moment dieses Glückszustands entgehen. Zarte Lippen liebkosen meine, und lange Finger packen meine Schultern, während ich mich bewege.

Daphne drängt sich mir entgegen, braucht mehr. Aber der Boden unter uns ist hart, und ich will nicht, dass sie davon blaue Flecken bekommt. Also schiebe ich die Arme unter sie und drehe mich auf den Rücken.

Einen Augenblick später guckt sie leicht verwirrt zu mir herunter. Aber sie verliert keine Zeit, sondern stützt die Hände neben mir auf und fängt an, mich zu reiten.

Schweiß perlt inzwischen von meinem Körper. Alles ist süße, süße Glückseligkeit. Ihr sinnlicher Blick ruht auf mir, während sie sich bewegt.

Und wenn ich noch *dreimal* von einer Mauer fiele – mit dem Kopf voran –, diesen perfekten Augenblick würde ich trotzdem nie und nimmer vergessen.

»Riiick«, haucht Daphne. Sie runzelt angestrengt die Stirn und beißt sich auf die Unterlippe. Und mich überkommt erneut eine Welle des Verlangens, als ich den Sturm sehe, der sich hinter ihren Augen zusammenbraut.

»Mach, Babe«, flüstere ich und fahre mit den Fingerspitzen an ihrem Körper herab. »Ich liebe es dir zuzugucken, wie du mich reitest.« Dann senke ich die Hand zu der Stelle, wo wir verbunden sind.

Unter einem hohen Keuchen dreht sie den Kopf weg und klemmt die Unterlippe zwischen die Zähne.

»Gott, du bist wunderschön. Augen hierher«, raune ich, während sich meine Eier gefährlich zusammenziehen. Ich lege eine Hand an ihr Kinn, drehe ihren Kopf zu mir, damit sie mich ansieht.

Als sie es tut, erhasche ich einen Blick auf alles, was sie vor der Welt verbirgt. Ihr Gesicht ist pures Verlangen.

Und ich bin erledigt. »Pass auf!«, sage ich und presse den Kiefer zusammen, um meinen Orgasmus hinauszuzögern. Aber es klappt nicht. Ich breche wie ein Uferdamm im Sturm. Meine Hüften schnellen nach oben, und ich stöhne, als es mich überkommt.

»Oh ja. Oh …«, keucht Daphne.

Als ich noch einmal mit den Hüften kreise, sinkt sie unter einem ekstatischen Schauer stöhnend auf meine Brust. Ich schlinge die Arme um sie und halte sie fest, denn ich will sie noch nicht weglassen. Und sie lässt den Kopf mit einem müden Seufzen auf meine Schulter sinken. »Alter Falter«, murmelt sie.

Ich schaue hinauf in den sich verdunkelnden Himmel und grinse wie der Irre, der ich bin.

30

Daphne

Wow.

Einfach wow.

Ich bin auf Rickie zusammengesackt und habe das Gefühl, mich womöglich nie wieder bewegen zu können. Als mein Hirn wieder anspringt, dringen jedoch einige wichtige Erkenntnisse zu mir durch.

1) Das war der Wahnsinn. Ernsthaft. Ich hatte ja keine Ahnung.
2) Wir sind immer noch verbunden, und er hat die Arme um mich geschlungen.
2a) Das gefällt mir. Sehr.
3) Ich werd's wahrscheinlich wieder tun, wenn ich die Chance dazu kriege.
3a) Ich hoffe, ich kriege die Chance dazu.

Als Rickie plötzlich leise lacht, frage ich mich, ob ich in leidenschaftlicher Ekstase irgendetwas Lächerliches gesagt oder getan habe. Also hebe ich – unter großer Anstrengung – den Kopf und sehe ihn an.

Er grinst breit.

»Was?«, frage ich. Ich spüre schon, wie sich bei mir in Sachen Verletzlichkeit der große Katzenjammer einstellt.

Er schiebt mir die Haare aus dem verschwitzten Gesicht. »Ich bin bloß glücklich, mehr nicht. Wahrscheinlich werde ich eine Woche lang grinsen.«

»Oh.« Vor Verlegenheit läuft mein Gesicht rot an, und ich trenne uns endlich, indem ich die Hüften von seinem Körper hebe. Er stößt daraufhin ein glückliches Seufzen aus.

Ich rappele mich hoch, gehe rüber zum Tümpel und springe geradewegs hinein. Selbst das fühlt sich wahnsinnig intensiv an. Ich war noch nie nackt schwimmen. Ich bin immer diejenige gewesen, die zu gehemmt war, um die Klamotten auszuziehen und mit den anderen reinzuspringen.

Aber eben hatte ich Sex im Freien mit dem Mitbewohner meines Bruders. Na, das hatte ich jetzt mal nicht für die Sommerferien geplant. Schätze, ich bin nicht mehr das schüchterne Mädchen. Stell sich das einer vor.

Als neben mir ein lautes Rickie-Platschen ertönt, versuche ich, den erstaunten Gesichtsausdruck abzulegen, den ich sicher gerade habe, und tue ganz cool.

Rickie lässt mir jedoch keine Chance. Er zieht mich an sich und küsst mich, die nasse Haut robbenmäßig glatt an meiner. »Verdammt, Shipley«, sagt er gegen meine Zunge. »Wir kommen definitiv wieder her. Wahrscheinlich gleich morgen.«

»Morgen soll das Wetter umschlagen«, sage ich, weil ich eben noch nie cool war. »Achtzig Prozent Regenwahrscheinlichkeit.«

Er verdreht weder die Augen noch lächelt er. Er sieht mich nur mit ernster Miene an, und seine grauen Augen verdunkeln sich im abnehmenden Licht. »Dann auf dem Heuboden«, flüstert er. Und dann küsst er mich wieder.

Ich schaffe es, cool zu tun, als wir ein Weilchen später in Schwimmsachen und Handtüchern am Haus vorfahren. Jedenfalls ziemlich cool. Meine Mutter telefoniert, das hilft schon mal. Ich brauche niemandem in die Augen zu sehen und zu erklären versuchen, warum ich fix und fertig aussehe.

Ich gehe direkt nach oben. Und eine halbe Stunde später höre ich Rickie unter der Dusche pfeifen. Ich verstecke mich in meinem Zimmer, liege zusammengerollt auf der Bettdecke und bin so entspannt wie seit Ewigkeiten nicht mehr.

Leidenschaft ist eine herrliche Droge. Ich bin froh über die Dosis, die ich gerade bekommen habe. Doch alte Gewohnheiten legt man nur schwer ab, deshalb wappne ich mich innerlich für den Fall, dass er jetzt auf Abstand geht.

Ganz ehrlich, selbst wenn er meinen Namen morgen wieder vergessen sollte, war es das wahrscheinlich wert. Mir hat schon lange niemand mehr das Gefühl gegeben, sexy zu sein. Und selbst wenn Rickie in einer anderen Liga spielt als ich, weiß ich tief im Herzen, dass er kein Reardon Halsey ist. Er wird mich weder anlügen noch hintergehen.

Meine Haare sind noch feucht und meine Muskeln locker. Die schwüle Sommerluft, die durchs Fenster hereindringt, duftet herrlich.

Als mein Handy plingt, mache ich mir beinahe gar nicht die Mühe, nachzugucken. Ich will nicht, dass irgendwer meiner euphorischen Stimmung einen Dämpfer verpasst. Aber vielleicht ist es Violet. Die Neugier siegt, und ich schiele drauf.

Violet ist es nicht. Sondern Rickie.

Kann ich kurz reinkommen, Schöne?

Vielleicht, gebe ich mich zurückhaltend. Was willst du denn?

Einen Gutenachtkuss, schreibt er.

Okay, stimme ich zu.

Ein paar Sekunden später geht die Tür auf. Rickie taucht dahinter auf, die Brust nackt, die Haare feucht. Und mein Herz macht einen Hüpfer, als ich zusehe, wie er mit seinem geschmeidigen Körper in den Raum geschlüpft kommt und die Tür hinter sich zuzieht.

Ohne langes Federlesen klettert er neben mir aufs Bett und beugt sich zu einem überraschend zärtlichen Kuss vor. »Versprich mir etwas«, flüstert er.

»Was?«, frage ich, das Hirn kurzfristig davon blockiert, wie er mich hochnimmt und in seine starken Arme zieht. Meine linke Wange landet an seiner Brust, und am rechten Ohr spüre ich seine Bartstoppeln kratzen.

»Versprich mir, dass du dir nicht den Kopf zermarterst und fünfzig Gründe findest, warum das alles eine furchtbar schlechte Idee war.«

»Okay«, bin ich sofort einverstanden. Obwohl das durchaus passieren könnte.

»Hmm«, macht er wissend. »Es ist dir vielleicht noch nicht klar, aber hier läuft was.«

»Bin ziemlich sicher, dass schon was gelaufen ist«, murmele ich gegen seinen warmen Körper.

»Ich meine nicht den Sex. Obwohl davon noch jede Menge folgen wird. Ich meine das hier.« Er hebt mein Kinn an und schaut mir tief in die Augen. Dann gibt er mir einen langen Kuss. »Und das.« Ich bekomme noch einen Kuss. »Aber auch noch mehr Dates. Abendessen in Restaurants. Ich will das komplette Paket.«

Als ich blinzelnd zu ihm hochsehe, macht mich ein neuerlicher Rickie-bedingter Hormonrausch leicht benommen. »Welches komplette Paket?«

»Na, von dir«, sagt er mit einem tiefen Brummen. »Mir ist klar, dass du dich noch an den Gedanken gewöhnen musst.«

Mein Bauch macht diese Salto-Nummer. »Ich habe versucht, dich nicht zu mögen, aber es hat nicht geklappt.«

»Ich weiß, Kleines.« Er schenkt mir sein frechstes Grinsen. »Das tut mir leid. Was kann ich tun, um dir den Schmerz über diese erlittene Niederlage zu nehmen?«

Er macht Witze, ich aber nicht. »Mich einfach niemals anlügen. Das brauche ich von einem Mann.«

»Ah.« Seine Miene wird ernst. »In Ordnung. Ich versprech's.«

»Danke«, flüstere ich. Ich wünschte, er wäre nicht immerzu so ein Traumtyp. Als Frau kannst du doch nicht klar denken, wenn ein Mann wie Rickie dich auf deinem Bett in den Armen hält.

»Keine Ursache«, sagt er. Ich bekomme einen letzten Kuss. »Gute Nacht und träum was Schönes.«

»Gute Nacht.«

Er steht auf und geht hinaus. Und schon allein beim Anblick seines Hinterns stellen sich die schönen Träume ein, ehe ich überhaupt das Licht ausgeschaltet habe.

31

Daphne

Es ist August, und die ersten Äpfel reifen, was bedeutet, dass auf der Farm mit einem Mal wieder viel zu tun ist. Außerdem ist meine komplette Studiengebühr für das Semester fällig, darum stresse ich mich ein bisschen wegen des Geldes, obwohl ich weiß, dass Mom den Scheck schon ausgestellt hat.

Wenn man sein Leben vor die Wand fährt, ist danach jede Menge Schadensbegrenzung notwendig. Ich wusste, dass der Sommer für mich schwierig werden würde.

Aber andererseits ist da Rickie mit seinen heißen Blicken und verstohlenen Küssen. Sosehr es mich ärgert zuzugeben, dass ich mich in jemandem getäuscht habe – ich bin inzwischen bekehrt. Vielleicht liegt es an dem Sex, den wir heimlich an den ungewöhnlichsten Orten haben. Oder daran, dass er Abend für Abend in mein Zimmer geschlichen kommt, um mir einen Gutenachtkuss zu geben.

Mit jedem Tag mag ich ihn noch ein bisschen mehr. Was jedoch nicht heißt, dass es mir leichtfällt, das auszusprechen. Ich bin immer noch vorsichtig und frage mich, ob er mich wohl irgendwann satthaben wird. Ich hoffe, nicht allzu bald, denn mit Rickie macht alles mehr Spaß.

Heute Morgen unterhält er alle am Frühstückstisch mit der Geschichte, wie er sich ein Blickduell mit einem Stachelschwein geliefert hat. Und statt finster dreinzuschauen, lache ich mit den anderen.

»Wisst ihr, ich wusste nicht, was die wohl alles mit ihren Stacheln anstellen können«, sagt er, und das Glas Eistee in seiner Hand schwitzt unter seinem starken Griff. »Ich dachte: Können die die wie Waffen abschießen? Kann dieses Stachelschwein Schweizer Käse aus mir machen?«

»Nein!«, sagt Dylan lachend. »Das ist absurd.«

»Das *wusste* ich aber nicht«, erklärt Rickie. »Und ich hatte nicht vor, mir versehentlich eine Akupunktur abzuholen. Also blieb ich einfach auf dem Weg stehen und wich nicht von der Stelle, ja? Ich ließ meine Muckis spielen, um möglichst Furcht einflößend auszusehen. Nur für den Fall, dass sich das Stachelschwein leicht beeindrucken lässt.«

Als er auf seinem Stuhl die Muskeln anspannt, brüllen alle vor Lachen.

»Ließ es sich übrigens nicht. Es stand bloß da, und ich hatte Schiss, ihm den Rücken zuzudrehen. Letzten Endes bin ich quasi um es drum herum gerannt. Und deshalb kam ich fünf Minuten zu spät zum Frühstück. Wenigstens müsst ihr jetzt nicht meine Beerdigung planen, wisst ihr?«

»Von einem Stachelschwein wurde noch keiner getötet«, sagt meine Mutter und betupft sich die Augen.

»Soweit man *weiß*«, berichtigt Rickie sie, während Grandpa sich aufs Knie haut.

Ich stehe auf und hole die Kaffeekanne, weil ich noch einen Schluck möchte, bevor wir nach Burlington losfahren. Es ist Mittwoch – mein liebster Wochentag. An dem Rickie mich zur Arbeit fährt und mir auf dem Parkplatz einen Abschiedskuss gibt.

In der Küche nehme ich die Kaffeekanne und den Krug mit Eistee, denn ich habe herausgefunden, dass Rickie nicht unbedingt Kaffee trinkt, wenn es auch Tee gibt. Also sorge ich dafür, dass der Krug möglichst immer voll ist.

Zurück im Esszimmer, schenke ich Grandpa und mir Kaffee ein, bevor ich die Kanne meinem Bruder weiterreiche. Als ich dann Rickies Glas mit Eistee auffülle, spüre ich, wie er mit den Fingerspitzen meine Kniekehle streift. Er zeigt nur unauffällig seinen Dank.

Aber ich steh drauf. Mein Puls beschleunigt sich jedes Mal, wenn wir im selben Zimmer sind. Es ist lange her, dass ich mir erlaubt habe, diese Art von Glück zu empfinden. Es ist berauschend. Es ist gefährlich. Aber ich kann nicht anders.

»Deine Vorlesung ist vorbei, oder?«, fragt mein Bruder gerade. »Was machst du, nachdem du die Hausarbeit abgegeben hast?«

»Ich hole die Hausschlüssel bei der Mitwohnagentur ab«, sagt Rickie. »Die Mieter sind gestern abgereist, und das Haus gehört wieder mir. Während Daphne arbeitet, fahre ich mit dem Pick-up zum Lager, lade unsere Kisten ein und bringe sie wieder zum Haus.«

»Oh Mann«, sagt Dylan. »Hättest du doch was gesagt. Brauchst du Hilfe?«

»Nee, schon gut«, sagt Rickie schnell. »Es macht mir nichts aus, euer Zeug zu transportieren. Es sind doch bloß ein paar Kisten mit Büchern und Klamotten. Hochtragen kannst du sie ja selbst, okay?«

»Selbstverständlich«, sagt mein Bruder. Dann schaut er hoch zu mir. »Noch mal über deine Wohnsituation nachgedacht, Daphne? Hast du dir schon was gesucht?«

»Ich hab mir ein paar Angebote angesehen«, sage ich gelassen. In Wahrheit habe ich mich nicht groß darum gekümmert, dabei bleiben nur noch drei Wochen. »Es gibt ja immer noch das Wohnheim.«

»Vielleicht solltest du nach der Arbeit mal in der Spruce Street vorbeischauen«, meint Dylan. »Guck dir das Zimmer bei Rickie an, mal sehen, wie du's findest.«

»Super Idee«, sagt Rickie fröhlich.

Ich wage es nicht, zu ihm zu gucken, denn dann würde ich wahrscheinlich dunkelrot anlaufen. Er hat das Haus ein paarmal erwähnt, aber ich schiebe das Thema vor mir her. Wenn das mit ihm in die Brüche geht, will ich nicht in einer WG mit ihm wohnen.

Andererseits brauche ich eine Bleibe und außerdem einen Plan. »Gut, ich seh's mir mal an.« Dann beende ich das Gespräch, indem ich die Kaffeekanne wieder in die Küche bringe.

Auf der Fahrt in die Stadt vertiefe ich mich ins Lesen.

So sehr, dass ich erst bemerke, dass wir bei der ersten Lieferadresse angekommen sind, als Rickie den Motor abstellt.

Überrascht schaue ich hoch. Habe ich ihn etwa eine geschlagene Stunde ignoriert? »Sorry«, sage ich schnell.

Er lacht in sich hinein. »Babe, anfangs hast du mit mir gestritten, wer den Pick-up fährt. Ich beschwer mich gar nicht drüber, dass du beschäftigt bist mit …« Er beugt sich über meinen Laptop, um auf den Bildschirm zu schauen. »Einer Bewerbung fürs Masterstudium? An der University of California, Berkeley?«

»Die sind gerade online gegangen«, erkläre ich und klappe meinen Laptop zu. »Die Bewerbungsphase hat wieder angefangen. Und da mein Uni-Wechsel total seltsam aussehen wird, müssen mein Essay und die restlichen Unterlagen eins a sein.«

»Verstehe«, sagt er leise. »Kalifornien, hm?«

»Vielleicht. Oder Baltimore. Cambridge. New York City. Ich muss mich an allen Spitzenunis bewerben und beten, dass eine über meinen Wechsel im vorletzten Studienjahr hinwegsieht.«

Er nickt bedächtig. »Hast du auch schon eine Wahl getroffen, falls nichts anderes klappt?«

»Klar doch. Ich könnte wahrscheinlich hier in Vermont bleiben. Durch meinen Sommerjob – aus dem bald ein fester Studentenjob wird – werd ich wohl immerhin die Leute von der Burlington University überzeugen können.«

Mit seinen grauen Augen blickt er mich prüfend an. »Aber eigentlich willst du nicht hierbleiben.«

»Ich kann nicht«, sage ich rasch. »Ich meine, ich könnte, aber es geht einfach nicht.«

Er legt den Kopf schief. »Wie jetzt?«

»Na ja, es ist so, ich …« Wie soll ich das ausdrücken, ohne mich arrogant anzuhören oder wie die letzte Zicke? Sekunden verstreichen, in denen mir klar wird, dass es eben nicht geht. Vielleicht bin ich eine arrogante Zicke.

Er wartet ab.

»Ich habe alles für dieses Berufsziel getan«, sage ich langsam. »Andere Mädchen hatten jede Menge Spaß. Sie hatten Beziehungen. Ich dagegen hab gelernt. Ich habe alles auf eine Karte gesetzt – und zwar auf ein Studium an einer Eliteuni. Dazu hat meine Familie sich für mich krummgelegt. Dylan hat in Teilzeit studiert, während ich Vollzeitstudentin war.«

»Er wollte es doch selbst so«, wendet Rickie ein.

»Ja, mehr oder weniger«, räume ich ein. »Aber auf diese Weise blieb zu Hause die finanzielle Belastung niedrig. Jetzt hinkt er hinterher und versucht aufzuholen, damit er seinen Abschluss machen und sich ganz um den Betrieb kümmern kann. Ich muss zu Ende bringen, was ich angefangen habe. Das bedeutet: es in eins der Spitzen-Masterprogramme schaffen und eine super Förderung bekommen.«

»Also geht's hier um Geld?« Er sieht mich mit hochgezogenen Augenbrauen an. »Burlington würde mehr kosten?«

»Das ist nicht ganz klar«, räume ich ein. »Jedenfalls hat die Uni kein Spitzenprogramm.«

»Was macht ein Spitzenprogramm denn aus?«, fragt er.

»Ähm ...« Die Frage gefällt mir nicht. »Größere Unis betreiben mehr Forschung. Sie haben bessere Kontakte. Für später. Berkeley hat ein Megaprogramm.«

»Verstehe«, sagt er ruhig. Aber ich höre da noch etwas anderes mitschwingen. Als hätte ich ihn irgendwie enttäuscht. »Magst du Kalifornien?«

»Ich war noch nie da«, gestehe ich. »Aber es ist richtig weit weg von Harkness, Connecticut. Das ist der zweite Grund, warum ich an eine Spitzenuni muss. Wenn nicht – wenn ich mich mit der zweiten Reihe zufriedengebe –, dann gewinnt *er*.«

»Aha«, sagt Rickie tonlos. »Wenn seine Machenschaften dich fünftausend Meilen weit weg von den Menschen treiben, die dich lieben, könnte man natürlich auch argumentieren, dass er immer noch die Fäden in der Hand hält.«

Mir klappt die Kinnlade herunter. Doch ehe ich eine Antwort parat habe, macht er die Fahrertür auf, steigt aus und liefert die erste Kiste Schnaps für heute aus.

Ich packe meinen Laptop ein. Und als er zum Auto zurückkommt, bin ich unterschwellig gereizt. Ich sage jedoch nichts, denn Rickie hat nicht unrecht. Alles, was ich tue, ist beeinflusst von *Meinem Größten Fehler.*

Nicht dass das Rickie irgendwas anginge.

Außerdem ist es nicht so, als ob ich eine Wahl hätte. Ich bin aufgrund meiner eigenen Fehler hier gelandet. Jetzt kann ich nur das Beste draus machen. Berkeley, Kalifornien, wäre das Beste.

Nicht dass ich unbedingt fünftausend Meilen weit wegziehen und mir neue Freunde suchen möchte. *Schon wieder.*

Die Sache gärt in mir, während wir noch zwei weitere Auslieferungen machen. Und als Rickie dann direkt vor der Fakultät für Gesundheitswesen in eine Parklücke biegt, schiebe ich so richtig Frust.

Ich schnappe mir meinen Rucksack und lange nach dem Türgriff.

»Hey, wart mal, Shipley.« Er zieht den Schlüssel aus der Zündung und dreht sich zu mir. »Ich brauche ’nen Kuss, bevor ich gehe.«

Obwohl ich ein bisschen sauer auf ihn bin, macht mein Bauch diese Salto-Nummer, die immer passiert, wenn er seine aufmerksamen Augen auf mich richtet.

Ein Blick aus dem Fenster verrät mir allerdings, dass Karim mit dem Handy am Ohr direkt vor dem Eingang steht. Und ich habe keine Lust, mich auf der Arbeit zum Thema Nummer eins zu machen. »Mach schnell, McFly«, sage ich. »Mein Kollege kann uns sehen.«

Er legt eine Hand an meine Wange. »Weißt du, ich habe kein Problem damit, dich in aller Öffentlichkeit so scharf zu machen, dass du einen knallroten Kopf kriegst. Aber das gilt wohl nur für mich.«

Ich verdrehe die Augen, obwohl sich seine Berührung echt schön anfühlt. »Ich versuche hier, professionell zu sein. Mach es nicht kompliziert.«

Er lacht leise. Dann beugt er sich vor und küsst mich zärtlich. Es geht schnell und weckt in mir Appetit auf mehr.

»Verdammt, Shipley. Wenn du mich so ansiehst, ist es schwer, dich gehen zu lassen.«

Ich schlucke heftig. Dann öffne ich die Tür und steige aus.

»Daphne!«, ruft Karim. Er beobachtet mich jetzt mit einem Lächeln im Gesicht. *Verdammt.* »Wie geht’s?«

»Prima«, sage ich, während Rickie auf der anderen Wagenseite aussteigt.

»Wir gehen heute Abend zum Karaoke ins *Biscuit*«, sagt er. »Ihr solltet mitkommen.«

»Wann denn?«, fragt Rickie, als wäre das seine Entscheidung. »Ich bin übrigens Rickie.«

»Ich weiß«, sagt Karim, kommt näher und hält ihm die Hand hin. »Ich war in dem Psychologie-Seminar, in dem du letztes Jahr Gastredner warst.«

»Ah ja. War ganz lustig, mal für einen Tag der Klassenfreak zu sein.« Als Rickie seine tätowierten Arme vor der Brust verschränkt, checkt Karim ihn unverhohlen ab.

»Hey, ich fand deine Geschichte total cool«, sagt mein Kollege, Rickies neuer Fan. »Wir gehen um halb sechs ins *Biscuit in the Basket*«, sagt er. »Erst gibt's Chicken Wings in der Happy Hour, und gegen sechs geht dann das Karaoke los.«

Ich mache den Mund auf, um den Vorschlag abzulehnen, doch Rickie kommt mir zuvor und meint: »Super, wir kommen vorbei.«

Was zum …?

»Cool«, sagt Karim mit einem fetten Grinsen.

Ich fasse es nicht, ich bin gerade ins Karaoke reingequatscht worden. Karim und Jenn hatten zwar schon angedeutet, dass ich mitkommen sollte, und es fühlt sich falsch an, ständig Nein zu sagen – aber *Karaoke*? So was macht man doch nicht mit seinen neuen Kollegen. *Ach du Schande.*

Ich werfe Rickie einen tödlichen Blick zu.

Er lächelt.

»Ich muss erst meiner Familie Bescheid geben«, sage ich steif. »Kann sein, dass ich zu Hause gebraucht werde.«

»Na, dann mach das.« Karim zeigt zum Gebäude. »Ich geh mal lieber rein.«

»Ja«, sage ich schnell. »Sollte ich auch.« Ich schultere meinen Rucksack. »Ich komme gleich nach.«

Ich warte, bis Karim außer Hörweite ist, dann gehe ich auf Rickie los. »Wieso hast du das gemacht?«

»Weil Karaoke Spaß macht?« Er zuckt mit den Schultern, als wäre das doch glasklar. »Ich werd auch nur maximal ein Bier trinken, damit ich uns noch nach Hause fahren kann.«

»Du kannst dich ruhig betrinken«, zische ich. »Ich werd mich nämlich *auf gar keinen Fall* mit einem Mikro in der Hand vor meine Kollegen stellen. Du lieber Gott.«

Er lacht. »Okay. Abgemacht. Treffen wir uns davor noch beim Haus – um fünf? Damit du's dir angucken kannst. Wo es ist, weißt du doch noch?«

»Ja«, knurre ich.

»Super. Dann sehen wir uns dort.« Er zieht an meiner Hand und gibt mir ein Küsschen. »Bis später, Schöne.«

Meine Wangen brennen. »Bis später.«

Lächelnd zieht er von dannen.

Natürlich wartet Karim kurz hinter der Tür auf mich. »Du kleine Lügnerin!«, kräht er, sobald ich das Gebäude betrete. »Du hast behauptet, ihr wärt nur Mitbewohner.«

»Es ist kompliziert«, brumme ich. »Er ist zwar heiß, aber nervig.«

»Es bricht mir das Herz«, sagt er und wirft dabei durch die Glastür noch einen verstohlenen Blick auf Rickies sich entfernende Gestalt. »Der Junge sieht echt *yummy* aus mit seiner Sommerbräune.«

Verdammt, da hat er nicht unrecht.

»Hat er eine gute Stimme? Falls er beim Karaoke irgendeine sexy Ballade singt, erhole ich mich womöglich niemals davon.«

»Ich habe ihn noch nicht singen gehört«, sage ich. Doch dann wird mir klar, dass ich das sehr wohl schon habe.

Zweimal.

32

Rickie

Obwohl meine Vorlesung vorbei ist, habe ich einen vollgepackten Tag. Ich gebe meine letzte Philosophie-Hausarbeit ab und hole dann die Schlüssel bei der Mitwohnagentur ab. Anschließend fahre ich zum Haus und mache dort einen Rundgang, um sicherzugehen, dass die Mieter alles ordentlich hinterlassen haben.

Haben sie. Das Haus ist blitzsauber. Während ich so durch mein leeres Haus gehe und meine eigenen Schritte hallen höre, merke ich jedoch mal wieder, warum ich mir immer Mitbewohner suche. Es geht mir besser, wenn ich Menschen um mich habe. Nicht direkt in meinem Zimmer, aber in der Nähe.

Gott, bin ich sonderbar.

Trotzdem komme ich förmlich zu meiner Sitzung in Lenores Sprechzimmer gehüpft.

»Da hat aber jemand gute Laune«, bemerkt sie.

»Ja, die Woche war gut.« Ich ziehe meinen Sessel näher an ihren Schreibtisch und lege die Füße hoch.

»Bequem so?«

»Yepp. Ich habe seit heute mein Haus wieder. Bald ziehe ich wieder ein.«

Sie legt den Kopf schief. »Mit oder ohne neue Mitbewohnerin?«

»Daphne hat sich noch nicht entschieden. Aber ich werde sie schon überreden.« Ich schenke ihr ein blendendes Lächeln. »Kurzer Weg in mein Bett und so weiter.«

»Dann nehme ich an, in Sachen Daphne läuft alles gut.«

»Ich kann mich nicht beschweren und sie auch nicht.«

Lenore lacht. »Ich merk schon. Wie schlafen Sie denn?«

»Getrennt, wenn Sie das meinen.«

»Ich meinte ganz generell. Noch Albträume?«

»Na ja, schon ab und zu.« Ich stelle die Füße wieder auf den Boden. »Und jetzt sehe ich immer sein Gesicht.«

»Das von Daphnes Ex?«

»Ja.« Ich fahre mir mit einer Hand durchs Haar. »Das ist verdammt gruselig.«

»Was macht er in diesen Träumen?«, fragt mich Lenore. »Irgendetwas Neues?«

»Nein, überhaupt nichts. Ich sehe sein Gesicht neben meinem Bett. Und dann wache ich immer auf.«

»Okay.« Sie kaut auf ihrer Unterlippe. Damit verrät sie sich immer, deshalb bin ich jetzt auf der Hut. »Haben Sie schon Ihre Kurse ausgesucht?«

»Fürs Herbstsemester? Wir können unseren Stundenplan noch bis zum siebenundzwanzigsten einreichen.«

»Aber haben Sie sich schon Gedanken darüber gemacht?«, fragt sie.

Du meine Güte. »Lenore, warum interessiert Sie mein Studienpensum auf einmal dermaßen? Rumdrucksen steht Ihnen nicht. Was auch immer Sie zu sagen haben, rücken Sie einfach damit raus.«

Sie stößt die Luft aus. »Ich habe bei der Academy angerufen und noch einmal versucht, mehr herauszufinden.«

»Oh.« Mir stockt das Blut in den Adern. »Das hatte ich ganz vergessen.«

»Es hat nichts gebracht«, sagt sie schnell. »Hat mich bloß wütend gemacht.«

In mir entspannt sich etwas, und ich weiß nicht mal so recht, warum. »Okay. Waren die arschig?«

»Kann man so sagen.« Sie knibbelt an einem Fingernagel. »Ich habe improvisiert, Rick. Und es hat gar nichts gebracht.«

»Wonach haben Sie denn gefragt?«

Als sie aufsieht und mir in die Augen schaut, ist ihr Blick ganz traurig. »Ich sagte, Sie hätten eine Posttraumatische Belastungsstörung und wir könnten die Ursache nicht herausfinden.«

»Das ist, äh, gar nicht mal so falsch«, merke ich an.

»Stimmt. Aber dann meinte ich, sie könne sexueller Natur sein.« Sie drückt die Handflächen zusammen, als müsste sie sich zusammennehmen, um ruhig zu bleiben. »Der Kerl blieb ein Eisblock. Also habe ich angedeutet, ich würde Sie wegen Symptomen behandeln, wie sie Vergewaltigungsopfer zeigen.«

Eine Übelkeit erregende Druckwelle geht durch meine Brust, und in meinem Kopf schreit alles: *Wieso sagen Sie so was?*

Andererseits hatte ich Lenore ja gebeten, dort mal was aufzurütteln. »Und was haben die geantwortet?«

»Der Mann meinte …« Sie stützt den Kopf in die Hände. »Er sagte: *Das ist lächerlich. Ein Mann kann nicht vergewaltigt werden.*«

»Oh«, mache ich. Ich brauche eine Sekunde, bis ich merke, dass das Ganze gar nichts mit mir zu tun hat. Aber Lenore ist aufgebracht. Sie hat rote Augen und kneift die Lippen zusammen. »So etwas zu behaupten ist scheiße, stimmt's?«

»So etwas zu behaupten ist *unerträglich*. Das leugnet ein äußerst reales Problem und erhält ein soziales Stigma aufrecht. Ich hatte schon Männer in Behandlung, die einen Übergriff erlebt haben, und die können solchen *Bullshit* nicht gebrauchen.«

»Sie haben recht«, sage ich schnell. »Das ist schrecklich.«

»Richtig übel.« Sie reibt sich die Schläfen. »Tut mir leid, dass ich nichts aus denen rauskriegen konnte. Es hieß, ich solle im Krankenhaus anrufen – was ich auch machen werde. Aber das Krankenhaus wird kein Unfallprotokoll vorliegen haben. Nur Einzelheiten zur Behandlung.«

»Okay. Ist schon gut, Lenore. Sie haben es versucht. Tut mir leid, dass es so schlimm war.«

Sie schaut mich mit trauriger Miene an. »Wissen Sie, ich sitze den ganzen Tag hier und verlange von meinen Patienten, dass sie sich einer schwierigen Wahrheit stellen. Es ist schwer, die Wahrheit auszusprechen. Und dann erzählt mir irgend so ein Arschloch von einer Militärakademie, sexuelle Übergriffe auf Männer gäbe es nicht.«

»Das ist unfassbar«, stimme ich ihr zu. »Was für ein Scheißverein. Gut, dass ich mich kein Stück daran erinnere.« Ich lächle sie schelmisch an.

»Halt, stopp«, sagt sie. »Sie sollten Ihre Therapeutin nicht aufmuntern müssen. Entschuldigung. Ich bin bloß wütend.«

»Ich sonst auch, Lady. Heute aber nicht.«

Sie lächelt. »Nein? Wieso nicht?«

»Hab keinen Grund, wütend zu sein. So langsam wird's mit meiner Süßen. Ganz hab ich's noch nicht geschafft, aber es fehlt nicht mehr viel.«

»Verstehe.« Ihr Lächeln kehrt zurück. »Wie lautet also Ihr großer Plan?«

»Karaoke. Ist das Geheimnis des Lebens.«

»Entschuldigung, *wie bitte*?« Lenore kichert.

»Daphne denkt, sie müsse sich immer unter Kontrolle haben. Als ob es sie umbringen würde, Schwäche zu zeigen. Aber ihr Kollege hat uns für heute Abend zum Karaoke eingeladen. Sie wollte eigentlich nicht, aber ich habe ihr keine Wahl gelassen.«

»Da stehen Frauen bekanntlich drauf«, sagt Lenore trocken.

»Jaja. Sie muss sich aber mit diesen Leuten anfreunden. Das hat sie selbst zugegeben. Und beim Karaoke merkt jeder, dass man nicht die ganze Zeit perfekt sein muss, um Spaß zu haben und gemocht zu werden.«

»Sie haben voll einen auf Guru gemacht, was?« Sie wedelt mit der Hand in meine Richtung. »Steht Ihnen. Das arme Mädchen hat keine Chance. Was werden Sie singen?«

»Das habe ich mir noch nicht überlegt. Etwas Umwerfendes.«

»Ich freu mich schon auf das Video davon«, sagt Lenore. »Schicken Sie's mir gern.«

Ich verbringe den Nachmittag in meinem Zimmer im Erdgeschoss beim Auspacken. Es ist befriedigend, meine Wintersachen in den leeren Kommodenschubladen zu verstauen. Mein Bett mache ich auch, lege die Matratzenauflage wieder darauf, die ich eingelagert hatte, und beziehe es frisch.

Dieses Haus hat für ein Zerwürfnis zwischen meinem Vater und mir gesorgt, doch ich mag es, meine eigenen vier Wände zu haben. Ich hatte mich schon gefragt, ob es mich wohl stören würde, dass Fremde das Haus den ganzen Sommer über gemietet haben.

Aber nein. Dieses Zimmer fühlt sich immer noch wie mein persönlicher Rückzugsort an. Das Regal über dem Bett wartet nur darauf, dass ich meine Fachbücher ordentlich aufgereiht daraufstelle. An den Wänden habe ich eingerahmte Stadtpläne von allen Orten hängen, an denen ich schon gewesen bin – von der Stadt in Deutschland, in der ich einige Jahre gelebt habe. Und von der in Japan.

Außerdem ist da noch eine Kiste mit Krimskrams, die ich mir bis zum Schluss aufhebe. Sie ist voller Souvenirs von verschiedenen Reisen, die ich über die Jahre gemacht habe. Da wären zwei handgeschnitzte, sich gegenseitig in den Schwanz beißende Holzdrachen – ein Flohmarktfund aus Hongkong. Und eine komische kleine Meerjungfrauenfigur aus Kopenhagen.

Als es an der Tür klingelt, stelle ich fest, dass ich die Zeit total aus den Augen verloren habe. Es ist schon fünf. Und ich bin mehr als bereit herauszufinden, ob Daphne noch sauer auf mich ist. Ich hoffe nicht. Ich will sie zur Chicken-Wings-Happy-Hour schleppen und vor ihren Kollegen singen.

Ich tapere durchs Haus und ziehe die Tür auf. »Hi, Schöne. Hast du mich vermisst?«

»Auf Komplimente aus, McFly?« Sie verschränkt die Arme vor der Brust.

»Immer noch sauer wegen dem Karaoke, hm?«

»Nur weil du mich nicht vorher gefragt hast.« Sie legt den Kopf schief. »Ich sollte eh mal mit den Kollegen weggehen. Sie sind nett.«

»Das freut mich«, sage ich und bedeute ihr, in die Diele zu kommen. »Du hast es verdient, nette Leute um dich zu haben. Mich zum Beispiel.«

Sie schnaubt. »Führ mich rum, McFly. Dann können wir Chicken Wings essen gehen, und ich höre mir an, wie du singst.«

Ich nehme ihre Hand. »Ich dachte mir, wir könnten ein Duett machen.«

»Nope. Du bist hier der Einzige, der singen wird.«

»Soso.« Was das angeht, kann ich sie wohl später noch bearbeiten. »Das ist mein Wohnzimmer.« Ich deute mit der Hand in den Raum. »Es könnte mal neue Möbel gebrauchen, allerdings schmeiße ich gern Partys, deshalb mag ich es nicht schick herrichten. Eigentlich sitzen wir nur an den Wochenenden da, wenn wir versuchen, den Kater auszukurieren.«

»Meine Wochenenden sind für gewöhnlich katerfrei«, verrät Daphne.

»Tja, dein Pech, denn ich mache hervorragenden Kater-Tee und auch ziemlich gute Suppen. Komm, ich zeig dir meine Küche.«

Ich führe sie in meinen Lieblingsraum im Haus mit seinem robusten Dielenboden und den altmodischen Fenstern. Die Ausstattung ist alt, aber auf eine schöne Art. Es gibt einen rundlich-klobigen grünen Kühlschrank und einen passenden Herd, außerdem eine großzügige orangefarbene Resopalarbeitsfläche in L-Form und eine geräumige Nische für die Tischgruppe im Midcentury-Stil, die ich selbst ausgesucht habe.

»Oh. Die ist voll schnuckelig«, sagt Daphne.

»Ja, oder?«, stimme ich ihr zu. »Das ist mein Lieblingsplatz zum Lernen oder Kochen oder einfach Abhängen mit deinem Bruder.« Ich lehne die Hüfte gegen den Tresen und betrachte Daphne genau, die angestrengt versucht, meine Küche nicht zu mögen und sich selbst nicht hier drin vorzustellen. Ich kann regelrecht sehen, wie der Kampf hinter ihren braunen Augen tobt.

Meine Süße hat extreme Angst, sich auf irgendetwas einzulassen. Sie denkt, wenn sie mir vertraut, könnte ich sie hintergehen. Und sie hat Angst, dass sie, wenn sie sich erlaubt, sich in dieser Küche zu Hause zu fühlen, hier womöglich nie wieder wegwill. »Tief durchatmen, Kleines. Du brauchst heute nicht dein ganzes Leben durchzuplanen.«

Sie kneift gereizt die Augen zusammen. »Ich habe überhaupt nicht mein ganzes Leben durchgeplant. Bloß das nächste Jahr.«

»Ja, mein Fehler. Komm mit. Ich zeige dir das Highlight der Tour.«

»Das leere Zimmer?«

»Nein, noch besser: mein Zimmer.«

»Ich hätte es wissen müssen.« Sie schenkt mir ein kurzes Lächeln, und als ich ihr die Hand hinhalte, nimmt sie sie.

Während ich die Finger mit ihren verschränke und sie in den hinteren Teil des Hauses führe, gratuliere ich mir innerlich dazu, das Bett gemacht zu haben. *Gut gemacht, Unterbewusstsein.* Mehr Ungestörtheit hatten wir beide seit einer ganzen Weile nicht. Vielleicht noch nie.

»Nett«, flüstert sie, als ich sie in mein sonniges Zimmer führe, das nach hinten zum Garten hinausgeht.

»Ich habe heute ordentlich was geschafft.« Deswegen ist die Atmosphäre hier drin schon so friedlich. Die Bücher stehen wieder auf den Regalen. Die leeren Kisten sind schon weg. Nur der halb ausgepackte Krimskrams ist noch übrig.

Die Kiste steht auf dem Bett, also hebe ich sie hoch und kippe den letzten Rest auf meine Kommode, um ihn später zu sortieren.

»Was ist das?« Daphne greift nach einer großen Münze und dreht sie auf ihrer Handfläche herum.

»Die ist aus Thailand.«

»Mein Gott, ich möchte auch gern reisen«, sagt sie mit einem Seufzer. »Unbedingt. Aber bisher war keine Zeit dafür da. Und auch kein Geld.«

»Ich habe mir nach der Schule ein Jahr Auszeit genommen. Hab ein bisschen gejobbt, bin rumgereist.« Es war toll, und ich wünschte, Daphne könnte das auch erleben.

»Was ist das? Und das?«

Sie berührt alle meine kleinen Schätze vorsichtig, während ich sämtliche Münzen und Gegenstände erkläre. »Das ist bloß ein ganz normaler Espressolöffel vom Flohmarkt in der Portobello Road in London. Ich suche in jedem Land immer nach irgendeinem kleinen Mitbringsel von einem Markt. Wenn es was Nützliches ist, umso besser. Wenn ich nichts Passendes finde, behalte ich stattdessen eine Münze.«

»Und die?« Sie klopft auf eine kleine Holzschachtel. »Woher ist die?«

»Ah, die ist aus Vermont. Aber sie ist mir ein Rätsel.«

»Wie meinst du das?«

»Die wurde mir zusammen mit meinen restlichen Sachen von der Academy zugeschickt. Es waren ein paar Weihnachtsgeschenke dabei – ein Buch für meinen Dad und etwas für meine Mom. Aber an dem Ding war kein Geschenkanhänger. Ich weiß nicht, für wen es gedacht war. Außerdem ist es voll strange. Mach mal auf.«

Sie hebt den Deckel der kleinen Holzschachtel an, in der das seltsamste Schmuckstück überhaupt zum Vorschein kommt. Im Grunde ist es eine Silberkette mit einem Anhänger in Form eines hässlichen insektenähnlichen Viechs. »Offenbar hatte ich meiner Mom ein Foto davon gemailt und sie gebeten, eine befreundete Kunsthandwerkerin von ihr damit zu beauftragen, den herzustellen. Aber warum, weiß ich nicht.«

Daphne gibt einen komischen Laut von sich. So etwas wie ein ersticktes Keuchen. Als sie zu mir hochschaut, füllen sich ihre braunen Augen doch tatsächlich mit Tränen.

»Langsam, okay«, sage ich und lege einen Arm um sie. »Habe ich was verpasst?«

»Das ist ein Wasserfloh.«

»Ähm …« Das sagt mir nichts. Als ihr eine Träne aus dem Auge quillt, fange ich sie mit dem Daumen auf.

»Auch genannt Daphnia.«

»Moment mal, wie bitte?« Ich nehme ihr den seltsamen Anhänger aus der Hand und starre ihn an. Ich erkenne eine komische Kreatur mit seltsamen Fortsätzen am Kopf. »Machst du Witze?«

Sie schüttelt langsam den Kopf. »Wir hatten über meinen Namen geredet. Ich habe dir erzählt, dass er drei Herleitungen hat – nach einer langweiligen Blume, nach einem echt traurigen Mythos und nach …«

»… einem Wasserfloh«, beende ich den Satz.

»Du erinnerst dich?«

»Nein«, presse ich hervor und lasse die Kette auf die Kommode fallen. »Aber ich *kenne* mich. Selbst wenn ich dich echt mochte, hätte mich das nicht davon abgehalten, dir eindeutige Angebote zu machen. Aber ich hätte mir auch die Mühe gemacht, dir einen verdammten Wasserfloh aus Silber zu besorgen und ihn dir zu unserem Date mitzubringen. Also, *wo zur Hölle* bin ich stattdessen hin?« Auf einmal sind meine Hände zu Fäusten geballt. Es ist zum Kotzen, ich hab's so satt, nichts zu wissen.

»Hey«, sagt sie sanft. »Das ist … Ich finde das total schön. Der hat die ganze Zeit hier gewartet. Und ich habe ihn gefunden.«

»Ja, echt schön«, presse ich immer noch wütend hervor. Trotzdem schlinge ich einen Arm um sie und ziehe sie an mich. »Mein kleiner Wasserfloh.«

Sie legt einen Arm auf meinen Rücken, während die andere Hand auf meinen Bauchmuskeln landet. »Nein, das war süß. Es *ist* süß. Ich würde ihn gern behalten.«

»Er gehört dir.« Ich drücke ihr einen Kuss auf die Schläfe, bin allerdings so sauer auf mich selbst, dass ich regelrecht aus der Haut fahren könnte.

»So ein persönliches Geschenk hat mir noch nie jemand gemacht«, sagt sie, und ihre Stimme ist dabei fast so sanft wie ihre Hände, die mich jetzt streicheln. Mich beruhigen.

»Babe, falls es dir nicht aufgefallen ist: Ich hab's nicht gebacken gekriegt, es dir zu geben. Du meintest doch, du hättest einen beschissenen Männergeschmack, stimmt's? Und ich hatte noch die Eier, das zu bestreiten.«

»Nicht«, flüstert sie. »Mach das *nicht*. Nimm jetzt nicht alles zurück, was du über uns gesagt hast. Gut, so einiges ist mies gelaufen. Aber du darfst auch nicht so tun, als wäre nie etwas Schönes passiert.«

Wieder stoße ich wütendes Gefluche aus, aber ich kämpfe auf verlorenem Posten. Denn Daphne küsst die Unterseite meines Kiefers. Anscheinend ist es egal, dass ich eigentlich keine Lust habe, getröstet zu werden, denn ihr weicher Mund ist gebefreudig. Mein nächster Atemstoß verliert an Heftigkeit und wird zu einem Stottern, als sie sich an meinem Hals hinab bis zum V-Ausschnitt meines Shirts küsst.

Wie es scheint, ist meine Wut ihrem Reiz nicht gewachsen. Denn auf einmal küsse ich sie. Und als ihre Hand dann meinen anschwellenden Schwanz findet, verliere ich unseren kleinen Wettstreit der Willenskraft.

Mag sein, dass mich das zu einem selbstsüchtigen Mistkerl macht. Aber ihr Verlangen allein reicht aus, um mein Zögern verpuffen zu lassen. Ich hole mir den nächsten Kuss. Ich giere danach und lasse es sie wissen, indem ich sie an mich ziehe, während wir unseren Kuss vertiefen. Ihr die Zunge in den Mund schiebe.

Wenn sie dieses Wrack von Mann hier will, dann soll sie es haben. Ich bin sowieso nicht in der Stimmung, subtil vorzugehen.

Sie genauso wenig. Sie zieht mein T-Shirt hoch und lässt die Hände über meinen Rücken gleiten. Und ich setze noch eins drauf, indem ich den Stoff packe und das Teil runterzerre. »Ist es das, was du willst?«, brumme ich.

Sie sagt nichts. Aber ihr ernster Blick versichert mir, dass es so ist. Dann senkt sie den Kopf, um das Tattoo an meinem Schlüsselbein mit dem Mund zu erkunden.

Wieder ziehe ich sie an mich. Ihre Haare fühlen sich ganz weich an zwischen meinen Fingern. Und sie liebkost meine Haut mit ihrer Zunge. Noch wütend zu bleiben, während sie das macht, ist hart. Ich werde davon einfach nur *hart*.

Gerade weil Daphne das sonst nie tut – die Initiative geht nie von ihr aus. Ich bin derjenige, der darum betteln muss.

Heute aber nicht. Sie küsst meinen Hals. Ihre Hände stecken hinten in meinen Hosentaschen.

Rückwärts schiebe ich sie bis gegen das Bett – darauf läuft das hier schließlich hinaus. Ich ziehe ihr die Bluse aus und werfe das Teil auf meinen Schreibtischstuhl. Sie trägt einen schlichten schwarzen BH, bei dessen Anblick mich heftige Besitzansprüche überkommen. Daphne lässt sich nicht gern in die Karten gucken. Aber mir zeigt sie sie.

Nur mir.

»Du willst mich aufmuntern?«, brumme ich. »Dann aufs Bett mit dir.«

Mit großen Augen setzt sie sich auf die Kante und rutscht dann nach hinten.

»Braves Mädchen.«

Ich will mich gerade zu ihr gesellen, als mir einfällt, dass ich etwas Wichtiges vergessen habe. Schnell drehe ich mich um, schnappe mir die Kette von der Kommode und nehme sie mit ins Bett. »Die gehört dir«, sage ich mit rauer Stimme. »Ich will, dass du sie trägst.« Dann hake ich den Verschluss auf und lege sie ihr um den Hals.

»Danke«, flüstert sie, während ich die Kette schließe.

Mit dem Zeigefinger berührt sie den Anhänger, der über ihren Brüsten baumelt. Ihr Blick wird weich und träge, als würde sie mich durchschauen. Als wüsste sie, dass der Sturm vorüberziehen wird.

Meine Wut ebbt noch weiter ab. Und als ich mich vorbeuge, um ihr erneut einen Kuss zu geben, ist er genauso zärtlich, wie sie es verdient.

33

Daphne

Wir befinden uns auf einem Bett. Einem richtigen Bett. Es ist ein verdammtes Wunder.

Das frühabendliche Sonnenlicht fällt durch Rickies Fenster herein, während er mich weiter auf die Matratze schiebt und mir den Rock auszieht.

Dann meinen Slip.

Dann meinen BH.

Und nachdem er seine restlichen Klamotten weggeschleudert hat, ist zwischen uns nur noch ein Schmuckstück, das einen Daphnia in seiner ganzen sonderbaren Pracht darstellt.

Als Rickie mit dem Anhänger spielt, glüht seine Miene verheißungsvoll. »Besser spät als nie, schätze ich.«

»Ja, ich …«

Mir gehen die Worte aus, denn er senkt den Mund auf meine Brust und lässt die Zunge um meine Brustwarze kreisen. Ich schnappe nach Luft, als mich ein Kribbeln durchfährt.

Schamlos stöhne ich auf, denn ich bin nicht mehr schüchtern. Und ich habe keine Angst mehr davor, ihn zu lieben. Also umfasse ich schamlos seinen Schwanz und streichle ihn.

Als er ächzt, lächle ich in Richtung Zimmerdecke. Es ist nicht so, als ob mein Herz auf einmal unverwundbar wäre. Ich komme nur nicht mehr gegen meine Gefühle an. Er hat mich gekriegt. Und wenn ich mich zurückhalte, verpasse ich womöglich etwas.

Das wäre blöd, schließlich setzt mich jede seiner Berührungen unter Strom. Gerade verteilt er überall Küsse auf meinem Körper. Auf meinem Hals. Meinen Schultern. Meinem Bauch. Meiner …

Ich stoße ein zittriges Stöhnen aus, als er sich an der Innenseite meines Oberschenkels hinaufküsst. »Du brauchst nicht langsam zu machen«, schlage ich vor. »Ich kann dir eh nicht mehr widerstehen.«

Er lacht tief und kehlig. »Was, wenn ich langsam machen will?« Mit dem Daumen streichelt er langsam über meine Mitte, sodass ich aufstöhne und die Schenkel anspanne.

Dann senkt er den Kopf und widmet sich mir mit dem Mund. Seine Küsse werden immer heißer und feuchter, bis ich beide Hände in seine weiße Tagesdecke kralle. »Bitte?«, zische ich. »Jetzt. Ich möchte nicht warten.«

Mit weichem Blick schaut er zu mir hoch. »Du kannst ja ganz nett bitten, wenn du mich willst, Shipley.« Er drückt sich hoch und klettert über mich. Dann – endlich – bringt er seinen Schwanz an meine Öffnung.

Als er quälend langsam an sein Ziel zu gleiten beginnt, wird mir klar, dass ich seinen Gesichtsausdruck wiedererkenne. Es ist eine wilde Mischung aus Hoffnung und Furcht – dieselbe, die ich hatte, als ich überlegte, wie sehr es wohl wehtun würde, wenn er mich lieben und dann verlassen sollte.

Ich versuche, ihn zu mir herunterzuziehen, damit er mich küsst, doch er wehrt sich. Er bleibt über mir, betrachtet mich und zögert den Moment hinaus. Er soll sich bewegen. Unbedingt. Doch stattdessen blickt er mir fest in die Augen. »Besser spät als nie«, wiederholt er mit rauer Stimme.

»Ja«, keuche ich, viel zu erregt, um wortgewandt zu sein.

Dann beugt er sich herunter, genau dorthin, wo ich ihn haben will. »Mein Gott, wie ich dich brauche«, sagt er und drückt seinen Mund auf meinen. Der Kuss ist langsam und bedächtig.

Erst dann fängt er an, sich zu bewegen. Und es ist perfekt.

Natürlich kommen wir zu spät zum Karaoke.

Nach dem gemächlichen, den Verstand raubenden Sex bleiben wir noch eine Weile zusammengekuschelt im Bett liegen. Er streicht mir gedankenverloren durchs Haar, während ich schläfrig Tagträumen darüber nachhänge, wie ich nach Feierabend nach Hause zu diesem Mann ins Bett komme.

Ich weiß, dass das vorschnell von mir ist. Aber wenn man nackt an Rickie gekuschelt liegt, ist es schwer, nicht zu träumen anzufangen.

Schließlich stehen wir auf. Wir duschen zusammen, was zu Sex unter der Dusche führt.

Erst danach reißen wir uns ernsthaft zusammen und gehen zu der Sportsbar. Als Rickie und ich Hand in Hand hereingeschlendert kommen, beendet auf der kleinen Bühne gerade jemand einen Cyndi-Lauper-Song, und alle fangen an zu klatschen.

Da es sich um eine Collegekneipe handelt und es ein Mittwoch im August ist, ist der Laden nur halb voll. Das macht es leicht, die Gesundheitswesen-Truppe an dem großen Tisch an der Wand auszumachen. Jenn und Karim winken uns zu sich. Bei ihnen sind noch zwei Masterstudenten, die ich schon bei der Arbeit kennengelernt habe.

»Ihr habt's hergeschafft!«, sagt Jenn sichtlich überrascht.

»Entschuldigt die Verspätung, wir hatten noch einiges zu erledigen.« Rickie sagt das, ohne eine Miene zu verziehen, und ich hoffe, dass ich nicht rot werde. Meine Finger landen an dem Daphnia-Anhänger um meinen Hals, und ich nestele daran herum.

Vielleicht stimmen die ganzen Klischees doch, jedenfalls fühle ich mich nach dem Stündchen in Rickies Bett wie neu geboren. Ich bin so entspannt wie lange nicht. Vielleicht war ich sogar noch nie so entspannt wie jetzt.

Obendrein habe ich auch das Gefühl, dass wir ein Team sind. Und das hatte ich noch nie – dieses Gefühl, dass ich eine starke Verbindung zu jemandem aufbaue. Rickie kennt meine Geheimnisse und ich seine. Wir haben den Kummer des anderen erlebt.

Bis jetzt habe ich nicht verstanden, was daran sexy sein soll. Ich hätte gedacht, das Gegenteil wäre der Fall. Wer will schon Kummer und Unglück teilen?

Ich, wie's scheint. Als Rickie heute wütend wurde, wollte ich ihn einfach nur trösten. Also habe ich ihm das gezeigt – körperlich. Und er hat es verstanden.

Als er mir jetzt einen Stuhl zurechtrückt und dabei die Hand auf meinen unteren Rücken legt, ist das mehr als eine zärtliche Geste.

Es ist ein Bekenntnis. Zu uns.

»Hier, Leute«, sagt Karim und schiebt uns ein paar Zettelchen hin. »Schreibt auf, was ihr singen wollt.«

Rickie greift nach der Speisekarte. »Da muss ich erst mal nachdenken. Und ein paar Pommes essen.«

»Okay, na gut. Aber falls du einen Duettpartner brauchst, bin ich der Mann für dich«, sagt Karim zu ihm.

»Ich behalt's im Hinterkopf«, erwidert Rickie grinsend. Er legt eine Hand auf mein Knie. »Was singst du denn?«

»Nichts.«

»Hey«, beschwert sich Karim. »Alle singen was.«

Er setzt an, noch mehr zu sagen, doch der DJ unterbricht ihn mit einer Ansage. »Als Nächstes singt Karim. Und, Jenn, halt dich bereit.«

Karim rutscht von seinem Stuhl. »Such ein Lied aus«, beharrt er noch im Gehen.

»Ich helf dir bei der Auswahl«, sagt Jenn. Sie schiebt uns einen Stapel laminierter Listen rüber, die von einem Metallring zusammengehalten werden. »Ich arbeite mich ja durchs Repertoire von Whitney Houston.«

»Du hast bestimmt eine tolle Stimme.«

»Nö!«, sagt sie fröhlich. »Whitney dreht sich wahrscheinlich im Grab um. Aber es macht Spaß.« Sie wendet sich ab und schaut rüber zu Karim, der gerade zum Mikrofon greift, als die ersten Takte seines Lieds einsetzen.

»Ich werd nicht singen«, flüstere ich Rickie zu. »Jedenfalls nicht vor meinen Kollegen.

»Daphne«, sagt er, und seine tiefe Stimme ist direkt an meinem Ohr. »Du musst nicht super klingen. Es geht hier um eine gemeinsame Erfahrung. Du zeigst deinen Kollegen deine schwache, schief tönende Seite, damit sie wissen, dass du auch nur ein Mensch bist.«

Ich weiß, dass er recht hat, mag aber trotzdem nicht.

»Wie wär's, wenn wir ein Duett singen?«, bietet Rickie an. »Du darfst den Song aussuchen.«

»Echt?«

»Klar.« Er nimmt sich eins der Zettelchen. »Ich singe auch noch einen alleine. Was soll's.«

Auf der Bühne fängt Karim an zu singen. Der Song ist *Father Figure* von George Michael. Die Nummer fängt in einem tiefen Flüsterton an. Und das kriegt er ganz gut hin.

Aber als dann mit der Spannung auch die Tonhöhe steigt, trifft er jeden einzelnen Ton. Rickie beugt sich auf seinem Platz vor. »Wow, oder?«

»Wow«, stimme ich ihm zu.

»Er ist unser heimliches Ass«, sagt Jenn. »Außerdem steht

er auf George Michael. Falls du nicht weißt, was du nehmen sollst, schreib einfach ein Duett von *Freedom* mit ihm auf und fertig. Mit Karim zusammen klingt alles gut.«

Unter dem Tisch stupst Rickie mich an. »Ich möchte mit dir singen.«

»Ja?«

»Unbedingt. Wobei wir auch einen Dreier machen könnten.«

Ich muss doch tatsächlich kichern. »Wir zwei sind schon genug. Ich suche was aus.«

»Wie du willst«, sagt er und küsst mich auf die Wange, während Karim ins Mikro schmachtet.

»Was, wenn du das Lied gar nicht kennst?«

»Dann tu ich so, als ob.« Er zuckt mit den Schultern. »Möchtest du einen Bacon-Backkäse-Burger mit Pommes? Den nehme ich jedenfalls.«

»Ja, bitte.«

Während er der Kellnerin ein Zeichen gibt, gehe ich die Songliste durch, als gäbe es später einen Test zu bestehen. Was würde Rickie mit mir singen?

Mein Blick bleibt an einem bestimmten Titel hängen. Bei dem weiß ich sicher, dass er ihn kennt.

Hmm.

Karim beendet bravourös die Schlusspassage des Lieds, und wir jubeln alle lautstark.

»Na los, Shipley«, sagt Karim, als er mit vor Triumph geröteten Wangen zum Tisch zurückkehrt, »such einen Song aus.«

»Na gut, na gut.« Ich notiere gerade den Titel, als die Kellnerin ankommt, um unsere Bestellung aufzunehmen.

»Hm. Interessante Wahl«, sagt Karim, der mir ungeniert über die Schulter guckt. »Ein bisschen düster, Shipley.«

»Welchen hast du ausgesucht?«, fragt Rickie.

»Das wirst du schon noch rechtzeitig merken, wenn wir zusammen singen.«

»Meiner ist auch ein Duett«, sagt Rickie. »Karim, kannst du mich bei dem hier unterstützen?« Er gibt meinem Kollegen seinen Zettel.

Karim johlt vor Lachen. »Oh Mann. Na sicher. Du bist lustig.« Er reicht der Kellnerin beide Zettel.

»Was hast du ausgesucht?«, will ich wissen.

»Wirst du schon noch merken«, drückt mir Rickie meinen nervigen Spruch zurück.

Die Kellnerin schielt auf den Zettel in ihrer Hand. »Uuh, ich werd zusehen, dass ich nicht gerade Pause habe, wenn ihr das singt.« Sie schenkt Rickie ein breites Lächeln. »Okay, was möchtet ihr trinken?«

»Tequila«, knurre ich. »Aber das ist keine gute Idee. Ich nehme stattdessen ein Wasser.«

Rickie lacht.

Während ich darauf warte, dass mein Lied dran ist, verwandelt sich mein Unbehagen in Angst. Die Kellnerin bringt unser Essen, und der Burger mit einem knoblauchlastigen Ziegenkäse aus der Region darauf ist lecker. Aber ich esse nur die Hälfte. Rickie hat mir außerdem noch ein Shipley-Cider bestellt, ausgerechnet.

»Dachte mir, du kannst was Vertrautes von zu Hause vertragen«, sagt er, als ich es beim ersten Schluck erschmecke.

»Dass deine Familie Cider braut, ist so cool«, meint Jenn.

»Wenn's nach meinem Bruder geht, wird er weltweiter Marktführer«, erzähle ich ihr. »Er stellt jetzt auch noch Apfelschnaps her. Den gibt's im *Vino und Veritas* in der Church Street.«

»Uh, den Laden mag ich«, sagt Karim und nickt mit dem Kopf. »Hey, Rickie! Wir sind dran!« Er kichert. »Mach dich auf was gefasst, Shipley. Dein Freund singt dir jetzt ein poppiges Liebeslied. Ich komm gar nicht drauf klar.«

»Welches poppige Liebeslied?«

Rickie drückt mir einen Schmatzer auf die Wange. »Wirst schon sehen.«

Auf dem Weg zur Bühne sprechen Karim und er sich ab. Beide nehmen ein Mikro, und dann geht das Intro los. Sie wiegen sich hin und her, und Karim schnipst im lässigen Takt der Musik.

»Dieses Lied ist für Daphne«, sagt Rickie, kurz bevor er zu singen anfängt.

Hitze steigt mir ins Gesicht, ich erkenne den Song immer noch nicht. Aber Jenn johlt. »Oh mein Gott, er singt Meghan Trainor! Wie süß.«

Ich brauche noch einen Augenblick und setze ein falsches Lächeln auf, während Rickie eine leichte Passage über einen Traum singt. Dann endet der fiktive Traum, und er wacht auf und fühlt sich verlassen.

Als dann der Refrain losgeht, erkenne ich das Lied auf einmal. Es heißt *Like I'm Gonna Lose You*. Rickie sieht geradewegs zu mir und singt sich die Seele aus dem Leib, während allen Frauen im Raum leicht schwindlig wird, weil er so gut aussieht.

Vielleicht geht das aber auch nur mir so.

»Oh!« Jenn stupst mich mit dem Ellbogen an. »Karim übernimmt den Part von John Legend! Das ist mega.«

Es ist total süß. Ich habe das gar nicht verdient – weder den Song noch den Mann, der ihn singt.

Er scheint das anders zu sehen. Ich kann wohl nur versuchen, den Vorschusslorbeeren gerecht zu werden.

Karim und Rickie tragen zum Ende hin richtig dick auf, und das ganze Publikum in der Bar klatscht und pfeift. Ich spüre die Röte im Gesicht und bin verlegen, als Rickie zurück zum Tisch kommt und sich herunterbeugt, um mich zu küssen.

Jemand pfeift anzüglich. Ich könnte sterben. Aber das wär's wert gewesen. »Nicht schlecht, McFly. Hat mir echt gefallen.«

Grinsend lässt Rickie sich auf seinen Stuhl plumpsen und klaut sich eine Pommes von mir. »Danke, Shipley. Welches Duett singen wir zusammen?«

»Wirst schon sehen.« Ich hebe mein Cider an und trinke einen kräftigen Schluck. Vor Fremden singen? Wieso hab ich mich nur darauf eingelassen?

Sorgenvoll denke ich daran, während jemand von einem anderen Tisch eine ganz passable Interpretation von *These Boots Are Made for Walking* zum Besten gibt. Als der DJ dann meinen Namen aufruft, bin ich fast froh darüber.

»Bringen wir's hinter uns«, grummele ich, und alle lachen.

Rickie springt auf. »Wird gar nicht wehtun.«

»Lügner«, erwidere ich schnaubend. Dann drücke ich den Rücken durch und gehe zur Bühne.

34

Rickie

Ooh. Daphne ist echt nervös. Ich habe ein schlechtes Gewissen, weil ich sie hierzu gedrängt habe.

Das werde ich später wohl wiedergutmachen müssen. Könnte spaßig werden.

»Okay, hier kommt *Creep* von Radiohead«, verkündet der DJ lächelnd. »Toller Song.« Er drückt auf einen Knopf.

»Interessante Wahl«, sage ich. »Ein bisschen düster zwar, aber das ist 'ne Hammernummer. Die mag ich.«

Sie schenkt mir ein komisches kurzes Lächeln. Dann schaltet sie ihr Mikro ein, und ich tue es ihr gleich. Als das Intro einsetzt, wippt sie locker im Takt mit dem Fuß. Ich lege ihr eine Hand auf die Schulter und drücke sie.

Und wir fangen an zu singen.

Die erste Strophe ist ein bisschen zu tief für sie. Stocksteif steht sie da, singt gewissenhaft jede Zeile, und ich unterstütze sie, ohne sie zu übertönen.

Wir klingen super, wenn ich das sagen darf.

Als der Refrain einsetzt und sie aus voller Kehle zu singen anfängt, kriege ich augenblicklich eine Gänsehaut. Ihre seidige Stimme legt sich über die scheppernde Gitarre, und ich spüre, wie mich ihr Klang überrollt.

Es ist berauschend.

Bei der zweiten Strophe ist es genauso, und ich habe richtig

Spaß, als wir erneut den Refrain anstimmen. Während wir bei »weirdo« ins Crescendo gehen, riskiere ich einen Blick nach rechts.

Sie sucht sich denselben Moment aus, um in meine Richtung zu schauen. Und sie lächelt.

Und dann ... Ich habe keine Ahnung, was mit mir geschieht. Meine ganze Kopfhaut fängt an zu prickeln. Mir wird heiß im Gesicht, und auf einmal fällt es mir schwer, Sauerstoff in die Lungen zu bekommen. Als ich erneut zu Daphne sehe, ist es wie ein heftiges Déjà-vu-Erlebnis. Als hätte ich das schon mal erlebt, aber eher auf einem LSD-Trip.

Wie auf Autopilot singe ich weiter. Vielleicht bewege ich auch nur die Lippen.

Das Lied ist kurz. Die leise letzte Zeile singt Daphne allein, und dann bricht die ganze Bar in Jubel aus, besonders unser Tisch hinten an der Wand.

Daphne lächelt zwar, doch gezwungen. Sie wirft mir komische Blicke zu.

Was zur Hölle ist da gerade passiert? Ich habe völlig grundlos eine Panikattacke.

Wir gehen zurück zum Tisch, doch dieser Druck auf meiner Brust lässt nicht nach. »Ich geh eine rauchen«, presse ich hervor. Dann laufe ich schnurstracks zur Tür.

Draußen ist eine angenehme Sommernacht. Es wird schon dunkel. So ist das im August in Vermont. Ich stemme einen Fuß gegen die Backsteinmauer des Gebäudes, lehne mich dagegen und lege den Kopf in den Nacken. Und atme einfach nur.

Ich bleibe eine Weile allein hier draußen und überlege angestrengt, was mich da eben getriggert hat. Das Lied vielleicht. Aber warum?

Die Tür geht auf, und Daphne kommt mit ihrer Tasche über

der Schulter heraus. »Ich hab die Rechnung bezahlt. Wir können los, wenn du willst.«

»Müssen wir nicht«, knurre ich.

Sie schüttelt langsam den Kopf. »Ich glaube schon. Was war dadrinnen los?«

»Keine Ahnung.« Das bringe ich seufzend heraus, denn ich habe es echt satt, dieser Frau mit Entschuldigungen zu kommen. »Warum, äh, hast du diesen Titel ausgesucht? Ich hatte das Gefühl …« Verrückt zu sein? Von irgendwas besessen? Ich weiß nicht mal, wie ich es erklären soll.

Sie wirkt, als wäre ihr unbehaglich zumute. »Weil wir den schon mal zusammen gesungen haben.«

»Was?« Das Kribbeln auf meiner Kopfhaut kehrt zurück. »Wo denn?«

»In deinem Auto«, flüstert sie. »Auf unserer gemeinsamen Fahrt.«

»*Fuck.* Echt jetzt?«

Sie nickt.

»Meine Fresse.« Als ich den Kopf wieder gegen die Wand lehne, bin ich versucht, ihn gegen die Backsteine zu donnern.

»Oh Gott, tut mir leid. Ich wollte dich nicht reinlegen oder so. Ich habe ihn bloß auf der Liste entdeckt.«

Ich greife nach ihrer Hand. »Schon okay. Ich *will* mich ja erinnern.« Während ich das sage, frisst mich der Selbsthass fast auf. »Aber außer dass ich mich gerade echt *creepy* fühle, erinnere ich mich nicht wirklich. *Herrgott noch mal.*« Offenbar bin ich ein verdammt zartes Pflänzchen. »Was haben wir noch so im Auto gesungen?«

»Alles, was im Radio lief. Außerdem, ähm, was du so auf Kassette hattest. Joan Jett & the Blackhearts.«

Ich lache bitter. »Prince?«

»Ja, *Purple Rain.*«

»Journey auch? Oder eher nicht. Wenn ich versucht habe, dich zu beeindrucken, wollte ich bestimmt nicht, dass du denkst, ich wäre Journey-Fan.«

»Vielleicht mochtest du mich tatsächlich, *Wheel in the Sky* lief nämlich nicht.« Sie drückt meine Hand.

»*Natürlich* mochte ich dich«, schnauze ich sie an wie ein Arschloch.

»War nur 'n Scherz«, flüstert sie.

»Sorry. Können wir nach Hause fahren?«

»Ja. Los.«

Daphne bietet an zu fahren, aber ich lehne wie immer ab. Sie fängt zwar nicht an zu diskutieren, wirft mir auf den ersten Meilen aber besorgte Blicke zu.

Ich bin noch die ganze Heimfahrt lang mürrisch drauf. Und als wir in die Einfahrt biegen, wird mir klar, dass ich seit vierzig Meilen nichts gesagt habe.

Shit.

Als ich den Motor abstelle, ist die Stille geradezu drückend.

»Tut mir leid«, knurre ich. »Ich bin müde.«

»Ach bitte«, lässt sie mich nicht damit davonkommen. »Du drehst am Rad. Kannst du das nicht einfach zugeben?«

»Ich werd schon wieder.«

»Hmm. Das weiß ich. Bloß hast du den ganzen Sommer lang versucht, mich zu überzeugen, dass ich dir vertrauen kann. Und jetzt, wo ich beschlossen habe, genau das zu tun, machst du dicht. Warum bitte schön soll ich dich in den ganzen Psychokram einweihen, der bei mir abgeht, du mich umgekehrt aber nicht?«

»Das ist nicht dasselbe.«

Sie schnaubt.

»Ich mein's ernst. An allem, was in deinem Leben schiefgelaufen ist, ist jemand anders schuld.«

»Das ist Blödsinn, Rickie«, schießt Daphne auf ihre typisch laberfreie Art zurück. »Du kapierst nicht, dass ich dir meine Abgründe überhaupt *nur* anvertraut hab, weil ich auch einen Blick in deine erhaschen konnte. Du gibst mir das Gefühl, nicht immer perfekt sein zu müssen. Dieses Lied? *Creep?* Das ist so was wie unser kleines Geheimnis.«

Ich lasse den Kopf hängen. Heute Abend fühle ich mich nicht gerade wie jemandes Vertrauensperson. Aber ich bin definitiv ein Verrückter, ein *weirdo,* wie es in dem Song heißt.

»Hör zu, mein Ex war echt gut darin, so zu tun, als hätte er alles im Griff. Und er hat sich als der Furcht einflößendste Mensch erwiesen, dem ich je begegnet bin.«

»Mein Gott. Vergleich mich bloß nicht mit diesem aggressiven Wichser.«

»Mach ich nicht, und das weißt du auch. Aber wenn du willst, dass ich dir vollkommen vertraue, musst du bereit sein, dich zu öffnen.«

»Verdammt«, fluche ich. »Du bist klüger, als gut für dich ist.« Ich nehme ihre Hand und streichle mit dem Daumen über ihre Handfläche. Sie hat natürlich recht.

Und jetzt wird mir klar, dass ich noch ein anderes Problem habe. Ich habe ihren Ex wiedererkannt, ihr aber nichts davon gesagt. Es war bedeutend genug, um Lenore davon zu erzählen und von dem Typen zu träumen. Trotzdem habe ich es nicht erwähnt, weil es einfach irre ist. Wieso sinnlos das Gespenst dieses Idioten heraufbeschwören?

Als sie erneut den Mund aufmacht, rechne ich damit, dass sie mich noch einmal bittet, mit ihr zu reden. Aber stattdessen wechselt sie das Thema. »Rick, wir haben ganz vergessen, das freie Zimmer in deinem Haus anzuschauen.«

Lächelnd lehne ich mich gegen die Kopfstütze. »Ja, oder? Haben es nicht weiter als bis in mein Bett geschafft.«

»Chastity sagt, niemand darf in dein Zimmer. Niemals. Ich war aber drin.«

»Ich dachte, das hätte ich schon erklärt. Du bist nicht einfach irgendwer. Du hattest davor schon einen Logenplatz in meiner Psychoshow. Und jetzt hast du auch noch einen Backstageausweis.«

Sie lacht. »Na gut. Dann nehme ich das freie Zimmer bei dir. Ungesehen.«

»Ja?«

»Ja«, sagt sie. »Denn ich vertraue dir. Ich weiß, dass du ein guter Kerl bist, selbst wenn das mit uns nicht gut gehen sollte.«

Ich stoße zittrig die Luft aus. »Ich habe dich eigentlich gar nicht verdient, Daphne Shipley.«

»Versuch's einfach, McFly. Mehr verlange ich gar nicht. Diese ganze Meghan-Trainor-Nummer war übrigens nice.«

»Ja?« Es hat mir echt gefallen zu sehen, wie sie rot angelaufen ist, während ich gesungen habe. Als ich darum jetzt noch mal den Refrain summe, kann ich spüren, wie sie in der Dunkelheit lächelt.

»Zugabe?«, fragt sie hoffnungsvoll.

»Kommt drauf an, welche Art Zugabe du meinst.« Daraufhin rücke ich näher zu ihr und ziehe sie an mich. »Das ließe sich auf alle möglichen Weisen auslegen. Ich mein nur.«

Der Kuss, den ich ihr gebe, ist zärtlich und innig und alles, was ich brauche.

35

Daphne

Ich knutsche mit Rickie in einem Pick-up rum. Vielleicht bin ich doch eine echte Vermonterin.

In letzter Zeit läuft meine Libido auf Hochtouren. Ich bin schamlos. Tatsächlich hätte ich bitte gern einen Mitgliedsausweis für den Sex-im-Pick-up-Club.

Allerdings parken wir in der Einfahrt meiner Familie, das ist also vermutlich gar keine gute Idee.

Rickie löst sich von mir, betrachtet mich und küsst mich dann auf die Nase. »Wir gehen mal lieber rein.«

»Ich glaube auch«, sage ich seufzend.

Lachend steigt er aus dem Wagen.

Ich nehme meinen Rucksack und folge ihm. Erst als ich mich dem Haus nähere, merke ich, dass meine ganze Familie draußen auf der Veranda sitzt. Die *ganze* Familie, samt Grandpa, meiner Mutter, Griffin, Audrey und Gus. Außerdem sitzen noch Dylan, Chastity und sogar May und Alec da.

Und alle haben Sektgläser in den Händen. »Junge, Junge«, stammele ich. »Was haben wir denn verpasst?«

»Das habe ich mich auch gerade gefragt«, sagt May gedehnt.

»Seid ihr nicht schon vor ungefähr zehn Minuten vorgefahren?«, fragt Dylan. »Was habt ihr denn noch so lange gemacht?«

Oh oh. Ich wage es nicht, zu Rickie zu schauen. Stattdessen versuche ich es mit einer Strategie von ihm. »Rumgeknutscht, natürlich.« Ich wedele mit der Hand, als wäre es ein Witz.

Dylan lacht.

Aber May kreischt.

»Ohhhh, na endlich«, sagt Chastity.

»Was?«, fragt Griffin.

Ist das nicht mal wieder typisch, dass ich nicht mit den raffinierten Tricks durchkomme, die Rickie immer abzieht? Jetzt stehe ich also da, mir wird heiß im Gesicht, und ich frage mich, was ich sagen soll.

»Sie macht bloß Spaß«, sagt Dylan und zieht seiner Freundin am Pferdeschwanz.

»Nein. Nee, nee. Macht sie nicht«, sagt Chastity. »Du achtest nicht genug auf Daphne. Tut keiner.«

»Hey!«, rufe ich. »Das stimmt nicht. Neues Thema.«

»*Doch*, das stimmt«, sagt meine Mutter von ihrem Schaukelstuhl aus. »Wir gehen immer davon aus, dass bei Daphne alles in Ordnung ist und sie ihren eigenen Weg geht. Wir achten nicht genug auf sie.«

»Sehe ich auch so«, stimmt Griffin ihr zu. »Daphne hat nicht mal das Gefühl, dass sie uns sagen kann, was in ihrem Leben nicht stimmt. Ein Uniwechsel im vorletzten Studienjahr? Wir sollten viel mehr Fragen stellen.«

»Ich hab welche!«, bietet Grandpa an.

»*Hey*. Das ist nicht nötig. Bei mir ist alles super«, behaupte ich.

Rickie räuspert sich. »Oh, welch Heuchelei.«

»Okay, na schön«, murmele ich. »Im Moment ist alles ein bisschen verdreht bei mir. Aber das lässt sich richten. Ich werde euch mit meinen Problemen bestimmt nicht die Partylaune ruinieren. Also, was gibt's zu feiern?«

»Was gibt's *nicht* zu feiern?«, dröhnt Griffin. »Hier auf der Shipley-Farm ist heute Tag der Großen Bekanntgaben. Brauchst kein schlechtes Gewissen zu haben, falls du's nicht mitgekriegt hast, hab ich nämlich auch nicht.«

Meine Schwester lacht. »Wir sind, ähm, verlobt.« Sie hebt die Hand hoch, um mir den Ring an ihrem Finger zu zeigen.

»Oh mein GOTT!«, kreische ich. Meine Freude ist echt, auch wenn sie zum Teil daher rührt, dass jetzt nicht mehr über mich geredet wird. »Gratuliere! Das ist wunderbar.« Ich flitze rüber, um ihn mir anzusehen. Es ist ein klassisch gearbeiteter Ring mit einem einzelnen Diamanten. »Wie hübsch!«

»Wart's ab, das war noch nicht alles!«, sagt Grandpa. »Offenbar trauen sich hier jetzt alle.«

Schnell schaue ich hoch. »Du doch nicht etwa auch, Grandpa?«

»Nein, nein. Ich hab immer noch Ärger mit den Frauen. Dein Zwillingsbruder. Er hat alles unter Dach und Fach.«

Mein Blick schnellt zu Dylan, der mich verlegen anlächelt. »Guck mal.« Er hebt Chastitys Hand hoch, und auch an ihrem Finger steckt ein Ring. Es ist ein kunstvoll verwirbeltes Silberband – fast wie ein Fluss – mit drei Steinen darin.

»Heiliger Strohsack, Leute!« Mann, ich bin echt keine Heulsuse, aber jetzt kriege ich ein bisschen feuchte Augen. »Das ist großartig. Gratuliere!«

»Wir wollten May nicht die Show stehlen«, sagt Dylan. »Das war Zufall.«

»Da muss was im Trinkwasser sein«, meint Grandpa.

»Niemand stiehlt hier irgendwem die Show«, flötet May. »Jemand Lust auf Fake-Schampus?« Sie nimmt eine Flasche aus dem Eiskübel – es handelt sich um sprudeliges Ginger Beer, das wir immer für feierliche Anlässe dahaben, weil May keinen Alkohol trinkt. »Daphne? Rickie?«

»Sehr gerne«, sage ich. »Lasst uns anstoßen.«

Nachdem sie mir ein Glas eingeschenkt und wir angestoßen haben, hocke ich mich neben meiner Mom und May aufs Verandageländer. Die anderen verteilen sich und unterhalten sich auf dem Rasen oder im Haus weiter.

»Okay, erzähl mir alles«, fordere ich meine Schwester auf. »Ist das Ganze heute passiert? Wo hat Alec die Frage gestellt?«

»Alec hat zu Hause toll für mich gekocht und mich dann komplett überrascht, als er den Ring aus der Tasche zog. Ich habe sofort Ja gesagt.« May zuckt mit den Schultern. »Das war schon die ganze Geschichte. Aber jetzt lass du mal hören.«

»Gibt's ein Foto?«, hake ich nach. »Bei mir gibt's nichts zu erzählen. Ich werde dir mit meinen Problemen nicht den großen Abend verderben. Gerade dir nicht.«

May kneift die Augen zusammen. »Wieso *gerade mir nicht*?«

Ernsthaft? »Der Pokal für die Schlechteste Schwester aller Zeiten gehört mir schon«, erkläre ich ruhig. »Ich habe nicht vor, noch Extrapunkte zu sammeln, indem ich dir die Laune verderbe.«

»Daphne«, stößt meine Schwester hervor. »Das ist drei Jahre her, können wir es nicht endlich hinter uns lassen? Ich habe dir das schon längst verziehen. Ich bin drüber weg.«

»Daphne aber vielleicht nicht«, sagt meine Mutter leise.

Ich starre hinunter auf die sprudelnde Ingwerbrause in meinem Glas und sage nichts. Aber sie hat recht. Vor drei Jahren habe ich meine Schwester vor der Frau geoutet, in die sie verliebt war. »Ich war einfach nur *fies* zu dir. Das bereue ich seitdem Tag für Tag.«

»Ich aber nicht«, sagt May sanft. »Es ist eben passiert und ging dann auch wieder vorüber. Du warst ein Teenager, Herrgott noch mal. Und ich war in dem Jahr ziemlich schwer zu ertragen. Du bist eben einfach explodiert.«

Das ist wahr. »Trotzdem fühle ich mich mies deswegen.«

»Weil du ein guter Mensch bist«, sagt meine Mutter. »Vielleicht solltest du dir wenigstens zugutehalten, dass du es merkst, wenn du jemanden verletzt hast. Und es dann abhaken.«

Meine Augen brennen wieder. »Okay. Ich werd's versuchen.«

»Würde mich freuen«, sagt May nachdrücklich. »Sonst wirst du mir gegenüber bis in alle Ewigkeit bloß höflich-distanziert sein.«

»Distanziert sein kann ich sehr gut«, murre ich.

»Deswegen fasziniert es uns ja so, dass du was mit Rickie hast«, sagt May und ringt sichtlich erfreut die Hände. »Was läuft da?«

»Er ist, äh, ein ziemlich interessanter Typ«, sage ich lahm. Aber wie viele Einzelheiten kann man denn vernünftigerweise von mir erwarten, wenn meine Mutter nebendran sitzt? »Er ist lustig. Er hat mich heute dazu gebracht, in einer Bar Karaoke zu singen.«

Mom und May brechen in überraschtes Gelächter aus.

»Was denn?«, beschwere ich mich. »Das machen viele.«

»Viele, aber nicht *du*.« May gackert. »Gibt's ein Video davon?«

»Gott, hoffentlich nicht«, sage ich, und wieder lachen die beiden. »Wieso reden wir über so was, wenn du doch heiratest?«

»Ach komm«, sagt May. »Dass ich heirate, ist keine große Überraschung. Dylan und Chastity dagegen …«

Wir schauen alle drei hinüber zum Rasen, wo Chastity neben Audrey steht, die ihren Ring bewundert.

»Sie sind jung«, sagt meine Mutter leise. »Aber das ist in Ordnung. Sie brauchen einander.«

»Wer heiratet denn zuerst?«, frage ich.

»Ich«, sagt May. »Wir werden im Frühling heiraten, denke ich. Wahrscheinlich in der Kirche und danach ein Empfang gleich den Hügel runter im *Speakeasy*. Ich möchte eine schlichte Feier.«

»Dann bleibt doch aber noch jede Menge Zeit für die Hochzeitsplanung«, stelle ich fest.

»Schon«, stimmt May mir zu. »Allerdings habe ich mitgekriegt, wie viel Zeit und Energie Lark darin investiert hat, eine Hochzeit auszurichten, die den Erwartungen ihrer Mutter entspricht. Ich möchte einfach kein großes Tamtam. Ich möchte kein großes bauschiges Kleid und auch kein Festessen für dreihundert Leute abhalten. Ich möchte Barbecue vom Caterer und Contra Dance. Ich muss das Rad nicht neu erfinden und die Hochzeit des Jahrhunderts ausrichten.«

»Klingt nach Spaß«, gebe ich zu. »Ich helfe dir, wenn du möchtest. Ich werde hier in Vermont sein.«

»Apropos …«, sagt meine Schwester.

Ich stöhne. »Das besprechen wir ein andermal. Ich habe letztes Jahr einige Fehler gemacht und mir damit mein eigenes Leben verkompliziert. Aber das wird schon. Versprochen.«

»Wir sind da, wenn du uns brauchst«, sagt meine Mutter.

»Ich weiß. Danke.« Das ist schön zu hören.

Ich wünschte nur, sie bräuchten das nicht zu sagen.

Ich mache die Runde und gratuliere den zukünftigen Eheleuten. Alec ist gelassen und fröhlich, während Chastity vor Glück fast zu platzen scheint. Als ich sie frage, was für eine Hochzeit sie sich wünscht, sagt sie: »Das ist ganz egal, Hauptsache, Dylan ist da.«

»Darf ich eine Rede halten?«, frage ich. »Ich sammle schon ewig peinliche Anekdoten über ihn.«

»Nur zu«, sagt sie. Und dann schaut sie hinunter auf ihre Hand, um noch mal ihren Ring zu bewundern, so als könnte sie gar nicht glauben, dass er wirklich da ist.

Der Letzte auf meiner Liste, dem ich gratulieren will, ist mein Zwillingsbruder. Aber ich suche ihn vergebens, bis ich ins Haus gehe und die Treppe hochsteige.

Rickie und er sind in seinem Zimmer, und als ich den Flur entlanggehe, verebbt ihre Unterhaltung.

»Okay«, sage ich und lehne mich gegen den Türrahmen. »Du kannst jetzt aufhören, über mich zu reden. Sonst erzähle ich Chastity, dass ich dir mal erfolgreich eingeredet habe, Aliens hätten deine beiden echten Schwestern auf ihr Raumschiff entführt und dich mit zwei Doppelgängerinnen zurückgelassen.«

»Das hab ich dir doch nicht *wirklich* geglaubt«, murrt Dylan. »Ich habe nur so getan, als hätte ich Angst.«

Ich setze einen leeren Blick auf und stakse mit steifen Beinen zum Bett.

»Och, lass das«, sagt er und rollt sich weg, um mir auszuweichen. »Das ist gruselig.«

Rickie krümmt sich vor Lachen.

Missmutig steht mein Bruder auf. »Du warst schon immer gut darin, das Thema zu wechseln.«

»Das ist meine Superkraft«, gebe ich zu. »Das und was zu finden, das du lieber verheimlichen würdest. Aber eigentlich bin ich hochgekommen, um dir zum Antrag zu gratulieren. Starker Move.«

»Danke«, sagt er mit einem kurzen Lächeln.

»Der Ring ist echt cool.«

»Es gibt da so einen Laden, den sie mag.« Er zuckt mit den Schultern. »Ein gewisser Trottel hat mir einen lachhaft großen Geschenkgutschein überreicht, mit dem ich mir den Ring leisten konnte.«

Ich sehe zu Rickie, der grinsend sagt: »Ich sehe hier keine Trottel. Du vielleicht?«

»Kein Kommentar, McFly«, erwidere ich ebenfalls mit einem Grinsen.

Dylan guckt verwirrt zwischen Rickie und mir hin und her. »Okay, ich kapier das mit euch beiden immer noch nicht so ganz. Ich werde wohl 'ne Weile brauchen.«

»Egal.« Als ich zum Bett gehe, wo Rickie sitzt, nimmt er meine Hand und küsst meine Handfläche. Klar, es ist bloß meine Hand. Aber Rickie ist so ziemlich der sinnlichste Mann überhaupt, deshalb liegt in diesem langsamen Gleiten der Lippen jede Menge Absicht.

»Okay. Tja.« Dylan wirkt verlegen. »Dann lass ich euch zwei mal, ähm, machen.«

»Was machen?«, fragt Rickie zum Spaß.

»Urgh«, sagt mein Zwilling. »Schon gut. Ciao, Leute.«

»Ciao«, erwidert Rickie neckend.

Doch Dylan geht nicht sofort hinaus. Stattdessen tritt er auf mich zu und zieht mich dann kurz in eine feste Umarmung. »Hab dich lieb«, sagt er schroff. »Mach dich nicht so rar.«

»Hab dich auch lieb!«, sage ich noch zu seinem Rücken. Dann ist er weg.

Ich brauche einen Moment, bevor ich mich wieder umdrehe. Rickie sitzt da und lächelt vor sich hin, als wäre er mit sich selbst sehr zufrieden.

»War das seltsam?«, frage ich. »Er kam mir seltsam vor. Habt ihr zwei über mich geredet?«

»Nur kurz. Jetzt komm schon her. Es denken sowieso alle, dass wir gerade rummachen, dann können wir's auch tun.«

Ich schätze mal, das stimmt. Also lasse ich mich aufs Bett sinken.

Rickie fällt über mich her, drückt mich in die Kissen und dreht sich so, dass er über mir ist. Er streicht mir das Haar aus dem Gesicht und gibt mir einen Schmatzer. »Alles okay bei dir?«

»Alles bestens«, gestehe ich. »Dylan hat dir wegen der ganzen Sache doch nicht wirklich Stress gemacht, oder?«

»Welche ganze Sache?«, fragt er mit einem Funkeln in den Augen. Er senkt seine Hüften vieldeutig auf meine.

»Diese … Sache eben, wie auch immer wir das hier nennen«, sage ich und strenge mich an, mich nicht wie eine rollige Katze an ihm zu reiben.

»Wie immer wir das hier nennen«, wiederholt er. »Brauchst du einen Namen dafür?«

»Eigentlich nicht.«

Er lacht, und der Klang macht mich glücklich. »Du setzt meinem Ego schwer zu. Was, wenn ich dem Ganzen einen Namen geben will?«

»Welchen denn?« Ich fahre mit einer Hand am V-Ausschnitt seines T-Shirts entlang. Ich setze dem Ego dieses Mannes kein bisschen zu. Ich kann nicht die Hände von ihm lassen.

»Du bist meine Süße, Shipley. Meine Freundin. Mein Lieblingsmensch. Du gehörst zu mir.«

»Aha. Hast du das extra so formuliert, um zu sehen, ob ich wegen deiner Besitzansprüche einen feministischen Ausraster kriege?«

Seine Augen funkeln. »Nein, ich hab das so formuliert, weil ich Besitzansprüche dir gegenüber hege – auf eine total aufgeklärte, nicht unterdrückende Art.«

Ich schnaube.

»Wir sind zusammen, Shipley. Nicht damit einverstanden?«

»Doch, einverstanden«, gebe ich zu.

Er grinst. »Und weil du gefragt hattest: Dein Bruder hat mir keinen Stress gemacht. Er meinte bloß zu mir, dass ich rücksichtsvoll mit dir sein soll, weil in deinem Leben offensichtlich gerade was nicht nach Plan läuft. Und habe ich ihm da wohl gesagt, was das ist?«

Ich halte den Atem an. »Hast du's ihm erzählt?«

»Quatsch, Shipley. Ich habe ihm gesagt, dass er dich selbst fragen soll. Die Antwort hat ihm allerdings nicht gefallen, also wollte er wissen, ob es einen Typen gibt, den er mal vermöbeln sollte. Und da hab ich noch mal wiederholt, er müsse dich schon direkt darauf ansprechen. Aber dass er vielleicht seinen Kinnhaken und seinen linken Haken trainieren sollte.«

»Wow, okay«, sage ich leise. »Danke.«

»Nichts zu danken. Dein Bruder meinte, er werde im Fitnessstudio ein paar extra Trainingsstunden am Boxsack einschieben. Wenn du mich fragst, ist deine Familie eine leicht verrückte, coole Truppe. Sie passen bloß auf dich auf.«

»Ich weiß.«

»Vielleicht nehmen wir als Nächstes meine Familie in Angriff«, flüstert er.

»Okay.« Ich weiß, dass die Beziehung zu seinem Dad angespannt ist. »Guter Plan.«

»Bis dahin ziehst du erst mal mit in mein Haus. Wir müssen uns gut überlegen, wer welches Zimmer bekommt. Aus Gründen der Privatsphäre.«

»Die sollten wir bedenken.« Lächelnd schaue ich zu ihm hoch, denn ich hoffe, dass er mich jetzt endlich richtig küsst.

Doch er redet weiter. »Der zweite Stock ist ziemlich weit weg von meinem Zimmer. Andererseits müsstest du dir dann nicht das Bad mit deinem Bruder teilen. Chastity hat das Vorrecht auf das Zimmer im ersten Stock. Aber ihr zwei könntet mal überlegen, ob ihr tauscht.«

»Echt jetzt – mir ist egal, welches Zimmer ich kriege. Es ist doch eh nur für ein Jahr.«

»Wie du meinst.« Er streicht mir übers Haar. »Egal, jedenfalls sparst du Geld. Und selbst wenn du voll damit beschäftigt sein wirst, dein Leben neu zu ordnen und dich fürs Masterstudium zu bewerben, kriege ich dich dann immerhin noch zu Hause zu sehen.«

»Das stimmt.« Und yepp, das hört sich ziemlich gut an.

»Wir werden ein tolles Jahr zusammen haben, Shipley. Harte Arbeit und jede Menge Spaß«, sagt er.

Und Rache, füge ich in Gedanken hinzu. Denn ich habe meinen großen Plan nicht aus den Augen verloren. In ein paar Wochen wird Reardon für alles bezahlen, dafür sorge ich.

Aber daran denkt Rickie gerade überhaupt nicht. Endlich beugt er sich herunter und küsst mich gemächlich. Er drückt die Lippen auf meine, neckt mich.

Und ich vergesse Reardon Halsey.

Fürs Erste.

36

Rickie

»Gott, hab ich schwere Arme«, beklage ich mich. »Es ist schon anstrengend, das Lenkrad festzuhalten.«

»Soll ich fahren?«, fragt Daphne.

»Nope.« Ich überhole einen Hyundai und gebe Gummi Richtung Burlington. »Ich beschwer mich nur gern.«

Sie lacht. »Du Jammerlappen. Kann ich *Purple Rain* anmachen?«

»Klar.«

Sie schiebt die Kassette ins Deck, und Prince fängt an, *Let's Go Crazy* zu singen.

Wir fahren in meinem Volvo, haben Kisten mit Daphnes Klamotten und Büchern auf dem Rücksitz, und ich zähle die Ausfahrten runter. Es ist so weit. Die Uni fängt wieder an. Ich hatte einen tollen Sommer mit meiner Süßen und finde mein Leben gerade ziemlich super – vom Muskelkater mal abgesehen.

Daphne hat sich Zeit mit dem Packen gelassen, deshalb sind Dylan und Chastity schon mit dem Pick-up vorausgefahren. Morgen melden wir uns für unsere Herbstsemesterkurse an. Dann kommen noch zwei Vorlesungstage, bevor wir wieder zum Apfelpflücken nach Colebury zurückfahren.

In den letzten drei Wochen war megaviel zu tun. Ich habe totalen Respekt vor den Shipleys, besonders vor Dylan. Ich wusste zwar schon immer, dass mein Freund hart arbeiten kann, aber ich habe nie so ganz verstanden, was es für ihn bedeutet, wenn Hochsaison ist. Es bedeutet, von frühmorgens bis spätabends die ersten reifen Äpfel zu pflücken, während man die Farm für den Touristenansturm vorbereitet. Unterdessen müssen auch die Kühe und Ziegen weitergemolken werden.

Und im August geht es erst richtig los. Auf der Obstplantage stehen Reihen um Reihen von Apfelbäumen mit reifenden Früchten. Mit Fortschreiten der Erntesaison kriegen sie schneller rote Backen, als die Shipleys sie pflücken können.

Bei Dylan bekommt das *Vollzeit* in »Vollzeitstudent« ganz neue Bedeutung, das steht mal fest. Und Daphne hat sich bereit erklärt, an den Wochenenden mit Chastity und ihm nach Hause zu fahren, um mit anzupacken.

Was wohl heißen wird, dass ich ab und an auch mitkommen werde, denn ich verliebe mich jeden Tag ein bisschen doller in Daphne. Typisch ich – verliebe mich in ein Mädchen, das vorhat, in einem Jahr ans andere Ende des Landes zu ziehen.

Ich schätze, damit werde ich mich befassen, wenn es so weit ist. Erst mal genieße ich es, sie zu haben.

Wobei wir seit dem Abend, als ihre Familie erfuhr, dass wir ein Paar sind, kaum Zeit allein miteinander hatten. Daphne mag nicht im Haus rummachen, weil ihre Mutter oder ihr Grandpa uns hören könnten, und das kann ich ihr nicht verdenken.

Somit hatten wir nur selten zufällig mal einen Moment für uns. Mal abgesehen von jenem genialen Abend, als wir mit Dylans Pick-up auf einer verlassenen Landstraße geparkt haben und einen Quickie auf dem Rücksitz hatten. Das war super. Jetzt kann ich Daphne damit aufziehen, dass sie eine echte Vermonterin ist.

Ich drücke aufs Gaspedal, als endlich die ersten Abfahrten in Burlington in Sicht kommen. Ich kann's nicht erwarten, zum Haus zu kommen – und morgen zum ersten Mal seit Wochen länger als bis sechs Uhr zu schlafen.

»Bald sind wir da!«, sagt Daphne auf dem Beifahrersitz. Sie greift nach meinem Arm und drückt ihn freudig. Sie wirkt so unbeschwert und glücklich wie lange nicht.

Ich möchte mir einbilden, dass das zumindest zum Teil an mir liegt. »Wie wär's, wenn wir die Kisten nicht gleich hoch in dein Zimmer schleppen?«, frage ich. »Wir könnten uns stattdessen in mein Bett hauen und einen Film gucken.«

»Klar«, sagt sie gelassen. »Was willst du denn gucken?«

»Egal. Ich werd wahrscheinlich eh nach zehn Minuten ausschalten und dir an die Wäsche gehen.«

Sie lacht. »Okay, ich formuliere es anders: Was möchtest du die ersten zehn Minuten lang gucken? Such dir was Spannendes aus, damit ich nicht gleich einschlafe.«

»Hab ich zehn Minuten gesagt? Ich meinte fünf.«

Als wir bei meinem Haus ankommen, steht der Pick-up in der Einfahrt, aber im Erdgeschoss ist niemand. Sogar Keiths Tür ist zu, stelle ich fest, als ich die Treppe hochstapfe, um ein paar Klamottenkisten in Daphnes neues Reich zu bringen.

»Ich weiß nicht, ob ich es in so einem lauten Haus aushalte«, flüstert Daphne, als ich wieder nach unten komme.

»Ich weiß, was du meinst.«

Sie trägt eine Kiste Bücher ins Wohnzimmer. »Kann ich die erst mal hier abstellen?«

»Na klar. Willst du ein Bier? Ich habe am Mittwoch die Vorräte aufgestockt.«

»Ich nehme bloß einen Schluck von deinem«, sagt sie gähnend.

Ich lenke sie zu meinem Zimmer. »Such schon mal was im Fernsehen aus. Ich komme gleich.«

Ein paar Minuten später haben wir es uns in meinem Bett gemütlich gemacht. Wir gucken eine dieser Castingshows, weil da gerade jemand *Like I'm Gonna Lose You* von Meghan Trainor gecovert hat, als Daphne durch die Kanäle zappte.

»Du warst besser«, hat sie gesagt. Und jetzt sehen wir eine Vierzehnjährige eine Opernarie vortragen.

Beziehungsweise – Moment, nein, *ich* sehe es. Daphne ist eingeschlafen. Sie liegt auf meine Brust gekuschelt, die geschwungenen Wimpern auf die Wangen gesenkt, friedlich schlummernd.

Ich trinke mein Bier und gucke die alberne Show. Daphne hier in meinem Zimmer zu haben, genau das wünscht sich mein Herz. Nichtsdestotrotz bin ich noch der Typ, der nicht in Gesellschaft anderer einschlafen kann. Letztes Mal, als das passiert ist, hab ich das Problem gelöst, indem ich zum Schlafen in ihr Zimmer ging.

Vielleicht werde ich es wieder so machen müssen. Aber ich gebe nicht kampflos auf.

Also rutsche ich unter ihr hervor und mache mich bettfertig. Ich schalte überall das Licht aus und prüfe, ob alle Türen abgeschlossen sind. Dann gehe ich in mein Zimmer und schließe die Tür. Natürlich verriegele ich sie auch.

Als ich die Bettdecke anhebe, dreht Daphne sich herum, wacht jedoch nicht auf. Sie seufzt nur tief.

Ich ziehe mich aus, lege mich neben sie und schließe die Augen. Ich bin so was von müde. Meine Muskeln schmerzen. Und ich möchte ganz einfach nur das tun, was andere auch können: in einem Bett einschlafen, in dem noch jemand anders liegt. *Wie friedlich es ist*, sage ich innerlich zu mir selbst. *Unter diesem Dach schlafen so viele Menschen, die mir wichtig sind.*

Logik ist jedoch nicht alles. Fragt da mal jemanden mit einer Phobie.

Heute scheint die Botschaft in mein müdes Hirn vorzudringen. *Du bist in Sicherheit,* rufe ich mir in Erinnerung. Mein Trauma liegt in der Vergangenheit. Ich kann nicht so tun, als wäre es nicht da, würde nicht in den Schatten lauern. Das funktioniert nicht.

Aber hier und jetzt ist alles gut. Ich lausche auf Daphnes gleichmäßigen Atem neben mir. Und ich verlangsame meine Atmung, passe sie ihrem Rhythmus an. Es ist wie Meditieren, nur dass ich mich statt auf meine auf ihre Atmung konzentriere.

Bis ich es schließlich nicht mehr tue.

Das Bett bewegt sich auf einmal. So was sollte mich eigentlich aufschrecken. Nur höre ich Daphne sagen: »Oh Gott. Tut mir leid.«

Meine Glieder sind schwer. Als ich die Augen einen Spaltbreit öffne, sehe ich Sonnenlicht ins Zimmer strömen. Dann mache ich sie wieder zu.

»Rickie! Ich habe hier geschlafen. Und du auch!«

»Mach ich auch immer noch«, nuschele ich.

Sie lacht. »Ist das nicht großartig? Ich meine, dass ich länger als gewollt geblieben bin, ist nicht großartig. Aber du siehst nicht so aus, als hätte es dir was ausgemacht. Warst du die ganze Nacht wach?«

»Nei-en«, mache ich.

»Also ist das ein Fortschritt?«

»Hmm.« Sie hat nicht unrecht. Doch jetzt, wo ich Schlaf gefunden habe, bin ich regelrecht ausgeknockt.

Daphne fährt mir mit einer Hand durchs Haar und rutscht dann aus dem Bett. Ich höre, wie sie die Tür aufschließt, hinausgeht und leise hinter sich zumacht.

Ich bin nur halb bei Bewusstsein, irgendwo in der Schwebe. Das Bett ist warm, und ich habe eine Erektion, weil es so gemütlich ist und das Kissen nach Daphne duftet. Mein Leben ist rundum wunderbar, denn ich habe mit meiner Freundin im selben Bett geschlafen wie jeder andere dauergeile Typ auf dieser Welt. Weiter so!

Etwas später wird es sogar noch wunderbarer, als eine frisch geduschte Daphne mit einer Tasse Tee zurück in mein Zimmer kommt.

»Ist die für mich?«, murmele ich. Ist aber eigentlich klar, denn Daphne ist Kaffeetrinkerin.

»Ja, Schlafmütze.« Sie stellt die Tasse auf den Nachttisch.

»Habe ich gar nicht verdient.« Ich drücke mich in eine sitzende Position hoch.

Bei dem Anblick macht sie große Augen, ich schlafe nämlich nackt. »*Dir* auch einen guten Morgen.«

»Ist er nicht herrlich?« Ich greife nach dem heißen Tee und trinke einen Schluck. Die Bettdecke lasse ich liegen, wo sie ist – unten auf meinen Schenkeln. Dann grinse ich sie sexy an.

Daphne muss schlucken. »Burlington gefällt mir doch besser, als ich dachte.«

»Ach ja?« Mit der freien Hand streiche ich schamlos über meine tätowierte Brust. »Wie wär's, wenn du die Tür zumachst?«

Das tut sie.

»Dein Erster-Unitag-Outfit gefällt mir.« Sie trägt wieder einen ihrer kurzen Röcke und dazu ein hübsches blaues Shirt. »Bitte zieh's aus.«

»Wir müssen schon in einer Stunde los«, flüstert sie.

»Schatz, das ist jede Menge Zeit.« Ich stelle die Teetasse wieder ab und schlage dann die Bettdecke beiseite. »Soll ich dir helfen?«

»Oh ja«, sagt sie und muss sich ein Lächeln verkneifen. »Zeig mir doch mal, was du im Sinn hattest.«

Ich beuge mich vor und umfasse eine ihrer samtweichen

Kniekehlen. Mit den Fingern fahre ich hauchzart an der Rückseite ihrer Oberschenkel hinauf unter ihren Rock, bis sie erschauert. Mein Schwanz drückt ins Laken, und ich seufze glücklich.

Als ich den Reißverschluss ihres Rocks aufmache, zieht Daphne ihr Oberteil aus und wirft es auf den Boden. »Zieh den BH aus«, flüstere ich. »Komm näher. Ich will Liebe mit dir machen.«

Gefügig setzt sie dazu an, doch ich bin ungeduldig. Also schlinge ich die Arme um ihre Beine und ziehe sie aufs Bett, sodass sie auf mich fällt.

Und sie lacht – bis ich sie mit meinem Mund zum Schweigen bringe.

Die Dame meinte, wir hätten nicht viel Zeit. Also übersäe ich sie mit Küssen. Es dauert nicht lange, bis sie mit gespreizten Beinen auf dem Rücken liegt und sich an meine Schultern klammert, während ich mich in sie schiebe. Unser gemeinsamer Morgen besteht aus weißen Laken, Sonnenschein und nackter Haut.

Dann überrascht sie mich, als sie sich plötzlich unter einem süßen Keuchen auf dem Höhepunkt verkrampft. Pulsierend zieht sie sich um mich herum zusammen und stöhnt dann.

Damit ist es auch um mich geschehen. Ich tauche meine Zunge in ihren Mund und ächze, als ich schnell und heftig komme.

Dann vergrabe ich lachend das Gesicht an ihrem Hals.

»Was ist denn so lustig?«, keucht sie und lässt die Arme zu den Seiten fallen.

»Nichts. Einfach alles. Keine Ahnung.« Ich grinse gegen ihre geschmeidige Haut. »Ich habe mich so lange bemüht, meine Erinnerungen wiederzuerlangen, dabei musste ich bloß für neue sorgen.«

»Ja, okay. Stimmt. Das hier wird wahrscheinlich auch für mich eine meiner Top-Twenty-Erinnerungen.«

»Top Twenty?«, jaule ich. »Ich bitte dich, Süße. Ich erobere deine Bestenliste doch um einiges schneller.«

»Ich lasse bloß noch Luft nach oben, McFly«, flüstert sie. »Wir haben schließlich erst den ersten Unitag.«

»Deine Denkweise gefällt mir.«

Sie drückt meine Hand. Und ich erwidere die Geste.

37

Daphne

Vielleicht bin ich einfach ein Snob, der mal eine Lektion in Bescheidenheit brauchte, aber ich hatte nicht erwartet, dass es mir so gut an der Burlington University gefallen würde. Ich dachte, es gäbe überfüllte Kurse, in denen es unpersönlich zugeht. Ich dachte, sie wären leichter als in Harkness.

Aber nein. Meine Professoren sind genauso scharfsinnig und engagiert wie die in Harkness. Es stapeln sich also fast sofort die Hausaufgaben. Gut, dass ich nur vier Seminare habe: einen Fortgeschrittenenkurs in Fortpflanzungsbiologie, einen Geschichtskurs über das Wahlrecht im Zwanzigsten Jahrhundert, ein Englischseminar und ein anspruchsvolles Statistikseminar.

Und an der Burlington University ist es außerdem Pflicht, einen Sportkurs zu belegen. Das war eine unliebsame Überraschung. »Wenigstens gibt's da keine Hausaufgaben«, murrte ich Rickie gegenüber.

»Den Sportkurs schiebe ich auch noch vor mir her«, sagte er daraufhin. »Weißt du schon, was du nehmen wirst?«

»Ähm, ich hatte an Badminton gedacht. Das klingt entspannter als Krafttraining oder Schwimmen oder so«, gestand ich.

Rickie lachte. Und dann meldete er sich auch für Badminton an. Jetzt schlagen wir also dienstag- und donnerstagnachmittags zusammen Federbälle übers Netz. Und bloß um eine Reaktion von mir zu provozieren, trägt Rickie dabei ein Retro-Tennisoutfit: ein enges Polohemd mit so kurzen Ärmeln, dass seine Tattoos hervorschauen, und kurze weiße Tennisshorts.

Aus der Last ist also ein Riesenspaß geworden. Ich weiß nicht, was mich mehr überrascht – dass ich meinen Pflichtsportkurs super finde oder dass Rickie der Grund dafür ist, dass ich ihn so mag.

Es lässt sich schwer abstreiten, wie wichtig Rickie inzwischen in meinem Leben geworden ist. Ich bin auch längst nicht die Einzige, die ihn zu schätzen weiß. Ihn in seiner gewohnten Umgebung zu sehen, war erhellend. Jeden Donnerstag- und Freitagabend tauchen einfach Leute in seinem Haus in der Spruce Street auf. Sie bringen Alk und Pot und Musik mit. Er ist anziehend, und das nicht nur auf mich.

Nichtsdestotrotz bin ich diejenige, die er küsst, wenn er nach Hause kommt. Das ist ein bisschen überwältigend.

Unterdessen arbeite ich mittwochnachmittags immer noch an der Fakultät für Gesundheitswesen.

»Wir brauchen dich wieder beim Karaoke«, verkündet mir Karim in der dritten Semesterwoche.

»Unter der Woche sind abends Hausaufgaben angesagt. Außerdem geht's dir gar nicht um meinen Gesang«, wende ich ein. »Du willst bloß, dass Rickie mitkommt.«

Jenn kichert. »Da könntest du recht haben. Aber *ich* will, dass du kommst, Shipley. Mit Freund oder ohne.«

Und ich bin mir ziemlich sicher, dass sie das ehrlich meint. Ob ich die Absicht hatte oder nicht, ich habe Freunde gefunden. Stell sich das mal einer vor.

Das Leben in Burlington – und in der Spruce Street – ist viel schöner, als ich es erwartet hatte. Bloß um noch den Anschein von Unabhängigkeit zu wahren, schlafe ich ab und zu in meinem eigenen Zimmer. Aber genauso oft lande ich in Rickies Bett. Und zwar auch für die ganze Nacht. Von seinem nackten Körper umschlungen aufzuwachen, ist himmlisch. Manchmal möchte ich mich einfach nur kneifen, wenn er mich anlächelt.

Ganz ehrlich, das ist ein Problem. Rickie ist auf dem besten Weg, der erste Mann zu werden, den ich wirklich liebe. Schon jetzt ist er der Erste, dem ich zutiefst vertraue. Sollte ich je die Bewerbungen fürs Masterstudium fertigkriegen, wird es nicht leicht sein, ihn zu verlassen.

Aber ich weiß, das werde ich müssen.

Wie versprochen fahre ich immer freitagabends oder samstagmorgens mit Dylan und Chastity nach Hause zu unserer Farm. Die Stunden beim Apfelpflücken sind nicht gerade hilfreich für mein Arbeitspensum. Eigentlich müsste ich stattdessen meine Essays für die Uni-Bewerbungen schreiben. Aber Griffin ist so dankbar für die Hilfe, und meine Mutter freut sich, mich zu sehen.

Abgesehen davon war ich so lange weg, dass ich ganz vergessen hatte, wie gut es im Ciderhaus riecht, wenn mein Bruder die Äpfel auspresst. Das habe ich zuletzt an dem Wochenende erlebt, als ich mit Rickie von Harkness hergefahren bin. Das war vor fast drei Jahren.

»Ich wette, die Ponykutsche vermisst du nicht«, sagt Dylan eines Nachmittags, während wir Äpfel für den Bauernmarkt sortieren.

»Wohl wahr«, stimme ich ihm zu. Als die Abrahams weggezogen sind, haben sie die Pferde verkauft. Jetzt müssen die Selbstpflücker doch tatsächlich zu den Apfelbäumen ihrer Lieblingssorte *laufen*.

»Ich auch nicht«, sagt er. »Die kacken jetzt eine andere Farm voll.«

Ich lache leise. »Und wir brauchen nicht mehr zu streiten, wer den Job machen muss.«

»Genau. Ich weiß es aber echt zu schätzen, dass du hier hilfst«, sagt er und wirft dabei einen wurmstichigen Apfel in die Komposttonne. »Das bedeutet mir viel, Daph.«

»Keine Ursache«, sage ich schnell. »Ich wünschte, wir würden bis heute Abend noch mehr schaffen.«

Er schüttelt leicht mit dem Kopf. »Das passt schon. Es ist schön, dich wieder hier zu haben. Hier und in Burlington. Das ist alles.«

»Echt?«, platze ich heraus.

Mein Bruder lacht. »Echt. Wir haben schließlich nicht *ständig* versucht, uns gegenseitig im Kinderplanschbecken zu ertränken, stimmt's? Manchmal hatten wir auch Spaß.«

»Ja. Stimmt«, gebe ich zu.

»Du könntest länger als das eine Jahr in Vermont bleiben, weißt du? Ich mein ja nur.«

Ich hebe den Kopf und will anfangen, mit ihm zu diskutieren, bin jedoch nicht schnell genug. Er hat sich schon den leeren Obstkorb geschnappt und geht vor sich hin pfeifend davon.

Dylan hat mich gern bei sich. Aber er hat auch gern das letzte Wort. So ist das, wenn man einen Zwillingsbruder hat.

Und ich kann nicht behaupten, dass es mich stört.

Jedenfalls nicht besonders.

Es ist ein Donnerstagabend im September, und wir essen gerade das chinesische Essen, das wir alle zusammen bestellt haben. Ich kippe meinem Bruder den letzten Rest gebratenen Reis auf den Teller. »Du weißt, du willst noch.« Dylans Magen war schon immer ein Fass ohne Boden.

»Danke. Unbedingt.«

Ich bringe meinen Teller zur Spüle und halte ihn unter das fließende Wasser. Rickie kommt zu mir und legt mir locker eine Hand auf den Rücken. »Ich hab Karim in der Bibliothek getroffen. Er will eine Wiederholung des Karaokeabends. Kannst du nächsten Mittwochabend?«

»Ähm, nein«, sage ich. »Da hab ich was zu erledigen. Eigentlich …« Ich senke die Stimme. »Ich wollte dich um einen Gefallen bitten. Können wir unter vier Augen sprechen?«

»Jederzeit, Süße.« Er nimmt mir den Teller aus der Hand und stellt ihn in die Spülmaschine. »Geh doch schon mal in mein Büro. Dann können wir uns den *Akten* widmen.« Er guckt mich an und wackelt mit den Augenbrauen.

Dylan hat den Mund voll Reis und gibt einen angewiderten Laut von sich. »Hör auf mit deinen grusligen Umschreibungen.«

Rickie lacht in sich hinein und führt mich in sein Zimmer, wo er die Tür schließt. »Geht's dir wirklich um einen Gefallen?«, fragt er.

»Ja.« Ich setze mich aufs Bett.

»Eine sexuelle Gefälligkeit?« Er klettert hinter mich und fängt an, mir die Schultern zu massieren.

»Nein, damit kannst du aber trotzdem weitermachen.«

Mit weichen Lippen küsst er meinen Hals. »Was kann ich für dich tun?«

»Kann ich nächste Woche mit deinem Volvo nach Connecticut fahren? Ich würde mir ja Dylans Wagen ausleihen, aber ich will nicht erklären müssen, wo ich hinwill.«

Rickies Hände erstarren auf meinen Schultern. »Wo willst du denn hin?«

»Nach Harkness. Weißt du noch, die Einladung, die ich dir gezeigt habe? Der Empfang ist nächsten Mittwoch. Ich habe vor hinzufahren, nicht mal eine Stunde dortzubleiben und wieder zurückzufahren.«

Einen Moment lang sagt er gar nichts. Er fängt wieder an,

meine Schultern zu massieren. »Willst du dort bloß Schönwetter machen?«

»Nein.« Ich schüttele den Kopf. »Ich werde mich ins Büro schleichen und das Passwort für den Mail-Account aus dem Ordner holen.«

»Daphne, Süße. Und was, wenn nicht?«

»Was, wenn *was* nicht?«, frage ich.

»Wenn du's nicht holst. Geh dieses Risiko nicht ein«, sagt er und lässt die Hände sinken. »Ist es das wert?«

»Ja«, sage ich, ohne zu zögern. Dann drehe ich mich um, damit ich sein ernstes Gesicht sehen kann. In seinen Augen liegt ein düsterer Ausdruck, den ich nicht deuten kann. »Ich muss das, was er getan hat, ausbügeln.«

Rickie lehnt sich nach hinten und stützt sich stirnrunzelnd auf seine muskulösen Arme. »Du hast dieses Schlamassel nicht angerichtet, Daphne. Es ist nicht an dir aufzuräumen.«

»Aber hier geht's um *Wissenschaft*«, beharre ich. »Das ist wichtig.«

»Dann schreib deiner Dekanin einen Brief und sag ihr, wo sie die entscheidenden Informationen findet.«

»Auf keinen Fall. Wenn ich mich mit ihm anlege, dann muss die Sache wasserdicht sein. Ich muss zuerst den Beweis haben. Sonst wird er mich fertigmachen.«

Er reibt sich den Nasenrücken. »Du wirst keine Ruhe geben, oder?«

»Nein. Kann ich nicht«, bleibe ich beharrlich.

Abgesehen davon irrt er sich. Ich bin *sehr wohl* diejenige, die dieses Schlamassel angerichtet hat. Ich war verantwortlich für die Daten. Und wenn ich nicht mit Reardon geschlafen hätte, wäre ich, gleich als ich merkte, dass etwas nicht stimmte, in der Lage gewesen, Alarm zu schlagen. Ich hätte mich nicht von ihm erpressen lassen.

Ich bin so eine Idiotin. Aber wenn ich diese Sache geradebiege, muss ich mir nicht mehr wie eine vorkommen.

»Okay«, sagt Rickie.

Mein Herz schlägt höher. »Ich kann das Auto haben?«

»Ich werde dich hinfahren«, sagt er. »Du lässt mich mitkommen.«

»Oh mein Gott. Du vertraust mir dein Auto nicht an?«

Seine grauen Augen weiten sich. »Süße, ich würde dir mein Auto und mein ganzes *Leben* anvertrauen. Bloß dem aggressiven Wichser, den du unglücklicherweise vor mir gedatet hast, traue ich *nicht*. Wenn du also meine Karre willst, dann nimm mich als deine Begleitung mit.«

»Oh.« Mein Herz explodiert förmlich. »Na gut, okay. Die Veranstaltung ist Mittwochabend. Man fährt vier Stunden hin.«

»Ich werd's einrichten, Shipley«, sagt er und legt eine Hand auf mein Knie. »Ich will nicht, dass du alleine hinfährst. Wir sind ein Team, okay?«

»Okay«, sage ich leise, denn das hört sich echt gut an. »Okay.«

38

Rickie

In der Nacht liege ich zum ersten Mal seit einer ganzen Weile wach und kann nicht schlafen.

Daphne liegt zusammengerollt neben mir im Bett und atmet tief und regelmäßig. Ihre Anwesenheit ist nicht der Grund für meine Schlafschwierigkeiten. Im Gegenteil.

Die Wahrheit lautet, dass ich Daphnes großen Plan vergessen hatte. Ich war zu sehr damit beschäftigt, mein neues Leben mit ihr zu genießen, um daran zu denken. Ich war zu beschäftigt damit, in der Küche mit ihr zusammen zu kochen und es mir mit ihr vor dem Fernseher gemütlich zu machen. Zu beschäftigt damit, bei jeder Gelegenheit Liebe mit ihr zu machen.

Es passt nicht zu mir, so ignorant zu sein. Noch dazu kenne ich Daphne ziemlich gut. In dem Moment, als sie mir die Einladung zeigte, hätte ich wissen müssen, dass sie es durchziehen wird.

Doch ich bin unachtsam geworden. Ich habe aufgehört, mit dem Kopf durch jede verfügbare Wand zu wollen.

Sie dagegen nicht. Für sie ist es noch nicht vorbei. Ich bin damit beschäftigt, mich zu verlieben. Doch sie will Rache. Sie will ihre Ambitionen wahrmachen und an einer Spitzenuni irgendwo weit weg von hier ihren Master machen.

Das schmerzt ein wenig. Aber ich wusste es bereits. Neu ist

die Frage, wie ich sie beschützen soll. Ich wollte, dass sie Reardon Halsey abhakt.

Hat sie aber nicht. Ich schätze also, ich auch nicht.

Die nächsten paar Tage bin ich in mich gekehrt wegen unseres anstehenden Trips nach Connecticut. Und Daphne ist auch ziemlich still. Am Freitagmorgen erwische ich sie dabei, wie sie sich auf ihrem Laptop den Grundriss eines Gebäudes ansieht – voll James-Bond-mäßig.

Doch als sie meine Schritte hört, klappt sie schnell den Computer zu.

»Ich bin's nur«, flüstere ich. »War das der Laden? Soll ich mitgucken?«

Sie schüttelt den Kopf. »Solange es nicht anders sein muss, würde ich dich wirklich gern außen vor lassen. Technisch gesehen plane ich, ein Verbrechen zu begehen. Auch wenn ich nichts stehlen werde.«

»Ich werde dir beistehen.« Ich beuge mich runter und gebe ihr einen Kuss auf den Scheitel. »Ich bin der Komplize, oder? So nennen das die Polizisten in den Krimiserien doch immer.«

»Das ist es ja gerade.« Sie dreht sich, um zu mir hochzuschauen. »Ich finde, du solltest nicht mitkommen. Mir ist durchaus bewusst, dass das ein verrückter Plan ist. Er könnte schiefgehen. Und dann werde ich die volle Verantwortung dafür übernehmen.« Sie schluckt schwer.

»Hey.« Ich setze mich neben sie auf die Couch und ziehe sie an mich. Sie trägt die Daphnia-Kette. Die legt sie gar nicht mehr ab. »Pass auf – ich kann nächsten Mittwoch nicht hier zu Hause rumsitzen und mich die ganze Zeit fragen, ob es dir gut geht. Kann ich einfach nicht. Also komme ich mit dir mit.«

»Aber Rickie …« Sie vergräbt das Gesicht in meinem Flanellhemd. »Ich weiß nicht, was ich da tue. Entweder wird es super laufen oder ich mache damit alles noch schlimmer. Ich muss es aber versuchen.«

Wirklich?, möchte ich fragen. Doch ich spreche es nicht aus. Daphne muss das mit sich selbst ausmachen. Ich möchte nicht die Sorte Kerl sein, der ihr sagt, was sie zu denken und zu tun hat.

Sorgen mache ich mir allerdings.

Während Daphne mit ihrem Bruder übers Wochenende nach Hause fährt, mache ich mir weiterhin Sorgen. Es ist viel zu still im Haus, wenn nur Keith und ich da sind. Ich lese Aristoteles und grüble.

Samstagnacht habe ich dann wieder einen beschissenen Traum. Er ist genau wie die, die ich im Sommer hatte – ich mache die Augen auf, und Reardon Halsey liegt auf meinem Bett und grinst mich fies an.

Dann öffne ich wirklich die Augen und wache verschwitzt auf – und zwar nicht auf angenehme Art. *Scheiße.* Es ist drei Uhr morgens. Und ich sehe sein Gesicht ganz deutlich vor mir.

Warum?

Als ich die Lampe anschalte, wirft sie Schatten in den Raum. Ich hole mir meinen Laptop aufs Bett und klappe ihn auf. Wieder google ich Reardon Halsey und finde dieselben Fotos wie beim letzten Mal. Das Ganze ist kein guter Zeitvertreib für die frühen Morgenstunden. Doch ich erkenne sein Gesicht wieder, und das macht mich wahnsinnig.

Also öffne ich meinen E-Mail-Account und probiere etwas, was ich schon eine Million Mal probiert habe – ich schreibe paulywhite123 eine weitere E-Mail.

Hallo Paul,

ich bin's wieder. Ich habe dir schon mal geschrieben, aber ich weiß nicht, ob du meine Nachrichten bekommen hast. Ich bin immer noch auf der Suche nach Antworten. Ich erinnere mich immer noch nicht daran, wie ich im Krankenhaus gelandet bin.

Es gibt vieles, was ich unbedingt wissen muss. Kannst du mir helfen?

Verdammt, ich weiß nicht, ob du je eine meiner Nachrichten gelesen hast. Ich weiß noch nicht mal, ob wir Freunde waren. Aber falls du weißt, was mir an dem Samstagabend des Ausgangswochenendes zugestoßen ist, dann muss ich es wissen.

Und selbst wenn du es nicht weißt, dann antworte bitte, damit ich weiß, ob es dich tatsächlich noch gibt.

Ja, das klingt jetzt düster. Aber in meinem Hirn war in letzter Zeit so einiges düster.

Viele Grüße
Rick Ralls

Den Sonntag über sitze ich an einer Hausarbeit über Freud. Außerdem checke ich ungefähr tausendmal meine E-Mails.

Am späten Nachmittag taucht beim tausendundersten Versuch eine fett markierte, ungelesene Mail ganz oben in der Liste auf. Von paulywhite123.

Vor lauter Überraschung schließe ich kurz die Augen. Aber als ich sie wieder öffne, ist sie immer noch da.

Als ich auf die Mail klicke, ist sie bloß eine Zeile lang. Er schreibt: Hast du dir wegen dieser düsteren Gedanken Hilfe geholt? Solltest du nämlich.

Ach du Schande. Der Einstieg in eine Unterhaltung ist gemacht. Also antworte ich.

Ja, ich habe mir Hilfe geholt. Meine Therapeutin heißt Lenore. Sie ist spitze. Sie lacht sogar über meine Witze. 10 von 10 Sternen, absolute Empfehlung.

Das ist harmlos und offen formuliert. Also klicke ich auf Senden. Und dann starre ich betend auf meinen Posteingang wie ein Jäger auf dem Hochsitz.

Aber es wird Abend, und ich habe noch immer keine Antwort. Als Daphne mit ihrem Bruder und Chastity nach Hause kommt, lächle ich und versuche, nicht so verdammt nervös auszusehen, wie ich bin.

»Können wir uns Pizza bestellen?«, fragt sie. »Ich habe uns als Beilage einen Salatkopf aus dem Garten mitgebracht.«

»Klar, Süße. Ich mache den Salat. Ich brauche eine Beschäftigung mit den Händen.«

»Schon wieder so 'ne Anspielung?«, murmelt Dylan.

»Ob du's glaubst oder nicht«, sage ich und nehme ihm eine Tüte Lebensmittel ab, »mir fällt bloß die Decke auf den Kopf.«

»Macht Freud dich fertig?«, fragt Daphne. Sie gibt mir einen Kuss auf die Kinnpartie.

»Ja«, sage ich sofort. »Ich hab, äh, den ganzen Tag an der Hausarbeit gearbeitet.« Gott, es fühlt sich mies an zu lügen. Daphne ist der allerletzte Mensch, den ich hintergehen möchte. Allerdings weiß ich nicht mehr als am Freitagnachmittag, als sie losgefahren ist.

Ich muss unbedingt mehr wissen. Also tue ich den ganzen Abend lang so, als würde ich an der Hausarbeit schreiben, während ich eigentlich meinen Posteingang im Auge behalte. Es tut sich nichts, bis Daphne um Mitternacht zu mir ins Bett gekrabbelt kommt und ich mich zwinge, das Licht auszumachen und sie in die Arme zu nehmen.

»Hast du mich vermisst?«, frage ich und küsse ihren Hals.

»Weißt du doch«, murmelt sie.

»Wie wär's, wenn du mir zeigst, wie sehr?«, frage ich in dem Versuch, mich wie immer zu benehmen.

»Ja, ich glaube, das mach ich«, sagt sie.

Am Montagabend bin ich allein in meinem Zimmer und checke noch ein letztes Mal mein Handy, bevor ich schlafen gehe. Daphne ist oben und legt wegen ihrer Hausaufgaben eine Nachtschicht ein.

Inzwischen ist es bloß noch reine Gewohnheit, nach neuen Nachrichten zu schauen. Aber auf einmal ist sie da.

Rick,

»10 von 10 Sternen, absolute Empfehlung.« Als ich das las, habe ich deine Stimme gehört. Dass du Witze machst, heißt, du wirst wieder auf die Beine kommen. Weiß nicht recht, was ich wegen deines Gedächtnisverlusts sagen soll. Du wirst es mir wahrscheinlich nicht glauben, aber vielleicht ist es ein Segen, dass du dich nicht erinnerst.

– P.

Jetzt habe ich am ganzen Körper Gänsehaut. Er rückt immer noch nicht mit dem raus, was ich brauche. Also schreibe ich zurück.

Du hast recht. Ich werde wieder auf die Beine kommen, ja. Ich habe zwar eine ganze Weile gebraucht, aber mein Leben ist wieder in der Spur. Den Sommer über war ich auf einer Farm. Jetzt arbeite ich an meinem Abschluss an der Burlington University in Vermont.

Dich zu kontaktieren, war selbstsüchtig. Ich will wissen, was passiert ist. Ich will wissen, ob ich selbst dran schuld war, dass mir mein Leben um die Ohren geflogen ist.

Ich muss es nicht wissen, will es aber.

Bitte sag mir, dass du auch wieder auf die Beine kommen wirst. Ich male mir schon das Schlimmste aus.

– Rick

Ich versuche, auf seine Antwort zu warten. Doch sie kommt nicht, und ich schlafe mit dem Smartphone in der Hand ein, das ich wie einen Talisman umklammert halte.

Seine Nachricht kommt am Dienstag, während ich gerade in der Uni bin.

Rick,

ich weiß, du möchtest einen vollständigen Bericht. Ich merke, wie angestrengt du dich bemühst, keine Antworten zu verlangen. Aber ich kann dir nicht helfen.

Zuerst habe ich es nicht geschafft, dir zu antworten, weil ich es nicht aushielt, an dich oder irgendwen sonst von der Academy zu denken. So zu tun, als wäre es niemals geschehen, war für mich der einzige Weg.

Dann hatte ich einen Zusammenbruch und konnte deine Nachrichten gar nicht lesen, weil ich mehr als sechs Monate in der Psychiatrie war.

Und jetzt kann ich dir nicht weiterhelfen, weil ich eine Verschwiegenheitserklärung unterschrieben habe.

Ich weiß, das ist eine beschissene Ansage – dass meine hübsche kleine Vereinbarung wichtiger ist als deine geistige Gesundheit. Nur deckt diese hübsche kleine Vereinbarung die Kosten für meine zukünftige geistige Gesundheit. Außerdem möchte ich wetten, in deinen dicken Philosophiebüchern steht etwas in der Art von wegen, dass es wichtiger ist, nach vorn zu schauen, als in der Vergangenheit zu kramen.

Falls nicht, dann fehlt denen was.

– P

Nachdem ich das gelesen habe, packe ich meine Sachen ein und verlasse einfach das Seminar. Das ist zwar unhöflich, aber ich muss ihn bei der Stange halten, damit er weiter mit mir schreibt. Morgen werde ich Daphne nach Connecticut fahren. Und Paul weiß, was passiert ist.

Paul,

ich weiß, das klingt verrückt, aber ich erinnere mich gar nicht an diesen Samstagabend. Und das halte ich nicht aus. Ich möchte auf keinen Fall, dass du dich einer Gefahr aussetzt.

Allerdings will sich meine Freundin mit einem fiesen Typen anlegen, der die Academy im selben Jahr verlassen hat wie ich. Mein Bauchgefühl sagt mir, dass das kein Zufall ist. Ich versuche rauszufinden, ob ich mir seinetwegen richtig Sorgen machen muss.

Wenn du mir irgendwas verraten kannst, ohne deinen Arsch zur Zielscheibe zu machen, wäre ich dir ehrlich dankbar.

– Rick

PS: Ich habe auch eine Verschwiegenheitserklärung unterschrieben. Die ist bloß nicht so bedeutend, wenn man sich gar nicht erinnern kann.

Während ich im *Green Bean*, dem Café auf dem Campus, sitze, ein Croissant esse und mein Handy anstarre, ruft Daphne mich an.

»Hey, Kleines«, melde ich mich und klinge dabei fröhlicher, als ich mich fühle.

»Hallo, McFly. Ich rufe an, weil ich fragen wollte, wann du morgen in den DeLorean springen und losfahren kannst. Ich habe mir bei der Arbeit freigenommen und hatte gehofft, wir könnten gegen halb drei los.«

»Okay«, sage ich sofort zu. »Was soll ich eigentlich bei dieser Unternehmung tragen?«

»Stoffhose und Hemd«, sagt sie.

»Geht klar. Was möchtest du heute Abend essen? Deine Mom hat uns Hühnchen zukommen lassen. Ich dachte mir, ich koche eine Tortillasuppe.«

Pling, meldet mir mein Handy eine neue E-Mail, woraufhin ich mich nicht mehr auf das Gespräch konzentrieren kann.

»Klingt toll«, sagt Daphne gerade. »Was soll ich als Beilage machen?«

Meine Antwort bleibt aus, denn ich halte das Handy schon nicht mehr ans Ohr, sondern lese Pauls Worte.

»Rickie?«, hakt sie nach.

»Äh, sorry, Schöne. Ich muss los.«

»Ist alles okay?«, fragt sie besorgt.

Und dann begehe ich einen schrecklichen Fehler. Ich erzähle ihr nichts von meinem verrückten Mailwechsel. Und ich erzähle ihr auch nicht, warum.

»Ja. Wir sehen uns zu Hause«, sage ich nur. Dann lege ich auf und lese Pauls Nachricht dreimal kurz nacheinander.

Rick,

ich kann wirklich nicht darüber reden. Aber falls du eine Universitätsbibliothek in der Nähe hast, solltest du wissen, dass Kurzprotokolle über Militärgerichtsverhandlungen gewissermaßen öffentlich zugänglich sind. Sie werden in einer juristischen Fachzeitschrift abgedruckt, die Military Justice Review heißt. Wenn auf einer Militärakademie richtig übler Scheiß passiert, kommt es vor, dass das Personal dafür vors MG gestellt wird. Du kannst grobe Zusammenfassungen dieser Vorgänge in den Protokollen nachlesen.

Aber pass auf, wenn du den Fall findest, dann geht es da um zwei Personen, okay? Du fragst dich vielleicht, welche du bist. Du sollst wissen, dass ich das Ziel war. Ich. Du wurdest bei dem Versuch verletzt, es zu stoppen.

Und übrigens: Wir waren Freunde, ja. Es macht mich traurig zu lesen, dass du dir da nicht sicher bist. Ich war froh, dich meinen Freund nennen zu dürfen.

Mehr habe ich nicht für dich. Vielleicht werde ich dich eines Tages anrufen und alles laut aussprechen können. Vielleicht werde ich furchtlos sein und sagen, was gesagt werden muss.

Aber heute geht es nicht. Noch nicht.

Ich verlasse das Café und laufe zur Bibliothek.

39

Daphne

Rickie benimmt sich seltsam, und das stresst mich.

Gestern meinte er, er wolle zum Abendessen was kochen. Das hat er dann aber nicht gemacht. Ich habe zwei Stunden lang auf ihn gewartet, bis ich ihm schließlich textete: Wo bist du?

Sorry! Bibliothek. Ich komme spät nach Hause.

Also habe ich mir eine Quesadilla mit Bohnen gemacht, zu der es als Beilage eine Portion Enttäuschung gab. Gegen Mitternacht bin ich dann in seinem Bett eingeschlafen. Er ist so spät heimgekommen, dass ich ihn gar nicht gehört habe.

Ich meine, klar, er hat morgens dann versucht, es wiedergutzumachen. Ich bin von seinem gierigen Mund auf meiner Brustwarze aufgewacht. Von da an eskalierte es schnell, und schließlich hockte ich auf allen vieren und klammerte mich ans Kopfteil des Betts, während Rickie mir den Mund zuhielt, damit ich mit meinem Gestöhne nicht das ganze Haus aufwecke.

Das war ein sehr wirkungsvolles Ablenkungsmanöver. Als ich nur noch ein wimmerndes, sexuell befriedigtes Häufchen meiner selbst war, fiel es mir nicht mehr ein, ihn wegen seines abweisenden Verhaltens gestern zur Rede zu stellen.

Jetzt befindet er sich hier neben mir in seinem alten Volvo und bringt mich nach Connecticut. Als Beifahrerin neben ihm zu sitzen, während wir die 91 entlangfahren, müsste mir eigentlich wie ein krasses Déjà-vu vorkommen.

Tut es jedoch nicht, weil Rickie so still ist. »Irgendwas stimmt nicht, oder? Du hast die letzten zwanzig Meilen kein Wort gesagt.«

»Nein, Babe«, sagt er mit vom langen Schweigen kratziger Stimme. »Alles gut.«

Beunruhigt schließe ich die Augen und versuche, gegen das furchtbare Gefühl einer bösen Vorahnung anzukämpfen. Irgendwelche Spitzelaktionen an meinem alten Arbeitsplatz abzuziehen, liegt nicht in meiner Natur. Allein bei der Vorstellung, in ein Büro einzubrechen, um in einem Ordner nachzuschauen, meldet sich mein Braves-Mädchen-Syndrom, und in mir schrillt es wie irre.

Vielleicht bin *ich* hier diejenige, die sich seltsam benimmt.

Doch dann schaue ich zu Rickie und sehe eine Sorgenfalte auf seiner Stirn, die sich sonst nicht dort zeigt. Er verschweigt mir etwas. Da bin ich mir sicher. »Ich schwöre dir, Rickie, ich hatte eher das Gefühl zu wissen, was in deinem Kopf vorgeht, als wir das allererste Mal zusammen im Auto saßen. Als wir noch Fremde waren.«

Das kommt sehr zickig heraus. Und ich rechne damit, dass er mir das vorwirft.

Aber nein. »Fremde sind bloß Freunde, die du noch nicht kennengelernt hast«, murmelt er. »Das wurde mir mal in der Sonntagsschule beigebracht. Dann habe ich das Gedächtnis verloren und musste feststellen, dass Fremde durchaus auch Menschen sein können, die man schon einmal kennengelernt hat.«

Mir stellen sich die Nackenhaare auf. »Ist diese Woche irgendwas passiert? Wieder ein Déjà-vu?«

Er zögert für meinen Geschmack einen Augenblick zu lange. »Nein, nichts.«

»Geht es dir gut?«, bohre ich weiter.

Zur Antwort streckt er den Arm rüber und drückt meine Hand.

Und dann sagt er wieder zehn Meilen lang nichts.

»Kann ich Musik anmachen?«, frage ich, als das Schweigen erneut unerträglich wird.

»Klar, Süße. Mach.«

Ich stelle das Radio an. Doch diesmal singt er nicht mit.

Obwohl es der reinste Luxus ist, habe ich uns ein Zimmer im *Harkness Inn* gebucht, dem hübschesten Hotel, das ich mir leisten konnte. Jetzt sehe ich mich in dem eleganten Badezimmer mit den flauschigen Bademänteln und den Bambusaccessoires um und frage mich, was zur Hölle ich mir dabei gedacht habe. Das hier ist doch kein Urlaub, auch wenn wir weiß Gott einen gebrauchen könnten.

Nie im Leben werde ich mich entspannen können, bevor alles vorbei ist – und ich Reardons Betrug anonym gemeldet habe. Bevor ich Gerechtigkeit bekomme.

Es muss einfach klappen.

Rickie sitzt auf dem Bett und ist wie wild am Texten. Er schaut nicht mal hoch, als ich in Spitzenunterwäsche an ihm vorbeistolziere und den Koffer aufmache, um meine Bluse herauszunehmen.

»Stimmt irgendwas nicht?«, frage ich, während er mit den Daumen die nächste Nachricht tippt. »Du scheinst mit den Gedanken ganz woanders zu sein.«

»Ach, es ist nichts weiter. Lenore macht sich immer Sorgen, wenn ich einen Termin absage.«

»Deine Therapeutin?«, hake ich nach. »Du verpasst einen Termin? Wir hätten doch später fahren können.«

»Keine Sorge, Shipley.« Er guckt immer noch nicht hoch. »Alles gut.«

Doch nichts ist gut. Er strahlt eine Eiseskälte aus, die mir unerklärlich ist. »Sagst du mir jetzt *bitte*, was los ist? Ich drehe eh schon durch.«

Endlich sieht er mir in die Augen. »Krieg bitte keine Panik. Du sollst keine Angst haben. Niemals, das möchte ich nicht. Wenn du willst, steigen wir wieder ins Auto und fahren nach Hause.«

»Gott, das ist verlockend. Aber es geht nicht. Wenn ich aufgebe, hat er gewonnen.«

»Daphne …« Rickies schönes Gesicht ist ernst. »Es gefällt mir nicht, dass du dich zur Zielscheibe machen willst, um ein Problem zu lösen, das du nicht verursacht hast.«

»Habe ich wohl.«

Er schüttelt den Kopf. »Das stimmt nicht. Manche Menschen sind einfach von Grund auf schlecht. Dich da hingehen und versuchen zu lassen, ihn mit seinen eigenen Waffen zu schlagen, geht gegen meine tiefste Überzeugung. Was, wenn du es nicht schaffst? Was, wenn er bereit ist, alles zu tun, damit er gewinnt?«

Mir fehlen für einen Augenblick die Worte, denn er wirkt absolut todernst. Doch dann finde ich meine Stimme wieder. »Falls mir das Risiko zu groß erscheint, werde ich es nicht durchziehen.«

Er schluckt. »Dann erzähl mir, wie dein Plan aussieht. Uns rennt die Zeit davon.«

»Der ist total simpel, ich schwör's dir.«

Ich knöpfe die Bluse zu und erkläre ihm dann meinen Plan.

Vierzig Minuten später parken wir auf dem Nordcampus. Die Sonne geht gerade unter, wodurch die schräg einfallenden Strahlen den vielen Backsteingebäuden einen rosaroten Schimmer verleihen. Früher habe ich es geliebt, in Harkness herumzuspazieren. Ich war völlig fasziniert von dieser vor dreihundert Jahren gegründeten, viel gepriesenen Institution, an der Präsidenten, Promis und Richter des Obersten Gerichtshofs studiert haben.

Dass ich so fasziniert war, stellte sich als meine Achillesferse heraus. Ich habe mich von einem Senatorensöhnchen mit Sprühbräune und perfekten Zähnen blenden lassen. Und dann habe ich dafür bezahlt.

Rickie schiebt seine Hand in meine, während wir uns dem Eingang des neuen Gebäudeflügels nähern. Normalerweise käme man hier nur mit einer Schlüsselkarte rein. Aber an der Tür steht eine junge Frau mit einem Klemmbrett, die uns gleich durchlässt, als ich ihr meine Einladung gebe.

Wir betreten das Atrium, in dem die Feier stattfindet. Der Raum ist drei Stockwerke hoch, mit einer Decke aus Glas. Über uns befinden sich ringsum Büros, die offenen Flure zeigen zum Atrium hin.

»Siehst du ihn?«, murmelt Rickie.

»Noch nicht«, sage ich und werde unsicher bei dem Gedanken, Reardon von Angesicht zu Angesicht gegenüberzutreten. »Aber da ist sein Vater.«

Rickie dreht unauffällig den Kopf, um sich den Senator anzusehen. Der Mann ist von Gratulanten umringt. Die Halseys besitzen Geld und Einfluss. Und als der Sohn beschloss, Gesundheitswesen zu studieren, hat das dazu geführt, dass die Fakultät sowohl mit Aufmerksamkeit als auch mit Kohle überhäuft worden ist.

Darum muss ich vorsichtig sein. Wenn man Anschuldigungen gegen den Sohn eines mächtigen Mannes erhebt, darf man das nicht halbherzig tun.

»Lass uns direkt mal zur Dekanin gehen«, flüstere ich. »Sie steht da drüben bei der Skulptur. Ich muss Hallo sagen.«

Als er meine Hand drückt, werde ich ruhiger. Rickie ist charmant. Dieser Teil wird prima laufen. Er ist mein Fels in der Brandung.

»Daphne!«, sagt die Dekanin, als wir uns nähern, und dreht sich herum, um mich zu begrüßen. »Wie schön, Sie zu sehen!«

»Ich bin wirklich froh, dass ich kommen konnte«, sage ich mit beinahe normaler Stimme. »Dekanin Reynolds, das ist mein Freund Rickie Ralls«, stelle ich Rickie vor, der ihr ein gewinnendes Lächeln schenkt. Dann machen wir ein paar Minuten Small Talk über Vermont, bis jemand Wichtigeres als ich ihre Aufmerksamkeit in Anspruch nimmt.

Nachdem ich das hinter mir habe, entschuldige ich uns und lenke Rickie in Richtung Wein und Käse, wo ich mir erlaube, mich von einigen wissenschaftlichen Mitarbeitern aufhalten zu lassen, die sich früher im alten Gebäude ein Büro mit mir geteilt haben.

Rickie steht mit einem Glas Wein in der Hand neben mir und spielt den perfekten Begleiter.

Bis ich merke, wie er sich verspannt und den Körper um neunzig Grad eindreht, als wolle er mich vor irgendetwas abschirmen. Als ich an ihm vorbeischaue, entdecke ich ein paar Meter entfernt Reardon Halsey, der mich anstarrt.

Und wenn Blicke töten konnten, wäre ich schon tot umgefallen.

40

Rickie

Die Kampf-oder-Flucht-Reaktion wurde in der Fachliteratur ausführlich beschrieben. Sie gilt als erste Stufe von Hans Selyes Allgemeinem Anpassungssyndrom. Als Reaktion auf akuten Stress setzt der Körper auf einen Schlag Hormone frei, die das sympathische Nervensystem aktivieren und die Nebennieren anregen. Atmung, Herzfrequenz und Blutdruck beschleunigen sich ebenfalls. Es kann zu vergrößerten Pupillen kommen. Muskeln zucken oder zittern.

Das alles erlebe ich innerhalb von fünf Sekunden, bis ich einmal tief Luft hole, sodass sich meine Lungen weiten und Sauerstoff aufnehmen und ich meinem Körper befehle, sich verdammt noch mal zu beruhigen.

Das bringt so ungefähr überhaupt nichts. Denn als ich eben Reardon Halsey gesehen habe, wusste ich es. Er ist es. Er ist der Grund, warum ich Türen versperre. Er ist derjenige, der mir Monate meines Lebens gestohlen hat. Er hätte mich fast getötet.

Und ich darf ihn nicht in Daphnes Nähe lassen.

Innerlich bin ich völlig in Aufruhr. Doch Adrenalin ist eine mächtige Droge. Ich lasse eine Hand um Daphnes Handgelenk gleiten. »Du wolltest mich doch herumführen«, sage ich mit seidenweicher Stimme.

»Stimmt«, sagt sie angespannt. Sie hat ihn auch entdeckt.

Ihre Freunde lächeln und sagen irgendetwas Nettes, das mir entgeht, weil ich in Gedanken sämtliche Möglichkeiten durchgehe, hier rauszukommen. Da wäre zunächst die Eingangstür, durch die wir hereingekommen sind, doch Halsey versperrt den Weg. Auf beiden Seiten befinden sich gläserne Aufzüge, die wahrscheinlich hoch zu den Büros rings um das Atrium führen.

Keine der Möglichkeiten gefällt mir, also nehme ich Daphne beiseite unter die Auskragung der oberen Stockwerke, wo wir geschützter stehen. »Rede mit mir«, flüstere ich. »Wir können jetzt wieder gehen, oder?«

»Nein, ich muss nach oben«, erwidert sie.

»Das ist keine gute Idee«, sage ich nachdrücklich und stelle mich dabei mit ihr neben den Pflanzkübel eines großen Buchsbaumgewächses.

Daphne sieht blinzelnd zu mir hoch, Beunruhigung steht in ihren braunen Augen. »Wieso drehst du auf einmal so durch?«, flüstert sie. »Was verschweigst du mir?«

»Nichts«, lüge ich.

Sie kneift die Augen zusammen. »Lüg mich nicht an. Das war *seine* Masche.«

Scheiße. Vor lauter Stress schnürt es mir den Brustkorb zusammen. »Ich habe ihn wiedererkannt.«

»Du meinst …« Sie blinzelt. »Von der Academy?«

Ich beuge mich vor, um schnell einen Blick rüber zu Halsey zu werfen. Und das ist ein Riesenfehler. Gerade sieht er nicht in unsere Richtung, weil er mit einer Frau redet. Seiner Freundin, wie's aussieht. Dass er lächelt, ändert jedoch nichts. Ich weiß, wie dieses Gesicht aussieht, wenn er wütend ist. Ich weiß, dass er für den Schmerz anderer verantwortlich ist.

»Rickie, erzähl mir, was du weißt«, verlangt Daphne und drückt meine Hand.

»Dafür ist keine Zeit. Das ist eine lange Geschichte. Gehen wir.«

»Nein«, weigert sie sich. »Du kannst mich mal mit deiner langen Geschichte. Wir saßen vorhin vier Stunden zusammen im Auto, und du warst total nervös und komisch. Wenn du mich fragst, hattest du da genug Zeit, mir zu erzählen, was los ist.«

»Tut mir leid«, brumme ich. »Lass uns gehen und das woanders ausdiskutieren.«

»Versuch es ja nicht«, zischt sie. »Schluss damit.«

Und dann? Zieht sie ihre Hand weg und lässt mich stehen. Sie marschiert durch das halbe Atrium und drückt auf den Fahrstuhlknopf. Sofort geht die Kabine auf, und sie betritt sie.

Shit! Ich gehe ein paar Schritte in ihre Richtung, doch die Türen schließen sofort.

Jetzt bin ich in wilder Panik. Ich drehe in die entgegengesetzte Richtung um und steuere auf die Treppe zu, die ich gesehen habe. Zwei Stufen auf einmal nehmend renne ich hinauf, während ich den gläsernen Aufzug im Blick behalte, der in der dritten Etage anhält.

Auch ich stoppe dort und drücke mich dann gegen die Wand, sodass ich den Großteil des ringförmig angelegten Stockwerks überblicken kann, vom Atrium aus aber so gut wie nicht zu sehen bin.

Mir klopft das Herz bis zum Hals, während Daphne langsam eine Runde durch die Etage macht. Sie versucht, unauffällig zu wirken, indem sie ab und zu stehen bleibt und sich die noch andauernden Bauarbeiten ansieht. Farbkarten kleben an den Wänden, und hier und da steht eine Leiter herum. Dann bleibt sie jedoch vor einem Büro stehen und probiert, die Tür zu öffnen.

Ich halte die Luft an, bis klar ist, dass sie nicht aufgeht. *Ein Glück.* Vielleicht kann ich Daphne jetzt zum Gehen überreden.

Mit gesenktem Kopf und lässig in den Hosentaschen vergrabenen Händen gehe ich auf sie zu. Doch während ich hinüberschaue, zieht sie etwas aus der Tasche. Eine Karte. Sie schiebt sie in den Türspalt, was nie und nimmer funktionieren wird.

Die Tür geht auf und im Büro springt flackernd das Licht an.

Scheiße, Scheiße, Scheiße. Reflexartig sehe ich hinunter ins Atrium. Sofort landet mein Blick auf Reardon Halsey. Er starrt herauf zu dem Büro, in dem Licht brennt.

Dann dreht er sich um und führt seine Freundin an der Hand zu dem zweiten gläsernen Aufzug auf der anderen Seite des Atriums.

Mein Herz droht zu explodieren.

Gegen die Wand gedrückt flitze ich zu Daphne. Einige Sekunden lang komme ich schnell voran, doch dann gleitet der Aufzug mir gegenüber in Sicht. Also werde ich langsamer und drehe das Gesicht weg. Und ich schnappe mir eine an der Wand lehnende Leiter und gehe damit die letzten zehn Schritte bis zu der Bürotür, hinter der Daphne verschwunden ist.

»Er hat dich gesehen«, knurre ich in Richtung der einen Spaltbreit offen stehenden Tür. »Er kommt her.«

»Scheiße!«, kiekst sie. Ich kann sie nicht sehen, wahrscheinlich kniet sie hinter dem Schreibtisch.

Während ich die Leiter aufstelle, rattert mein Hirn.

»Kann ich noch schnell rauskommen?«, fragt sie mit zitternder Stimme.

Drüben auf der gegenüberliegenden Seite stehen die Fahrstuhltüren bereits offen, und Halsey befindet sich mit seiner Freundin am Beginn der Runde. »Nein. Bleib, wo du bist.« Wenn sie jetzt rauskommt, wird er sie garantiert sehen.

Und wenn er sich schon mit einem von uns beiden anlegt, dann mit mir.

Ich ziehe die aufgeklappte Leiter vor die Bürotür. Dann schnappe ich mir einen am Boden stehenden Werkzeugkasten und steige damit die verdammten Stufen rauf. Nachdem ich den Kasten oben auf die Ablage der Leiter gestellt habe, strecke ich die Hände hoch, nehme eine der Glasfaserplatten aus der abgehängten Decke und stelle sie beiseite.

Ich steige noch eine Stufe höher und stecke den Kopf in das schwarze Loch in der Decke. Beim Hinuntersehen schaffe ich es erstaunlicherweise, den Werkzeugkasten mit ruhigen Händen zu öffnen. Ich suche mir eine schwere, gefährlich aussehende Drahtschere mit scharfen Kanten aus.

Und warte ab.

Keine Ahnung, wie lange es dauert, bis sich Halsey und seine Freundin nähern. Wahrscheinlich handelt es sich bloß um eine Minute, doch mir kommt es vor wie ein Jahr.

Genug Zeit für mich, um sein Gesicht aus meinen Albträumen heraufzubeschwören. Sein fieses Grinsen im Dunkeln, als ich merkte, dass ich an mein Stockbett gefesselt war. Der Schrei, der mir im Hals stecken blieb, denn geknebelt war ich auch.

Das Ding, das er und seine Kumpel abgezogen haben, war abgefeimt, voller Gewalt. Sie haben Leben zerstört. Und ich habe mir – mit etwas Hilfe von Paul – den wohl beschissensten Tag ausgesucht, um mich wieder daran zu erinnern.

Mein Hemd ist durchgeschwitzt, als ein Paar glänzender Schuhe am Fuß der Leiter auftaucht. »Sie blockieren mein Büro.«

Diese *Stimme.* Sie ist wie eine eiskalte Dusche. Vor Angst zieht sich mir der Magen zusammen. Diese Stimme hat mir im Dunkeln krankes Zeug zugeflüstert. Ich drehte den Kopf weg, konnte mich jedoch nicht rühren. Ich war bewegungsunfähig gemacht worden.

Oh Gott. Ich fasse nach einem Querträger auf Höhe meines Kopfs und klammere mich so fest daran, dass die Fingerknöchel weiß hervortreten. Ich kriege hier oben nicht genug Luft.

»Ich muss da rein«, sagt er, und seine gute Kinderstube überdeckt dabei seinen abschätzigen Tonfall nur mäßig.

Noch mehr Erinnerungen überkommen mich. Seine höhnende Verachtung. Die beiläufige Gewalttätigkeit gegenüber den neuen Kadetten.

Und jetzt wartet er darauf, dass ich etwas sage. »Geben Sie mir fünf bis zehn Minuten«, brumme ich. Meine Hände sind eiskalt. Das ist noch so eine Stressreaktion – der Körper versorgt vorrangig das Gehirn und die lebenswichtigen Organe mit Blut.

Atmen, Rickie. Schön weiteratmen.

»Könnten Sie wohl *jetzt sofort* Platz machen?«, kläfft er. »Haben Sie etwa meine Bürotür geöffnet?«

»Brauchte Licht«, knurre ich. »Sie brauchen doch funktionierendes Internet, oder? Brauchen Leute wie Sie doch immer. Ist aber schon nach Feierabend, Kollege. Ich brauche fünf bis zehn …«

Womit ich meine: fünf bis zehn Jahre Gefängnis für ihn.

Sein Schweigen scheint ewig anzudauern. Ich gebe weiß Gott einen beschissenen Hausmeister ab. Zum Glück ist seine Freundin bei ihm. Da ist es unwahrscheinlicher, dass er eine Szene machen wird.

»Zwei Minuten«, knurrt er. »Und schließen Sie verdammt noch mal die Tür.« Seine Schritte entfernen sich.

Ich zähle bis dreißig, bevor ich die Drahtschere mit zitternder Hand in den Werkzeugkasten zurücklege. »Dreißig Sekunden«, zischele ich.

»Bin da«, kommt die kleinlaute Antwort von hinter der Tür.

Als ich den Kopf aus meinem Versteck nehme, sehe ich, wie Halsey und seine Freundin auf unserer Seite der Etage im Aufzug verschwinden. Ich zwinge mich, noch einmal tief durchzuatmen, bis sich die Türen geschlossen haben.

»Okay, zähl bis zehn und komm dann raus.«

Schnell setze ich die Deckenplatte wieder ein, springe von der Leiter und schnappe mir den Werkzeugkasten. Dann klappe ich die Leiter zusammen und lehne sie gegen die Wand, als Daphne mit knallrotem Gesicht und ihrer Handtasche über der Schulter herausgeschlüpft kommt. »Tut mir leid.«

»Schht.« Ich nehme sie bei der Hand und gehe schnell mit ihr zurück zur Treppe. »Ich weiß nicht, ob er hoch- oder runtergefahren ist. Aber es muss hier doch noch einen zweiten Ausgang geben.«

»Ja. Am Ende der Treppe.«

»Dann los.« Ich umfasse ihre Hand noch fester, während wir zur Treppe flitzen und dann so schnell wir uns trauen hinunterlaufen.

Ich sehe Halsey nirgendwo. Aber ich werde Daphne nicht loslassen. Nicht ehe wir weit weg von hier sind. Die Treppe führt vom Atrium aus noch einen Absatz weiter nach unten. Und dann bietet sich mir ein willkommener Anblick: eine Doppeltür mit einem leuchtenden NOTAUSGANG-Schild darüber.

Einen Augenblick später stoßen wir sie auf. »Das Auto müsste in der Richtung stehen.« Ich zeige nach rechts.

»Ja.« Daphne hat rote Wangen und macht ein verkniffenes Gesicht. »Ich hab's voll verbockt. Ich fass es nicht, dass du ihn losgeworden bist.«

»Schht«, mache ich und zwinge mich, mit ihr in halbwegs normalem Tempo um das Gebäude herumzulaufen. Wir werden etwas Zeit brauchen, denn das Gelände ist riesig. Das Gras ist tadellos gemäht, und blühende Chrysanthemen stehen in einer sorgsam gepflanzten Reihe.

Unterdessen ist mein Herz immer noch kurz vorm Explodieren. Ich erinnere mich daran, wie die Seile mir in die Haut schnitten, als ich versuchte, mich loszumachen. Halsey hat mich ans Bett gefesselt und mir irgendwie mehrere Knochen gebrochen. Ich erinnere mich immer noch nicht daran, wie ich zu den Verletzungen kam. Doch ich erinnere mich an Pauls erstickte Schluchzen im Stockbett über mir.

Sie haben ihn vergewaltigt. Da bin ich mir zu neunundneunzig Prozent sicher. Ich musste zwölf Stunden lang danach suchen, bin dann aber heute am späten Mittag auf das Kurzprotokoll der Militärgerichtsverhandlung gestoßen. Ich habe es ausgedruckt und zusammengefaltet in meine Brieftasche gesteckt. Dann bin ich ins Auto gestiegen und hierhergefahren. Ich legte beide Hände aufs Lenkrad, eine auf zwei und eine auf zehn Uhr.

Und dieses Protokoll brennt mir seitdem ein Loch in die Hosentasche – und ins Hirn:

Urteil: Sergeant A. P. Horst wird aus dem Dienst an der United States Tactical Services Academy enthoben und degradiert. Vergehen: Pflichtverletzung und Gefährdung der Studierenden in seiner Obhut. Vorfall: Zwei Studierende auf dem Campus von Studierenden höherer Semester tätlich angegriffen. Beide Opfer auf die Krankenstation aufgenommen und später ins

Krankenhaus eingeliefert, eines mit mehreren Knochenbrüchen, eines mit Prellungen, inneren Verletzungen und Analblutungen.

Weitere Maßnahmen: Exmatrikulation dreier Studierender, Versetzung eines Sanitäters.

Das war's. Das ist die ganze Zusammenfassung. Doch in dem Moment, als ich sie las, wusste ich Bescheid. Und ich fing an, mich zu erinnern.

Uns immer noch an den verschwitzten Händen haltend, biegen Daphne und ich schließlich um die Ecke dieses monumentalen Gebäudes. Endlich kommt der Volvo in Sicht. Ich lasse Daphnes Hand los und klopfe mir auf der Suche nach dem Schlüssel auf die Hosentaschen. »Ich will nicht über Nacht hierbleiben.«

»Okay«, sagt sie sofort. »Ich muss aber meine Sachen aus dem Hotel holen.«

»Gut.« Ich gehe auf das Auto zu und bleibe auf der Beifahrerseite stehen, um Daphne die Tür aufzumachen. Der Volvo stammt noch aus Zeiten, als es keine Funkschlüssel gab. Ich schiebe den Schlüssel ins Schloss und drehe ihn.

Da tritt jemand hinter einem SUV hervor und erscheint in meinem Blickfeld.

Hinter mir schnappt Daphne nach Luft.

Es ist Halsey. Er ist allein.

Ich lasse den Schlüssel los und stelle mich ihm instinktiv entgegen. Ich werde mich nicht noch einmal von diesem Mann überrumpeln lassen.

»Du«, sagt er. »Ich dachte schon, ich werd irre. Aber du bist es tatsächlich, Ralls.« Er kommt einen Schritt näher. »Hast du mich vermisst?«

»Verpiss dich«, fauche ich. »Ich schwör's dir, wenn ich wach bin, bin ich nicht so leicht auszuschalten. Das wird dir nicht gefallen.«

Seine Lippen werden schmal. »Du Spacken bist mir scheißegal. Was auch immer Daphne aus meinem Büro hat mitgehen lassen, sie wird es jetzt schön zurückgeben.«

»Sie hat gar nichts mitgenommen«, knurre ich. »Verschwinde. Du hast Glück, dass ich dich nicht direkt zum nächsten Polizeirevier bringe und wegen Körperverletzung und Vergewaltigung anzeige.«

Daphne stößt einen schockierten Laut aus.

»Ja, sicher doch«, sagt Halsey. »Wo du dich doch an nichts erinnern kannst. Dass deine Therapeutin rumtelefoniert und Antworten sucht, wird die Leute nicht gerade überzeugen. Vielen Dank dafür übrigens. Meinem Cousin ist richtig einer abgegangen, als er ans Telefon ging. Er hat sich sorgfältig Notizen gemacht. Du bist ein dummer Wichser, Ralls. Genauso wie deine Hure von Freundin.«

Man nennt es nicht ohne Grund *Kampf-oder-Flucht*-Reaktion.

Ich gehe auf ihn los.

41

Daphne

Die nächsten sechzig Sekunden sind die längsten meines Lebens. Ich habe Faustkämpfe im Fernsehen gesehen. Männer, die einander umkreisen, sodass die Spannung steigt, bevor der erste Hieb kommt.

Hier ist es nicht so. Hier stürzt sich Rickie auf Reardon und knallt mit ihm auf den Asphalt, woraufhin die Fäuste fliegen. Hier stößt Reardon einen kriegerischen Schrei aus und verstummt dann, als Rickie ihm die Faust in den Mund rammt.

Seine Wut raubt mir den Atem. Heftige, erstickende Wut. Rickie ist im Rausch. Seine Fäuste landen mehrmals auf Reardon, bevor der sich wehren kann und Rickie so hart trifft, dass dessen Kopf nach hinten geschleudert wird.

Der Kampf wird nur noch erbitterter. Rickie drückt Reardon auf den Bürgersteig und schlägt einmal zu. Zweimal. Das Geräusch, wenn seine Fäuste Reardons Gesicht treffen, ist entsetzlich. Als er ihm erneut eine verpasst, bekomme ich solche Angst, dass mir Galle die Kehle hinaufsteigt. »Rickie!«, kreische ich.

Wundersamerweise erstarrt er.

Ich halte ein paar Sekunden lang die Luft an, während Rickie stolpernd aufsteht.

Dann sehe ich, dass Reardon sich bewegt. Und einen furchtbaren Moment lang denke ich, dass ich einen schrecklichen Fehler gemacht und Rickie ins Hintertreffen gebracht habe.

Aber Reardon dreht sich nur auf alle viere und lässt den Kopf hängen. »Dafür wirst du verdammt noch mal bezahlen«, faucht er. Und Blut tropft von seiner eben noch perfekten Wange.

Wie auf Autopilot ziehe ich die Autoschlüssel aus der Beifahrertür. »Steig ein«, befehle ich Rickie.

Und Rickie macht es. Er hat Blut an der Lippe und einen wilden Blick. Doch ich blende das Blut aus. Und zu Reardon sehe ich gar nicht erst. Steifbeinig gehe ich um den Volvo herum, mache die Fahrertür auf und rutsche hinters Steuer.

Mit zitternden Händen starte ich den Wagen. Mein Atem geht schnell. Während ich sorgsam den Schulterblick mache, um zurückzusetzen, habe ich das Gefühl, einen Film über das Leben einer anderen zu gucken.

Als ich vor dem Wegfahren zu Reardon schaue, hält er sich beide Hände vors Gesicht. Aber ich kann seine Augen noch sehen. Und sie sind dermaßen von Zorn erfüllt, wie ich es noch nie im Leben gesehen habe.

Noch nie hatte ich solche Angst. Aber ich bin auch wütend. Und diese Wut treibt mich an, als ich Gas gebe und zusehe, dass wir verflucht noch mal von diesem Parkplatz wegkommen.

Eine Stunde später fahren wir die 91 entlang. Ich kriege vor Angst immer noch nicht richtig Luft. Doch ich sitze nicht mehr am Steuer.

Zuerst fuhr ich beim Hotel vorbei.

»Ich kann nicht mit dir reingehen«, sagte Rickie, als ich anhielt. Das sagte er kalt und tonlos, was mich fast noch mal so sehr verängstigte wie zuzusehen, wie er Reardon halb tot prügelte. »Hol deine Sachen. Rede möglichst mit niemandem. Lass den Schlüssel im Zimmer liegen, statt an der Rezeption auszuchecken.«

Ich stellte den Motor ab und drehte mich zu ihm. Seine Lippe war blutig und wurde schon dick, ebenso eine Augenbraue.

Das schlimmste Zeugnis des Kampfs war jedoch der Ausdruck in seinen schönen grauen Augen. Da war nur Leere. Als hätte ihm jemand den Rickie ausgetrieben.

Ich stand selbst unter Schock. Ich ging hinauf, holte meine Sachen, genau wie er es beschrieben hatte, und ließ den Schlüssel auf dem unbenutzten Bett liegen.

Als ich zum Volvo zurückkam, saß er auf dem Fahrersitz und schluckte trocken ein paar Aspirin. Seine Lippe blutete nicht mehr.

»Bist du wirklich fit genug zum Fahren?«, fragte ich, während ich meine Tasche auf den Rücksitz warf. Er antwortete nicht mal, sondern ließ bloß den Motor an.

Jetzt fahren wir mit erstaunlich vorsichtigen hundert Stundenkilometern unter völligem Schweigen auf der rechten Spur, und Rickie hält den Blick stur auf die Straße gerichtet.

Ich könnte förmlich aus der Haut fahren. »Was war das?«, stoße ich schließlich hervor. »Erinnerst du dich an Reardon?«

»Ja«, brummt er.

»Wenn das so ist, hättest du was *sagen* sollen. Du hättest zu Hause bleiben sollen.«

Zuerst denke ich, dass er nicht darauf antworten wird. Nach einer langen Weile tut er es aber doch. »Ich hätte niemals zugelassen, dass du dich allein mit ihm anlegst.«

Meine Wut steigt noch um mehrere Level, und meine Stimme wird hysterisch hoch. »Ach, das ist also besser, ja? Dir zuzuschauen, wie du ihn halb umbringst? Jetzt ist alles im Arsch. Er wird der Dekanin erzählen, dass ich in sein Büro eingebrochen bin und mein Freund auf ihn losgegangen ist. Er könnte dafür sorgen, dass du verhaftet wirst.«

Einige Meilen lang herrscht wieder Schweigen auf dem Fahrersitz. Und als Rickie dann wieder etwas sagt, ist seine Stimme die reinste Eisdusche. »Hol dein Handy raus. Ich muss dir eine Telefonnummer geben.«

»Wessen Nummer?«, keuche ich. Mit einem Mal kriege ich nicht genug Sauerstoff. *Hol dein Handy raus* – das hat er fast genau so schon mal zu mir gesagt. Bei unserer ersten Fahrt über die 91.

Bevor ich Reardon kennenlernte. Bevor Rickie …

Ich habe Angst, den Gedanken zu Ende zu denken. Rickies Vorwürfe an Reardon waren furchtbar. Ich sperre den Gedanken in eine Schublade und mache sie fest zu. Vorerst.

»Dein Handy«, wiederholt er.

»Wessen Nummer?«, presse ich abermals hervor. Die Luft ist zu dünn. Ich kann nicht denken.

»Die von meinem Vater. Speicher seine Nummer ab. Und versuch, ruhig zu atmen.«

Ich nehme also mein verdammtes Handy heraus und tippe die Nummer ein, die er mir diktiert. Dann schließe ich das Telefon an Rickies Ladekabel an.

Und während wir über den Highway fahren, wird meine Atmung irgendwann ruhiger. Ich schließe die Augen und denke nicht an all das, was vorhin passiert ist. Ich kann nicht. Noch nicht. Ich packe auch meine Angst in die imaginäre Schublade und mache sie zu.

Stattdessen stelle ich mir Rickies Haus in der Spruce Street vor. In wenigen Stunden werden wir dort sein, die Türen fest hinter uns verschlossen. In der Spruce Street passiert nie etwas Schlimmes.

Und morgen früh wird alles nicht mehr so beängstigend sein. Vielleicht kann ich mir dann überlegen, was ich tun soll. Vielleicht werde ich dann nicht mehr so wütend sein.

Ich bin so was von *wütend*.

»Du hättest es mir sagen sollen«, wiederhole ich. »Wann wurde dir klar, dass du ihn kennst?«

Stille.

»Wann, Rickie? Lüg mich nicht an. Du hast gesagt, du wirst mich niemals anlügen.«

»Hab ich auch nicht«, knurrt er.

»Ach nein? Dann sag mir, wann du gemerkt hast, dass du Reardon kennst.«

Er seufzt, was zumindest beweist, dass er nicht von Aliens entführt und durch einen Roboter ersetzt worden ist. »Nach deinem Geburtstag«, krächzt er. »Ich habe ihn gegoogelt. Ich kannte sein Gesicht, wusste aber nicht, woher. Diese Woche hat mir mein Zimmergenosse von der Academy endlich zurückgeschrieben, und ich habe einiges über meinen Unfall herausgefunden.«

»Du hast einiges herausgefunden«, wiederhole ich, während der Zorn gefährlich hell in mir aufkeimt. »Das hättest du mir *sagen* müssen!«, kreische ich. »Jetzt kriegst du wahrscheinlich Ärger. Und ich auch. *Schlimmeren* Ärger, als wenn ich allein gefahren wäre.«

»Tut mir leid«, krächzt er.

Doch das bringt nichts, denn ich steigere mich gerade in einen regelrechten Tobsuchtsanfall hinein. Wut verkraftet mein geschundenes Herz besser als die kalte Angst. »Es tut dir *leid*«, zische ich. »Wie schön. Das ist ja schon mal eine Verbesserung gegenüber dem letzten Mann, der mich verarscht hat, *ohne* sich zu entschuldigen. Juhu! Schon wieder verarscht worden, aber diesmal mit *Entschuldigung*.«

»Daphne, hör zu –«

»*Wieso?*«, kreische ich. »Damit du dich *entschuldigen* kannst?«

»Hör zu!«, schreit er. Außerdem stellt er den Blinker an und bremst ab, obwohl keine Abfahrt in der Nähe ist. »Sag, was du sagen musst. Sag denen, was du willst. Verschon mich nicht, das habe ich nicht verdient. Aber rede ja nicht mit denen, solange du wütend bist, okay? Und bloß nicht allein.«

»Mit wem reden?«, keuche ich. Und dann sehe ich ein blaues Licht im rechten Außenspiegel aufblitzen.

Ein Streifenwagen. Ach du Scheiße. Rickie wird angehalten.

»Wir fahren doch nicht zu schnell«, sage ich, als könnte ich eine Erklärung finden.

»Er ist schnell, das Senatorensöhnchen.« Rickie hält den Wagen an. »Wahrscheinlich wurde es gleich in drei Bundesstaaten über Funk durchgegeben.«

Als ich wie eine Eule den Kopf drehe, sind da inzwischen *zwei* Streifenwagen. Einer hält vor uns, der andere hinter uns.

Und der Cop im vorderen Wagen steigt mit der Hand an der Waffe aus.

Langsam hebt Rickie seine Hände, sodass sie über dem Lenkrad sichtbar sind. »Es tut mir leid«, flüstert er, und ich höre ihn wegen des Rauschens in meinen Ohren kaum. »Ruf deine Familie an, okay? Sie werden dir helfen. Und ruf meinen Vater an.«

Die nächsten Minuten sind surreal.

»Steigen Sie aus dem Wagen, Sir«, sagen die Polizisten. »Sie auch, Miss.«

Am Straßenrand ist es windig, und die Kälte dringt mir bis ins Mark.

Die Polizisten handeln ruhig und bestimmt. Doch ich bin es nicht. Ich sehe zu, wie sie Rickie auf die Motorhaube drücken. Er sieht mich nicht an. Es schnürt mir die Kehle zu, als sie ihm die Hände auf den Rücken biegen und Handschellen anlegen.

Sie lesen ihm seine Rechte vor, bringen ihn zu einem der Streifenwagen und verfrachten ihn auf den Rücksitz.

Noch immer sieht er mich nicht an.

Wieder ist es, als würde ich einen Film über eines anderen Menschen Lebenswirklichkeit sehen. Bis die Beamten auf mich zukommen. Eine Polizistin mit straff gebundenem Pferdeschwanz fragt mich nach meinem Ausweis. Ich gebe ihn ihr, und sie notiert sich alle Angaben darauf.

»Wir werden Sie befragen«, sagt sie. »Sie müssen uns zurück aufs Revier in Harkness County folgen. Andernfalls muss ich Sie hinten im Streifenwagen mitnehmen.«

»Ich folge Ihnen«, sage ich und kann ihre Worte kaum verarbeiten. Ich möchte nirgendwohin im Streifenwagen gefahren werden.

»In Ordnung«, sagt sie. »Dann bleiben Sie direkt hinter mir, sonst kriegen wir ein Problem miteinander.«

»Verstehe«, antwortet das brave Mädchen in mir.

»Ich lasse Ihnen kurz Zeit, sich zu sammeln«, sagt sie. »Geben Sie ein Lichtzeichen, wenn ich losfahren kann.«

»Okay.«

Während sie zum Streifenwagen geht, steige ich auf der Fahrerseite ein. Mein Handy hängt am Ladekabel. Als ich danach greife, merke ich, wie klamm und schwitzig meine Hände sind. Schnell wische ich sie an meinem Rock ab, den ich vor Stunden angezogen habe. Eigentlich noch in einem anderen *Leben*. Und ich entsperre das Handy.

Rickie wollte, dass ich seinen Dad anrufe. Doch als mir Tränen in die Augen steigen, wird mir klar, dass ich jemand anderen jetzt noch dringender brauche. Ich tippe auf einen anderen Namen in den Kontakten. Die Anwältin der Familie. Und dann halte ich den Atem an, während es klingelt.

»Daphne?«, erklingt die Stimme meiner Schwester. »Was ist los?«

»May?«, japse ich. »Ich brauche deine Hilfe. Ganz dringend.

Ich hab Scheiße gebaut. Die Polizei hat Rickie festgenommen!«

»Was? Ganz ruhig. Sag mir, wo du bist. *Ganz* genau, wo.«

Stattdessen breche ich in Tränen aus.

»Laaangsam, Daphne, Schatz«, sagt sie mit ruhiger Stimme, »bist du in Burlington?«

»C…C…Connecticut«, stammele ich zwischen meinen Schluchzern. »Auf dem H…Haltestreifen vom H…Highway.«

»Wo ist Rickie?«

»Verhaftet! Er hat Reardon geschlagen!«

»Wen?«

»Meinen Ex.«

May stößt den Atem aus. »Okay, zuerst mal musst du mit dem Wagen an einen sicheren Ort fahren und dann dort auf mich warten.«

»*Kann ich nicht!* Ich soll der Polizei aufs Revier folgen.«

»Wow. Okay. Erstens mal fährst du nicht los, bevor du dich nicht beruhigt hast und klar gucken kannst. Dann kannst du ihnen zum Revier folgen, aber rede *auf keinen Fall* mit ihnen. Warte im Auto. Du betrittst keinen Verhörraum, ehe ich da bin. Sag ihnen, du wartest auf deine Anwältin. Du bist *nicht* verpflichtet, ihre Fragen zu beantworten. Verstanden?«

»Ja«, schluchze ich. »Danke.«

»Schick mir deine GPS-Koordinaten aufs Handy, und dann warte auf mich.«

Sie legt auf, ehe ich noch etwas sagen kann.

Ich lege den Kopf aufs Lenkrad und weine.

42

Rickie

In der Arrestzelle stinkt es nach Pisse. Es ist schwer, sich auf Atemübungen zu konzentrieren, wenn jeder Atemzug von beißendem Uringeruch erfüllt ist.

Außerdem ist es schwer, tief durchzuatmen, wenn man eine gebrochene Nase hat. Was ich dank des Polizisten habe, der mich in die Zelle geführt und mir die Faust ins Gesicht gerammt hat, als ich darum bat, telefonieren zu dürfen.

»Das ist dafür, dass du dich mit dem Sohn des Senators angelegt hast«, sagte er.

Spoileralarm: Ich durfte nicht telefonieren. Und meine Nase bringt mich um.

Jetzt sitze ich an einer Seite der Zelle auf dem Boden. Auf der anderen Seite befindet sich ein leeres Stockbett. Obwohl ich allein hier drin bin und völlig erschöpft, schaffe ich es nicht mal in dessen Nähe.

Wenigstens weiß ich jetzt, warum. Halsey hat mich an eins gefesselt – ans untere Stockbett. Mein bemitleidenswerter Zimmergenosse lag oben, als einige Kadetten zu ihm hochgeklettert sind.

Und dann? Ich glaube, es ist zusammengebrochen. Ich bin mir ziemlich sicher, dass das Bett auf mich gekracht ist und ich mir durch das Gewicht dieser Kerle die Knochen brach.

Das habe ich mir zusammengereimt, während ich die ganze

Nacht lang hier hockte und über alles nachdachte, was mir zugestoßen ist. An den Moment, als ich die Verletzungen erlitt, erinnere ich mich nicht. Aber der Übergriff auf Paul kommt Stück für Stück zurück.

Ich konnte ihm nicht helfen. Und dann wachte ich im Krankenhaus mit Verletzungen auf, wie sie nach dem Sturz von einer hohen Mauer auftreten.

Doch diese Mauer gab es nie. Ich erinnere mich daran, dass ich das Bett wie in einem Sturm habe schwanken sehen. Ich erinnere mich an das Geräusch splitternden Holzes, als das Gestell nachgab.

Und danach an gar nichts.

Es war also eine lange, schwierige Nacht. Ich hatte jede Menge Zeit, um mich, auf dem kalten Boden sitzend, zu erinnern. In einigen Momenten wurden die Erinnerungen düsterer. Ich bekam eine Gänsehaut und hatte Schwierigkeiten weiterzuatmen. Aber jetzt bin ich ziemlich ruhig, besonders für einen Typen, der wahrscheinlich wegen Körperverletzung angezeigt werden wird.

Da ich sofort einen Anwalt verlangt habe, sitze ich hier bis zum Beginn der Bürozeit fest und warte darauf, dass ein Pflichtverteidiger oder sonst wer auftaucht, um mir zu helfen.

Bevor sie mich hier drin allein gelassen haben, hörte ich eine Polizistin sagen, dass Daphne draußen auf dem Parkplatz auf ihre Schwester wartet. »Sie kam rein, um mal auf die Toilette zu gehen und mir zu sagen, dass ihre Schwester – eine Anwältin – auf dem Weg von Vermont hierher ist.«

Das half mir dabei, mich zu entspannen. Ich wusste ja, dass Daphne clever ist. Wahrscheinlich hasst sie mich total, und ich kann es ihr nicht verdenken. Aber wenigstens hat sie ihre Familie angerufen, statt sich von ihrer Angst und Wut beherrschen zu lassen.

Nicht dass ich dasselbe von mir behaupten könnte. Halsey zu verprügeln, war saudämlich. Echt verdammt dämlich. Ich bin komplett ausgetickt. Stimmt schon, ich hatte gute Gründe. Aber die ändern jetzt nichts groß.

Wenn ich wegen Körperverletzung angezeigt werde, kann ich mich von einer beruflichen Laufbahn als klinischer Psychologe verabschieden. Im Grunde steht fest, dass kein Bundesstaat einem Gewaltverbrecher die Zulassung erteilen wird. Und mich wird auch keine Uni zu einem weiterführenden Studium zulassen.

So ist das also, wenn man ganz am Boden ist. Man versaut sich die eigene Zukunft. Man lässt die Reardon Halseys dieser Welt gewinnen.

Daphne hatte recht. Ich hätte ihr ehrlich von meinen brandneuen Erkenntnissen erzählen sollen. Und ich hätte niemals nach Connecticut fahren dürfen. Doch ohne einen Beweis konnte ich es nicht so richtig fassen. Ich wollte sein Gesicht in natura sehen. Ich wollte meine Reaktion erleben. Ich wollte mich dem Feuer stellen, auch wenn ich mich dabei verbrenne.

Doch es brannte zu sehr. Ich bin ausgerastet. Und jetzt werde ich dafür bezahlen. Ich werde meine berufliche Zukunft verlieren. Ich werde Dylan wahrscheinlich verlieren. Und Daphne. Das ist das Schlimmste daran.

Verflucht, vielleicht fange ich woanders von vorn an. Mal wieder. Diesmal wird mich mein Gedächtnis nicht im Stich lassen. Also werde ich mich an jede einzelne Dummheit von mir und an jede verpasste Gelegenheit erinnern.

Ich schließe die Augen und nicke endlich ein.

Und ausnahmsweise hilft mir das scheißgroße Schloss an der Zellentür nicht, einzuschlafen.

Als ich aufwache, schließt ein uniformierter Polizist die Zelle auf. Wenigstens ist es ein anderer als der, der mich geschlagen hat. Ich habe einen dermaßen steifen Nacken, dass ich kaum den Kopf heben und ihn ansehen kann. »Ihr Rechtsbeistand ist da«, sagt er.

Langsam stehe ich auf und folge ihm in einen Verhörraum, wo ein Kerl im Anzug wartet. »Ich bin Ihr Anwalt«, sagt er ohne lange Vorrede. »Ich hätte gern etwas Zeit allein mit meinem Klienten.«

»Sie haben eine Viertelstunde«, sagt der Polizist. Dann geht er und macht die Tür hinter sich zu.

»Erzählen Sie mir nichts«, flüstert der Anwalt. Er trägt einen schicken Nadelstreifenanzug.

»Okay?« Ich bin gerade völlig verwirrt. »Wer sind Sie?«

»Robert Grant, Rechtsanwalt. Ihr Vater hat mich auf Anraten von May Shipley angeheuert.«

»Freut mich«, sage ich automatisch, und wegen meiner zugeschwollenen Nase klingt meine Stimme ganz komisch. »Wenn ich nicht mit *Ihnen* reden soll, mit wem denn dann?«

»Setzen Sie sich. Sieht aus, als wäre Ihre Nase gebrochen.«

»Ist mir auch schon aufgefallen. Vor meiner Verhaftung war sie noch nicht gebrochen.«

»*Shit.* Okay, wir machen es so: Sie hören sich an, wozu ich Ihnen rate. Ich stelle Ihnen vielleicht ein, zwei Fragen. Wir können allerdings nicht davon ausgehen, dass dies ein vertrauliches Gespräch unter vier Augen ist.«

»Oh.« Ich kann es mir nicht verkneifen, den Blick über die vier dicken Wände um uns herum schweifen zu lassen. Hier müssen doch irgendwo Kameras sein?

Als ich mich setze, folgt mein Anwalt mir an den Tisch. »Hören Sie zu, Ihnen wird schwere Körperverletzung vorgeworfen. Der Staatsanwalt bietet jedoch an, auf einfache Körperverletzung runterzugehen, wenn Sie sich schuldig bekennen. Er sagt, wir haben eine Stunde, uns zu entscheiden.«

»Echt?« Mir wird schwindlig vor Hoffnung. Vielleicht liegt es aber auch nur am Hunger und an der Erschöpfung. »Ist einfache Körperverletzung ein Vergehen?«

»Ja.«

»Dann –«

Er hebt eine Hand. »Sie reden hier nicht, sondern hören zu.«

Ich seufze.

»Passen Sie auf, die meisten meiner Fälle sind langweilig. Eine Kneipenschlägerei. Jemand wird verhaftet. Es wird eine Kaution festgesetzt oder wir können den überarbeiteten Staatsanwalt zu einem Deal überreden, weil es die erste strafbare Handlung war und keiner das Gericht mit langweiligen geringfügigen Fällen überlasten will. In Ihrem Fall ist das aber anders.«

»Möchte ich wetten«, knurre ich. Schließlich verprügelt nicht jeder in aller Öffentlichkeit auf dem Campus einer angesehenen Universität einen Senatorensohn.

»Hören Sie, mein Handy quillt über vor lauter Nachrichten aus dem Büro des Staatsanwalts. Die *lechzen* geradezu danach, dass Sie den Vorschlag annehmen. So läuft das normalerweise nicht.« Er grinst.

Ich verstehe allerdings nicht, was daran so amüsant ist. »Ist das gut?«

»Ja, ich denke schon. Ich kann mir einige mögliche Gründe vorstellen, warum die so versessen darauf sind. Der erste wäre, dass Sie unschuldig sind. Vielleicht haben Sie in Notwehr gehandelt, weil Sie vom Sohn des Senators angegriffen wurden. Vielleicht wurde der Falsche festgenommen.« Er zwinkert.

»Interessante Theorie«, murmele ich. Aber natürlich stimmt das nicht.

»Wie sich herausgestellt hat, sind auf dem Parkplatz keine Überwachungskameras installiert, weil das Gebäude noch zu neu ist. Es käme also auf Augenzeugen an. Und davon gibt es nicht viele.«

»Ach verflucht.« Ich verstehe, worauf das hinausläuft, das ist jedoch eine furchtbare Idee. Die einzige Augenzeugin war Daphne. Und ich werde sie *nie im Leben* darum bitten, in den Zeugenstand zu treten und für mich zu lügen. »Meine Freundin hat viel durchgemacht«, sage ich leise.

»Na gut. Dann möchten Sie vielleicht lieber meine zweite Theorie hören«, sagt er. »Sagen wir mal, der Sohn des Senators ist ein übler Dreckskerl, der es nicht anders verdient hatte. Man beachte, dass er nach Ihrer Prügelei sehr schnell dabei war, die Polizei zu verständigen. Er hat sich Ihr Nummernschild gemerkt. Er hat die Polizeikräfte zweier Landkreise mobilisiert, damit Sie festgenommen werden. So benehmen sich ausgesprochene Fieslinge.«

»Wohl wahr.« Damit liegt er richtig. »Aber ich verstehe nicht, inwiefern mir das helfen soll.«

»Okay, er hat also etwas angestellt, und jetzt wollen die Sie wegen Körperverletzung drankriegen, wodurch Ihr Leben zum zweiten Mal innerhalb von drei Jahren aus der Bahn geraten würde. Das sind echt schlimme Aussichten, Sie müssen das also zu verhindern versuchen und sich verteidigen. Inzwischen ist der nächste Morgen, und Daddys Anwälte sind dabei zu erklären, was so ein Prozess alles mit sich bringt. Zum Beispiel wäre jede frühere Auseinandersetzung zwischen dem Angeklagten und dem Opfer Gegenstand der Gerichtsverhandlung. Die potenzielle Augenzeugin ist Ihre Freundin, welche zuvor *seine* Freundin war. Das würde also auch ans Licht kommen …«

Mein Magen geht auf Talfahrt. »Ich werde Daphne nicht den Wölfen zum Fraß vorwerfen. Nie im Leben.«

»Soso. Das ist bewundernswert. Sie müssen das aber bis zum

Ende durchdenken. Familie Halsey hat Sie festnehmen lassen. Die wollen nicht, dass Sie ihrem kleinen Jungen wehtun. Andererseits wollen die aber auch keine Gerichtsverhandlung. Dann wären Sie nämlich womöglich bereit, ganz tief in Ihrer Geschichte mit dem Halsey-Jungen zu graben. Ihre Freundin hätte womöglich auch so einiges über ihn zu sagen. Heute Morgen hoffen die also, dass Sie einen faulen Anwalt erwischen, der Sie drängt, das Angebot anzunehmen. Sie würden dann trotzdem für eine Gewalttat angeklagt, ob Sie sie verübt haben oder nicht. Das ist zwar ein Deal, allerdings nicht der beste, den Sie kriegen können.«

»Was wäre denn der beste Deal?«, muss ich fragen.

»Ich habe ein feines Näschen, Richard. Ich kann Angst riechen. Und heute Morgen ist der Geruch sehr intensiv. Wenn Sie auf nicht schuldig plädieren, setzt der Richter eine Kaution und den Termin für die Gerichtsverhandlung fest. Dann fange ich an, zur Vorbereitung auf Ihre Verteidigung bezüglich des Halsey-Jungen herumzuschnüffeln. Es ist so: Gerichtsverhandlungen sind öffentlich, alles wird festgehalten. Nehmen wir mal an, Sie wären zu einem früheren Zeitpunkt einmal von dem Opfer angegriffen worden, dann würden wir das vor Gericht vorbringen. Sollte das Opfer von einer prestigeträchtigen Bildungseinrichtung exmatrikuliert worden sein, möchte er vielleicht nicht, dass das öffentlich wird. Eine Gerichtsverhandlung ist für ihn vielleicht viel schmerzhafter als eine gebrochene Nase.«

Jetzt verstehe ich. Und ja, Halsey kann eigentlich nicht wollen, dass ich in einem vollbesetzten Gerichtssaal erzähle, woher ich ihn kenne. Er hat jede Menge zu verbergen. »Vielleicht hat er Menschen wehgetan. Mir etwa. Vielleicht hat er außerdem seine Freundin bedroht und möchte nicht, dass das herauskommt, wenn sie aussagt.«

»Jetzt verstehen wir uns.« Er grinst selbstgefällig.

»Schätze, die wollen überhaupt keine Verhandlung. Wie läuft das jetzt?«

»Sie bekennen sich *nicht schuldig*. Dann wird die Kaution festgesetzt, und der Staatsanwalt muss sich einarbeiten und Anklage erheben. Dadurch bekommen die Zeitungen Wind von der Story und fangen an, über jeden einzelnen schriftlichen Antrag zu berichten. Das wird für die dann immer unangenehmer, sodass der Senator schließlich darum bitten wird, die Anklage fallen zu lassen.«

»Ihre Theorie enthält aber jede Menge Vielleichts«, wende ich ein. Wenn ich den Deal ablehne, werde auch ich auf den Prüfstand gestellt. Ich werde berichten müssen, was mir zugestoßen ist. Und damit auch Paul.

Scheiße. Er wird als Zeuge vorgeladen werden. Man wird ihn bitten, ein schreckliches Ereignis in allen Einzelheiten zu schildern. Genau das schreckliche Ereignis, dessentwegen er in der Psychiatrie gelandet ist. Ich weiß nicht, ob ich das von ihm verlangen kann, nur um einer Verurteilung zu entgehen, die – seien wir ehrlich – nicht ungerechtfertigt wäre.

Außerdem ist da noch Daphne. Auch sie müsste in den Zeugenstand treten und ihre Beziehung zu ihm eingestehen.

»Ich weiß nicht«, flüstere ich. »Muss ich diese Entscheidung treffen, ohne mit jemandem darüber reden zu können?«

»Ja«, sagt er. »Und Sie haben höchstens noch eine Stunde.«

Diese Stunde vergeht schnell.

Ich bekomme einen gummiartigen Bagel und eine braune Plörre, bei der es sich um Kaffee handeln soll. Ich putze mir mit dem Finger die Zähne und ziehe ein frisches Hemd an, das mir mein Anwalt mitgebracht hat. Ich frage mich, ob er sie wohl im Dutzend kauft, weil er ständig dafür sorgen muss, dass irgendein Loser vorzeigbar aussieht.

An meinem zerschundenen Gesicht lässt sich jedoch nichts ändern. Alles pocht vor Schmerzen, und meine Nase ist derartig geschwollen, dass sie meine Sicht behindert.

Für den Weg aus der Zelle bekomme ich erneut Handschellen angelegt. Die Polizisten führen mich eine Reihe von Fluren entlang bis in einen schäbigen Raum, in dem mein Anwalt wartet. An einer Tür hängt ein uraltes Schild mit der Aufschrift EINGANG GERICHTSSAAL.

»Gut sehen Sie aus«, sagt mein Anwalt und lacht in sich hinein.

»Ach, werden wir jetzt witzig?«, brumme ich.

»Lachen oder weinen, Junge. Das sind manchmal die einzigen beiden Optionen. Hören Sie zu – überlassen Sie mir das Reden, wenn wir im Gerichtssaal sind. Sie haben in diesem Schauspiel nur einen einzigen Satz. Nachdem ich gesagt habe, worauf Sie plädieren, wird der Richter Sie fragen, ob das zutreffend ist, und daraufhin sagen Sie: *Ja, Euer Ehren.* Das war's.«

»Okay.«

»Also, spannen Sie mich nicht auf die Folter. Schuldig oder nicht schuldig?«

»Ich habe mich noch nicht entschieden.«

»Ach, Richard. Man hat mir gesagt, Sie seien ein Genie.«

Ich schnaube. »Wer denn?«

»Ihre Freundin und deren Schwester.«

»Sie sind aber nicht *hier*, oder?« Ich habe keine Ahnung, wie ich eine Entscheidung treffen soll, von der ich weiß, dass sie sich auf andere Menschen auswirken wird.

Er verdreht doch tatsächlich die Augen. »Suchen Sie nicht Rat bei der Freundin. Es geht hier um Ihren Arsch. Sie hat keine Handschellen um.«

»Aber das Ganze betrifft sie auch. Wenn es eine Verhandlung gibt …«

»Gehen wir!«, sagt ein uniformierter Gerichtsdiener und hält die Tür auf.

»Kopf hoch«, sagt mein Anwalt und betritt vor mir den Gerichtssaal. Und dann höre ich ihn hinzufügen: »Heiliges Kanonenrohr, das sind aber viele.«

Ich folge ihm in den großen Saal. Wir sind ganz vorn beim Richterpodium. Auf den vorderen Bänken sitzen bereits mehrere Angeklagte in Handschellen, die meisten mit einem Anwalt neben sich.

Doch der Blick meines Anwalts gilt einer Gruppe von Männern in schicken Anzügen mit Seidenkrawatten und glänzenden Haaren auf der gegenüberliegenden Seite des Saals.

Sie starren mich alle an. Jeder Einzelne.

Plötzlich wird mir heiß, meine Haut spannt, und ich bin mir meiner ungewaschenen Haare und des zerschundenen Gesichts nur allzu bewusst. Ich komme mir vor, als hätte man mich aus der Gosse gezogen. Und diese Männer sind nur hier, damit ich mich klein und ängstlich fühle.

Es funktioniert.

»Gucken Sie hier rüber«, flüstert mein Anwalt. »Hier möchten Leute Ihre Aufmerksamkeit.«

Als ich mich umdrehe, entdecke ich May Shipley. Aber *nur* May, nicht Daphne. Und dann bemerke ich den Mann, der neben ihr steht.

Meinen Vater. Seine Miene ist … Ich kann es kaum ertragen. Der Mann wirkt am Boden zerstört.

So also fühlt sich tiefe Schmach an. Ich dachte, ich hätte ihn schon in so vielerlei Hinsicht enttäuscht, dass es nicht mehr zu steigern wäre. Aber das hier ist noch viel schlimmer, als seine Alma Mater zu verklagen. Er ist hier, um zuzusehen, wie aus mir ein gottverdammter Krimineller wird.

Scheiße. Ich bekomme eine trockene Kehle, und meine Augen fangen an zu brennen.

»Folgen Sie mir«, sagt der Anwalt. Er fasst mich beim Arm und führt mich den Gang entlang zu einer leeren Bank im hinteren Teil des Loser-Bereichs.

Ich setze mich und schaue zum Richter. Während ich einen tiefen Yoga-Atemzug mache, bin ich dankbar, dass Daphne nicht hier ist. Ich wüsste zu gern, was sie mir raten würde. Aber eigentlich möchte ich nicht, dass sie das hier miterlebt.

Einerseits würde sie nicht wollen, dass Halsey gewinnt. Das weiß ich.

Andererseits möchte ich ihr nicht noch mehr Leid zufügen als ohnehin schon. Ich möchte nicht, dass sie aussagen muss, weil ich Mist gebaut habe. Sie würde es hassen.

Jetzt sackt es bei mir durch. Daphne und ich werden das nicht überstehen. Ich habe sie schon verloren. Es fing in dem Augenblick an, als ich ihr verschwieg, dass mir Halseys Gesicht bekannt vorkam. Und es endete damit, dass ich vor ihren Augen auf ihn losgegangen bin.

Ich schwöre bei Gott, Daphne zu verlieren wird mehr schmerzen, als eine Vorstrafe zu haben. Aber wie oft kann ich's mir erlauben, sie zu enttäuschen? Erst habe ich sie versetzt. Dann habe ich ihr Dinge verschwiegen, obwohl ich wusste, dass sie Probleme hat, Menschen zu vertrauen. Ich darf sie nicht in die Lage bringen, in einer Gerichtsverhandlung rund um *zwei* Männer, die sie enttäuscht haben, aussagen zu müssen.

Ich werde den Deal annehmen und ihr den Rest ersparen. Das ist das Mindeste, was ich tun kann.

Hinter mir räuspert sich jemand. *»Rickie.«* Es ist May Shipleys Stimme.

»Mein Sohn«, flüstert mein Vater.

Ich möchte mich nicht umdrehen.

Mein Anwalt pikst mich.

Scheiße. Ich drehe mein kaputtes Gesicht nach hinten und schaue May in die Augen. »Wehr dich«, zischelt sie. »Lass ihn nicht gewinnen.«

Ich blinzele ungläubig, denn das kommt echt überraschend. Gerade May müsste doch wissen, was eine Gerichtsverhandlung mit sich bringt.

»Ich werde dich unterstützen«, sagt mein Vater. Als ich mir den Hals nach ihm verdrehe, sehe ich sein rotes Gesicht. »Dafür ist es doch noch nicht zu spät, oder? Ich werde dir helfen.«

Verflucht, jetzt brennen meinen Augen.

»Aktenzeichen 2305547!«

»Los geht's«, sagt mein Anwalt. »Stehen Sie auf. Also, worauf plädieren Sie?«

43

Daphne

May: Sein Fall wurde aufgerufen.

Als ich die Nachricht meiner Schwester lese, klopft mir das Herz bis zum Hals. Ich sollte jetzt dort im Gerichtssaal sein. Doch ich sitze vor dem Büro der Dekanin, denn als ich sie gleich heute Morgen angerufen und um ein paar Minuten ihrer Zeit gebeten habe, sagte sie: »Wenn Sie um halb elf hier sein können, schiebe ich Sie dazwischen.«

Jetzt ist es genau halb elf. Ich klebe am Handy. May und ich waren die halbe Nacht wach und haben in dem Hotelzimmer, in dem ich mit Rickie übernachten wollte, seine rechtliche Lage besprochen. Meine Schwester erklärte mir, welche Optionen er hat, und ich habe Bauchschmerzen deswegen.

Er muss auf unschuldig plädieren. Er muss kämpfen. Reardon Halsey *darf nicht* gewinnen.

Das alles ist außerdem meine Schuld. Ich hätte Rickie nicht in mein Schlamassel hineinziehen sollen. Auf meinen eigenen Absturz fixiert, habe ich mir das ganze letzte Jahr stur etwas vorgemacht. Ich hätte wissen müssen, dass ich mir nicht einbilden kann, dieser Riesenbockmist, den ich verzapft habe, ließe sich klammheimlich geradebiegen.

Das ist nicht tapfer, sondern dämlich. Und jetzt wird Rickie dafür bezahlen.

Die Bürotür geht auf, und Dekanin Rebecca Reynolds winkt mich herein.

Ich schiele noch einmal auf mein Handy. Nichts Neues von May. Weil ich mich jetzt nicht ablenken lassen darf, stecke ich das Handy in die Tasche. Ich betrete das Büro der Dekanin und schließe die Tür hinter mir.

»Schön, Sie zu sehen«, sagt sie augenblicklich. »Mir ist immer noch unklar, warum Sie letztes Jahr Ihren Job hier gekündigt haben. Und jetzt erfahre ich, dass Sie sogar die Uni gewechselt haben. Stimmt das wirklich?«

»Ja«, sage ich mit leicht zittriger Stimme. Denn ich bin hier, um die Wahrheit zu erzählen. »Ich habe letztes Jahr mehr als einen Fehltritt begangen. Und ich muss Ihnen einiges gestehen, worüber Sie nicht erfreut sein werden.«

»In Ordnung«, sagt sie mit ernster Miene. »Dann erzählen Sie doch am besten mal ganz von vorn.«

Das mache ich also. »Zuerst bin ich eine sexuelle Beziehung mit Reardon Halsey eingegangen, obwohl ich wusste, dass das falsch war, weil ich seine Vorgesetzte war.«

Als sie große Augen macht, wird mir bange. Aber ich rede einfach weiter. Ich erkläre, dass ich die Sache dramafrei beendet habe. Und dass ich mich dann schuldig fühlte, als ich seine Beurteilung schrieb, dies jedoch mit größter Gewissenhaftigkeit getan habe.

Dann berichte ich, wie ich ihn zufällig dabei erwischte, dass er Fragebogen wegwarf.

Sie zieht scharf die Luft ein, sagt jedoch nichts.

Also erzähle ich ihr von meinem Verdacht, was sein Beweggrund dafür sein könnte. »Aber das konnte ich natürlich nicht beweisen. Ich habe den Fehler gemacht, ihn darauf anzusprechen, statt mich mit meinem Verdacht an Sie zu wenden. Seine Drohungen kamen so schnell, dass mir schwindlig wurde.«

Bei diesem Satz lehnt sie sich auf ihrem Stuhl zurück, unterbricht mich jedoch nicht.

»Und dann steckte ich in der Klemme. Sollte ich meinen Verdacht äußern, würde er mich beschuldigen, furchtbare Dinge getan zu haben. Man würde mich exmatrikulieren oder zumindest eine Untersuchung einleiten. Deshalb bekam ich Panik. Ich kündigte hier. Noch ein Empfehlungsschreiben für ihn hätte ich nicht schreiben können. Außerdem hatte ich keinerlei Beweise. Erst diesen Sommer fiel mir eine Möglichkeit ein, wie ich beweisen kann, was er getan hat.«

Ich nehme mein Tablet heraus und lege es auf den Tisch. »Ich denke, Sie werden beim Abgleich der Portokosten mit der Zahl erfasster Fragebogen eine Differenz feststellen. Gestern Abend habe ich mich ins Abteilungsbüro geschlichen und dieses Foto von den Log-in-Daten gemacht.«

»*Mein Gott*, Daphne.«

»Ich weiß. Das war meine größte Dummheit. Ich wollte es unbedingt selbst beweisen und Ihnen dann einen anonymen Brief schreiben. Doch dann sah mich Reardon dabei und bedrohte mich erneut, woraufhin mein Freund auf ihn losgegangen ist.«

»Oh mein Gott!«

»Ja«, sage ich seufzend. »Das hier ist das schwerste und peinlichste Gespräch, das ich je führen musste. Aber das war's. Das ist die ganze Geschichte. Und was auch immer mir jetzt blüht, ich habe es nicht anders verdient.«

Sie lehnt sich auf ihrem Stuhl zurück und blickt mich lange an. Ich bin nervös, was sie wohl dazu sagt. Und nervös wegen Rickies Fall. Und wegen meiner Zukunft. Doch ich sitze nur da und warte ab. Denn ich habe es mir selbst eingebrockt.

»Ich weiß gar nicht, wo ich anfangen soll«, sagt sie schließlich.

»Kann ich mir vorstellen.«

Dann lacht sie herzhaft und hält sich die Hand vor den Mund. »Es sind immer die Stillen.«

»Das höre ich oft.«

»Ich hatte Vertrauen in Sie.«

»Es tut mir leid«, sage ich schnell.

»Nein, ich meine, ich hatte Vertrauen in *Sie* und nicht in Mr Halsey. Ich bin meinem Gefühl jedoch nicht nachgegangen, weil sein Vater ein sehr mächtiger Mann ist.«

»Sie sind ganz bestimmt nicht die Erste, die diesen Fehler begeht«, merke ich an. »Ich habe mich von ihm einwickeln lassen und was mit ihm angefangen, obwohl ich wusste, dass das falsch ist. Es gefiel mir, Aufmerksamkeit geschenkt zu bekommen.«

»Da sind Sie auch nicht die Erste«, sagt sie trocken.

»Okay.«

»Ihnen ist sicher klar, dass ich überprüfen muss, was Sie mir gerade berichtet haben.«

»Selbstverständlich.«

»Das wird einige Zeit dauern.«

»Ich hoffe, es wird lange, lange dauern, ich brauche nämlich unbedingt einen Collegeabschluss, und mir fehlen nur noch wenige Kurse«, erwidere ich. »Sollte ich wegen unbefugten Betretens der Uni hier verhaftet werden und daraufhin von der Burlington University fliegen, war's das für mich.«

Sie stützt den Kopf in die Hände. »Daphne, niemand wird Sie verhaften. Und Sie werden Ihren Abschluss machen.«

Ich sacke vor Erleichterung zusammen.

»Sie hätten mir einfach mitteilen sollen, dass Sie mit ihm zusammen sind. Sie sind beide noch Studierende. Das wäre kein großes Problem gewesen. Ich hätte einfach ein paar Veränderungen vorgenommen. Sie wären dann vielleicht von dem Projekt abgezogen worden.«

»Jetzt im Nachhinein hört sich das absolut annehmbar an. Aber mein Ehrgeiz ist mir in die Quere gekommen.«

Sie schüttelt den Kopf. »Falls Sie sich dann besser fühlen: Mir war die ungewöhnliche Beteiligungsquote für den Bereich Hartford auch schon aufgefallen. In den letzten Monaten ist es noch auffälliger geworden.«

Ich stoße leise ein gequältes Stöhnen aus. »Es tut mir furchtbar leid.« Ohne belastbare Daten sind Wissenschaftler verloren. »Ich habe alles ruiniert.«

»Haben Sie Fragebogen weggeworfen, Daphne?«

»Was?«, jaule ich. »Nein, *niemals.*«

»Genau. Sie haben dieses Problem nicht verursacht. Und nicht zuletzt die Tatsache, dass es damit nach Ihrem Weggang weiterging, bringt mich dazu, Ihrer verrückten Geschichte Glauben zu schenken. Dennoch muss ich sie überprüfen.«

»Ja, selbstverständlich. Und falls ich Ihnen irgendwie dabei behilflich sein kann – außer indem ich mich von Ihrem brandneuen Bürogebäude fernhalte –, mache ich das.«

»Wie läuft's an der Burlington University?«

»Gut. Prima. Es gefällt mir dort. Ich arbeite für Dr. Drummond. Wenn ich Glück habe, kann ich mich in ein paar Monaten fürs Masterstudium bewerben.«

Die Dekanin tippt mit ihrem Stift auf den Schreibtisch. »Kann noch jemand anders bezeugen, dass Mr Halsey Ihnen gedroht hat?«

»Ähm, nein.« Ich werde rot. »Nur mein Freund. Aber da er Reardon gestern Abend nach einer erneuten Salve von Drohungen verprügelt hat, wird ihm niemand glauben.«

Sie zuckt zusammen. »Mr Halsey drohte, Sie wegen sexueller Belästigung anzuzeigen.«

Rot vor Scham nicke ich.

»Wenn das so ist, ist er der Täter, Daphne. Sie sind diejenige, die ihn anzeigen kann.«

»Wäre ich nicht in Panik geraten, hätten Sie recht«, gebe ich kleinlaut zu. »Er wird es niemals zugeben. Das tun Typen wie er nie. Ich kann bestenfalls hoffen, dass sich seine Manipulation der Studie nach Ihrer Überprüfung bestätigt. Wenn es nach meinem Weggang damit weitergegangen ist, kann er es mir nicht in die Schuhe schieben. Nur so hat er mich nicht mehr in der Hand – indem ich abhaue, um woanders meinen Abschluss zu machen.«

Sie seufzt schwer. »In Ordnung, Daphne. Danke, dass Sie mir die Wahrheit erzählt haben. Ich habe einiges an Arbeit vor mir.«

»Es tut mir leid.«

»Das weiß ich«, sagt sie freundlich. »Halten Sie durch. Sie werden abschließend von uns hören. Ich werde wahrscheinlich eine schriftliche Aussage über alles, was Sie mir gerade berichtet haben, brauchen.«

»Okay«, sage ich mit einem Kloß im Hals. Ich hab's geschafft. Ich habe die Wahrheit erzählt. Und es hat mich nicht umgebracht. »Vielen Dank.«

Nachdem das endlich erledigt ist, verlasse ich mit gesenktem Kopf ihr Büro und gehe schnellstens zurück zu dem alten Volvo. Ich habe Panik, Reardon über den Weg zu laufen, doch zum Glück sehe ich ihn nirgendwo.

Erst als ich sicher im verriegelten Auto sitze, hole ich mein Handy heraus. Ich habe zwei neue Nachrichten von May. Zuerst schrieb sie: Er plädiert auf nicht schuldig! Anwälte wurden zum Richter gerufen.

Dann fünf Minuten später: KLAGE ABGEWIESEN! OMG!

Außerdem gibt es noch ein Foto von Rickie in einer dicken Umarmung mit einem älteren Mann. Das muss sein Dad sein.

Wir haben ihn gestern Abend angerufen, wie Rickie mich gebeten hatte.

Als ich jetzt meine Schwester anrufe, geht sie beim ersten Klingeln ran. »Alles okay bei dir?«, fragt sie.

Erneut bin ich gerührt. May hat alles stehen und liegen gelassen, um nach Connecticut zu eilen und mir beizustehen. Sie hat Rickies Verteidiger ausgesucht. Sie hat sich auf dem Parkplatz der Polizeiwache mit mir getroffen und mich dazu gebracht, ihr die ganze Geschichte zu erzählen. Und nachdem ich ihr berichtet hatte, dass ich in Reardons Büro eingebrochen bin, sorgte sie dafür, dass die Polizei mich nicht zu sprechen bekam.

»Ich kann mich einfach weigern?«, fragte ich.

»Kannst du und wirst du auch«, sagte sie bestimmt.

Dann holte sie mir ein Fast-Food-Sandwich und verlangte, dass ich es esse.

Sie war bis spät in die Nacht damit beschäftigt, Anrufe von Rickies Dad und seinem neuen Anwalt entgegenzunehmen und mir alles zu erklären.

Ich nehme an, sie hasst mich doch nicht.

»Daphne, alles okay bei dir?«, wiederholt sie. »Was hat die Dekanin gesagt?«

»Sie war baff, hat mir aber zugehört. Jetzt muss sie sich durch das ganze Schlamassel arbeiten.«

»Ist nicht deine Schuld«, sagt meine Schwester mit Nachdruck. »Wo bist du jetzt?«

»Auf dem Parkplatz. Kann ich zu dir und Rickie kommen?«

»Schatz, Rickies Vater hat ihn mit nach Hause genommen. Ein Arzt muss sich seine gebrochene Nase anschauen.«

»Oh.« Mir sinkt das Herz. »Ich habe sein Auto.«

»Ich weiß, Maus. Du wirst damit nach Hause fahren müssen. Bist du dazu in der Lage? Brauchst du zuerst noch was zu essen?«

Ich öffne den Mund, um ihre Hilfe abzulehnen, überlege es mir dann aber anders. »Holen wir uns erst was zu essen«, stimme ich zu. »Und Kaffee. Geht auf mich. Und dann lasse ich dich wieder zurück in deinen Alltag.«

»Klingt gut«, sagt sie.

»Ich hab dich lieb«, presse ich hervor. »Vielen Dank für deine Hilfe.«

»Ich hab dich auch lieb«, sagt May. »Jetzt such ein Restaurant aus, ich bin am Verhungern. Von Dramen krieg ich immer Kohldampf.«

Also suche ich eine Pizzeria aus, die ich früher geliebt habe. Allerdings nicht so doll, wie ich May und Rickie liebe.

44

Rickie

»Du sollst wissen, dass es mir leidtut«, sagt mein Vater mit beiden Händen am Lenkrad.

»Sagtest du doch schon, Dad. Ist okay.« Genau genommen hat er das in den letzten achtundvierzig Stunden ungefähr eine Million Mal gesagt.

Es ist Samstag, und mein Vater fährt mich zurück zur Burlington University. Nach meinem dramatischen Auftritt vor Gericht – nachdem ich alles auf eine Karte gesetzt und auf nicht schuldig plädiert hatte – bat ich ihn, mich mit nach Hause zu nehmen.

Dass es geklappt hat, und zwar sofort, kann ich immer noch nicht ganz fassen. Mein Anwalt hatte recht mit seiner Annahme, dass die Halseys keinen Gerichtsprozess wollen. Dass für Reardon zu viel auf dem Spiel steht.

Trotzdem fühle ich mich noch verletzlich – es war furchtbar knapp für mich. Es ist, als hätte ich beinahe einen schweren Unfall gehabt und nun ständig das Quietschen der Bremsen im Ohr sowie den erschrockenen Blick des anderen Fahrers vor Augen.

Ich bin noch nicht darüber hinweg.

Obendrein hört mein Vater nicht auf, sich bei mir zu entschuldigen. Und meine Mutter betüddelt mich die ganze Zeit. Als ich ihnen erzählte, was mir – und Paul – damals wirklich zugestoßen ist, waren sie entsetzt. »Ich bin *froh*, dass du die verklagt hast! Die sollen dafür bezahlen, dass sie in einer altehrwürdigen Academy so ein Tier rumlaufen lassen.« Das ist seine neue Leier. Als wäre ich so was wie ein Held.

Ich fühle mich jedoch nicht wie einer. Ich fühle mich wie ein Loser. Er wollte mich direkt zum nächsten Krankenhaus fahren, um meine Nase untersuchen zu lassen. »Diesen Polizisten solltest du auch verklagen!«

Aber ich war gegen beide Vorschläge. Ich bat ihn, mich stattdessen mit nach Hause zu nehmen, wo ich seit Weihnachten nicht mehr gewesen bin. Ich sehnte mich nur nach einer Dusche und einem Bett.

Meine Mutter weinte meinetwegen. Die gebrochene Nase machte es nicht besser. Ich fühlte mich schrecklich, weil ich ihr solchen Kummer bereitete. Aber nach einer Dusche, einem guten Essen und einer Nacht Schlaf ließ ich mich von ihr zu einem Arzt fahren.

Er verkündete, dass meine Nase gebrochen sei, und riet, sie zu kühlen. *Quelle surprise.*

Aber ich blieb zwei Tage bei meinen Eltern, die darüber überglücklich waren. Es scheint, als liebten sie mich jetzt, wo es einen neuen Bösewicht in meiner Geschichte gibt, noch mehr. Ich bin nicht etwa von einer Mauer gestürzt und habe mich selbst verletzt. Jemand anders war daran schuld. Sie *lieben* diese Wendung der Ereignisse.

Ich bin allerdings immer noch dasselbe alte Wrack, das sich heimlich wieder in die Stadt schleicht, als Daphne nicht zu Hause ist. Ich weiß gar nicht, wie ich es verarbeiten soll, dass ich ihr solches Leid zugefügt habe. Weil sie mein Auto und damit auch mein Handyladegerät hat, konnte ich noch nicht mit ihr sprechen, mein Handy ist vor achtundvierzig Stunden ausgegangen.

Und weil ich ein verdammter Feigling bin.

Doch als ich jetzt im Wagen meines Vaters das Handschuhfach aufklappe, finde ich ein altes Ladegerät von mir darin. Also schließe ich das Ding endlich an. Nach zehn Minuten Fahrt startet mein Handy neu. Ich sehe zu, wie der Apfel auf dem Sperrbildschirm aufleuchtet, als das Gerät aufwacht und wieder zu sich kommt.

Ich habe echt Angst, meine Nachrichten zu lesen. Schwer zu sagen, wie weit sich die unrühmliche Nachricht von meiner Verhaftung verbreitet hat.

Und tatsächlich, mein Handy quillt vor Nachrichten über – überwiegend von Leuten namens Shipley. Ich sehe eine von Daphne, klar. Beim Anblick ihres Namens macht mein Magen einen regelrechten Salto. Aber da sind auch Nachrichten von Dylan und May. Und sogar von Ruth und Grandpa.

Die mache ich zuerst auf, denn da steht nicht so viel auf dem Spiel.

August Shipley: Hab gehört, du hast Daphnes Ex vermöbelt. Und dass er es verdient hatte. So machen das richtige böse Buben. Denk dran: Knochen heilen, und Bräute hinterlassen Narben.

Aha. Dieser Shipley hasst mich also schon mal nicht. Allerdings ist er nicht derjenige, auf den es ankommt. Als ich weiterscrolle, entdecke ich verzweifelte Nachrichten von Lenore. Oh oh. Ich meine mich zu erinnern, dass ich mitten im Gespräch mit ihr aufgehört habe zu antworten.

Und yepp, sie hat regelrecht mein Handy gesprengt und klingt zunehmend panisch. Also antworte ich so schnell wie möglich:

Es tut mir leid! Ich habe mein Telefon gerade erst wieder angeschaltet. Die Woche war übel. Die gute Nachricht ist aber, dass auf einmal meine Erinnerung zurückgekehrt ist.

Es dauert ungelogen keine fünf Sekunden, bis sie eine Antwort tippt.

Lenore: Wie lautet dann die schlechte Nachricht? Ich traue mich gar nicht zu fragen.

Rickie: Oh Mann. Seien Sie bitte nicht sauer.

Lenore: Ich bin völlig urteilsfrei. Ich höre Ihnen nur zu.

Rickie: Die schlechte Nachricht lautet, dass ich verhaftet wurde, weil ich den Kerl verprügelt habe, der mir sämtliche Rippen gebrochen hat.

Lenore: WAS? OH GOTT. Sobald ich sicher bin, dass es Ihnen gut geht, werde ich Sie UMBRINGEN!

Rickie: Meinten Sie eben nicht noch …?

Lenore: Ich habe gelogen. Wieso haben Sie sich in diese Situation begeben? Gehen Sie ans Telefon.

Das Handy klingelt in meiner Hand.

»Dad, da muss ich rangehen.«

»Ist das deine Freundin?«, fragt er.

»Ehrlich gesagt meine Therapeutin.«

»Ah.« Obwohl er es zu überspielen versucht, sehe ich, wie er zusammenzuckt. Denn echte Männer gehen weder zum Psychologen noch wollen sie einer werden. Echte Männer fliegen Flugzeuge. »Nur zu, mein Sohn«, sagt er. Denn er bemüht sich, nehme ich an.

»Hallo«, sage ich ins Handy. »Ich wusste, dass Sie ausflippen würden.«

»Haben Sie sich etwa in Gefahr begeben?«, fragt sie.

»Ja. Ich dachte, ich käme klar. Oder zumindest habe ich das gehofft. Aber ich lag falsch.«

»Sie waren Ihrem Trauma nicht gewachsen«, sagt sie sanft.

»Nein«, gebe ich zu. »Und das hätte mich beinahe alles gekostet.«

»Brauchen Sie eine Sitzung bei mir?«, fragt sie. »Ich nehme mir Zeit für Sie. Auch wenn Samstag ist.«

»Das kann bis Mittwoch warten«, sage ich.

»Sind Sie sicher?«

»Ja. Aber ich verspreche, dass ich Sie anrufe, falls ich Schwierigkeiten haben sollte.«

»Eines Tages werden Sie an meiner Stelle sein«, sagt sie, »und sich um einen Patienten sorgen, wenn Sie eigentlich Ihr Wochenende genießen sollten.«

»Da haben Sie bestimmt recht«, stimme ich ihr zu. »Aber machen Sie sich meinetwegen keine Sorgen, ja? Abgesehen von meiner gebrochenen Nase, den Blutergüssen im Gesicht und der geplatzten Lippe geht's mir gut.«

Als sie einen schrillen Schrei ausstößt, muss ich das Telefon von meinem Ohr weghalten, damit ich nicht taub werde.

Mein Vater lacht auf dem Fahrersitz.

»Rickie! Waren Sie beim Arzt?«

»Ja, Ma'am. Es geht mir gut. Versprochen. Allerdings bin ich nicht mehr so ein Hingucker wie letzte Woche. Das wird mich beim Karaoke einigen Applaus kosten.«

»Freut mich, dass Sie Witze darüber machen können«, sagt sie mit leiser Stimme. »Ich mache mir aber immer noch Sorgen.«

»Das war bloß ein Rückschlag«, versichere ich. »Wir besprechen das ganz bald.«

Sie macht noch eine weitere Minute einen Riesenwirbel deswegen, bevor ich erschöpft auflege. In Wahrheit fühle ich mich wie ein Wrack. Und das nicht nur wegen der Verletzung meines Gesichts. Ich fühle mich verkatert – wenn auch nicht von Alkohol, sondern vom Leben. Wenigstens ist Samstag, und Daphne wird auf der Farm sein. Ich muss ihr nicht gegenübertreten. Noch nicht.

»Sag Bescheid, wo ich abbiegen muss«, sagt mein Vater, als er vom Highway runterfährt. »Bringen wir dich nach Hause, dann sehe ich endlich mal dein Haus.«

Du bist immer willkommen gewesen, möchte ich sagen. Er hat für sich entschieden, sich vom Haus fernzuhalten, weil er missbilligt hat, wie ich in dessen Besitz gekommen bin.

Aber ich halte einmal im Leben die Klappe. Es gibt eine begrenzte Zahl Kämpfe, die ein Mann pro Tag austragen kann.

Als er ein paar Minuten später vor meinem Haus hält, bin ich so glücklich wie noch nie, angekommen zu sein. »Komm rein«, sage ich und steige aus. »Das Haus hat eine solide Bausubstanz und ein neues Dach. Die Küche ist zwar in einer anderen Zeit stecken geblieben, aber das stört mich nicht.«

»Tolle Dachform!«, sagt er begeistert. »Falls du irgendwann mal verkaufen willst, könnten wir die Küche modernisieren.«

»Ich denke, ich werde hier wohnen bleiben.« Vermont zu verlassen, gefährdet offensichtlich meine Gesundheit. Und da ich es wundersamerweise vermeiden konnte, ein verurteilter Straftäter zu werden, hoffe ich immer noch, mich an der Burlington U für ein weiterführendes Studium in Psychologie bewerben zu können.

Ich gehe mit meinem Dad nach drinnen und bringe den letzten Rest Energie auf, um ihn durchs Erdgeschoss zu führen. Ich lasse ihn die Zierleisten und den original erhaltenen Parkettboden bestaunen.

»Schönes Haus, mein Sohn.« Er streicht gedankenverloren über das Eichenholzgeländer. »Ich hoffe, du bist hier glücklich. Es tut mir leid, dass ich diesen Mist zwischen uns habe kommen lassen. Nichts von alldem war deine Schuld.«

»Äh, danke«, brumme ich zu erschöpft, um mich dankbarer zu zeigen.

»Ich mein's ernst. Wir sollten nicht zulassen, dass wir einander fremd werden«, sagt er. »Selbst wenn du tatsächlich von einer verdammten Mauer stürzen solltest, Rickie. Das ist mir jetzt egal. Ich habe dich vermisst.«

Oh, verflucht. Ich habe heute keine Kraft mehr für noch mehr Emotionen. »Danke, Dad.«

Er klopft mir auf den Rücken. »Du siehst geschafft aus. Ich werde jetzt mal gehen, dann kannst du dich ausruhen.«

»Ja, okay.« Irgendwo über uns knarzt es. Das muss der Wind sein. »Danke fürs Herfahren.«

»Jederzeit.«

Ich bringe ihn zur Tür. Und sobald ich sie hinter ihm zugemacht habe, lasse ich mich schwer auf die Treppe plumpsen. Ich bin fast zu müde, um aufzustehen und in mein Zimmer zu gehen, egal wie sehr ich mich nach meinem Bett sehne.

Hinter mir höre ich wieder ein Knarzen, und plötzlich stellen sich mir sämtliche Nackenhaare auf. »Keith?«, rufe ich. Sein Wagen stand aber doch gar nicht neben dem Volvo in der Einfahrt.

Als ich über mir Schritte höre, drehe ich mich schnell um. Erstaunt sehe ich, dass Daphne die Treppe herunterkommt.

»Oh, hi«, sage ich dümmlich und rappele mich hoch. Ich bin mal so gar nicht bereit hierfür.

»Oh Gott, dein *Gesicht*«, flüstert sie. »Was ist denn passiert?«

»Bin 'nem Cop in die Faust gelaufen. Aber es sieht schlimmer aus, als es ist.«

Sie bekommt wässrige Augen, als sie die restlichen Stufen heruntersteigt. »Die haben dich *geschlagen*?«

»Es war nur ein Hieb. So ergeht's dem Trottel, der den Sohn des mächtigsten Manns von Connecticut verprügelt.«

Eine Träne läuft ihr über die Wange. »Du hast nicht auf meine Nachrichten geantwortet.«

Scheiße. Ich halte mein Handy hoch. »Es, äh, war bis zur Ausfahrt 10 tot. Das Ladekabel lag im Volvo.« Doch ich merke, dass ich mich gerade arschig benehme. »Daphne, hör zu, ich weiß, dass ich dich irgendwie hätte erreichen können. Aber ich habe ganz ehrlich keine Ahnung, was ich dir sagen soll.«

Ihre schönen Augen verengen sich. »Vielleicht wär's ein Anfang gewesen, mir ein Lebenszeichen von dir zu geben?«

Shit. Schätze, es lässt sich nicht mehr aufschieben, wir ziehen das jetzt durch. Ich gehe einen Schritt zurück, damit ich sie nicht anfasse. Dann würde ich wahrscheinlich zusammenbrechen. Dabei muss es raus: »Ich habe dich von Anfang an enttäuscht, nicht wahr? Weder ein Anruf noch eine Nachricht, als ich dich versetzt habe. Das ist wohl mein Muster. Ich erzähle dir, dass ich der Richtige für dich bin, und lasse dich dann im Stich.«

»Rickie«, stößt sie hervor. »Es gab ja wohl einige mildernde Umstände. Ich wollte dir sagen, wie glücklich ich bin, dass du auf nicht schuldig plädiert hast. Und dass es geklappt hat. Ich habe den ganzen Tag auf dich gewartet. Tu das nicht.«

Aber genau das ist das Problem. Ich bin im Grunde Gift für sie. »Ja, ich habe es vor Gericht drauf ankommen lassen und hatte Glück. Das war selbstsüchtig. Ich hätte dich in meinen Schlamassel mit reingezogen.«

Sie schüttelt den Kopf. »Ich wollte, dass du über ihn siegst. Wir haben dir die Daumen gedrückt. May meinte, sie würde dir sagen, dass du es riskieren sollst. Aber sie hat nicht zugelassen, dass ich auch mitkomme. Sie war der Meinung, du würdest mich nicht dort haben wollen. Wie dem auch sei, ich musste eh dringend mit der Dekanin sprechen. Willst du wissen, was sie gesagt hat?«

Ja, will ich. Doch das sage ich nicht. »Ich hoffe, es war nur Gutes, Daphne. Das hast du verdient. Aber ich hoffe, du begreifst, dass du auch etwas Besseres als mich verdient hast.«

Nachdem diese schwierigen Worte raus sind, drehe ich mich um und gehe endlich in mein Zimmer. Wo ich die Tür hinter mir abschließe.

45

Daphne

Mir fällt die Kinnlade herunter, als er geht.

Ich habe gewartet, stundenlang in diesem leeren Haus gehockt, in der Hoffnung, dass er hier auftauchen würde. Jetzt ist er hier. Er ist zu Hause. Und ich komme mir vor, als wäre ich gerade geohrfeigt worden.

Wieder einmal hat mich ein Mann abserviert, dem ich vertraut habe. Ich stehe hier, komme mir blöd vor und ringe so heftig um Atem, dass es in den Lungen wehtut.

Doch als ich ihn dann wieder ausstoße, werden mir in rascher Folge einige Dinge klar. Rickie ist unserem gemeinsamen Feind gegenübergetreten. Womit er sich zwischen mich und Reardon gestellt hat, um mich vor meiner eigenen Dummheit zu bewahren.

Dann warf er sich auf ihn, nachdem der Kerl mich eine Hure genannt hatte. Woraufhin Rickie von einem Polizisten geschlagen wurde und die Nacht im Gefängnis verbracht hat, ehe er vor einen Richter treten musste.

Das ist viel.

Tatsächlich bin ich schon unter deutlich weniger Druck zusammengebrochen und habe dabei schlimmeren Schaden angerichtet. Fragt nur mal meine Schwester.

Ich atme noch einmal tief durch, bevor ich tue, was getan werden muss. Ich gehe zu Rickies Zimmertür und klopfe an.

Keine Reaktion.

Ich klopfe wieder, er macht die Tür jedoch immer noch nicht auf. Also hole ich eine Kreditkarte heraus. Dylan und ich haben schon in jungen Jahren gelernt, wie man die Zimmertür des anderen aufkriegt. Und erst vor ein paar Tagen habe ich Reardons Bürotür mit derselben Technik geöffnet.

Aber verflucht noch eins, Rickies Schloss ist aus härterem Holz geschnitzt. Der Kreditkartentrick klappt nicht, und mein Plan ist vereitelt. Ich stecke die Karte ein. Dann gehe ich ein paar Schritte zurück, drehe mich seitlich und ramme die Schulter gegen die Tür. Mit einem lauten *Rumms!* knalle ich dagegen, doch sie gibt nicht nach. Ich pralle ab und lande ungelenk auf dem Fußboden.

Jetzt tut meine Schulter weh.

Es läuft nicht gut.

Auf einmal wird die Tür aufgerissen. »Was zur Hölle machst du da?«, donnert Rickie los und schaut hinunter auf mein durchgeknalltes Ich, das wie ein Häufchen Elend am Boden liegt. »Du brichst dir noch was. Diese Woche gab's schon genug Sorgen, Himmelherrgott noch mal.«

»Na gut.« Ich rappele mich auf. »Aber ich lasse das nicht zu. Du wirst mich nicht aussperren. Wir sind ein Team, okay? Das waren *deine* Worte, Arschloch.«

Er schaut mich völlig gefrustet an. Dann dreht er sich um und geht zu seinem Bett, wo er sich von mir abgewandt hinlegt.

Nicht gerade eine schriftliche Einladung, aber ich nehme sie trotzdem an. Ich mache die Tür zu und folge ihm zum Bett, wo ich mich an seinen Rücken kuschele und einen Arm um seine Taille lege.

Er rührt sich weder noch reagiert er auf mich. Aber er wehrt sich auch nicht.

Auf einmal ist mir wieder zum Weinen zumute, was echt ungelegen kommt. Aber er fühlt sich so warm und muskulös an, und mein Herz sehnt sich nach ihm. »Mir ist egal, ob du schuldig oder unschuldig bist. Ich bin einfach froh, dass du da bist.«

»Es wär dir vielleicht nicht egal gewesen, wenn du in den Zeugenstand hättest treten und einer Jury nacheinander alles erzählen müssen, was du am Mittwochabend getan hast und was ich getan habe«, sagt er matt.

»Da irrst du dich«, versichere ich ihm mit zitternder Stimme. »Ich würde es jetzt sofort machen, wenn du mich brauchst – wenn das hieße, dass ich noch eine Nacht hier mit dir verbringen kann.« Ich lege den Arm fester um ihn und atme seinen Duft ein.

»Daphne ...« Er seufzt. Und dann legt er endlich seine Hand auf meine. »Ich hab dich nicht verdient.«

»Das ist Schwachsinn«, flüstere ich. »Da würde Lenore mir zustimmen.«

Seine Bauchmuskeln unter meiner Hand zucken, als müsse er fast lachen. »Dreckiger Trick, Shipley.«

»Stimmt's etwa nicht?«

»Doch. Aber ihr würde ich wahrscheinlich auch nicht glauben, also ...«

»Solltest du aber.« Ich schmiege das Gesicht an seinen Rücken. »Heute kannst du mir vielleicht einfach nicht glauben. So geht es mir auch an manchen Tagen. Aber das geht vorbei, Rickie. Und dann werde ich immer noch da sein. Weil wir nämlich ein Team sind. Und ...«, ich hole noch mal tief Luft, »... weil ich dich liebe.«

Rickie verharrt reglos. Und mein armes kleines Herz macht sich auf etwas gefasst.

Langsam dreht Rickie sich zu mir um. Und als ich sein grün und blau geschlagenes Gesicht sehe, ist es schwer, nicht loszuweinen. Aber als ich mich dann ganz bewusst auf seine klaren grauen Augen konzentriere, beruhige ich mich wieder.

»Süße, ich liebe dich so sehr, dass es wehtut«, flüstert er.

Mein gesamter Körper entspannt sich. »Das liegt bloß an deiner gebrochenen Nase. Brauchst du Ibuprofen?«

»Ja«, sagt er mit einem verlegenen Lächeln. Und plötzlich wirken seine Augen glasig. »Aber erst muss ich dich umarmen.« Er streckt die Arme aus und zieht mich an sich.

Mitten auf seinem Bett kuscheln wir uns aneinander – ich schmiege das Gesicht an seinen Hals, er streicht mit den Händen über mein Haar.

»Danke, dass du mich nicht aufgegeben hast«, sagt er leise.

»Könnte ich genauso sagen«, erwidere ich. »Du hast mir doch gesagt, dass man die Hoffnung nie aufgeben darf.«

»Nein«, sagt er und drückt mich an sich. »Lass uns niemals aufgeben.«

46

Rickie

Mit Daphne in meinen Armen komme ich zum ersten Mal seit Tagen wirklich runter. Mein Herzschlag verlangsamt sich, und meine Gedanken dehnen sich zu einem schwer greifbaren, schimmernden Strom. Trotz meiner Schmerzen schlafe ich ein. Und als ich einige Stunden später aufwache, liegt Daphne mit dem Rücken an mich gekuschelt. Sie atmet so friedlich, dass ich mich minutenlang nicht rühre, weil ich Angst habe, sie zu wecken.

Schließlich brauche ich aber doch Schmerzmittel. Also löse ich mich gerade so lange von ihr, um Tabletten und ein Glas Wasser zu holen.

Als ich mich wieder ins Bett schleiche, dreht Daphne sich um und kuschelt sich an mich. »Ich sollte aufstehen und einkaufen gehen«, murmelt sie.

»Lass mich doch was bestellen«, erwidere ich. »Mit meinem kaputten Gesicht möchte ich lieber nicht vor die Tür. Aber ich lade dich zu Lieferservice-Essen ein. Ich schulde dir mächtig was.«

»Stimmt gar nicht«, sagt sie mit immer noch geschlossenen Augen. »Aber ich bin trotzdem einverstanden. Können wir Chicken Wings vom *Biscuit in the Basket* bestellen?«

»Wenn meine Süße das möchte.«

Sie gibt einen verschlafenen, zufriedenen Laut von sich.

Und ich streiche ihr durchs Haar und staune über mein Glück. Ich habe sie *wirklich* nicht verdient. Aber ich bin nicht so blöd, das noch einmal zu sagen. Also nehme ich stattdessen mein Handy und scrolle die Nachrichten all derjenigen durch, die auch so verrückt sind, sich um mich zu sorgen.

Keith: Hast du echt eine Nacht im Knast verbracht? Ich hoffe mal, dass es Leibesvisitationen eigentlich gar nicht gibt. Sag Bescheid.
Dylan: Hast du echt Daphnes Ex verprügelt? Ich dachte, das mach ich.
Lenore: Ich weiß, dass wir Mittwoch abgemacht haben. Aber ich bin da, falls Sie mich brauchen!

Ich lese auch Daphnes Nachrichten, die zwischen Sorge und noch größerer Sorge schwanken. *Uff.* Ich kann wohl bloß versuchen, sie nicht noch einmal in eine solche Lage zu bringen.

Dann mache ich mein E-Mail-Postfach auf, was inzwischen irgendwie eine Gewohnheit ist, weil ich tagelang darauf gewartet habe, dass Paul mir schreibt. Zu meiner Überraschung erwartet mich eine neue Mail.

Rick,
ich habe nichts mehr von dir gehört. Ich weiß, ich war derjenige, der diese ganze »Ich kann nicht drüber reden«-Nummer mit dir abgezogen hat. Aber dann hab ich dich nach diesem Protokoll suchen geschickt, und da du der klügste Kerl bist, den ich kenne, denke ich mir, dass du es gefunden haben musst.

Jetzt macht dein Schweigen mich nervös.

Wenn du reden willst: Auf Snapchat heiße ich @Luigi2000.

– Paul

Ein Schaudern überkommt mich. Ich habe nie *Mario Brothers* gespielt, erinnere mich aber plötzlich daran, dass Paul das gern macht und es da eine Figur namens Luigi gibt. Ich weiß es einfach, ganz aus jedem Kontext gerissen.

Sein Gedächtnis wiederzuerlangen ist seltsam. Ich nehme an, es wird nicht einfach alles plötzlich auftauchen wie eine gute Fee, sondern vielmehr durch komische kleine Flashbacks und Einsichten wiederkommen.

Darauf sollte ich mich lieber gefasst machen.

Ich öffne Snapchat und richte mir einen Account ein – @McFly2000. Dann tippe ich Pauls Alias ein und schicke ihm eine Nachricht.

Hallo! Hier ist dein kauziger Ex-Zimmergenosse. Vielen Dank hierfür. Ich würde niemals Screenshots von irgendwas machen, was du hier schreibst. Dachte, das sag ich einfach mal vorweg.

Paul antwortet nur eine Minute später. Das weiß ich zu schätzen. Und ich vertrau dir. Hast du es gefunden?

Oh ja. Ich habe so einiges erfahren. Leider bin ich dann einem gewissen Exkadetten begegnet und wurde festgenommen, weil ich ihn angegriffen habe. In den Nachrichten wirst du natürlich nichts darüber hören, denn sein mächtiger Daddy hat beschlossen, den Staatsanwalt keine Anklage erheben zu lassen.

An Pauls Ende herrscht das digitale Äquivalent von verblüfftem Schweigen. Vielleicht hätte ich das lassen sollen.

Doch dann schickt er mir ein Foto. Es bleibt nur zehn Sekunden lang auf dem Bildschirm, aber ich sauge es in mich auf. Da ist sein Gesicht – sein *vertrautes* Gesicht –, das einen witzigen Ausdruck des Entsetzens zeigt. Waaas?

Ich muss laut lachen. Gott, es ist toll, sein Gesicht zu sehen. Er ist dünn und ein bisschen nerdig. Und dieser zehnsekündige Eindruck erinnert mich daran, was ich von ihm hielt. Ich kannte ihn als Kämpfer für das Gute in der Welt.

Ich kann dir heute kein Selfie schicken, teile ich ihm mit. Ich habe eine gebrochene Nase. Aber sobald sie geheilt ist, zeige ich dir die langhaarige Version dieses Sexgotts hier.

Bleib bloß so, wie du bist, schreibt er. Wenn wir schon einmal dabei sind: Was willst du noch wissen?

Das ist eine gute Frage, oder? Lenore hat versucht, mir zu vermitteln, dass ich gar nichts wissen *muss*. Und vielleicht hat sie recht.

Es ist komisch, aber jetzt wo wir tatsächlich miteinander reden, ist es mir gar nicht mehr so wichtig. Du bist hier. Ich bin hier. Neben mir döst meine Freundin.

Das ist toll, Mann. Eines Tages möchte ich hören, wie es zu deiner Festnahme gekommen ist. Bei einem Bier.

Ja! UNBEDINGT.

Glückwunsch zu deiner Freundin. Ich erwarte, dass ihr mir irgendwann ein süßes Selfie von euch schickt.

Ja, Sir. Warte, ich habe DOCH eine Frage! Erinnerst du dich, ob ich mit dir über Daphne gesprochen habe? Ich wollte sie an dem Samstag des Ausgangswochenendes um acht abholen. Aber ich habe sie versetzt. Mir ist klar, dass dieser Abend einige Stunden später ganz schrecklich geendet hat. Aber es wäre mega, wenn ich wüsste, wieso ich vorher mein Date habe platzen lassen.

Er antwortet sofort. Moment mal. Du hättest sie nie und nimmer an dem Abend abholen können. Zu dem Zeitpunkt wurdest du wahrscheinlich gerade ins Krankenhaus eingeliefert. Das Unheil fing nämlich schon Freitagnacht an.

Ich bin baff. Wirklich? In meiner Krankenakte steht Samstag.

Ja. Da haben sie den Sanitäter gefeuert. Jemand hatte beschlossen, uns ganze vierundzwanzig Stunden auf der Krankenstation zu behalten, bevor zugegeben wurde, dass wir ins Krankenhaus müssen. Du hattest innere Blutungen. Ich musste mit anhören, wie sie darüber diskutiert haben, ob du daran sterben könntest oder nicht.

Ich muss wohl hörbar die Luft eingezogen haben oder so, denn Daphne schüttelt sich, setzt sich auf und liest über meine Schulter mit. »Oh, wow. Ist das dein Mitbewohner?«

Ich bin zu geplättet, um zu antworten.

Aber dann tippt Paul noch etwas. Ich muss los. Aber sag deiner Freundin, dass es nicht deine Schuld war. Du hattest dich echt auf dieses Date gefreut. Du hattest eine echt schräge Kette für sie anfertigen lassen und hast ganz verträumt dreingeschaut. Ich habe mich deswegen über dich lustig gemacht, aber eigentlich war ich total neidisch. Bis bald!

Daphne und ich drehen langsam die Köpfe zueinander und sehen uns an. Wir haben den gleichen geschockten Gesichtsausdruck, bis sie sich vorbeugt und mich küsst. »Ich wusste es«, flüstert sie.

»Stimmt gar nicht«, bestreite ich das, lasse mein Handy fallen und rolle mich über sie. »Du dachtest, ich hätte dich versetzt.«

»Da kannte ich dich noch nicht«, erwidert sie. »Inzwischen bin ich so gut wie überzeugt.«

»So gut wie?«, necke ich sie. Dann umfasse ich eine ihrer Brüste und streichle sie. »Wie kann ich dich restlos überzeugen? Wüsstest du da was?«

»Ja«, antwortet sie lächelnd. »Bestell zwei Sorten Chicken Wings und Pommes.«

Ich lache herzhaft. »Okay, Shipley. Sonst noch was?«

»Ein privater Karaokeauftritt. Nackt.«

Ich johle vor Lachen. »Geht klar, Süße. Alles, was du willst.«

47

Daphne

Wir wachen erst auf, als Chastity im Farmhaus an unsere Zimmertür klopft. »Daphne? Rickie? Familienrat in einer halben Stunde.«

»Okay«, murmele ich.

»Es gibt Bacon«, fügt sie hilfreicherweise hinzu.

»Hmm. Danke.«

Doch ich stehe nicht auf. Rickie liegt eng um mich geschlungen. Das könnte an der bescheidenen Größe meines Betts hier zu Hause liegen. Oder aber er ist einfach in Kuschellaune.

So oder so, es gefällt mir. Allerdings bringt mich das auf Ideen, doch wir können nicht hier in meinem alten Kinderzimmer loslegen.

»Rickie«, flüstere ich. »Wir müssen aufstehen. Familienrat.«

»Ich gehör nicht zur Familie«, nuschelt er. »Vor zehn Uhr morgens gehör ich zu gar keiner Familie.«

»Wie dem auch sei, es ist auch Zeit zum Frühstücken. Ich hab gehört, es gibt Bacon.«

»Hmpf. Weißt du, was mich wirklich zum Aufstehen motivieren würde?«

»Es beinhaltet garantiert Sex«, rate ich.

»*Ding, ding.* Sex unter der Dusche. Los, gehen wir. Ich habe sehr schöne Erinnerungen an uns beide unter der Dusche, nachdem wir an einem superheißen Tag Pies gebacken hatten.«

»Heute nicht, McFly. Wach auf und komm dann nach unten, wenn's geht.« Entgegen meinen tiefsten Gelüsten rutsche ich aus seiner gemütlichen Umarmung. Es muss sein, denn das wird heute ein extrem vollgepackter Aprilfreitag, und ich werde die halbe Stunde brauchen, um mich fertig zu machen.

Also reiße ich mich zusammen und gehe ins Bad.

Zuerst tagt der Familienrat. Das wäre eigentlich keine große Sache, nur werde ich heute die Bescheide über die finanzielle Unterstützung der Unis aufmachen und vergleichen. Sich seiner Zukunft zu stellen, ist immer beängstigend.

Andererseits bin ich ziemlich dankbar, dass ich die Auswahl habe. Reardon Halsey hat mich nicht kleingekriegt. Schon in sechs Wochen werde ich einen Abschluss von der Burlington University haben, und im Herbst fange ich dann mein Masterstudium an einer der drei Unis an, von denen ich eine Zusage habe.

Vor zwei Wochen erfuhr ich, dass ich es nicht nach Berkeley geschafft habe. Und auch nicht an die Johns Hopkins. Wobei ich einen sehr netten Brief aus Berkeley bekam, in dem man mich ermutigte, mich erneut zu bewerben, wenn ich mehr Praktika gemacht habe.

Das hat meinem Ego ganz schön zugesetzt. Im Nachhinein betrachtet war es aber keine große Überraschung. Ich habe einen komischen Lebenslauf, und anders als vielen anderen Bewerbern im Fach Gesundheitswesen fehlt es mir an praktischer Erfahrung.

Trotzdem habe ich Wahlmöglichkeiten. Ich werde das Beste daraus machen.

Dabei ist die Entscheidung für eine Uni nicht mal das Wichtigste, was mich dieses Wochenende beschäftigt. May heiratet morgen. Deswegen sind wir alle hier im Farmhaus – um ihr Hochzeitswochenende zu feiern. Heute gibt es eine kurze Probe in der Kirche, und danach fahren alle Männer zusammen irgendwo im Wald Paintball spielen. Die Frauen machen einen Yogakurs, gefolgt von Mani-/Pediküre und alkoholfreien Cocktails.

Morgen ist dann die kirchliche Hochzeit und hinterher der Empfang im *Speakeasy*. Oben im Partysaal über dem Pub wird ein Barbecue-Büfett aufgebaut und eine Tanzfläche eingerichtet.

Das wird super. Sobald ich den beängstigenden Teil mit der finanziellen Unterstützung hinter mir habe.

Mom hat sich heute mächtig ins Zeug gelegt und einen Brunch hergerichtet, deshalb nasche ich ein paar Erdbeeren, während ich darauf warte, dass der Familienrat losgeht. Vor mir auf dem Tisch liegen drei große Umschläge. Und zwar noch verschlossen.

»Du hast noch gar nicht reingeschaut?«, fragt Griffin und nippt an seinem Kaffee.

»Nein«, gebe ich zu. »Ich habe mir vorgenommen, sie erst hier zu öffnen, damit du mich daran erinnern kannst, dass hohes Ansehen nicht alles ist. Falls North Carolina mir kein gutes Angebot macht, muss ich mich davon verabschieden.«

»Hohes Ansehen ist nicht alles«, sagt mein großer Bruder.

»Danke.«

»Geld ist aber auch nicht alles.«

»Jetzt verwirrst du mich.«

Er grinst.

Mom kommt hereingeeilt und setzt sich ans Kopfende des Tischs. »Entschuldigt. Sind alle da?«

»Fast!«, ruft Dylan aus der Küche, ehe er im Türrahmen erscheint. »Bin da. Die Party kann losgehen.«

»Erster Tagungsordnungspunkt«, sagt meine Mutter, »die Batterie von meinem neuen Pick-up ist leer. Sofern sie nicht einer von euch überbrückt kriegt, sind das unerwartete zusätzliche Kosten.«

»Schon wieder?«, brummelt Griffin. »Hä? Irgendwer muss zu lange bei ausgeschaltetem Motor die Sitzheizung oder das Radio haben laufen lassen.«

Grandpa meldet sich aus dem Fernsehzimmer. »War ein kalter Frühling! Da wollte wohl jemand sein Popöchen warm halten.«

»Aber doch nicht bei ausgeschaltetem Motor«, werfe ich ein. »Wozu noch im Wagen sitzen bleiben, wenn man geparkt hat?«

Dylan schnaubt. »Da würden mir so einige Gründe einfallen.«

»Im April?«, halte ich dagegen, weil es ein gottgegebenes Recht ist, sich mit seinem Zwillingsbruder anzulegen. »Brrr.«

Dylan zuckt mit den Schultern. »Vielleicht wurdest du tatsächlich von Aliens entführt, du bist nämlich eindeutig nicht in Vermont groß geworden.«

Am Tisch entsteht leises Gelächter. Und dann ruft Griffin: »Du, Gramps? Hattest du den Wagen nicht gestern Abend, als du mit Mabel aus warst?«

»Schieb das nicht mir in die Schuhe«, murrt er. »Mit dem Wagen stimmt irgendwas nicht.«

Wir sind sprachlos.

»Okay!«, sagt meine Mutter einen Tick zu fröhlich. »Nächster Punkt: Daphnes Uni-Wahl. Mach die Umschläge auf, Schatz.«

»Der hier kann warten. Bringen wir das Spannende hinter uns.« Ich greife den Umschlag aus North Carolina und schlitze ihn mit dem Daumen auf. Nachdem ich den Bescheid über die finanzielle Unterstützung herausgenommen habe, lege ich ihn auf den Tisch.

»Sehr geehrte Miss Shipley«, liest Griffin vor. Dann fährt er mit dem Zeigefinger die Spalte mit den Zahlen hinab. »Ein bisschen was geben sie dir«, sagt er. »Das nächste Jahr würde uns zweiundzwanzigtausend Dollar kosten.«

»Autsch«, sage ich. »Das ist … viel.«

»Noch kein Grund zur Panik«, meint mein Bruder. Er gibt mir den Umschlag von der University of Massachusetts. »Gucken wir uns erst noch die anderen Zahlen an.«

Ich öffne den Brief, der schon bessere Nachrichten enthält. Sie übernehmen alle Kosten bis auf einen Restbetrag von dreizehntausend Dollar. »Besser!«, sage ich fröhlich. Nur dass ich nicht gerade wild auf diese Uni bin, obwohl sie einen guten Ruf hat.

Griff schiebt mir den dritten Umschlag hin. Alle sehen mir zu, wie ich das Angebot der Burlington University aufmache. Ich nehme es heraus, packe es auf den Tisch und lese das Anschreiben.

Und dann lese ich es noch einmal.

»Vollstipendium!«, jubelt Griffin. »Ja, Maus, ja!«

Am unteren Rand steht eine handgeschriebene Notiz:

Ich hoffe ehrlich, dass Sie zu uns stoßen werden, Daphne. Wir hätten Sie sehr gern bei uns. – Dr. Drummond.

»Wer ist das?«, fragt Griffin.

»Die Dekanin der Fakultät«, antworte ich mit Flüsterstimme.

»Nicht schlecht«, sagt mein Bruder und klopft mir dabei auf den Rücken. »Denk in Ruhe drüber nach. Manchmal ist es allerdings ganz schön, bei den Menschen zu bleiben, die einen gernhaben.«

»Wohl wahr«, murmele ich und schaue von dem Brief auf. Und da steht Rickie mit einem Becher Tee im Türrahmen. Unsere Blicke treffen sich, und er lächelt mich an.

Dann zwinkert er mir zu, dreht sich um und verschwindet wieder in der Küche.

»Moment!«, sagt meine Mutter und nimmt einen Umschlag aus ihrer Mappe. »Gestern kam noch ein Brief für dich.« Sie gibt ihn mir.

»Ui, der kommt aus Harkness«, sagt mein Bruder. »Wusste gar nicht, dass du dich dort beworben hast.«

»Habe ich auch nicht«, gestehe ich. »Ich hab keinen blassen Schimmer, was das sein könnte.« Man kann sich nicht an einer Uni bewerben, nachdem man zugegeben hat, dort eingebrochen zu sein. Das gehört sich einfach nicht. Somit habe ich keine Ahnung, was in dem Umschlag steckt.

»Mach's nicht so spannend«, beschwert sich May.

Also reiße ich ihn auf. Es handelt sich um einen Brief von der anderen einflussreichen Frau in meinem Leben – Dekanin Reynolds.

Sehr geehrte Miss Shipley,

die Angelegenheit mit der Manipulation der Umfrageergebnisse ist endlich geklärt. Ein Mitarbeiter wurde von der Studie abgezogen und ein Student vom College exmatrikuliert. Vielen Dank für Ihre Mithilfe.

Im Zuge unserer Untersuchung kam ans Licht, dass Ihr Studienortwechsel darin begründet war, dass Sie von einem Kommilitonen schikaniert wurden. Wir dulden solches Verhalten in keinster Weise.

Da Sie die Prüfungsordnung von Harkness zu mehr als fünfundsiebzig Prozent erfüllt und dann die restlichen Leistungen an einer anderen akkreditierten Hochschule erbracht haben, sind Sie theoretisch berechtigt, statt des Abschlusses von der Burlington University Ihren Bachelor vom Harkness College zu erhalten.

Wenn Sie zurückwechseln möchten, teilen Sie dies bitte bis spätestens 8. Mai schriftlich mit, damit wir Sie für die Abschlussfeier im Juni berücksichtigen können.

Mit freundlichen Grüßen
Dr. R. Reynolds

»Wow«, sagt May. »Sieh sich das einer an!«

»Wer hätte das gedacht?«, meint meine Mutter.

»Das *musst* du machen«, sagt Griffin mit Nachdruck.

Irgendwie hat sich meine ganze Familie um mich versammelt, um über meine Schulter mitzulesen.

»Am Ende kriegst du doch noch deinen schicken Abschluss«, sagt Dylan mit einem leisen Lachen. »War ja klar. Ich hab's die ganze Zeit gewusst.«

Ich nicht. Das letzte Jahr war grauenvoll. Und ich kann nicht fassen, dass ich es hinter mir habe. Das Schreiben verschwimmt, als mir vor lauter Dankbarkeit Tränen in die Augen steigen.

Eine starke Hand landet auf meinem Nacken und drückt mich leicht. Das ist Rickie. Er sagt nichts. Das braucht er nicht.

Er ist einfach bloß für mich da.

48

Rickie

»Alec, nimm diesen Ring als Zeichen meiner Liebe und Treue. Im Namen des Vaters, des Sohnes und des Heiligen Geistes.« May schiebt ihrem frisch gebackenen Ehemann den Ring über den Finger.

Pater Peters, dessen Job fast erledigt ist, lächelt die beiden vergnügt an. »In der katholischen Liturgie ist eigentlich kein Kuss vorgesehen, aber …«

Prompt beugt sich Alec vor und küsst May unter großem Jubel.

Ganz im Ernst, der Shipley-Clan hat es echt drauf, eine Hochzeit zu feiern. Die Brautjungfern und Brautführer stehen da vorne schick zurechtgemacht in einem Stil, den ich als Vermonter Festtagslook bezeichnen würde. Die drei Männer tragen Bundfaltenhosen, frische blaue Hemden und anstelle von Jacketts dazu passende hellbraune Westen, während die Frauen voll süße, aber kein bisschen tussige rosa Kleider anhaben. Daphnes langen Beine sind in dem knielangen Rock ein extratoller Blickfang. Ich habe gehört, nachher wird getanzt, und ich kann's nicht erwarten, sie in diesem Aufzug herumzuwirbeln.

Vorerst sitze ich noch auf einer Kirchenbank neben Grandpa, der May zu Beginn der Zeremonie zum Altar geführt hat. Er tupft sich schon seit einer geraumen halben Stunde mit seinem Stofftaschentuch die Tränchen weg.

Pater Peters spricht noch ein Gebet, obwohl May und Alec nun getraut sind. Braut und Bräutigam stehen Hand in Hand da und lächeln einander an. Und die Hochzeitsgesellschaft scheint bereit, zum nächsten Teil der Feierlichkeiten überzugehen. Vorn in der ersten Reihe stehen Dylan und Keith auf und greifen zu ihren Instrumenten. Auf ein Nicken von Pater Peters hin fangen sie an, zum Auszug ein irisches Volkstanzlied zu spielen.

Wir stehen alle auf, und das Brautpaar geht allen voran Hand in Hand aus der Kirche. Sie kommen langsam voran, da ständig irgendwer Alec auf den Rücken klopft und May Luftküsschen zuwirft.

Als Nächstes sind Brautjungfern und Brautführer dran. Daphne nimmt den Arm, den Benito ihr hinhält, einer von Alecs drei Brüdern. Dann kommt Lark, Mays beste Freundin, mit Damien, einem weiteren der Rossi-Brüder. Danach hakt sich Audrey Shipley bei einem Mann ein, den ich noch nie gesehen habe. Eigentlich sollte Griffin vorne mit an Alecs Seite stehen. Doch dann tauchte in letzter Minute Alecs ältester Bruder nach langer Abwesenheit auf. J.M. mit seiner langen Matte und dem düsteren Blick macht ziemlich Eindruck.

»So, mein Sohn. Dann gehen wir mal das Tanzbein schwingen«, sagt Grandpa, als wir an der Reihe sind. »Ich hab gehört, zum Empfang gibt's Jakobsmuscheln im Speckmantel. Wir könnten es schaffen, die Ersten zu sein. Die meisten dieser Trottel werden zu Fuß runter zur Bar gehen. Aber du könntest mich in deinem hübschen alten Volvo rüberfahren.«

»Ja, Sir«, sage ich. Denn mit Grandpa Shipley legt man sich nicht an. Nicht wenn eine Portion Speck auf dem Spiel steht.

Ein paar Stunden später süffele ich ein Shipley-Cider, während Daphne ein Glas Cola leert. Wir sind beide satt vom Barbecue und haben rote Wangen vom Tanzen.

»Ich hab gehört, gleich gibt's Karaoke«, necke ich meine Freundin.

»Träum weiter«, sagt sie und stellt ihr Glas auf ein Tablett.

»Hast recht.« Stattdessen geht die Band zu einem langsamen Lied über. Ich trinke mein Getränk aus, während sich lauter Paare im Rhythmus der Musik zu wiegen beginnen. »Stimmt es, dass dieses Cider eine magische Wirkung hat?«, frage ich. Sie schenken heute Abend Audrey-Cider aus, über das gemunkelt wird, es sei ein Aphrodisiakum.

»Wie sollen wir das rausfinden?«, flüstert Daphne und schiebt heimlich eine Hand unter mein Vintage-Samtjackett.

»Guter Einwand, Süße«, erwidere ich flüsternd. Die letzten zwei Nächte in ihrem alten Kinderzimmer waren seit Monaten unsere längste Durststrecke im Bett. »Andere beeinflusst es aber womöglich schon.«

Wir sehen uns nach den ganzen schwofenden Paaren um. Braut und Bräutigam tanzen miteinander und lachen über irgendwas. Griffin biegt Audrey nach hinten, die daraufhin kichert. Dylan und Chastity schauen einander vielsagend in die Augen. Daphnes Grandpa tanzt mit einer Frau, die ihm vielleicht, vielleicht aber auch nicht auf den beheizten Sitzen im Pick-up Gesellschaft geleistet hat.

Sogar Ruth Shipley tanzt mit Gil, dem Mann, in dessen Begleitung sie an dem Abend war, als wir ihr im Asiarestaurant über den Weg gelaufen sind. Sie sind inzwischen ein Paar. »Aber wir lassen es langsam angehen«, hat sie an Weihnachten erklärt. Er ist auch ein netter Kerl. Das findet sogar Daphne.

»Babe, tanzt du mit mir?«, frage ich und nehme dabei ihre Hand.

Sie legt die Hände in meinen Nacken und zieht mich mit sich auf die Tanzfläche. Das Lied ist eine wunderschöne Geigenballade. Seufzend schmiege ich die Wange an ihre. »Ich bin glücklich heute«, flüstere ich.

»Hmm«, stimmt sie mir zu.

»Du wirkst allerdings ein wenig abwesend«, stelle ich fest. »Grübelst du etwa über deine Uni-Wahl nach?«

»Ein bisschen«, gibt sie zu. »Du hast mich noch gar nicht danach gefragt.«

»Das ist Absicht«, sage ich und drücke ihr schnell einen Kuss auf die Kinnpartie. »Ich will dich nicht in deiner Entscheidung beeinflussen. Das steht mir nicht zu.« Ich würde Daphne niemals bitten, für mich ihre Träume zurückzustellen.

Sie lehnt sich ein klein bisschen nach hinten und betrachtet mich eingehend. »Ich versuche herauszufinden, wie viel hier auf dem Spiel steht.«

»Tausende Dollar«, erwidere ich. »Meinst du das?«

»Kann sein.« Sie legt unschlüssig den Kopf schief. »Fändest du es komisch, wenn ich in Vermont bleiben würde?«

»Komisch?« Ich vergesse, die Füße zu bewegen, und wir bleiben stehen, während sich um uns herum lauter Paare wiegen. »Komisch nicht, Süße. Ich wäre glücklich, wenn du in Vermont bleiben würdest.«

»Oh«, macht sie. »Ich wollte nicht einfach von irgendwas ausgehen. Ich meinte ja immer, dass ich weggehen würde.«

»Laaangsam. Geh nicht meinetwegen. Wobei, selbst wenn du am Ende in Kalifornien landest, schaffen wir das irgendwie. Ich müsste erst mal in Burlington bleiben und meinen Bachelor machen. Aber das dauert nicht mehr ewig. Und sofern du mich bis dahin nicht abgesägt hast, würde ich mich dann wahrscheinlich zum Weiterstudieren an einer Uni irgendwo in deiner Nähe bewerben.«

Sie blinzelt. »Das würdest du machen?«

»Na klar. Ich würde mein Haus verkaufen und dir überallhin folgen, Shipley. Wenn du das möchtest.«

»Rickie«, sagt sie und legt mir eine Hand aufs Herz. »Das ist viel verlangt.«

»Wenn ich etwas Gutes finde, lasse ich es nicht mehr los. Wie lange dauert so ein Master in Gesundheitswesen überhaupt? Zwei Jahre, oder?«

»Oder vier, falls ich nur in Teilzeit studieren kann. Da gibt es viele Variablen.«

Ich lege den Arm um ihre Taille und bringe sie dazu, mit mir weiterzutanzen. »Mach dir eine Tabelle, Süße. Überleg dir, was du machen willst. Sich für eine Uni zu entscheiden, ist schwer. Ich habe schon einmal die falsche gewählt. Ich habe nicht auf mein Bauchgefühl gehört und hätte mir so beinahe das Leben kaputtgemacht. Was sagt denn dein Bauchgefühl?«

Sie holt tief Luft und stößt sie wieder aus. »Meinem Bauch gefällt die Vorstellung, ein Vollstipendium zu kriegen und in zwei Jahren fertig zu sein.«

»*Ach, echt.*« Ich denke einen Augenblick darüber nach. »Ich dachte, du wolltest dich für das beste Masterprogramm entscheiden.«

»Das dachte ich auch«, gibt sie zu. »Aber ich mag meine jetzigen Kollegen. Ich vertraue ihnen. Das bedeutet mir inzwischen mehr als früher.«

»Okay. Wie lange hast du noch, um dich zu entscheiden?«

»Zwei Wochen.«

»So lange, ja?«

Sie sieht lächelnd zu mir hoch. »Ich wollte es mein Leben lang weiter als bis an die Burlington University schaffen. Ich dachte, ich brauche eine Spitzenuni. Bestätigung von außen. Aber die Burlington U hat mich angenommen, als ich nirgendwo sonst hinkonnte. Meine Familie holt mich aus der Patsche, wenn ich Hilfe brauche. Es wurmt mich zwar total, dass ich falschgelegen habe, aber –«

»Dich? Ach, wirklich?«

Sie kneift mich. »Benimm dich. Ich versuche mich gerade in Demut zu üben. Das fällt mir nicht leicht.«

»Sorry. Red weiter.«

»Mir gefällt mein Leben in Burlington. Ich *liebe* dich …« Sie fährt mit der Fingerspitze über meinen Nacken. »Und es hört sich ganz wunderbar an, einfach Ja zur Burlington U und den Menschen zu sagen, die mich lieben.«

»Also, ich wär wohl dabei«, bin ich einverstanden.

»Ich wäre da, wenn meine Familie eine helfende Hand braucht. Ich wäre zu Dylans und Chastitys Hochzeit in der Nähe.«

»Hmm«, raune ich ihr ins Ohr. »Du wärst ganz in der Nähe, wenn ich dich unter mir brauche. Und zwar nackig.«

»Das auch«, sagt sie. »Das auch.«

Ich halte es nicht mehr aus. Also küsse ich sie ausgiebig, gleich hier mitten auf der Tanzfläche.

Da endet das Lied. Und jemand greift zum Mikrofon, um zu verkünden, dass es an der Zeit ist, die Torte anzuschneiden.

»Aufhören, ihr zwei«, sagt Dylan und knufft mich mit dem Ellbogen in die Seite. »Es gibt Torte. Hey, Daph? Hast du dich schon für eine Uni entschieden?«

Daphne macht sich los und schaut lächelnd zu mir hoch. »Ja, ich glaube, das habe ich gerade.«

»Nein!«, sagt ihr Zwillingsbruder. »Wie lautet das Urteil?«

Sie kann es ihm jedoch gar nicht sagen, weil ich sie schon wieder küsse.

Sie ist die sündigste Versuchung, die ich je gekostet habe

Sarina Bowen
TRUE NORTH –
WO AUCH IMMER DU BIST
Aus dem amerikanischen
Englisch von
Wiebke Pilz und
Nina Restemeier
384 Seiten
ISBN 978-3-7363-0560-1

Wenn Audrey Kidder ihren Job bei einem Lebensmittelkonzern behalten will, muss sie Griffin Shipley seine Ernte zum halben Preis abschwatzen. Eine harte Nuss, denn der Bio-Farmer aus Vermont ist nicht nur ausgesprochen stur – und attraktiv –, sondern seit ihrer heißen Affäre am College auch alles andere als gut auf Audrey zu sprechen ...

»Fantastisch!« USA TODAY

Wer THE IVY YEARS mochte, wird dieses Buch lieben

Sarina Bowen
NEVER LET ME DOWN
Aus dem amerikanischen Englisch von Wiebke Pilz und Nina Restemeier
400 Seiten
ISBN 978-3-7363-1300-2

Nach dem Tod ihrer Mutter trifft Rachel Kress das erste Mal ihren leiblichen Vater Freddy Ricks – den größten Rockstar der USA. Sie betritt eine völlig neue Welt aus Reichtum und Freiheit. Und er erfüllt ihr ihren größten Traum: das Studium am Clairborne College. Dort verliebt sie sich in Jack. Doch je näher sie sich kommen, desto deutlicher spürt Rachel, dass sie erst wirklich nach vorne blicken kann, wenn sie sich den Fragen ihrer Vergangenheit stellt, die nur ihr Vater beantworten kann ...

»Ich liebe Sarina Bowens Geschichten. Ich werde alles von ihr lesen!« COLLEEN HOOVER

LYX

TRIGGERWARNUNG

Dieses Buch enthält neben expliziten Szenen
und derber Wortwahl auch Elemente,
die potenziell triggern können.

Diese sind:
Sexueller Missbrauch und Vergewaltigung, Gewalt,
Posttraumatische Belastungsstörung, Panikattacken